U0855649

聆听大师 走近科学

院士演讲录

第二辑

许敖敖　唐泽圣　主编

高等教育出版社·北京

前言

自澳门科技大学十周年校庆起，为进一步推动学校的学术和教学，促进澳门的科学普及，学校决定出版《聆听大师　走近科学——院士演讲录》系列专辑，让更多师生、社会各界，特别是青少年分享大师心声。

近五百年来，澳门一直为中外文化交流融合之地。立足澳门、面向国际的澳门科技大学，是澳门回归祖国之后，经澳门特别行政区政府批准，于2000年3月正式成立的第一所全新的、以培养应用型人才为主的综合性大学。学校的办学宗旨是“增进文化交流，致力人才培养，促进经济发展，推动社会进步”。多元文化的交叉优势是澳门科技大学深入进行教育教学改革、探索富有特色的人才培养模式的有利条件。在独特的文化环境中，学校致力营造良好的氛围，促进不同思想文化之间的交流、融合、碰撞与升华。

在努力探索有特色的办学模式中，澳门科技大学把培养目标锁定为实践能力强的中高级应用型人才。这样的人才应当既掌握良好的专业知识与技能，又具备比较优秀的综合素质；既与社会需求紧密接轨，又具有较大的发展和提升潜力。学校实现这一目标的教育方针是：“多元文化下的相容并蓄”“专业教育与通识教育并重”。近代以来，西方大学的基本教育思想出现了两次重大转向：一是19世纪末，由传统的人文教育转向自然科学主导的专业教育，即所谓“德国模式”；随后，于20世纪前半叶又提出以通识教育的形式迎接人文精神的回归。美国的大学把德国模式的发展趋向，拉回到大学教育必须重视人文教育的轨道。

通识教育源于古希腊先哲亚里士多德的自由教育思想，其核心是有效地利用人类文明积累的全部精神财富，培养能够满足社会和时代需要的合格人才。今天，全球顶尖大学无一不在通识教育上作出巨大投入。尤其在社会离心力不断增强的多元化时代，大学承担着建立全社会共同文化基础的重大责任，通识教育的基本内涵与目的就在于传承和沟通。所谓传承，就是将文明的核心价值理念和人类共同的文明成果以知识的形式，通过通识教育传承下去，使整个人类文明得以延续，使按一定方式生活在一处的人们拥有共同的文化根基。所谓沟通，即通过通识教育，在学科专业细化的知识大爆炸年代，为不同专业人员建立共同的价值理念和文化语境。正是基于对知识经济时代的特征和对通识教育内涵的充分认识，明确了大学不仅在培养专家，也是在培养公民。大学必须把通识教育放到与专业教育同等重要的位置上，从而确立了“专业教育与通识教育并重”的教育方针。

澳门科技大学是澳门特区推行通识教育的先驱。从2003年开始，“专业教育和通识教育并重”就被定为学校教育教学改革的指导思想。具体举措是在本科教育课程中增设通识教育科目，主要包括建立完善的通识教育课程体系和举办高水平学术讲座。在任何专业学生必修的10个学分的通识科目中，最引人注意的是“中国文化通论”“世界文化通论”课程，以及涉猎现代科技及人文社会科学各领域的“科技大师讲座”“名家讲坛”，广聘内地、香港、台湾及国外有关学术领域的权威专家、知名学者，与学生近距离接触。

澳门科技大学“科技大师讲座”持续举办多年。从2006年9月25日中国科学院院士、前复旦大学校长、英国诺丁汉大学校监杨福家教授的首场讲座开始，先后被邀来校开讲者包括诺贝尔物理学奖得主杨振宁先生在内有100多位知名院士，内容广涉现代科技前沿问题及最新成果。大师们思想深邃、内涵丰富、形式活泼的演讲，如甘霖滋润心田，使广大师生获益匪浅。大学又及时把讲座向全澳社会开放，让澳门的公职人员及各阶层人士与澳门科技大学师生共享优质教育资源。

经济正在腾飞的澳门，特别需要科技、文化、教育水平的快速提升。从更深层次思考，澳门科技大学正在构建的不仅是名家荟萃的科学、文化讲坛，更希望进而发展成为一座立足澳门、面向世界的高水平学术大平台。通过精英人士相继登台亮相，这座平台将成为世界科学、文化大师传播思想、阐释理念的讲台，成为各行各业顶尖人才展现风采、谋求合作的舞台，成为大师们引以为荣并留下美好记忆的地方，也必将成为大幅度提升澳门科技文化品位、提升澳门形象的显著标志。

正是基于上述意义所在，澳门科技大学在继续开办“科技大师讲座”的同时，决定将这些精彩内容付诸文字，以资流传，泽惠学林。经与讲座的各位院士们广泛商议，获得他们的热心支持。该项目由澳门基金会正式立项，由学校校监顾问许敖敖教授、学术顾问唐泽圣教授主持，几位教师承担编辑整理与出版工作，一批热心于讲座的本科生与研究生分工整理相关的讲座录音，最后则由各位院士审阅定稿。

“看似寻常最奇崛，成如容易却艰辛”。录音整理工作之烦琐，校订审阅任务之艰巨，非亲历亲为不能体察。讲演录的出版，得到许多人士的热心参与、全力支持和无私奉献。在此，我们衷心感谢莅临讲学、授权出版并审订文稿的诸位院士，感谢为统筹、整理、编辑、校对、出版文稿付出极大努力的诸位师生朋友。最后，我们期待各界一如既往的悉心指正和鼎力支持。

于澳门科技大学

2014年8月

目录

如何学习，如何创新

——从一批中国物理学大师的科学成就谈治学创新之道

——中国科学院院士、

凝聚态物理学家朱邦芬先生讲座

（2009年10月28日）

朱邦芬

朱邦芬院士，凝聚态物理学家。1948年生于上海，籍贯江苏宜兴。1970年毕业于清华大学工程物理系，1981年获该校硕士学位。现任清华大学教授。与黄昆先生一起确立了半导体超晶格光学声子模式理论，被国际学术界称作“黄–朱模型”，带动了该领域的发展。他关于半导体量子阱中激子旋量态理论和半导体超晶格拉曼散射的微观理论，在国际上有较大影响。现从事凝聚态物理理论研究，主要研究方向是受限小量子系统物理、自旋电子学和半导体超快光学过程理论。他1993年、2004年先后获国家自然科学奖二等奖。曾获中国科学院自然科学奖一等奖。2003年当选为中国科学院院士。

首先我想问同学们一个问题：学习的目的是什么？我认为，继承、传授、应用、创新、发展，这十个字基本可以作出概括性的回答。其次我要问的是：创新的内涵是什么？目前大家公认至少应该包括原始创新、集成创新、引进消化吸收再创新这三个不同层次的创新。

今天，站在这个讲台上，我不想说太多空洞的理论，想通过介绍一批中国物理学大师的部分学术成就及其对当今物理学前沿的影响，揭示他们的成长之道和治学之道，特别阐述他们创新之道，以及我们如何在大学阶段学习和创新，供大家思考和讨论。

一、一流创新人才培养问题反思

同学们可能都知道，中国60多年的高等教育事业，取得了举世瞩目的成绩，中国发展所需要的高级人才，主要依靠自己培养。但是在另一方面，在培养最顶尖创新人才方面，我们的教育实践并不算成功，只有正视这一事实，才有可能在认真反思的基础上不断奋进。

那么，为什么我们在培养一流创新人才上不成功？究竟是哪些因素导致这一问题长期不得根治？我认为，至少以下这几方面的原因值得深究。

首先，急功近利的大环境，使我国高等教育匮乏人文精神。现在，很多学生对学位的追求，胜过对学问的追求。与此相应，教师对自身发展的追求，多于对人才培养的追求。高等学校对短期指标的追求，大过对立身之本的追求。至于学校领导，对于保官升官的追求，胜过对成为一位教育家的追求。

其次，受中国传统文化的影响，我们的学生尊重师长、服从权威，但批判精神受到抑制。其实，一个真正的科学家，必须理解“科学的不确定性和它永远的暂时性”。正是在这个意义上，“科学意见的权威性本质上是相互的；它建立在科学家之间，而不是科学家之上”。

第三，是教育方式上的缺陷。有一组数据很耐人寻味。大家都知道，中华民族与犹太民族都非常重视教育，虽然犹太人占世界人口比例不到0.3%，但在1901—2008年间全世界获得诺贝尔奖的730多人之中，犹太人竟多达164人，占获奖者总数的22%。而全世界华人将近14亿，其中获得诺贝尔科学奖的只有8人。虽然诺贝尔奖并不是唯一的衡量尺度，但这个对比所传达的信息，无疑值得我们反思。

长期以来，我们的教育更偏重于知识的记忆、传授和积累，而不是思考、质疑和创造新的知识。在我们史书上记载的“天才”，都是“博闻强记”“学富五车”型的，而不是创造型的。至于我们现在的自然科学教育，也偏重于做难题，尤其偏重于做题的准确性，所以那些“好学生”往往是那些最会考试、学分最高的学生；而“好教师”的标准则是传授知识准确、讲课生动、不用看书稿就能一步步地推导全部公式，却很少在课堂上讲学科尚存的疑难、争议和没有解决的问题。

据说诺贝尔物理奖获得者拉比（I.I.Rabi）幼年每天从学校回家，他的妈妈都要问他“你今天提了什么好的问题？”后来很多犹太家长也都这样问自己的孩子，由此培养孩子提问题、质疑和思考的习惯。而我们中国一些重视教育的家长则往往喜欢这样问孩子，“今天老师教了你什么，你学到了什么新的知识？”创新型杰出人才有多种内禀特性，对于中国学生而言，最缺乏的特性是有好奇心、想象力和批判性思维，这三者都与提问题有关。犹太民族通过从小就鼓励孩子提问题，来培养学生的创造力，这是非常高明的。

当然，除了上面说的三点，我们的高等教育普遍缺乏世界一流的导师，我们的教育文化长期缺乏科学传统，我们的高等教育事业也缺乏高水平的实质性的国际交流，如此种种，同样是导致一流人才培养

图1　叶企孙先生

问题出现的原因。

二、学习之道：以清华大学物理系的经验为例

那么，面对这些因素，我们究竟又该怎样解决这些问题？

这里我想说，其实中国也有成功的经验。从2000年我调到清华大学物理系工作至今，有机会去研究清华大学物理系的历史，也有机会更多地了解清华一批享誉四海的校友，如叶企孙、彭桓武、杨振宁、黄祖洽、周光召等人的治学之道。我还曾与国家最高科学技术奖获得者、世界著名固体物理学家黄昆先生在同一个办公室工作了15年。

在这里，我想结合清华大学物理系的历史，结合我所熟悉的黄昆等人的研究成就，谈谈我对如何学习和培养创新人才的一些看法，供大家思考。

清华大学物理系是1926年成立的，大家可能不知道，1926年清华大学物理系是从一位副教授——叶企孙和两位助教开始起步的。第一任系主任叶企孙先生[图1]早年毕业于清华学校，后来在哈佛大学获得哲学博士学位，他测量的普朗克常数（Planck constant）值，曾被国际物理学界沿用了16年之久。人们经常用“培养大师的大师”来表达对他的崇敬，这不仅是因为他是杨振宁、李政道等诺贝尔物理奖获得者的老师，也因为23位“两弹一星”功勋奖章获得者半数以上是他的学生，还因为他一手培养出了50多位院士，至于他对待学生、对待教师的特别方式更是让人钦佩感慨。

在叶企孙先生的领导下，不到10年时间，清华大学物理系就成为全国第一流的物理系，并发展成为中国物理学科研和教学的重镇。李政道先生曾在一篇文章中写道“在发展的速度上，在办系的成功上，叶先生的创业成就是可以跟20世纪初的加州理工学院相媲美的”。叶企孙先生极力招聘最好的师资，可以说，当时的物理系，群星璀璨、大师云集。教师中包括一些大家都知道的著名人物，有堪称中国引力理论和湍流理论始祖的周培源教授，有在康普顿效应中做出重要发现的吴有训教授，有与诺贝尔物理学奖擦肩而过的赵忠尧教授，还有萨本栋、任之恭这样的一代宗师，等等。1932年中国物理学会成立大会暨第一届年会，就在清华大学召开。

清华大学物理系成立以来，即便在动荡不安的时局中，仍然坚持培养第一流的高端人才。第一届毕业生里，有一位人人仰慕的物理学前辈——王淦昌先生，他在核物理学与实验物理学方面有精深造诣，更以“我愿以身许国”的名言为世人所铭记。据统计，从1929年第一届本科生毕业到1938年西南联大建立，清华大学物理系10年内毕业本科生71人，研究生1人。他们后来有22人成为中国科学院的院士，有2人当选为美国的院士。其中，核物理学家除了刚才说的王淦昌之外，还有赵忠尧、施士元、钱三强、何泽慧、李正武；理论物理学家有彭桓武、王竹溪、胡宁、张宗燧；力学家有林家翘、钱伟长；地球物理学家有傅承义、翁文波、秦馨菱；电子学家有陈芳允、冯秉铨、戴振铎；光学家有龚祖同、王大珩；气象学家赵九章；固体物理学家葛庭燧；另外还有波谱学家王天眷，冶金学家王遵明，物理海洋学家赫崇本，等等。1955年，中国科学院数学物理学部首次遴选22名物理类院士，其中17位是清华大学物理系的系友。1999年，国家授予23位“两弹一星”元勋，其中就有10位毕业于清华大学物理系（包括9位本科生和1位研究生）。

清华大学物理系的这段成功历史，为我们今天讨论如何学习、如何培养一流的创新人才提供了许多可资借鉴的经验和启迪。我认为其中最主要的一个原因是实行了叶企孙先生的教学思想。

叶企孙教学思想可以概括为这样三点：一是只授学生以基本知识；二是理论与实验并重；三是重质不重量。这一理念的贯彻执行，效果明显而影响巨大。

我们以1951年毕业生——周光召先生为例，看看他在清华大学物理系本科阶段所学的物理科课程。大学一年级课程有：普通物理演讲（6学分，即每周讲3次，每次1学时，为时一年），普通物理实验（2学分，即每周做1次实验，每次3小时，为时一年）。大学二年级课程有：力学（6学分），电磁学演讲（6学分），电磁学实验（2学分）。大学三年级课程有：热学（6学分），热学实验（1.5学分），物性论（4学分）。大学四年级课程有：光学演讲（6学分），光学实验（4学分），电子学（3学分），电子学实验（2学分），无线电学（3学分），无线电实验（2学分），原子物理学（6学分），近代物理实验（4学分），论文（8/3学分）。

这份教学计划的特点是：（一）只授学生物理学的基本知识，没有许多比较高深的课程，学生大量时间学习自己有兴趣的知识；（二）每学期都有物理实验课，有的学期甚至有多门实验；（三）对学生的要求很严，我查了周光召的成绩单，周先生是当年出名的优秀学生，但成绩并不像我想象的那样好。然而实际上周先生解决了原子弹研究中的一个难题，靠的就是大学所学的扎实的基本知识。如果对比今天许多高校物理系的本科课程，是否值得我们反思一二？

再看看清华大学物理系1935年毕业生——彭桓武先生的治学经验。彭先生是周光召先生的导师，他概括自己的治学经验为16个字：选课主动，学友互助，良师指导，环境健康。这四点也是历史上清华大学物理系人才辈出的原因。

黄昆先生当年与张守廉、杨振宁合称为“西南联大三剑客”。

在黄昆先生看来，学习知识贵在主动，学生从导师“那里获得的东西中，最重要的是‘思维风格’，而不是知识或技能”。在这方面，黄昆有着独特的个人体验。尽管黄先生没有与他的导师莫特（NF Mott）先生一起发表过论文，但导师对他的研究方向的选定，尤其对他的学术风格的形成起了决定性的作用。

莫特先生对许多物理问题有很深的洞察力，极善于透过错综复杂的表面现象把握本质。尽管他有深厚的数学理论修养，但他善于抓住问题的物理实质，倾向于提出形象而简单的物理模型，以最简单的数学方法解决问题，而不主张借助繁杂的数学推导。莫特的这种风格，使黄昆避免在数学公式里绕圈子，并且懂得重视实验和理论的联系。

莫特先生治学的另一个鲜明特点是，集中精力思考自己当前所研究的具体问题。莫特使黄昆认识到，真正进入科研领域是通过对一个又一个具体科学问题的解决而逐步发展的。莫特并不崇尚泛泛地博学多闻，而是致力于解决他所感兴趣的具体科学问题。莫特只喜欢与人讨论他自己正在研究的问题，当人们和他讨论其他问题时，往往是几句话就打发了，或用打岔的办法给敷衍过去。莫特的多本专著覆盖了很宽广的知识面，看起来十分博学，实际上只不过反映了他在先后不同时期所钻研的不同物理问题。莫特一个时期专注于一个问题的治学习惯，对黄先生的影响尤深——黄先生也只喜欢与人讨论他自己正在研究的问题。

黄昆先生曾经在1947年给杨振宁先生的一封长信中这样回忆他的导师莫特先生："我每看见Mott一个人所有的influence，就有感想。真是所谓'万人敌'的人，他由早到晚没有一刻不是充分利用。自己作研究，帮助许多人作研究，organize 各种不同的Lab内Lab外专门讨论，参加国家各种technical committee，款待各种各样工业inspection以捐钱，处理系内各事，还时时出国去演讲……也就是像他这样的少数几个人，就支柱了整个英国的科学研究。假如你对科学研究本身还有faith的话，能比build up一个中国物理研究中心再富于adventure和 excitement的，还有什么呢？我相信你一定多少存有这样的雄图，那么什么事又能使你disillusion呢？我觉得只要人能把雄心放在超出自己以外的Abstraction上，人格的力量立刻就增加，没有disillusion，只有fresh challenge。这种看法我相信你一定以为正确，你的地位岂不是恰好可以接受这个positive solution。Consistently地发展这想法，比方说，successfully组织一个真正独立的物理中心在你心中的重要性应该比得一个Nobel Prize还高。同时在这步骤中，devotion to the cause的心也一定要驾于achieve自己地位之上。"

图2　黄昆先生

叶企孙先生的教育思想和这些中国物理学大师的治学之道，启迪着我们“如何学习”。本质上，这与美国著名的思想家、教育家杜威先生的教育思想是一脉相承的。近100年前，杜威的一个著名论点是：学习是基于有指导的发现，而不是信息的传递（Learning is based on discovery guided by mentoring rather than on the transmission of information）。

我以为，培养一流创新人才，是中国一流大学的第一任务。而一流人才主要不是课堂教出来的，而是创造一个良好的环境，让他们自己“冒”出来的。那么，究竟怎样的环境才能算一个好的环境？我认为至少应包括这样一些成分：要聚集一批优秀的学生；要有良好的学术氛围；要有良师，并且良师对学生精心因材施教、实行个性化的指导；学生要有自主学习知识和研究的空间；既要培养学生高度自信心和批判精神，更要教育学生如何做人，养成他们心态平和、兴趣广泛、志向远大的品格。

三、创新之道：以黄昆教授的治学为例

刚才谈了如何学习，现在讨论如何创新。我想以黄昆先生为例来展开。[图2]

黄先生不是知识最渊博的中国物理学家，但他是最有创造性的中国物理学家。他的名言——“学习知识不是越多越好越深越好，而是

应当与自己驾驭知识的能力相匹配”，确实是他的人生感悟。他一生研究主要集中在两个时间段：1945—1951年留英阶段和1977—1990年这十多年。

在早年留学英国的六年间，他就已经在国际物理学领域崭露头角。他取得的创新性成果，主要包括这样几方面：（1）提出了杂质和缺陷引起的X光漫散射理论，即“黄散射”理论；（2）理论上为“Friedel振荡”打下了基础；（3）提出了一对唯象方程，以描述长波长极限时极性晶体中光学位移、宏观电场与电极化强度三个物理量的关系，即“黄方程”理论；（4）提出了离子晶体中的电磁波与晶格振动的格波横波会互相耦合，形成新的模式“声子极化激元（polariton）”；（5）提出了在晶格弛豫基础上的多声子光跃迁与无辐射跃迁理论，即“黄—里斯理论”，成为固体杂质缺陷束缚电子态跃迁理论的基石；（6）与国际知名的物理学家玻恩先生合作，撰写了《晶格动力学理论》这本名著。他取得的这些成就，特别是《晶格动力学理论》的撰写，使他成为国际固体物理学界的领军人物、声子物理的权威学者。

黄先生在1977—1990年间，迎来了科学研究生涯的第二个高峰，其创新性成果主要包括：（1）统一了多声子无辐射跃迁三种不同的理论模型，彻底解决了多声子无辐射跃迁理论中的疑难问题；（2）提出了半导体超晶格光学声子的“黄—朱模型”。

黄先生提出的X射线“黄散射”理论，是他早年留学英国撰写博士论文的一部分，却从此开辟了一个分支领域。这在侧面印证了科学研究上的一个规律：20~35岁是创新最好的年龄。

这里简单给大家介绍一下X射线黄散射理论。在座各位如果学过普通物理学，应该知道X射线热致漫散射，即原子热运动使其排列偏离周期性，导致布拉格峰变弱，并在布拉格峰附近观测到附加的散射强度。黄先生提出的“黄散射”，则是指由于杂质或缺陷所引起的晶体原子偏离严格的排列的周期性，导致的X光布拉格峰和强度变化。他的论文《稀固溶体的X光漫散射》提出了十分简化了的X射线漫散射模型：(1) 假定每个原子对X射线的散射因子相同，杂质原子与母体晶格原子的体积不同；（2）无序分布在稀固溶体中的杂质原子，被看作是一个个孤立的畸变中心；（3）畸变中心造成的弹性位移，是各向同性的，与距离平方成反比。

据此，黄先生提出的X射线漫散射理论，主要特点包括这样三方面：（1）杂质原子的存在，使布拉格衍射峰强度减小了一个因子。该因子正比于倒格矢的平方，且与杂质浓度有关。（2）在布拉格峰附近，漫散射有一定的强度分布。在垂直于倒格矢方向上，漫散射为零；在平行于倒格矢方向上，漫散射强度随偏离布拉格角而迅速下降。（3）X射线漫散射与热漫散射在形式上比较相似，但微观机制及定量规律很不一样。在常温下，点缺陷畸变场导致的漫散射，往往被热效应掩盖。

黄先生的X射线漫散射的理论预言，直到20年后才由德国的派斯尔（H.Peisl）等人在g射线辐照过的氟化锂晶体X射线散射实验时验证。他们观察到了由点缺陷长程位移场所引起的漫散射，从而证实了上述黄昆预言的漫散射强度分布规律。此后，在快中子辐照过的铜晶体和电子辐照过的铝晶体等材料中，国外科学工作者也都观察到了这种漫散射，从而使黄先生提出的这种新的物理机制获得了国际学术界的普遍承认，开创了X射线散射的新的分支领域。从这里，我们可以看到，青年学生完全可以做出非常重要的工作，应该要有自信心。

黄先生这一创新成果，其实可以作为周光召先生以下一段言论的注脚。周先生曾经指出："善于学习和高度自信是富于创造力人才重要的质量。有成就的老年人常常过于自信而不再学习，刚开始工作的年轻人则善于学习但往往缺乏自信。而在科研工作中，缺乏自信又急于求成的心态容易形成创造性障碍，这也是热衷跟踪和模仿的重要原因之一。"

黄先生在博士后阶段做的另两项杰出的创新成果是"黄方程"和声子极化激元，这充分表明提出好的问题对于创新的重要性。当时黄昆的同学正在讨论不同的离子晶体颗粒中的光学振动频率。黄昆对自己提出这样一个问题：有没有可能像胡克（Hooke）定理（对应声学振动）那样，先提出无穷大的晶体中光学振动的基本运动方程，然后再研究具体形状的影响？结果他提出了这对著名的"黄方程"，给出了极性晶体中光学位移、宏观电场强度和电极化强度三者之间的关系，后来具有广泛的应用。

黄昆紧接着又提出了另外一个问题：光学振动所伴随的电磁场以有

限速度传播，即电磁场的推迟效应，它对光学振动作用有何影响？为此他把黄方程和麦克斯韦（Maxwell）方程联在一起，从而提出了声子极化激元的新概念。在黄先生的这项研究以前，人们将有色散的电介质或磁介质中传播的电磁模，用它的相速度、群速度和能流密度来描述，而晶体的线性光学则用介质的介电函数来表征。黄先生的这一研究，使人们对电磁波在晶体介质中传播的概念起了革命性的改变。他认为，光子可以在真空中传播，并不限于在介质内；光子与声子（仅限于介质内）以同等地位并同时得到处理；在晶体红外色散频率附近，外部的电磁波与极性晶体内部的横光学声子无法区分。电磁波在极性晶体内的传播模式，应被理解为介质的一种特征模式。用固体物理语言来描述，这种传播模式对应于一类新的元激发——“polariton”。

这里我们可以看到，提出一个好的问题是创新的开始。正如前面我说过的，提问题跟好奇心、想象力和批判性思维紧密联系在一起，对于创新非常重要。

黄先生早年和诺贝尔物理奖获得者玻恩（Max Born）合作的经典著作《晶格动力学理论》，则验证了这样一个道理：科学的主要目的，在于社会效益，应用是创新源泉之一。

玻恩是晶格动力学的创始人，量子力学诞生后，他想在此基础上重新撰写晶格动力学理论这本书。第二次世界大战后，他因年高事多，就找黄昆来合作。对于怎样写这本书，一开始两人产生了分歧。玻恩主张从量子力学的基本原理出发，演绎式地写这本书。黄昆则认为，科学的主要目的在于社会效益，要使这本书有更大的应用，前面就要加三章基本的引论，交代清楚这个领域的基础知识。最后玻恩不得不作了妥协，由黄昆按自己的想法来写。所以这部著作出版时由玻恩单独作序，这不符合惯例，只是玻恩想作以下表明：

“由我单独撰写和签署这个序言的原因并非只是与合作者之间遥远的距离，我是希望说明，如果没有他专心致志且富有成效的劳动，本书是绝对不可能完成的。”

“黄昆成功地完成了任务，不过，本书已变得和我原来的计划很不相同了。黄博士坚信科学之主要目的在于社会效益，而他同时也重写了我原先的内容，在很多方面使之更普遍化，并增加了新的章节。因而，本书之最终形式和撰写应基本上归功于黄博士。”

玻恩先生在《玻恩—爱因斯坦通信，以及马克斯·玻恩的评注》这一书中，有两封信专门谈到了这件事。其中第95封信有段文字：“我现在正在跟一个中国的合作者黄昆博士完成一本晶格的量子力学的书。书稿内容已完全超越了我现在的理解，我能懂得年轻的黄昆以我们两人的名义所写的东西，就很高兴。”

第96封信也谈及此事：“在战争爆发的时候，我已经开始写关于晶体的那本书，以便在量子力学的基础上系统地建立晶体点阵的理论。但是这个任务证明我是力所不能及的，我不得不把手稿暂时放置在一边，后来我把它给了一位有才能的、我的中国合作者黄昆博士看，他说他愿意帮我完成这本书，正如我信中所写的那样，确切的情况就是：正是他——黄昆承担了此项工作的主要任务，只是在最后的几个阶段里，这项工作又不可避免地要我来做。”

我到图书馆去看书，有个观察，新书的侧面都是雪白的；而老书侧面看过去有黑有白。黑的部分表明，这些页数翻阅的人比较多。我发现，在许多图书馆里，黄昆和玻恩合著的这本书，前面三章，特别是黄方程部分确实比较黑。这本书的影响很大，引用超过6 000多次，这确实说明，创新应该考虑到应用。

在英国的最后一年，黄先生与里斯（A Rhys）提出了著名的“黄—里斯理论”，即在晶格弛豫基础上的多声子光跃迁与无辐射跃迁理论。里斯是英国人，后来成为黄昆的夫人，中文名字为李爱扶。这个理论的彻底建立花了30多年的时间，这表明，创新有时需要持续不断地解决疑难问题。

1947年，在一次学术报告中，黄昆对一个实验现象很困惑：为什么*F*中心的光谱带的宽度，可以宽到相当于数十个声子的能量？一般说来，原子光谱的谱线非常窄，其展宽的一个重要原因是发光过程中伴随着声子吸收或发射。按照量子力学，一阶电子—声子作用，只能发射或吸收一个声子，几十个声子能量的宽度，相当于几十阶电子—声子作用，这既不符合微扰论预言的谱型，在理论上也完全不可能。黄昆觉得这个问题很有意思，想着手解决。但断断续续研究了几年后，一直没有突破。

1951年在写《晶格动力学理论》这本书时他突然悟到，这里的关键是“晶格弛豫”，即电子跃迁的初态和末态的晶格平衡位置发生了改变，这样，即使是一阶电子—声子作用，就可以有多个声子参与。根据晶格弛豫概念，“黄—里斯理论”建立了光跃迁多声子理论。其要点包括：（1）在绝热近似下，系统的总波函数Φ_{in}（x，Q）可以用电子态波函数Φ_i（x，Q）与晶格振动态波函数x_{in}（Q）的乘积来近似地表达（x，Q分别是电子和晶格坐标）。（2）运用康登近似，假定电子态i与电子态j之间电偶极跃迁矩阵元M_{ij}与晶格坐标Q无关，这样，跃迁矩阵元为两个晶格振动波函数的重叠积分乘以M_{ij}。（3）声子单频多模近似。可以证明，单频多声子模能够转换成为单一声子局域模式问题。（4）在线性电声子互作用与简谐近似下，通过把围绕F心的晶格原子平衡位置的位移，用晶格振动的正则坐标来展开，可以得到在低温下振动态之间的重叠积分中所含p声子发射几率，来自p个声子模的声子数由0至1的跃迁。对于N个单一频率为w的声子模，p声子跃迁的总贡献正比于$|M_{ij}|^2\exp(-S)S^p/p!$，其中S（即文献中常引证的黄—Rhys因子，或S因子）表征晶格弛豫强弱，与Δ_{ij}^2有关，Δ_{ij}为电子态从i态跃迁到j态时，晶格平衡位置坐标Q的移动值。黄昆预言，由于晶格弛豫，原先一条谱线变成一系列的多声子峰。在低温下，多声子谱线强度呈泊松分布。当S远大于1时，峰值在S附近。（5）在有限温度下，发射p声子概率，包括$p+q$个声子模的声子数增加1和q个声子模的声子数减少1的跃迁。对于N个单一频率为ω的声子模，p声子跃迁的总贡献可以用一个虚宗量的贝塞尔函数I_p表示。黄昆的光跃迁多声子理论很好地解释了实验，取得了成功。

黄昆在同一篇论文中还预言了无辐射多声子跃迁理论，即两个电子态之间的跃迁不涉及光子，完全靠发射或吸收多个声子。“黄—里斯理论”对于多声子无辐射跃迁在定性上是正确的，但定量上不符合实验，为此国际上相继出现了“静态耦合”和“非康登近似”的理论。这些理论虽然在定量计算上获得了某种程度的成功，然而也出现了一个令人困惑的局面：为什么属于在绝热近似框架内作修正的“非康登近似”，与抛弃了绝热近似的“静态耦合”会有十分接近的结果？为什么采用理论上较为严格的绝热近似所得到的结果，反远不如不那么严格的“静态耦合”所得到的结果？

这个难题一直到20世纪70年代末，才由黄先生彻底解决。他发现用于无辐射跃迁理论的康登近似，实质上是把量子跃迁计算中的一阶微扰和包含高阶微扰的晶格弛豫效应混合并用；并且证明，一旦消除了康登近似带来的不自洽性，绝热近似和静态耦合在把电声子作用作为一阶微优范围内是相互等价的。这样，他就得出了一个统一的理论，从而澄清了30年来围绕无辐射跃迁理论发展而出现的混乱，也给比较简单的静态耦合计算提供了理论上的依据。

创新中经常会遇到疑难问题，遇到难题怎么办？黄昆的经验表明，一方面需要持续不断地去努力，但另一方面，做了一段时间，做到一定程度，如果没有进展，就可以暂时放一边，先做其他事情。过一段时间如果有了新的想法，再回过来做。再做如果还是没有突破，就再搁置一边……总之，攻克难题，既要持续不断地努力，也不要钻牛角尖，以免“走火入魔”。杨振宁先生也有类似的体会。

黄先生年近古稀仍在创新，其代表成果就是1988年发表的关于半导体超晶格中光学声子模式的“黄—朱模型”。这个模型的提出，实际上是在破除若干传统观念的基础上建立的，譬如：由局域电子态和光子模而来的受限声子纯正弦驻波模式；类体模与界面模完全无关的假设；由此解决了介电模型与实验的矛盾。

总体而言，黄先生毕生致力于科学研究，在创造知识方面为我们提供了宝贵的经验。他把他的研究归纳为“三个善于”：一是善于发现和提出问题；二是善于提出模型或方法去解决问题；三是善于作出最重要、最有意义的结论。在创造知识方面，黄先生本人恰恰是“三个善于”的典范。

黄先生毕生研究的问题，大多不是从文献中来。他不喜欢做大家都做的事情，不喜欢随大流、赶时髦，跟着别人做热门课题。从“黄方程”的建立，“极化激元概念”的提出，到“多声子跃迁理论”的开创，我们可以清楚地看到，一个好的研究群体对其中个体成员发现和提出好的研究问题的启示作用。黄先生曾经指出：“有些题目看起来确实很小，但深入研究下去，就可以从中发现很大的问题。这就如同看到一个细小的洞口，下决心钻进去，会发现里面存在广阔的天地。”

黄昆特别善于用简单模型解决复杂的问题，他提出“要善于解决问题”，在某种意义上就是要善于作出近似，善于抓住最主要的矛盾提出简化模型。他多次强调：“针对分析问题的目的，尽可能地消除次要因素，同时不影响问题的主要因素。”他在这方面最典型的例子，就是“黄散射”和“黄方程”理论，以及利用少数几个平面波展开求解复杂空穴态的方法而形成的“黄昆偶极子点阵”模型。

从某种意义上说，要善于作出最重要、最有意义的结论，是黄先生总结的自己的经验教训之一。他理论上为“Friedel振荡”打下了基础，然而他最后没有进行到底，与“Friedel振荡”失之交臂，即为教训。他在晚年谈到自己科研上的两个活跃时期时，说过一段意味深长的话：“年轻时（指在英国6年）我的工作特色鲜明，但是没有再往下深入；后来在深度上比以前要好，解决问题的复杂性质要比年轻时强。”这段自我总结当然是一种自谦，但在某种意义上也可为我们从事创新研究工作所借鉴。

最后，我想简单总结一下今天的报告。

对于“如何学习”，我的几点看法是：其一，对于天资优异的学生，学习更应该是学生在教师指导下的探索未知世界；其二，学生学习的主动权应得到充分尊重，学习贵在主动，越优秀的学生越要主动学习，教师越要对他们“松绑”；其三，学习的内容不是越多越好、越深越好，要让学生有仰望星空的闲暇和兴趣，要彻底理解驾驭所学的知识；其四，学习的目的是为了应用，为了满足好奇心，为了创新。

至于“如何创新”，我的几点体会则是：其一，青年时代是原始创新最好的年龄，也是学术风格开始形成的年龄；其二，任何年龄都能创新；其三，应用是创新的源泉和动力，疑难问题则是创新的机会和挑战；其四，应当在反复比较中创新；最后一点但绝不是最不重要的则是，应当有锲而不舍的奋斗精神，以及像前面谈到的黄昆先生那样“三个善于”的创新经验。

揭开黑洞神秘的面纱

——中国科学院院士、

天文学家张家铝先生讲座

（2007年4月18日）

张家铝

张家铝院士，1938年12月出生于江西赣州，现为中国科技大学天文系教授、博士生导师，天体物理学家。他1955年毕业于赣州一中，1959年毕业于武汉大学物理系，1985年晋升为教授，并于同年聘为博士生导师，曾任中国科技大学理学院副院长、天体物理中心主任。

张家铝院士从事高等教育50余年，多次主讲过四门普通物理及理论力学、热力学统计物理、电动力学、量子力学、磁流体力学、相对论物理、广义相对论、相对论天体物理、致密星物理、宇宙学等本科生、研究生课程，目前研究领域为理论天体物理，已在国内外著名学术刊物发表论文80余篇。在辐射机制研究中，他与合作者导出了相对论性带电粒子的普遍辐射公式，解决了弯曲磁场中辐射无法计算的难题，并把同步辐射和曲率辐射这两种很重要的辐射机制统一为一个整体，建立了从经典到量子的同步——曲率辐射理论。该理论已被国内外同行成功应用于伽马脉冲星、活动星系核及伽马射线暴等问题的研究中；与合作者将电子对过程引进到吸积盘理论中，成功地解释了天鹅座X-1硬X射线难题；在中子星的热演化问题研究中，与合作者提出中子星可以通过平衡态调整释放引力能和应力能的新加热机制，被国际同行认为是几大加热机制之一；另外他与合作者还证明塌缩球产生的只是瞬时奇点，并不导致真裸奇点出现，对这一难题的解决有推动作用。其研究组曾获得1978年全国科技大会重大科技成果奖及1993年国家级优秀教学成果二等奖。2005年当选中国科学院院士，2007年被评为武汉大学第五届杰出校友。

这个世纪，我们面临着许多科学难题。其中最难的当数暗物质和暗能量，它们是当代天文学留给21世纪科学家最大的谜团。我们知道，根据牛顿万有引力定律，所有物质之间都是通过“万有”引力相互吸引的。但是在20世纪末，天文观察已经证实，宇宙大部分的物质似乎都是不产生引力的，70%以上的这种不产生引力的物质是产生排斥力的，这类反常的物质被称为暗能量。到现在为止，暗能量还是最大的谜团，它与暗物质一起，构成21世纪天文学和物理学两个最大的科学难题。如果可以解决，对我们认识自然，发现新的规律，无疑是有划时代意义的。另一个大的难题是黑洞，它与各种天体的形成和演化密切相关，并且是天文学家和物理学家十分关心的课题。

黑洞是一个很有趣、也很有价值的研究对象。黑洞的研究属于基础学科，各国科学家最近几年非常重视，因为它涉及数学、物理、天文学中很多理论性非常强的问题。今天，我们只能把它表面蒙上的那层面纱略加掀开，做些简单介绍，至于详细的推导和严格的理论，在这里就不做细谈。

“黑洞”的概念，大家可能都听说了，因为现在的媒体经常提到。例如，“购物打折　警惕黑洞”，这里的“黑洞”就是一种陷阱；电视剧《黑洞》，则讲述了一群贪婪、狠毒、欲壑难填、隐秘自私、难以捉摸的团伙的故事；还有陈小春的歌曲《黑洞》，表达的是人们内心深处的欲望、渴求，如果深陷其中，将难以抗拒。以上是日常生活中“黑洞”的概念。天文学和物理学对“黑洞”则有着更加严格和准确的定义，我们下面来谈谈。

我们都知道，发射卫星也好，宇宙飞船也好，都要有可以脱离地球的宇宙速度才行。例如，要脱离地球引力场，火箭需达到的最小速度为11.2千米/秒（第二宇宙速度）。飞出太阳系所需的最小速度为16.7千米/秒（第三宇宙速度），从太阳表面发射需620千米/秒。星球的引力场越强，飞离它的速度就越高。例如，在中子星上（中子星被认为是由中子构成的星体），由于一个相当于太阳质量的中子星，半径只有10千米，在这上面发射一个宇宙飞船，所需的速度则要15万千米/秒。

200多年前，拉普拉斯曾指出："一个质量足够大并足够致密的恒星，会产生强大的引力场，以至于连光线都不能从其表面逃逸。因此，从这种星体发出的光，将不会到达我们这儿，成为一颗我们看不见的暗星。"——这就是有关黑洞最早的设想。也即是说，一个比中子星还小还重的星球，它的逃逸速度可以比光还快。且据目前所知，没有什么东西的速度可以超过光速。所以，黑洞囚禁光，因此看不见它，是一个完全暗的东西。

但是，为什么又叫洞呢？牛顿理论无法解释，我们只能依靠新的引力理论——广义相对论来解释了。给出这个新理论的人，便是爱因斯坦。

爱因斯坦是20世纪最伟大的科学家，迄今为止，他和牛顿是人类历史上两位划时代的物理学家。20世纪基础物理学三个观念上的伟大革命，他都起了决定性作用。爱因斯坦敏锐的洞察力，远远超越他同时代的人。20世纪科学界最大的谜团是太阳的能源，也就是太阳到底是燃烧什么，才能这样经久不息的发热发光。爱因斯坦的狭义相对论，对解释这个问题做出了巨大的贡献。

广义相对论是爱因斯坦个人卓越和深奥的创造。就其原创性和胆识而言，在物理学史中是无与伦比的。著名物理学家马克斯·玻恩（Max Born）曾说："对于广义相对论的提出，我过去和现在都认为是人类认识大自然的最伟大成果。它把哲学的深奥、物理学的直观和数学的技巧，令人惊叹地结合在一起。"

爱因斯坦1915年建立的广义相对论，是一种本质上与牛顿引力理论（$F=\frac{GMm}{r^2}$）完全不同的引力理论。广义相对论认为：时间—空间

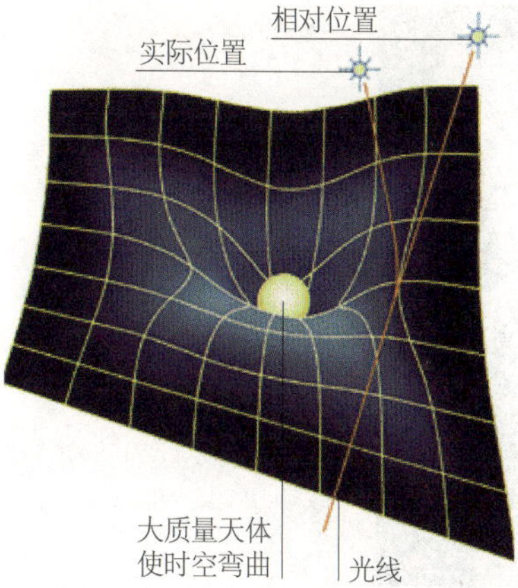

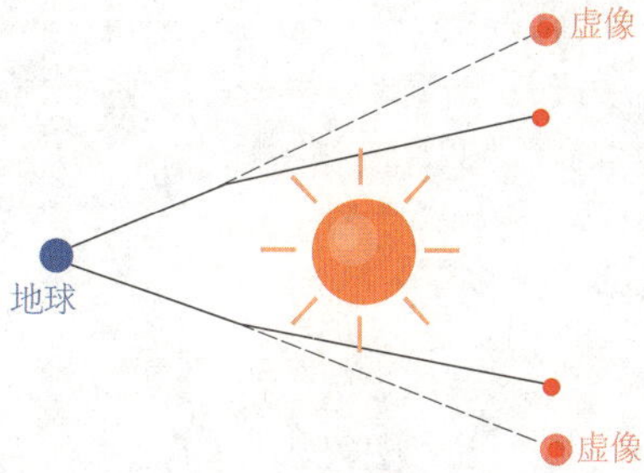

图1　引力是由空间—时间的几何畸变引起的　　图2　光线弯曲

（时空）本来像是一个完全平坦的橡皮薄膜。当一个十分轻的物体放置在这个橡皮薄膜上，将不会自动滑向其他地方。但如果先将一个很重的物体放在上面，橡皮薄膜就会凹下去，此时再往橡皮薄膜上滴水或者放一个小球，就都会移向重物方向。牛顿认为，这就是因为重的物体产生了引力。但是爱因斯坦认为不对，他说是因为整个橡皮薄膜（空间—时间）发生了凹陷所致。重物会使其周围时空发生弯曲，这就是爱因斯坦的基本思想。他认为引力是由空间—时间的几何畸变引起的。[图1]

时空弯曲形象地解释了为什么会产生引力。广义相对论不但给出了牛顿引力理论所有的解释，还从时空扭曲的概念推导出许多牛顿引力理论无法预测的结果，例如，在引力作用下，光线的传播方向和频率都会改变。

我们都知道，光是沿直线传播的，这是一个最基本的常识。可是根据广义相对论，在引力场作用下空间会弯曲。这时候，光虽仍然沿任意两点间的最短距离传播，但它已经不是直线，而是曲线了。就像地球表面不是平面，我们在地面上以直线行走，实际上走的是地球球体表面的一段大弧。根据广义相对论，光子是沿着弯曲时空中接近直线的“零测地线”运动的。形象地看，就好像光本来是要走直线的，只不过强大的引力把它拉得偏离了原来的方向。当光线经过一些大质量的天体时，由于它走的路线已变成弯曲的，所以我们看到的像，并非它真正所处的位置，两者将有差异。[图2]

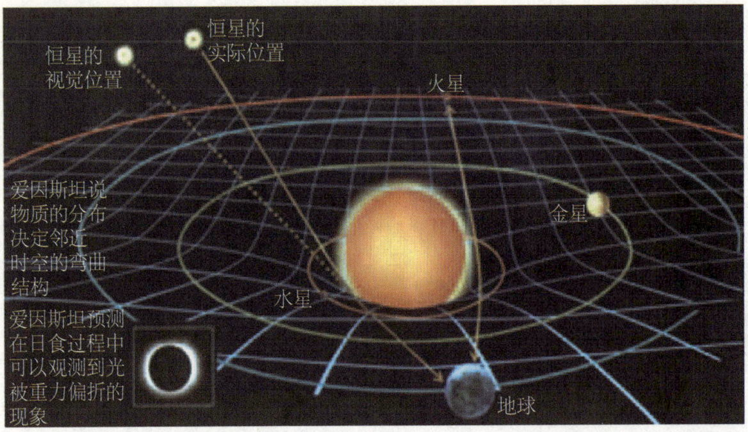

图3　光线弯曲理论得到证实

这一光线会弯曲的预言，于1919年由爱丁顿（Eddington）等通过日食的观测而得到证实。这个结果发表之时，全世界为之轰动，其情景之热烈，在科学史上实属空前。[图3]

下面简要介绍一下红移现象。

我们知道：当一列鸣着汽笛的火车经过我们身边时，火车汽笛的声调会由高变低。声调的高低是由声波振动的频率决定的，火车靠近时，频率逐渐变高，听起来声调就尖啸；反之火车远离时频率变低，声调听起来也就低沉。这就是“多普勒效应”。光源运动也要引起光波频率的变化。如果恒星远离我们而去，则谱线就向红光方向移动（频率降低），称为红移；如果恒星朝向我们运动，谱线就向紫光方向移动（频率增加），称为蓝移。

根据广义相对论，光从引力场中发射出来时，也会发生红移现象。可粗略地理解为，向外运动的光子像火箭一样，是在引力场中做“登高”运动，因而它将损失能量。而光子能量与频率成正比，即$E=h\nu$，故其频率将减小，这就是引力红移。

引力红移实际来源于时间延滞。时空弯曲也包括了时间的变化。由于引力的作用，星球附近的时间对于远处的观测者来说，会变慢。你见到远处星球上人的活动，就像看电视节目中的慢镜头一样。这就是时间延滞（time dilation）现象。

时间延滞将使光子逃离引力场时频率发生变化。即在引力场中辐

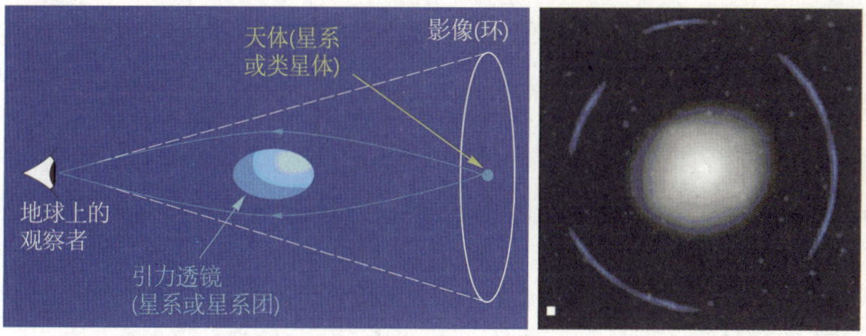

图4　引力透镜效应

图5　时空结构拖曳效应

射源发射出的光，当从远处观测时，频率减少，波长增加，谱线会向长波方向（即向光谱红端）移动，移动量与源及观测者两处引力势差的大小成正比。20世纪60年代，采用穆斯堡尔效应的方法，测量地面上高度差22.6米的两点之间引力势的微小差别所造成的谱线频率移动，定量地验证了引力红移。

光线弯曲会导致引力透镜效应。也就是我们可以通过光线的偏移，看到天体后面的天体。[图4]

牛顿认为，物体的引力只跟自身的质量有关。而爱因斯坦认为，物体转动时，物体可以扭曲周围的时空，时空跟着物体一起转动。这个理论被美国科学家证实：2005年6月，NASA发射的一个探测器，可以测量地球转动导致周围时空的细微变化。这首次证明地球转动时，会拖曳周围的时间和空间，就像一颗保龄球在浓稠液体中旋转时所发生的状况。

有了这些粗浅的知识，下面就可以进一步谈谈有关黑洞的定义。

设想有一张橡皮膜，而且放在橡皮膜上的重球可以不断缩小，由于球的密度越来越高，橡皮膜（时空）的下陷及扭曲也变得越厉害。当重球缩小成一点时，密度趋于无限大。[图5]

这时，时空中便会出现一个无底的陷阱，经过其附近的物体，最终都会滑向它（被吸引）而坠入深渊之中，甚至连宇宙中走得最快的光也不能幸免。一个引力强得连附近的光都不能逃离的星球，就成了一个黑洞。所以，黑洞应是一个密度高得使周围时空严重扭曲的星体，附近物体都可能要滑落其中，连光也不能逃遁。

1915年，史瓦西（Schwarzschild）利用广义相对论方程，求得一个描述球对称体附近时空结构的解，打开了精确定量定义黑洞的大门。该解给定了一个不旋转球体外部的引力场，称为“史瓦西解”。在球体质量很小或在离球很远的地方，史瓦西解与牛顿结果一致，这时时空弯曲很小，引力场很弱。但球体收缩时，球体表面的半径越来越小，这个解与牛顿结果的差异就变得越来越严重。

按照牛顿万有引力定律计算，天体只有压缩至一个点时引力才变成无限大。但按史瓦西解，在半径接近所谓引力半径的时候，引力就变成无限大，并不要压缩成一个点。

引力半径为

$$R_g=\frac{2GM}{c^2}$$

其中，G是牛顿引力常数，M是球体质量，c是光速。计算表明，在半径为$R_g=\frac{2GM}{c^2}$的球面上，对应的引力场强度实际变成无限大，任何处于这个球面上的物体，包括光，都会被强迫坠向$r=0$的中心点。这里的时空弯曲是无限大，是一个“奇异点”。

那么，物理学对黑洞又是如何理解的呢？1939年，美国物理学家奥本海默（Oppenheimer）证明，非常致密的天体，确实会产生这样一个时间—空间区域，光或任何东西都不可能从该区域逃逸而到达远处观察者。这一时空区的边界被称为视界，是一个半径为$R_g=\frac{2GM}{c^2}$的球面，球面内发生的任何过程，外面人都无法知晓。任何物体落至这个球面上，无限大的引力必定将它完全吞没。这就是现今物理学对“黑洞”的理解。R_g也称为引力半径，视界是黑洞的边界，是只进不出的单向膜，在视界面上引力红移为无限大。

一个太阳质量的恒星，其引力半径R_g约3千米（太阳质量约2×10^{33}克，现在的半径大约为696 000千米），地球的R_g约1厘米，10亿吨大山的R_g仅原子核大小，要产生上述时空特区，就必须将它们压缩至其引力半径以内才行。

后来奥本海默通过计算，证明中子星的质量不能大于3倍太阳质量以上。如果超过这个值，那将再没有什么力量能与其自身重力抗衡，并会引发另一次大坍缩。天文学家也预言，恒星在核能用尽之后，如果质量足够大，在强引力场情况下就不可避免地发生引力坍缩，它的体积会不断缩小。如果它的核心质量足够大（例如远超过3倍太阳质量），它将不断地坍缩下去，直至收缩到引力半径以内，最后变成一个几何点为止。

这时，引力场将变得十分强大，任何物质（连光线在内）都不能逃逸出来。物质如果被它难以想象的强引力场吸住，都会陷入其中而再无逃脱的机会，因此可以把它形象地说成是空间的一个无限深的“洞”。因为连光线也逃逸不出来，黑乎乎的，所以叫黑洞。

要谈黑洞，适当了解恒星的演化进程还是有帮助的。通常星体是由气体星云凝聚而成，当中心温度达摄氏1千万度以上时，会出现氢合成氦的核反应，产生光和热，这时星体称为恒星。核反应所产生的对外压力和重力抗衡，所以恒星是稳定的。一旦恒星核心的氢燃料用尽后，恒星核心在引力的作用下收缩，使恒星中心温度上升，触发新的核反应。于是恒星核心所发出的能量比以前还多，辐射压力的增加使恒星的外层气壳向外膨胀，膨胀又令外壳温度下降，因此恒星便趋于红色，称为红巨星。质量和太阳差不多的星体，在中心燃料烧完时会停止核反应，往内坍缩变成白矮星。至于质量是太阳数倍的星体，在燃料耗尽时会膨胀爆炸，发出亮光，把物质以接近光速的速度抛向四方，这就是“超新星爆炸”。超新星爆炸后，质量超过1.4个太阳的星体，其所留下的核心会变成一颗体积很小质量很大的中子星；质量超过3.2个太阳质量的星体，就可能一直坍缩下去。这就是恒星的一生。[图6]

从量子力学可知，当两个电子靠得很近时，会产生一种相互排斥的简并压力。白矮星就是靠电子简并压力与引力抗衡的。但电子简并压力能够支撑的重量，只相当1.4个太阳质量。超过1.4个太阳质量时，电子将被压进原子核中，与质子反应形成中子。中子也会产生简并压力，以抗衡重力压缩，这时星球内部剩下的主要是中子，所以称为中子星。中子星的质量应该小于3.2个太阳质量左右，否则中子简并压力也支撑不住了。质量远超过3.2个太阳质量的星体，会一直塌缩到一个点上为止，这个点就是奇异点。奇异点和环绕在奇异点外围的视界，构成整

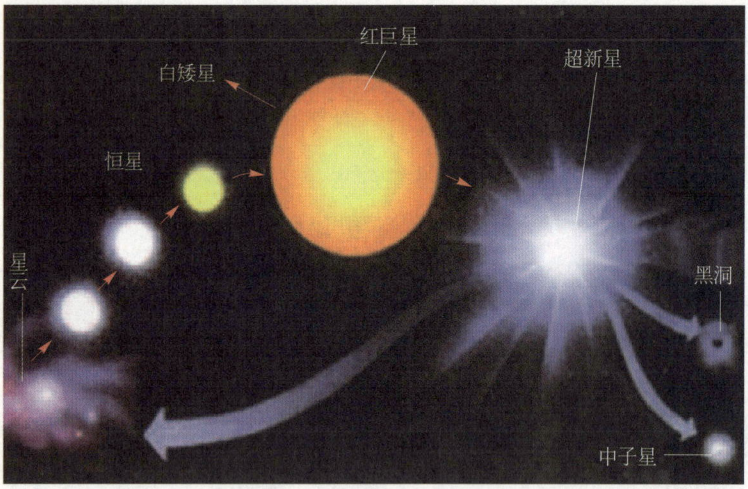

图6　恒星的一生

个黑洞。

黑洞是广义相对论所预言的一种特殊的天体。它的基本特征是有一个封闭的视界，即黑洞的边界。外来物质和辐射可以进入视界以内，而视界内的任何物质都跑不到视界外，甚至光也逃逸不出来。压成一点的星体，密度趋于无穷大，成为黑洞中心奇点。今天的物理学仍无法描述奇点状态，任何东西如果进入离奇点小于$\frac{2GM}{c^2}$（引力半径）的视界内，就被黑洞完全吞没。球形黑洞的大小，由引力半径决定。[图7]

黑洞不仅不让光线出来，而且的确是时空中的一个洞。不过在视界之外，黑洞并不会完全主动去吞噬其周围所有物质。[图8]

黑洞的引力非常强，以至于任何东西（包括光）都无法逃离黑洞。在黑洞中心周围有限的区域内（视界内），所有光的运动轨迹都是向内的，空间和时间也被极大地弯曲，根本没有出路。

黑洞可能是宇宙中常见的天体。有关理论表明，每个星系都含有大量的（可能是上百万个）恒星质量黑洞，它们都是大质量恒星超新星爆发的产物。几乎在每一个星系的中央都有一个超大质量黑洞，它的质量从几百万到几十亿个太阳质量不等。另外还有中等质量黑洞和超小黑洞（原初黑洞）。

在远离黑洞处，黑洞的引力就像一颗同质量的恒星，没什么特别

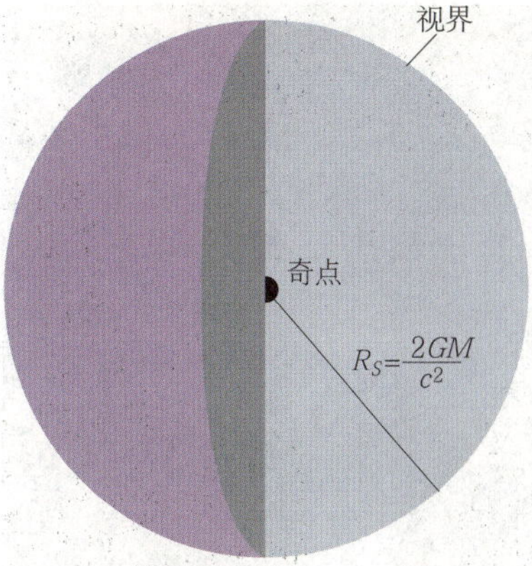

图7 黑洞的视界

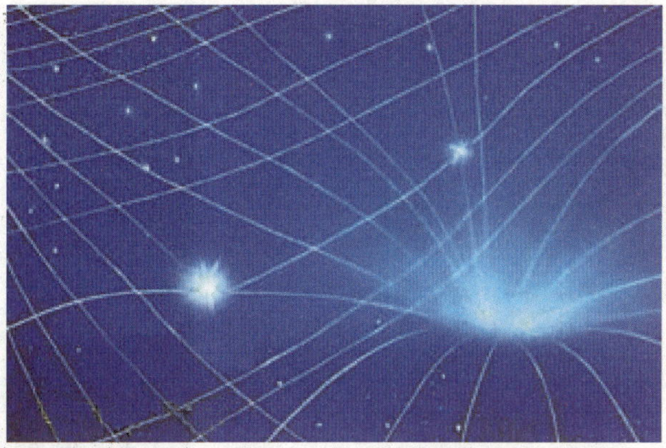
图8 黑洞示意图

之处。所有关于黑洞的奇怪现象，都是在接近视界时才发生。只要你离黑洞视界足够远，就可以保障自己的安全。在黑洞视界附近，最重要的还不是引力非常强，关键是潮汐力特别大，即任何两点受到的引力差异会变得极为庞大，它把我们的身体沿垂直方向拉长，横向则被压缩。最后，身体各部分引力的差异，会把我们完全撕碎，变成一堆碎片飞坠黑洞的深渊中。地球表面的潮汐力，仅相当一百亿分之一个大气压，所以我们毫无感觉。

朝向黑洞运动的中子星，被黑洞吞噬的过程也不是整体完成的：在接近黑洞时，中子星会先被“撕裂”为微小的碎片，然后才会被黑洞逐步地吸入“口”中，这期间可能会产生短暂而强烈的伽马射线爆发现象。[图9]

作为宇航员，也有可能会毫无察觉地掉进巨大黑洞之中。对于几个太阳质量的恒星黑洞，在视界之外潮汐力十分巨大，因此在到达视界之前，宇航员可能早就承受不住而解体了。例如，对8个太阳质量的黑洞来说，致命的潮汐力作用半径r在400千米左右，而其引力半径仅有24千米。对于1 000个太阳质量的黑洞，视界外潮汐力与100个大气压相当，人体仍无法承受。不过黑洞越大，视界旁的潮汐力越小。对于一些超大黑洞，宇航员在通过引力半径一去不复返之前，可能根本不会感到

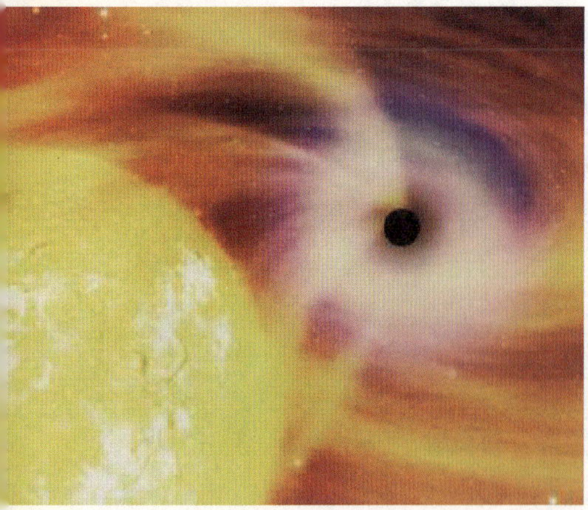

图9　黑洞吞噬中子星

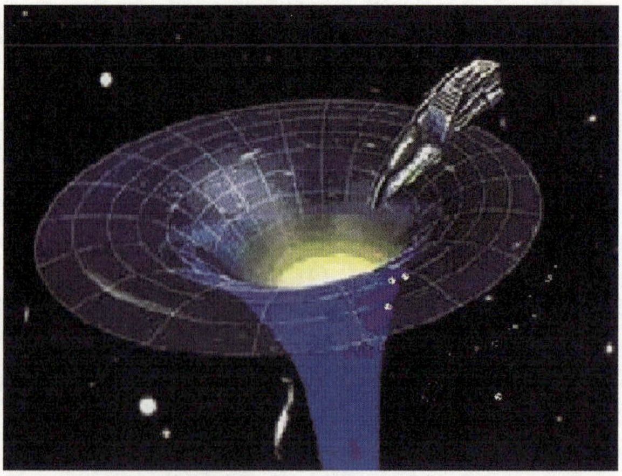

图10　宇航员落入视界示意图

潮汐力的存在。他不知不觉进入视界，没想到很快就被撕得粉碎了。落入视界前，宇航员如不被撕裂，他立即返回还是有可能逃离的。但他不知不觉到了视界上，即使以光的速度逃离，也无济于事了。[图10]

黑洞也有它简单的一面。我们只需要质量、角动量和电荷3个量，就可以描述任何黑洞。它不需要物态方程，也没有强作用和弱作用。黑洞头上只有三根毛——俗称三毛定理。球形黑洞仅需一个质量就能描述，其外部引力场与相同质量的球形天体极为相似。旋转黑洞的时空结构比较复杂，因其周围的时空都要被它带着一起转动。而且黑洞的转动能还可以被提取出来。带电的转动黑洞可以产生磁场，其磁矩正比于其所带的电荷和角动量。

从旋转黑洞可抽取能量。旋转黑洞被一个旋涡引力场所包围，离该黑洞越近这个旋涡场越强。旋涡场会拖着外来的物体一起转动，它会把经过黑洞附近且运动方向与旋涡场一致的粒子加速并抛掉，而逆着该旋涡场运动的粒子则被减速并捕获它们。被引力旋涡场抓住并以极大速度猛烈抛射出来的物体，可以抽取出黑洞的转动能量。黑洞转动能量，是黑洞能向外提供的最大能量。高速转动的黑洞，可以释放的能量约占其静止能量的29%。

黑洞可以并合，但绝不可能一分为二。任何使黑洞表面面积减小的

图11　高速等离子体喷流

过程，都是不存在的。黑洞一旦形成，任何东西都不能将它填满，它是可以不断增大的引力深渊，是无底洞。

那么我们如何发现黑洞呢？

由于黑洞本身不发光，如何从观测上证实黑洞一直成为现代天体物理学最具挑战性的课题之一。发现黑洞，主要是通过测量其对周围天体的强引力作用而发现它。同时，在很多情况下，我们可以观测到位于黑洞视界附近旋涡气体所发出的高能辐射，或者来自视界周围区域的高速等离子喷流。[图11]

恒星质量黑洞是最早研究的。尽管由于黑洞的奇特性质，我们无法对其直接观测，但其对周围物质强大的引力作用所导致的一些物理效应，却为我们提供了一些极有可能是黑洞存在的证据。

恒星质量黑洞作为致密天体，是恒星演化后期经历超新星爆发后形成的产物。由于黑洞质量一般大于三个太阳质量，所以可以通过对其质量的测量将它与其他致密天体（如白矮星和中子星）区分开来。据估计，一百次超新星爆发，就应该形成至少一个黑洞，因此即使在银河系内，黑洞的总数也应是数以百万计。

所有20多个恒星质量黑洞的候选者，都位于X射线双星系统中。在这一密近双星系统，物质会从普通恒星吸积到黑洞周围。当物质穿过视界前，会发出X射线。X射线波段的变化时标以及光谱峰值，可以显示辐射的区域极为致密（小于几百千米）。为了与吸积的中子星（也可存在于X射线双星系统中）区分，就要确定它们的质量是否大于中子星的临界质量（约3.2个太阳质量）。通过测定双星轨道的一些参数，包括轨道周期、普通恒星的轨道速度、普通恒星的半径和光谱型，以及轨道平面相对于视线的倾角，再用牛顿定律，就可估计出致密天体的质量。

中子星和黑洞光谱，也有不同的特征。中子星和黑洞的重要不同之处，是中子星有一个固体表面，而黑洞则没有。所以除质量测量外，另外一种可能更为有效的寻找黑洞的方法，是对这些天体的X射线和伽马射线波段的高能辐射，进行观测研究。由于黑洞不像中子星和白矮星一样有较强的表面辐射，因此黑洞双星系统的高能辐射谱也有所不同。最明显的特征是，黑洞双星系统的X射线辐射谱中，没有像中子星X射线双星中明显存在的单温黑体谱分量。而且，其表现为幂律形式的亮硬X射线能谱中，也很少存在100 keV以下的高能谱线。这些特征，极有利于我们从众多的河内X射线双星系统中，挑选黑洞候选体。

研究漩涡气团所发出的明亮辉光，不但可以找到黑洞存在的证据，也可以推断出它一些可能的性质。例如，天文学家最近在研究GRO J1655-40周围的漩涡气团时，就发现它会发生每秒高达450次的不寻常闪烁现象。天文学家估计，GRO J1655-40中心天体的质量，大约是太阳的7倍。气盘的快速闪烁，可能是中央黑洞快速自转所导致的现象。不过，为什么黑洞及中子星周围的吸积盘会发生闪烁现象，以及较缓慢的准周期振荡（QPO），则仍然是科学研究的热门题材。如图12所示，盘状漩涡气团的中心，可能藏着一颗黑洞。[图12]

微引力透镜效应有可能发现孤立黑洞存在的证据。1996年分析很多银河系核心方向的星光，发现两个恒星的亮度在几百日内增加很多，然后又回复之前的水平。研究证明，这很可能是因为有一个黑洞在恒星前面经过，黑洞的引力汇聚了星光，就像凸透镜把光线聚焦一样，使恒星的视亮度增加。[图13]

哈勃太空望远镜最令人振奋的发现之一，是确认了天文学家长久以来关于星系中心存在超大质量黑洞的猜想。它们最初被提出，是用来

图12　盘状旋涡气团

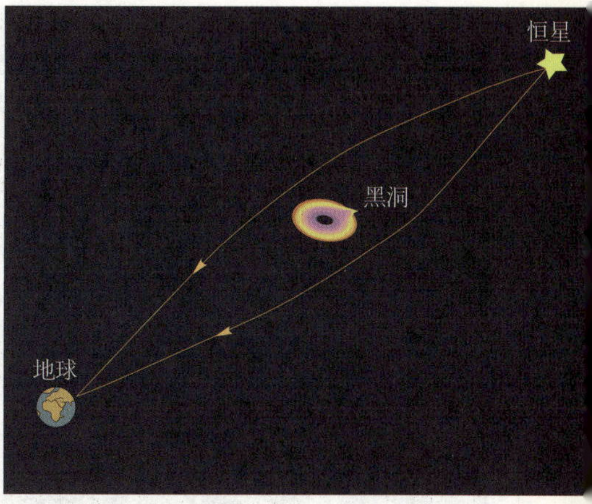

图13　微重力透镜效应示意图

解释类星体的巨大能量输出，现在知道它们是所有活动星系核（Active Galactic Nucleus，AGN）的能量来源。类星体看起来类似一颗恒星，它只比太阳系大1 000倍，但比10万亿个太阳还亮。很多所谓活动星系的核心，都会发出能量极庞大的无线电辐射，或拥有高能粒子喷流、双瓣无线电辐射源等结构。

唯一能够解释这巨大能量来源的理论，就是在星系核心有一个正在吸食物质的超大黑洞。超大质量黑洞也是一个引力强大到光都无法逃脱的空间区域，与X射线双星中一样，物质受引力吸引朝黑洞跑去时，因为角动量的影响，这些物质会在黑洞外围形成吸积盘。[图14]

由开普勒定理可知，气体绕黑洞运动时，不同半径转速不一样，这就使得吸积盘上的相邻气体环会互相摩擦。有摩擦就有热，一旦热到一定程度，就会发射X光。这些由引力位能转化成的热能，会把吸积盘内的气体，热化成等离子体。如果吸积盘里有磁场，等离子体可能被加速到接近光速，形成我们观测到的高速喷流。

吸积盘中的气体会沿着近圆的轨道逐渐向内运动，直到它们到达最内层稳定圆轨道。这时，气体就可以不损失角动量地掉入黑洞。对于不旋转黑洞，最内层圆轨道位于$3Rg$处。对于旋转的黑洞，它会更靠近黑洞。吸积盘的辐射总能量，相当于最内层圆轨道处引力势能的

图14　吸积盘

一半，另一半则以轨道运动动能形式出现，它最终将和气体一起消失在黑洞中。

对于非旋转黑洞，其吸积的物质可以释放出其静止能量的6%。而对于一个高速转动的黑洞，这一比例可以达到42%。如果磁场可以穿越ISCO（最内稳定圆轨道，Innermost Stable Circular Orbit），那么这一效率会更高。这一远大于热核反应约1%效率的产能率足以为类星体提供充足的能量。而且事实上，吸积盘是X射线双星系统和AGN的重要能量引擎。

观测黑洞视界旁气体所发出的辐射，或者源自视界周围区域的高速等离子喷流，可以间接探索黑洞的特性。黑洞研究的一个主要目的，就是通过观测来确定视界附近的时空结构，进而检验广义相对论的预言正确与否。例如，一些学者现在正致力于测量黑洞的自转所造成的类似龙卷风状的时空扭曲。

相对论喷流是黑洞最惊人的物质外流现象。观测显示，喷流可能是被磁场在黑洞附近准直加速的。在AGN中，它们的速度可以达到光速的90%~99.9%。而且在距离黑洞很远的地方，这一相对论速度和高准直性依然得以保持。

在AGN中，大约只有10%拥有喷流。有意思的是，拥有喷流的

AGN几乎都是椭圆星系，这难道说明由黑洞可知道在大于其视界8个数量级尺度上的星系结构吗？

超大质量黑洞的理论，解释了活动星系中心的能量来源：物质不断沿旋转的路径被吸积进入黑洞，产生高热和巨大的能量。受磁场影响的气体垂直于吸积盘向外以高速喷射，成为一些活动星系中常见的喷流和辐射瓣。喷流由什么组成，它们形成的原因，以及是什么使它们保持稳定，这些都是未解之谜。

最著名的超级黑洞，在M87椭圆星系中。此星系距离超过五千万光年，星系中心发出能量极高的喷流，放出大量辐射，可用无线电波、红外线或可见光探测。根据哈勃太空望远镜的观测，星系中心两边的气体所发出的光线，分别呈现红移及蓝移，显示星系中心附近有一个高速旋转的气体盘。

邻近星系中的黑洞也可以通过引力作用来发现。尽管100个星系中只有1个处于活动状态，但是几乎所有星系的核心都有超大质量黑洞。普通星系中的黑洞的吸积率比较低，而且它们的亮度也比根据可吸积气体总量计算的值要小得多。但通过它们对远距离恒星和气体的引力作用，也可能发现它们。

使用牛顿引力定律，天文学家发现，在很多星系的中央，存在不可见的质量。如果这些质量不是来自黑洞，就是来自稠密的暗弱天体集团。通过对星系核心处恒星速度弥散以及旋转曲线的测量，也获得了一些邻近星系存在超大质量黑洞的动力学证据。这些测量的区域，距星系中心通常都大于10万个引力半径，但强烈暗示了在星系核心存在大质量的不可见物质。

最有力的动力学证据来自银河系。红外、射电和X射线观测发现，有一群恒星围绕一个致密中心源Sgr A★运动。轨道与开普勒轨道符合得非常好，其轨道周期为15.6年，范围涵盖了1 000个引力半径（地球轨道半径的60倍）。通过测量这些恒星的自行和视向速度，可以推论出在Sgr A★的位置上，存在一团质量为约400万个太阳质量的不可见物质。通过对星系核心处恒星速度弥散以及旋转曲线的测量，也获得了一些邻近星系存在超大质量黑洞的动力学证据。

这些测量的区域，距离星系中心通常都大于10万个引力半径，所以这些证据不如银河系和NGC4258的观测证据那么有说服力。但是这些证据也强烈暗示，在星系的核心，存在大质量的不可见物质。由于在绝大多数情况下，测量引力作用的尺度都比假设的视界大几个数量级，所以证明这些天体是黑洞的证据都是间接的，而且是基于排除其他可能性而得出的。所以引力作用的测量有其局限性。

黑洞本身并不发光，但它有很深的势阱，就有可能会使它变得非常明亮。黑洞很亮的原因，源自于它周围物质引力势能的释放。前面说过，一般气体和尘埃会以吸积盘形式盘踞在黑洞周围，旋转着掉进这个无底洞中，在吸积盘最内侧最热可达1 000万度以上。这种吸积过程会产生大量的光——主要是X射线辐射。在离引力半径几倍远的距离，光仍能从黑洞周围逃出来，同时丢失一部分能量。另外旋转黑洞有转动能量，这些能量也可能被旋转磁场抽出来放到吸积盘中，又被转换成喷流的能源。且物质掉进一个旋转非常快的黑洞时，它会把总能量的42%释放出来。这些快速变化的能量，就使黑洞变得非常光亮。

除了恒星黑洞和超级黑洞外，一些球状星团的中心，例如M15星团和仙女座大星系M31的G1星团，都存在着不可见的质量。由星团中恒星的运动速度分布，可直接推断中心的黑暗质量，有可能在其中藏有质量由几千至几万个太阳质量的中型黑洞。

天文学家相信，在宇宙的演化过程中，恒星和星团可能比星系更早形成。在早期的剧烈碰撞中，星团可能互相融合成星系，星系的融合又产生更大的星系。在融合过程中，中心的黑洞也会融合，并在星系引力的协助下，吸食更多物质，产生更大的黑洞。换句话说，在宇宙开始不久时，星团中心的中型黑洞，可能就是今天星系核心超级黑洞的种子。它们存在与否，将有助于我们了解黑洞形成的条件，以及黑洞是通过合并还是通过吸积成长的。

黑洞曾被认为是一种引力强大得难以想象的宇宙陷阱，被吸引进去的宇宙物质都永远无法逃脱并最终殒灭其中，因此黑洞是完全黑的。但是1975年剑桥大学著名物理学家史蒂芬·霍金（Hawking）发表了一个令人震惊的结果：如果将量子理论加入进来，黑洞并不完全黑，它们会发出一种热辐射，称为“霍金辐射”，这种热辐射反比于黑洞的质量。

霍金预言，恒星黑洞的“体温”只有6×10^{-8}度，发射光子的波长约10千米。所以只有很小的黑洞，辐射才比较显著。质量小于10^{16}~10^{17}克的黑洞，温度超过10^{9}~10^{10}度，其大小仅10^{-11}厘米，是原子直径的千分之一。在宇宙极早期，大爆炸的巨大冲击力，也会将物质挤压成体积比原子还小的微型黑洞——原初黑洞。原初黑洞的质量约10亿吨（10^{15}克），其质量相当于一座山。这些温度极高的黑洞，由于存在霍金辐射，每秒会发射10^{17}尔格的能量，所释放出的伽马射线，甚至对现在宇宙的伽马射线背景也会有所贡献。

黑洞的寿命，与其质量的立方成正比。黑洞的质量越小，蒸发得就越快。质量为1吨的黑洞，会在10^{-10}秒内蒸发光。而质量为100万吨的黑洞，则能存在10年。10亿吨的原初黑洞，其寿命约相当于宇宙年龄（150亿年），故有可能维持到今天。未来对宇宙伽马射线背景的探测和研究，也可能会让我们得到一些关于这些一两百亿年前形成的原初黑洞存在的证据，它们也可能是宇宙暗物质的构成物之一。

霍金提出黑洞有热辐射的理论时，被认为是20世纪物理学最伟大的发现之一。但是，热辐射不包含任何信息，即进入黑洞的物质没有任何差别。所以，当黑洞变得越来越小、最后蒸发到没有时，就意味着已经丢失了全部信息。它同很多科学家坚持的“信息守恒”互为矛盾。霍金的黑洞理论引起的激烈争执，就是“信息”在黑洞中是否能够保存、守恒。随后霍金又发表了一个全新理论，认为黑洞吞噬的物质不可能没有痕迹地消失，它们将最终被一点一点释放出来。

俄罗斯《真理报》曾披露：俄罗斯科学家亚力克山大·特罗菲蒙科认为，能吞噬宇宙万物的黑洞，完全可以通过实验室“制造出来”。并说“50年后，具有巨大能量的‘黑洞炸弹’爆炸后产生的能量，将相当于无数颗原子弹同时爆炸，它至少可以造成10亿人死亡”。不过要在实验室内将物质超强压缩到引力半径以内，目前似乎还没有可能实现：因为地球的引力半径仅约1厘米，10亿吨的大山必须压缩至原子核大小才行。

对黑洞的观测目前还不能特别乐观，因为太空望远镜还没有深入到黑洞外缘。根据开普勒定律，气体的旋转速度应与其围绕天体的质量的平方根成正比，与旋转半径的平方根成反比。如果能够确定旋转速度和半径，就能求出其中天体的质量。NGC4261气体围绕黑洞旋转的半径约为300光年，可推出其中黑洞质量约为太阳质量的20亿倍；M84星系旋转半径约为30光年，黑洞的质量约为太阳质量的3亿倍；M87星系旋转半径为15光年，黑洞的质量约为太阳质量的30亿倍。但一个10亿倍太阳质量的黑洞，其半径大约为1光年的一万分之一。所以，哈勃太空望远镜的观测结果与黑洞的半径（视界）相比较，还远没有到达黑洞的边缘。

我们尽管观测到了一些似乎是黑洞对环境作用的压倒性证据，但是这并不能证明我们观测到的不可见物质，或者致密星就是黑洞。因为只要引力势阱足够深，通过吸积过程就能释放出巨大的能量。中子星足够致密，也会有最内层稳定圆轨道。而且对于任何具有角动量的天体，它也都会有拖曳作用，只不过高速旋转黑洞的这一效应更为明显。必须记住，视界才是黑洞最本质的特征。

为了确认黑洞的存在以及在强引力场极限下检验广义相对论，我们就必须想办法去测量视界旁的时空弯曲及物理特征。例如，通过X射线干涉仪，直接对黑洞旁的吸积盘成像，或通过引力波展示天体掉入黑洞的过程。

通过电磁波观看黑洞时，由于在黑洞附近产生的光子，在传播中会受到黑洞附近物质的干扰，难以看清。然而引力波不怕干扰，它穿透力很强，所以将来有可能利用引力波观看到黑洞附近的时空结构。

黑洞是现代物理学和天文学理论的重要组成部分。这个理论预言，宇宙空间中存在很多引力非常强的区域。在此区域中，任何物质甚至光线都不能逃脱。黑洞不仅仅是令人惊讶的物理实体，而且还是极端情况下的物理实验室。尽管物质穿越视界进入黑洞的过程仍旧是混沌不可预测，但是大多数天文学家相信，它们在我们熟知的很多天体物理现象中，都起到了十分重要的作用。黑洞本身的物理学，还是相对简单的。可以说，没有任何东西比黑洞复杂，也没有任何东西比黑洞简单。

黑洞是我们探索物质世界新规律的一把钥匙。物理学和天体物理学中许多未解之谜，都可能与黑洞有关。但迄今为止，科学家还未能将黑洞神秘的面纱完全揭开。天文学家确实在银河系中央的超大黑洞附近，观测到星际物质毫无踪迹地消失。不过并没有人真正探测到“霍金辐射”，也没能深入到视界附近。所以，目前的观测尚不能完全肯定黑洞一定存在。而且黑洞作为一个既密不透风，又有所疏漏的矛盾体，使很多科学家都感到困惑，因此也有人至今仍怀疑其真实性。所以，对黑洞的理论探索也尚余不少空间，需要走的路似乎还很长。

漫谈大爆炸宇宙学

——中国科学院院士、

天体物理学家陆埮先生讲座

（2009年10月14日）

陆埮

陆埮院士，天体物理学家。1932年生于江苏常熟。1957年毕业于北京大学物理系。南京大学天文系教授、博士生导师。2003年调入中国科学院紫金山天文台。长期从事高能天体物理科研和教学工作。他与他的学生在伽马暴余辉刚发现不久就研究了其星风环境和致密介质环境，有力地支持了伽马暴起源于大质量恒星塌缩的观点；提出了伽马暴余辉动力学演化的统一模型，可描述从早期极端相对论到晚期非相对论阶段的整个演化过程。另外，在1984年他们研究发现，夸克非轻子弱过程对奇异星的径向振荡有非常强的阻尼效应；在研究脉冲星辐射时，提出了"代参数"概念。2003年当选为中国科学院院士。

宇宙学是研究宇宙的学问，包罗万象，宇宙大得不得了，我们现在把大的宇宙当作一个物理学研究的对象，或天文学研究的对象，我们要研究怎么用物理学和天文学的语言来描写宇宙，指出宇宙以什么样的规律来发展和演化的。当然，作为一门科学，要建立在观测事实的基础上，从观测到事实已经显示出，现对宇宙的研究已经相当的丰富，而且有非常出人意料的事情，正如爱因斯坦所说的，宇宙中最不可理解的是宇宙居然是可以理解的。理解到什么程度呢？下面我还要将一些事情叙述出来。宇宙是有年龄的，宇宙是有代生的，宇宙不是一直是那样的，今年宇宙的年龄是多大呢？已经可以明确地测出来，宇宙的年龄是137亿岁，测量的误差范围不超过2%，在座的各位，如果你猜一猜你身旁坐的那位的年龄，估计你猜出的数字也许误差超过2%，而我们现在对宇宙的年龄测算已经明确在2%的范围了。

在图1中，我们可以看到人手的尺度在粒子和宇宙中间。[图1]

为研究宇宙的尺度，作为对比，我们从图1中可看出，左边的夸克最小，大一点是基本粒子，再大10万倍是原子，原子再增大百倍是分子，再到细胞、人类的手，图中以爱因斯坦的手为代表，图右边从人手再增大1万倍是山脉，再往上是地球、太阳系、银河系，再往上看是许许多多银河组成的星系团。银河系事实上也是一个星系，我们这个有人所在的星系称为银河系，而除了这个银河系外，还有上面所说的许多银河星系，至少有几千亿个星系，最大的最后就到宇宙。我们要研究的是宇宙，但研究的知识要从夸克起，各个学科都积累了很多知识，要在这

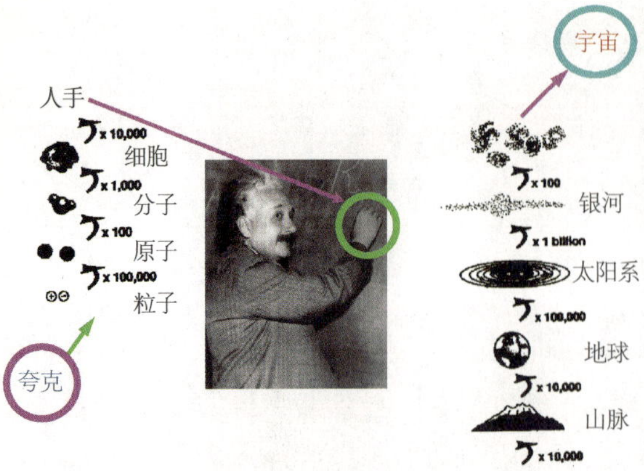

图1　人手与粒子、宇宙的尺度

图2　南极星空

些知识的基础上来理解宇宙。

一、观测宇宙

先来观测宇宙，越来越远将看到什么？要看最远的，观测事实是我们研究的基本基础。图2是中国在南极所摄的天文图片[图2]，可以看到上面有密密麻麻的星星，都是比较亮的星，这是最近在南极的一个小的望远镜上拍到的，我们还会有大的望远镜建到南极去。

在稍微粗一点的星空图像中[图3]较亮点的星，都是离我们近的星，远的都比较暗，可以看出，从各个方向看，亮的星分布的密度都是差不多的，暗的星要用大的望远镜看，才可以看得远一点。如果专门看暗的星，你就会发现一个新的事实，不像亮的星分布各向同性，暗的星都处于一个带上，这个事实说明，银河系中的恒星，实际上是形成一个饼状或盘状的结构。

用大望远镜观测秋夜星空[图4]，银河系隐约可见。

银河系全景图如图5所示[图5]，星系聚在亮处。银河系示意图如图6所示，几乎夜间所有看得见的恒星都只是太阳附近银盘厚度范围内的星体。形象化后，在银河系的示意图中可看出[图6]，这个银河系的盘，中间有点凸起，左边25 000光年处是太阳系，地球在太阳周围的地方。

如果地球上看到亮的星，它很近，没有超出盘的厚度。远的星和地

图3　亮星分布各向同性

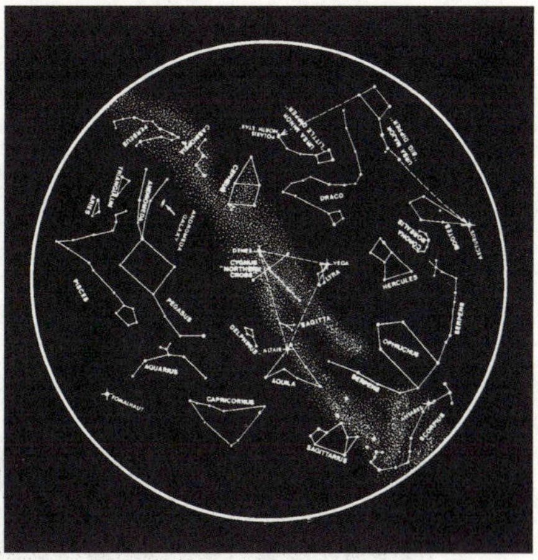

图4　秋夜深空

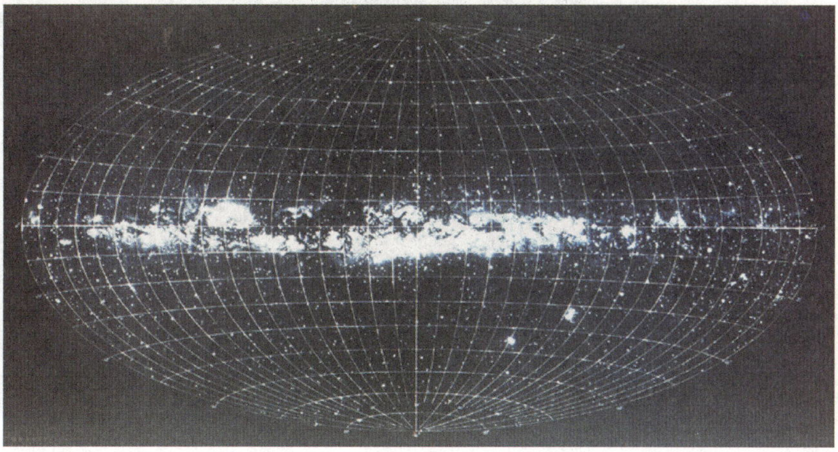

图5　银河系全景图

球的距离就超出这个厚度范围，是暗的星，图6中水平方向，左边和右边一定厚度盘状物内大多都是暗星，而盘状物上面或下面，我们看不到星，这个事实告诉我们，银河系中的恒星分布在一个像有小小厚度的饼中。但是，这个小小的厚度也有上千光年。

所以，几乎夜间所有看得见的恒星，都只是太阳附近银盘厚度范围内的星体。

如果再把望远镜做大，可望得更远，看到银河系以外去了，将看到什么呢？

此时恒星和行星都基本上是看不见了，只能看到银河系外集中在一

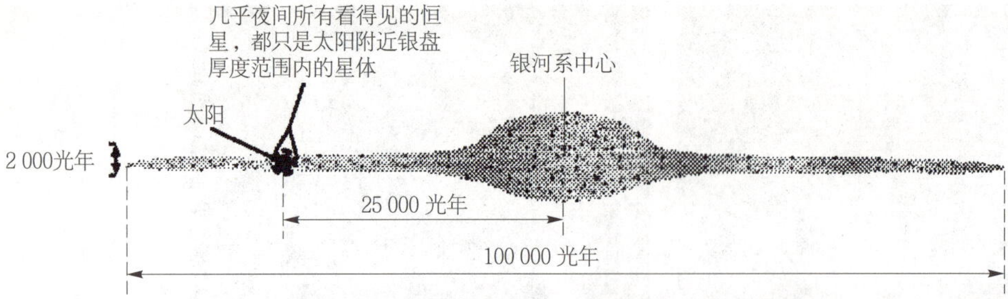

图6　银河系示意图

图7　仙女座大星云

图8　星系种种

起的好多邻近星系，也就是好多的银河系，这已经不是一个点了，而是斑状的东西，叫做银河外星系，与银河系很相似，为仙女座大星云[图7]。

如果将望远镜做得更大，我们可以看到许许多多的星系，各种形状，但都不是一个点，而是斑状体，被称为星系种种。非常有意思的是，如果看得很远很远的话，发现星系很多，而且星系的分布又是均匀的，从不同方向看，星系的数目都是差不多的。[图8]

因此，这告诉我们一件事情，宇宙在大的范围内来看，物质的分布实际上是均匀的，也就是以星系的形式分布在宇宙中。

从物理的角度来讲，要首先拿最简单的东西来研究，那什么可作为

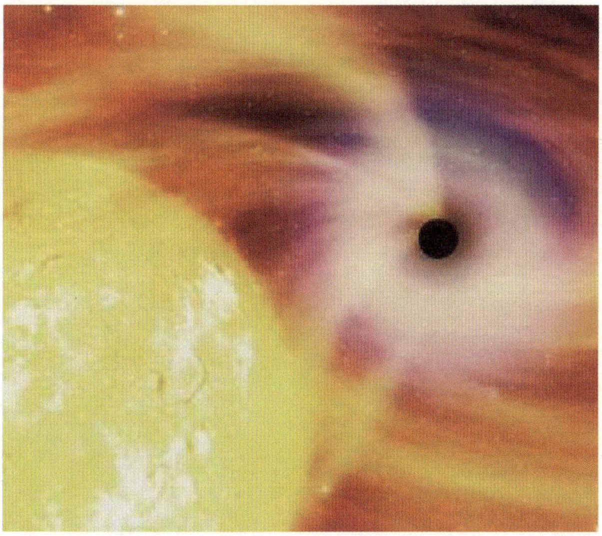

图9　星系团Tyson

最简单的东西呢？

星系在宇宙中分布是均匀的，因此可以说，宇宙是以每个银河系当作分子形成的气体，是由许多分子组成的气体，当然，这个分子不是我们现在说的氢分子等，而是一个星系。星系团Tyson[图9]照片中，黄色的天体构成星系团，暗弱的蓝色星系构成弧状，是远处星系的引力透镜像。

根据以上学说，可以建立宇宙学原理，即：

- 宇宙在大尺度上是各向同性的、均匀的。
- 宇宙没有中心，也没有边界。
- 在任何一个典型星系上观测宇宙及其规律都是一样的。
- 宇宙在大尺度上可以看作一个以星系作为分子的均匀气体。

一句话：宇宙是一个物质在其中几乎均匀分布的体系。

二、如何测量距离

研究宇宙，要把每个星系，恒星的距离测出来，才算科学。

一种方法是用三角形法[图10]，有一个天体c，下面有两个观测者，都来看这个天体，即利用相距最大的两个观测点a,b，测定出a,b两点的

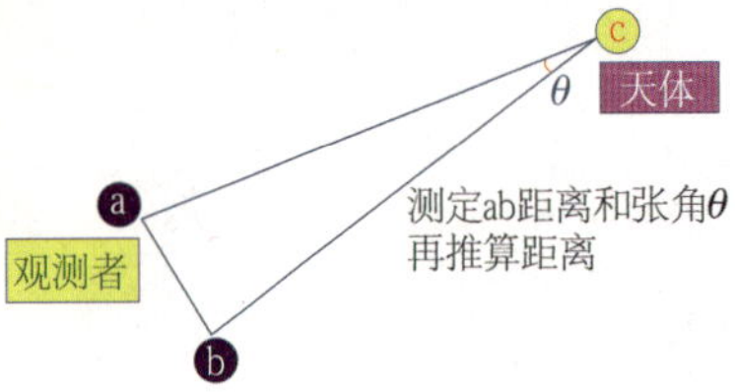

图10　三角法

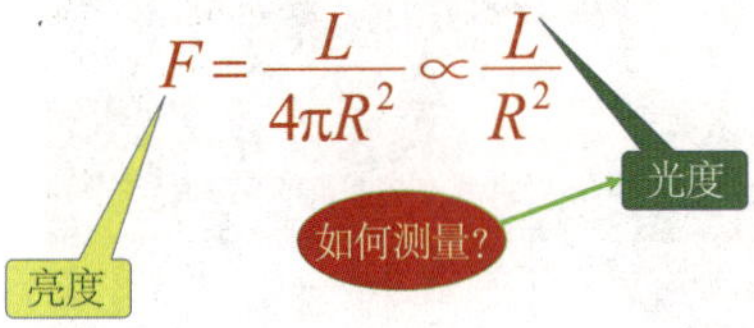

图11　由光度推算距离

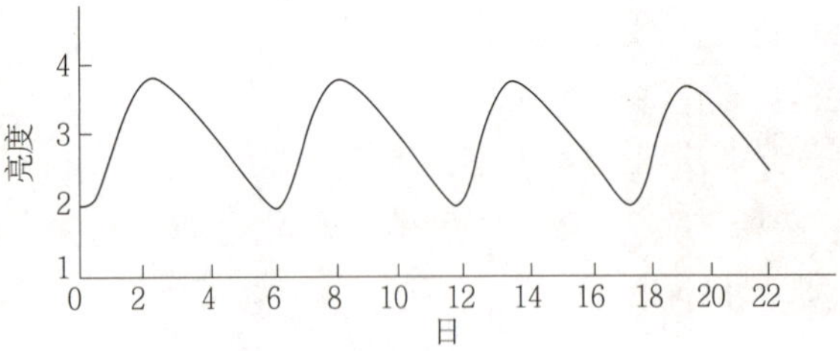

图12　用造父变星亮度测距

距离和对观测物件的张角θ，这个三角形就定了，再推算距离，三角形的长边就是距离。这个方法和在地球上测量距离没有什么区别，而且非常可靠。天体很远，很难测，而三角形法是最基本的方法。

如果我们看到天空上一个亮点，如果不知道距离的话，这个亮点代表什么，你根本不知道，亮点上发生什么物理过程，也完全没有意义，因为距离不知道。如果距离很近，这个亮点也许就是一个萤火虫，也许是一个香烟头，这就没有什么意义。如果很远很远，就可能是一颗恒星，如果还要更远更远，到科学家观测的宇宙边缘，那就可能是一颗超恒星了。所以距离的测量是非常重要的。

另外一种方法是由光度和亮度来测定距离[图11]。例如，一个灯泡，有一定光度，放近一点，就亮些，放远就暗些。

因此，如已知光度，则可通过测量其亮度，用上式推算出距离R，问题是要首先知道光度，如何得知其光度呢?

上面讲用三角形的方法，我们可以测得一批上万个星球的距离，再从中找规律，挑出已知其中一类或几类星球，我们已经知道它们的周光，再用标准周光关系来测量距离，从造父变星的周光关系图[图12]，可看出其亮度是近乎周期性变化的，造父变星被誉为量天尺。

距离测量的几种方法的关系，可以用距离测量的阶梯来表示[图13]，

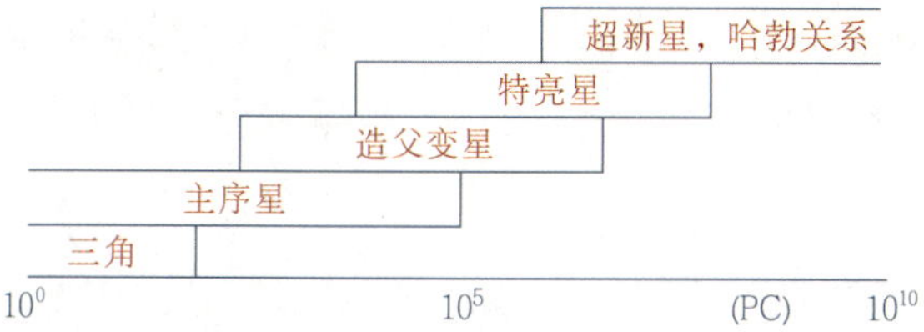

图13　距离测量阶梯

三角形法是距离测量的基础，然后找规律，找出已知的主序星，再找出有周期变化的造父变星，测量类别逐渐扩大，再上去是特亮星和超新星，就找到宇宙的关系了，这样一步一步地扩大范围，层次可看得很清楚。

三、怎样测量物质

怎样测量天体有多重？这里有两种办法：一种是测量它的光亮，看一个星系有多亮，如果很亮，就表示其中的物质多，质量也很大；另一种是力学的方法，两个星系之间有相互的运动，看其间的万有引力，就可以测量质量。这两种办法，在天文上都经常用。

但是，一件奇怪的事情发生了。用力学方法测出的质量总是比光学方法测出的质量大得多，不是大1%或2%，而是大许多倍，测量范围越大，差别也越大。这就告诉我们，天体上、星系里，除了看得见的物质以外，还有看不见的物质。地球上的物质都是看得见的，就是说，周期表中的元素组成的物质都是看得见的。但是，天文学的研究告诉我们，天体上有大量看不见的物质，它不属于周期表中的组成元素，这种物质是什么，至今还没有解决，这是一个非常重要的问题，也是大的创造性研究的问题，有许多学者在研究，人们把这种看不见的物质称为暗物质，它们之间有引力，却不发光，因而没有电磁作用，也没有强作用。

弗里茨·扎维奇（Fritz Zwicky）早在1937年就指出，大星系团中的星系速度太大，以致无法将它们通过引力束缚住，除非它们的质量超过按星系团中星系总质量估算值的100倍以上。这是显示大量暗物质存在的首次发现。

暗物质粒子的主要性质：一是长寿命，二是质量大，三是作用弱。暗物质应是由许多粒子组成的，这些粒子的寿命很长，至少和宇宙的年龄差不多。现在地球上的粒子物理学家们已经在实验室中找到了好几百种粒子，但是它们绝大多数是短寿命的，寿命长的有质子、电子、光子、中微子等，它们的寿命几乎是无限长的，而中子的寿命只有一刻钟，其他粒子的寿命就更短，短到只有10^{-8}秒，也就是一亿分之一秒。大量粒子甚至是一亿亿亿分之一秒，即10^{-24}秒，这些都不可能是暗物质的代表，主要暗物质粒子不可能是普通物质粒子。

暗物质是由什么粒子组成的呢？这种粒子我们人类还不知道。现在找到的粒子都不是暗物质粒子，如果谁能将这种粒子找到，他一定能得诺贝尔奖。应该说，暗物质在天文上已经确认它的存在，因为已经有太多的天文观测数据。就是说，从万有引力观测的角度看，暗物质的存在已经不容置疑。但在粒子的层次看，从弱作用的角度看，暗物质粒子还有待观测发现。

还有一个新的重要发现是宇宙在膨胀，宇宙有许多个星系，至少人类看到的已有多少千亿个星系，星系不是静止的，而是在不断运动。哈勃在1929年发现了一个规律，他测量很远的星系，发现星系中谱线的波长，比地球上实验里相应谱线的波长要长，而且星系越远，波长增加越甚。对于可见光而言，波长越长就显得越红，因此，波长越长，光的颜色越向红端移动，通常称为红移，用z来表示，它是波长增长量与原波长之比。哈勃发现，红移z与星系离地球的距离成正比。

我们知道，有一个叫做多普勒（Doppler）效应的，它指出，如果光源离开我们向外跑，跑的速度越大，波长越长，就如同在火车站，火车离开我们向外走，汽笛声变低沉，汽笛发出的声波波长越长，而火车向我们开来，则汽笛声变尖，声波波长就变短，是一样的道理，可知，红移可正比于光源（星系）离开我们的速度。为Doppler近似

$$z=\frac{\lambda-\lambda_e}{\lambda_e}\approx\frac{v}{c}$$

所以，在多普勒效应的启发下，哈勃发现的红移正比于距离就意味着星系离我们而远去的速度v和距离D成正比，比例系数称为哈勃常数H_0，哈勃定律$v=H_0D$,正意味着宇宙在膨胀。

应当指出，用宇宙膨胀来解释哈勃发现的红移规律与用多普勒效应来解释是不同的，也是不等价的。多普勒效应解释只适用于近距离星系（非相对论速度），是近似的，而哈勃定律对宇宙膨胀解释则是普遍的、严格的。

在物理意义上，两种解释也十分不同。多普勒效应解释决定于星系和观测者两个参考系。多普勒效应正是由于两个参考系之间的相对运动才产生的。就是说,光从星系发射出来，从星系和观测者两个参考系来看这同一个光，看到的光的波长就是不同的，观测者看到的波长就比星系看到的波长要长，这就是多普勒效应看到的红移，而光在整个传播过程中波长是不变的。

宇宙膨胀解释的红移，则是光脱离退行的星系射向地球，一路上随着宇宙膨胀空间增大而光的波长被自动逐步拉长的结果，这里，红移产生于光在传播的过程中。

应当注意，宇宙学总要涉及很大的尺度，必须建立在广义相对论基础上。而多普勒效应是狭义相对论的效应，必须在惯性系统内运作，但在广义相对论中惯性只能是局域的、小范围的，因此多普勒效应无法处理宇宙大尺度问题。可见，对于哈勃发现的红移规律，多普勒效应解释是不对的，宇宙膨胀解释才是正确的。

宇宙膨胀已经得到了广泛的支持和认可[图14]，图14表示了宇宙膨胀。横坐标代表时间，纵坐标代表宇宙尺度，可以画出宇宙膨胀的对应曲线，可在今天的时间位置处，在膨胀曲线上画一条切线，切线斜率表示今天的宇宙膨胀速度。哈勃年龄为$1/H_0$。

如果认为地球上等速膨胀的，则切线与横坐标相交点就是宇宙诞生的时间，从那时到今天，就是按等速膨胀算出的宇宙年龄，称哈勃年龄，即（$1/H_0$）。由于膨胀使星系与星系之间的距离增大，而万有引力

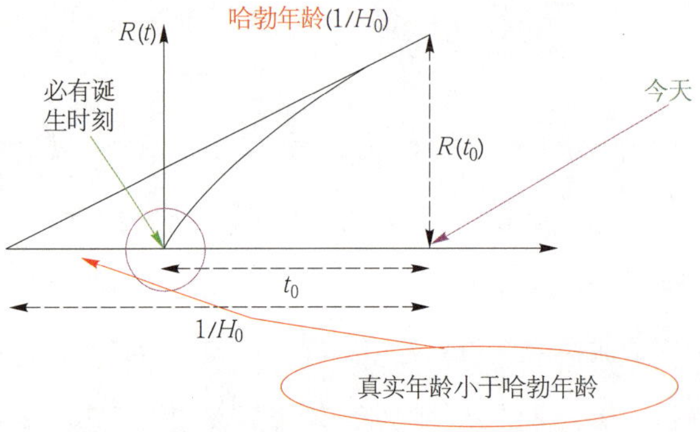

图14　宇宙真实年龄与哈勃年龄

使星系与星系之间拉住，对宇宙膨胀是一种阻力，宇宙只能是减速膨胀。真正的宇宙诞生时刻，应当是宇宙膨胀曲线与横坐标的交点，即图中坐标原点。可见，今天宇宙的真正年龄应当比哈勃年龄短。按今天的测量资料，今天的宇宙年龄t_0应当为137亿岁。

四、大爆炸宇宙学的提出

从宇宙膨胀反推过去，得到的必然结论是，宇宙初期处于高温度、高密度状态，宇宙的演化就是从高温度、高密度状态逐步降温度、降密度的膨胀过程，物质一直在变，这一点上是确定的，这个变化可以用物理的方法测出来。这就是宇宙大爆炸宇宙学提出的理由。

也就是说：宇宙诞生于高温高密状态。膨胀带来宇宙的演化，从高温度、高密度绝热膨胀降温度、降密度，经历各个演化阶段。可以明确计算每时每刻宇宙物态的变化、各种物理过程的发生以及引起的各种观测特征。大爆炸学说给出了宇宙的极为丰富而且确定的物理内容，可供实际的观测检验。

从大爆炸学说我们可以推论，最初在Planck时代，温度很高，有10^{32} K，经过各个时代，温度逐渐下降，核合成时代以前，降温过程很快，大爆炸初期，轻核素生成只用了3分钟，时间很短。今天的温度，相当于宇宙的平均温度为2.7（K）度，温度很低，而今天地球上是室温，它不同于宇宙的平均温度。

不同时代宇宙的温度不同，能量也不同，开始时，宇宙在10^{-44}秒时间内，温度降到10^{32} K，再降到核合成时代（10^{9} K）以后，降温逐渐变慢，各个时代间隔时间慢慢变长，到今天宇宙的年龄有137亿岁，宇宙温度是2.7 K，相应的粒子热运动能量是3×10^{-4} eV。

各阶段不同的温度，不同的能量，会发生不同的物理过程，根据物理学知识，可以推测和计算出来，这种推测对不对呢？我们可以挑出两件事情来检验，一个是在核合成时代，温度在10^{9} K，即10亿度，热运动能量是10^{5} eV，是原子核物理的过程，另一个是在复合时代，温度是3×10^{3} K，能量是0.3 eV，是原子物理的过程，这两个过程都是可以精确计算的。

先看核合成时代。当温度高于10亿度，中子n和质子p相结合，产生氘d和光粒子γ，同时背景光子γ又可以将氘打碎变成中子n和质子p，这是一个双向过程，达到一个平衡状态。当温度降到10亿度以下时，背景光子γ的能量就不足以打碎氘，反向过程不能实现了，所以氘核就会积累起来，并快速大量形成^{4}He，其质量丰度可达到1/4，即^{4}He的重量约达到整个宇宙重量的25%，还有约75%的重量是质子，即氢。那个时代，宇宙中几乎只有两种物质，一种是氢，一种是^{4}He。其他（d、^{3}He、^{7}Li）都很少，氘的很少是因为积累起来的氘极大部分都合成了^{4}He。这个宇宙演化到现在，恒星的形成过程还会有^{4}He，但是，这个过程太慢了。

到今天，宇宙中仍然有3/4是氢，1/4是^{4}He。要知道，温度在10^{9}K时宇宙刚诞生只有约3分钟。

图15描述了宇宙原初核素成分的演化［图15］，图的上横坐标是时间，下横坐标是宇宙温度，上下是对应的，左纵坐标是核素丰度，右纵坐标为密度，图中描述了各个核素丰度的演化：宇宙温度在10亿度时，^{4}He就大量形成，而中子却大量减少，变化过程只有3分钟，大量的中子变为^{4}He，以后就平稳地维持在占用1/4比例的水平上。10亿度代表宇宙诞生才3分钟，可以严格算出来，这时形成6种同位素，^{4}He、^{2}H、^{3}H+^{3}He和^{7}Li+^{7}Be，由于^{3}H（氚）和^{7}Be是放射性的，它们会分别衰变

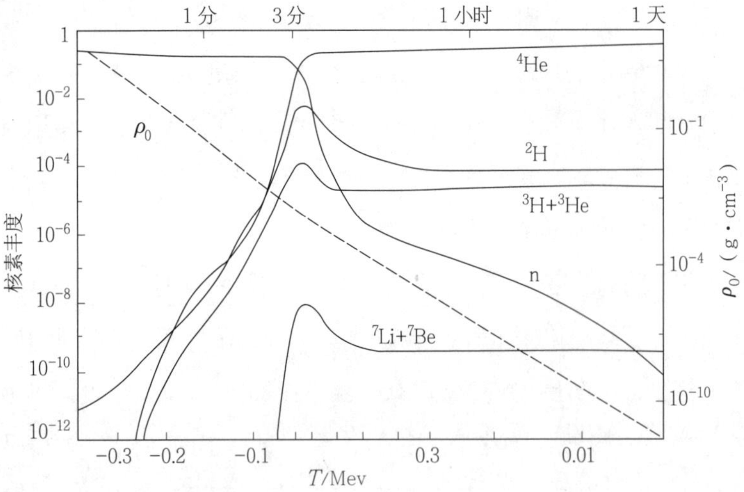

图15　原初核素成分的演化

成^{3}He和^{7}Li，除质子外，^{4}He、^{2}H、^{3}He和^{7}Li 4种稳定的核素将一直保留到今天。我们在宇宙中，检测这4种元素的含量，与上述结果是一致的。特别是^{4}He，它占有1/4，检测结果很符合。

这也说明，宇宙大爆炸是在3分钟内形成的，有人问，在这么短的时间，宇宙有能量完成这么大的变化吗？实际上也很好理解，因为我们评价任何一件事情，做得好，不在于用了多少时间，而在于效率有多高，由于宇宙前3分钟变化效率非常高，才有此结果。所谓效率，在物理过程上讲，就是粒子之间的相互碰撞的反应，效率高就是碰撞的次数高，进行的过程就快。宇宙早期，温度很高，密度也很大，自然粒子之间碰撞次数多，效率一定很高。

有人还提出，宇宙生成的这前3分钟是否太短了，怎么能在3分钟内就完成这么一件大事呢，生成这么大量的^{4}He，有可能吗？关于这一点，实际上也有确实的证据，请大家注意，中子是放射性的，一个自由存在的中子，其寿命只有一刻钟，以后就衰变成质子，所以说，在宇宙中，如果有中子不在远短于一刻钟的时间内形成^{4}He，这个中子就会衰变掉。正是因为^{4}He形成于约3分钟（远短于15分钟），那时还有足够多的中子可以钻入^{4}He而不再衰变，才保证了宇宙中可以形成高达25%的^{4}He丰度。

在宇宙前3分钟生成的^{4}He、^{2}H、^{3}He和^{7}Li这些稳定轻核素，就成为留至今日的宇宙早期的“考古文物”。其后相当长的时间内，将几乎不会有任何新的元素合成，宇宙中只是维持着75%的质子p、25%的^{4}He以及极微量的d、^{3}He和^{7}Li不变，只是温度、密度一直在下降，直到4亿年后宇宙诞生了第一代恒星，由于恒星内高达10^{7}K以上温度的出现，启动了恒星内的核合成过程，使宇宙进入到元素的恒星核合成新时代。

恒星核合成也能生成^{4}He，但恒星内没有中子，^{4}He由4个质子来形成，涉及弱作用瓶颈，过程进行得十分缓慢，比如，太阳内部50亿年的时间内也只能合成约5%的^{4}He。而宇宙中^{4}He的丰度（也包括太阳系内）的实际观测值约为25%~30%。这个^{4}He的实测值不可能只由恒星内部核合成来解释。而前面讨论过的有中子参与的原初核合成的强作用快过程，在宇宙早期前3分钟就可以合成约占25%的^{4}He。于是，^{4}He丰度的观测事实得到了合理的解释。

值得注意的是，恒星内部核过程不仅可以合成^{4}He，而且还可合成包括氧、碳一直到铁等各种元素。宇宙元素的起源有两个时期，一个是发生在宇宙早期只有几分钟的时期内，基本上只有氢（^{1}H）和氦（^{4}He）两种元素，却占宇宙物质的99%，而另一个是发生在宇宙年龄约4亿岁始直到今天长达一百多亿年的时间内，在恒星内部合成，合成了几乎周期表上所有的元素，但除氢、氦以外所有合成的元素加起来也不到1%，这是不争的事实。

随着宇宙的膨胀，当温度降到3 000 K左右时，宇宙演化进入另一个有代表性的时代，叫复合时代，那时的宇宙年龄约为38万年。相对于宇宙今天的年龄137亿年，38万年是很年轻的，相当于一个小毛孩。

在这个时代，以质子p抓住一个电子e，形成中性氢原子H并放出光子γ为特征。在3 000 K度以上，光子是与带电的质子和电子频繁地碰撞而处于平衡状态，在3 000 K度以下，质子、电子均变成了氢原子，氢原子不带电，与光子之间不再有作用。换句话说，3 000 K度时宇宙从不透明变成了透明，此后光子便在透明宇宙中自由自在且不受任何影响地运动。直至今天，这些光子仍然存在，为我们提供了一个宇宙38万岁时遗留下来的考古文物。

应当注意，这些光子从宇宙38万岁遗留到今天，虽然不参与任何碰撞，但是因为宇宙在膨胀，尺度在拉大，光波波长在拉长，所以光子的“等效温度”在下降，这些光子的波长已经红移到2.7 K。今天我们确实到处可以找到这种2.7 K的光子，复合时代的辐射成为今天的2.7 K微波背景辐射，这些光子起到了噪声信号的作用。

电视机屏幕上在没有节目时呈现的雪花噪声中，就包含有约1%的这种微波背景辐射。人为的99%的噪声，我们可以设法消除掉，但这1%的噪声，无论什么方法也消不掉。如果你能消除99%的噪声，找到这1%的微波背景辐射噪声，你就可以得到诺贝尔奖。当然，现在说已经太晚，已在1978年将诺贝尔奖给了两个美国人A.A.Penzias与R.W.Wilson，他们在1964—1965年间研究天线，想尽办法消除天线的噪声，做了很大的努力，也降低了不少，但到一定程度后，发现再也降不下去了，这就是微波背景辐射，他们发现，微波背景辐射高度各向同性，对应温度在3.5±1 K度，与理论预言基本相符。由于各向同性，即各个方向的温度一样，可用颜色来表示这个意思，所以他们用了同一个颜色表示。

微波背景辐射是宇宙38万岁时从3 000 K度的高温等离子体状态转化为中性气体而遗留下来的残留余辉，现在的温度只有约2.725 K度。它是宇宙中最完美的黑体辐射。

后来到1990年又有两位学者根据COBE卫星测得完整的黑体谱，Penzias与Wilson两人1964—1965年只测量了一个点（一个波长），而COBE卫星测量的是完整的、精确的黑体谱，实验结果和理论值非常一致，为此，J Mather和G Smoot在2006年也获得了诺贝尔奖，他们测得宇宙微波背景辐射的完整的黑体谱只用了9分钟。

他们测出的微波背景辐射与Penzias和Wilson的不完全一样，在不同的方向上，发现有十万分之一的微小温度起伏，所以用不同的颜色代表了不同的温度，好比他们看到了“上帝”的脸。[图16]

由图16可看出，在宇宙幼年，由于温度有十万分之一的偏差，图像不是光板子了，而是有不同颜色，正是由于这十万分之一的偏差，形成种子，演化成今天的星系结构，因为不同的温度有不同的密度，逐渐形成各星系、各天体。为说明今天星系的形成，正需要有这个偏差，实

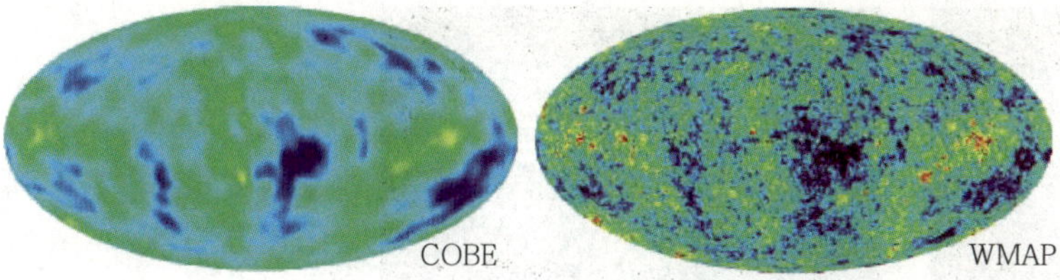

图16　得到不同的分辨率的图像

验和理论又非常符合，这也是Smoot和Mather获得诺贝尔奖的基础。

这两次诺贝尔奖都强力支持了伽莫夫提出的宇宙大爆炸理论是正确的，可惜伽莫夫没有得诺贝尔奖，为什么呢？我们可以看到，在发诺贝尔奖时（1978年），伽莫夫已经去世十年，而诺贝尔奖是不追认的，对去世者是不发的，还好在Penzias和Wilson发现微波背景辐射时，他还活着，看到关于宇宙大爆炸的重要研究成果被观测证实，只是在发奖时他已经去世，与奖无缘了。

现代科学发展比较快，2003年WMAP卫星又获得了分辨率和灵敏度更高的WMAP微波背景辐射图[图17]，见图17（a）、图17（b），这样我们就可以看到38万年前宇宙的模样。至此前后得到了宇宙38万岁时的三张照片，第一张是光板子，第二张和第三张出现了图像（各向异性），第三张最清晰。

图17中两幅图如果用照相机的图片对比，图17（a）图像模糊，看不出是什么来，而图17（b）图像要清晰得多，对应的是如图17（c）、图17（d）所示的两个小孩的照片，一个模糊，一个清晰。

WMAP清楚地显示了38万年前宇宙的照片，在诺贝尔奖金委员会看来，WMAP这个贡献很重要，证明了COBE的研究成果是真实的，于是将诺贝尔奖金授予了COBE，尽管WMAP的图像比COBE清晰。所以诺贝尔奖不是奖给最好的，而是奖给最早发现的，谁第一个发现，就奖给谁。

在1966年以前，没有一个天文学家得到过诺贝尔奖，到1967年

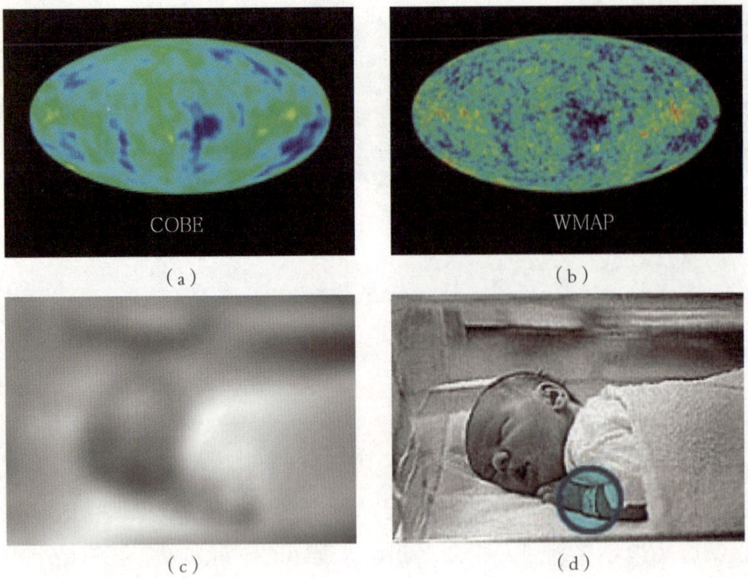

图17 不同分辨率图的比较

H.Bethe有了零的突破，第一次获得天体物理诺贝尔奖，这个口子一开，就一发不可收拾，后面就有大量的天体物理学家获得诺贝尔奖。在随后的40年内，已有15位天体物理学家获得诺贝尔奖，可见天文学和天体物理学发展非常迅速。

五、宇宙膨胀：加速还是减速

加速还是减速，这个问题彷徨和徘徊了几十年，宇宙是在膨胀，但是不可能等速膨胀，问题是：宇宙膨胀究竟是减速还是加速？

万有引力只允许减速，那么减速度是多少？这个问题已困扰了天文学家半个世纪，不同人测出来的不一样，而且矛盾很大，以至于没法得到结论。直到10年前，人们找到了Ia型超新星，它可以作为标准烛光，这种超新星，经过修正后，就可以找到它的光度是多少，测量它的亮度，就可以知道它的距离是多远。1998年和1999年，美国两个独立的研究小组均发现亮度比预期的暗得多，表明距离比预期的远得多，就是说，宇宙在加速膨胀，而不是减速膨胀。这个结果一出来，全天文界和天文物理界都受到震动，万有引力只可能减速膨胀，不可能加速膨胀，如果是加速膨胀，那么万有引力就有问题了，或有什么别的问题，这是一个很基础的问题。可能物理学的基础要有革命性的发展，现在对这个问题的研究已热得不得了（编注：因为加速膨胀的发现，S.Perlmutter，A.Riess，B.Schmidt已经获得了2011年度的诺贝尔物理奖）。

宇宙膨胀加速度在广义相对论下，得出以下公式

$$\ddot{R}=-\frac{4}{3}\pi G\left(\rho+\frac{3P}{c^2}\right)R$$

其中，万有引力系数G、密度ρ、压强P、尺度R均为正数，式子前面有一个负号，表示宇宙是减速膨胀，可见，广义相对论的结论是减速膨胀。牛顿定理的公式相当于$P=0$，结果仍然是负的，减速膨胀。然而实验研究的结果是加速膨胀，于是提出了一种新的物质，它的压强P应当是负的，而且负得很大，使公式中括号中的值为负，于是负负得正，得到加速膨胀。这可能是一种新的重要的解释，设想有一种新的物质，压强为负，这个问题很难想象。

如果有一盒气体，我们将其温度降低再降低，一直到绝对零度，这时，其压强就等于零，如果加温再加温，一直加到无穷大，这时的气体分子都作光速运动，相当于辐射，这时的压强为$+\frac{1}{3}\rho c^2$。可见，在任何情况下，它的压强只能在$0\sim\frac{1}{3}\rho c^2$之间，不可能是负的。

假如有一种新的物质，给它起个名字叫暗能量，是区别于暗物质的另外一种物质，这种物质究竟是什么，我们不知道，但这个暗能量的压强是负的，这是比暗物质更加难的问题，也是更加激动人心的一个问题，值得进一步研究。

因此，宇宙加速膨胀引出暗能量的提出，产生负压强。1999年，国外发表的文章中，得出以下宇宙平均密度变化图[图18]，说明了暗能量的性质。

这样就提出宇宙的真实年龄大于哈勃年龄（$1/H_0$）的可能性[图19]，这一情形在宇宙常数不为0时可能出现。图19所示是与哈勃年龄有关的一种估计图。

在考虑到有三种物质，可见物质、暗物质和暗能量的情况下，可以得出理论分析和实验结果相一致的结果[图20]。图20中红线代表有三种

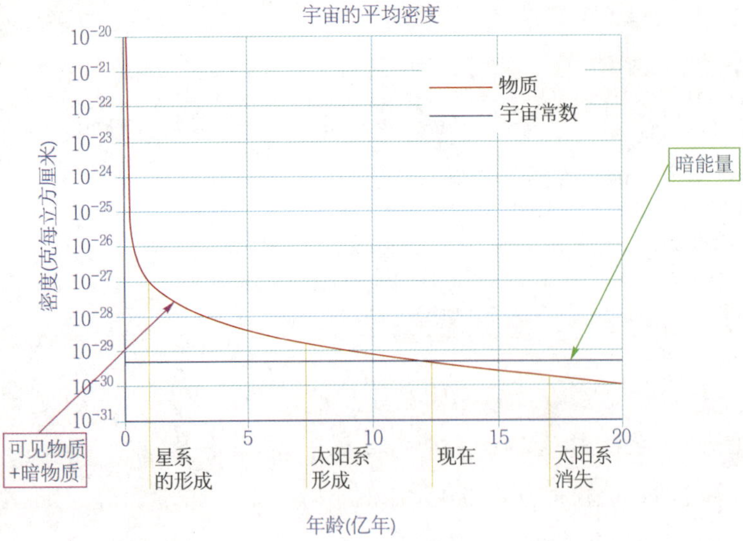

图18　宇宙密度变化图

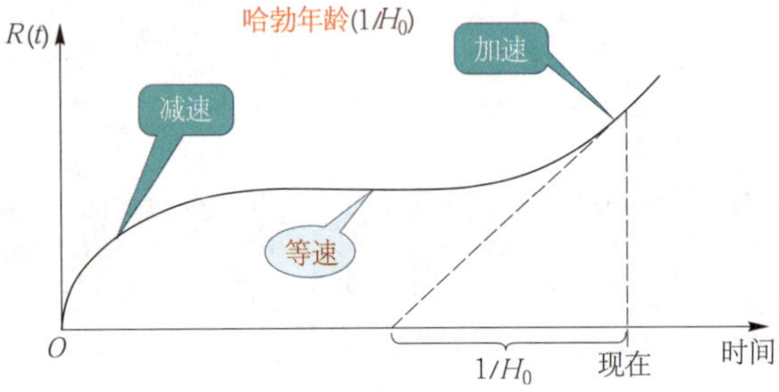

图19　哈勃年龄

物质得出的最佳宇宙模型，可以看出，仅有可见物质和暗物质，不可能得到合理的结果。

在1998—2003年的和谐宇宙模型中[图21]，有各种事实都能相互符合的值。图21中纵坐标是暗能量，横坐标是暗物质加上可见物质，图中给出了关系曲线。可以看出，超新星微波背景辐射大尺度结构和谐一致。

三种物质拟合的结果表明，宇宙成分的分配为：暗能量Ω_{DE}占73%；暗物质Ω_{DM}占23%；可见物质Ω_B占4%。

在可见物质Ω_B中，发光物质Ω_B约占0.4%（有恒星和发光气体约0.4%，辐射0.005%）；不可见的普通物质约占3.7%（有星系际气体3.6%，

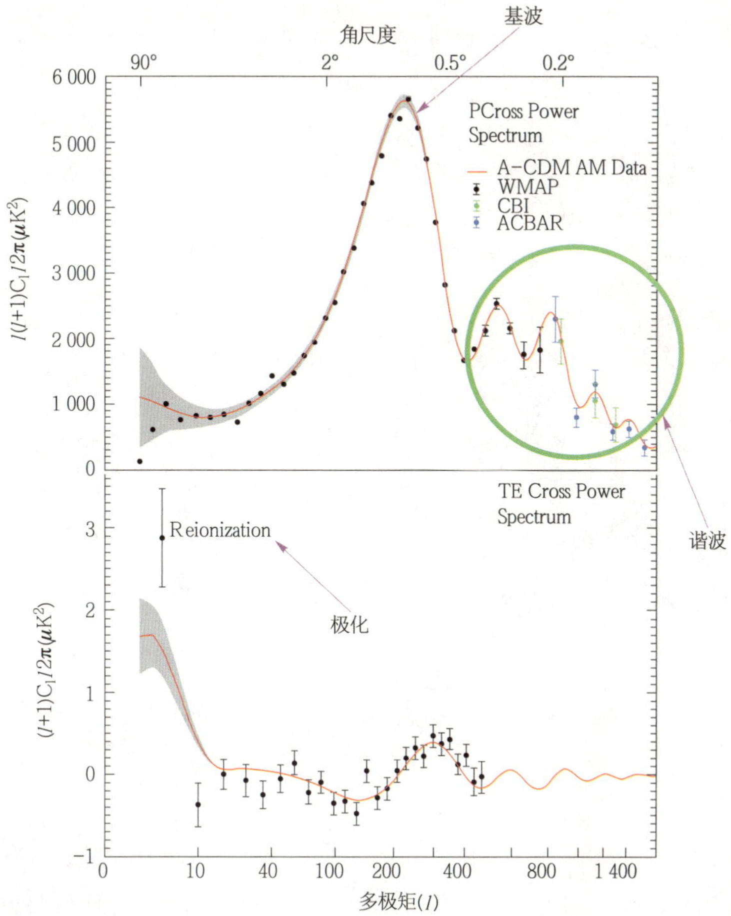

图20　有三种物质的宇宙模型

中微子0.1%，超重黑洞0.04%）。

可以看出，宇宙中，有96%的物质是我们不知道的。而且这个数字是在变化的，是宇宙寿命已到137亿年时今天的数字，在宇宙的早期，这三个数字是不一样的[图22]。在图22中，图22（a）是当今三种物质的比例图，图22（b）是38万年前的比例图，暗物质占63%，可见物质占37%，而且分为三部分，没有暗能量，所以两个时期成分是不同的。

发现宇宙加速膨胀的三个学者于2006年获得了邵逸夫奖。

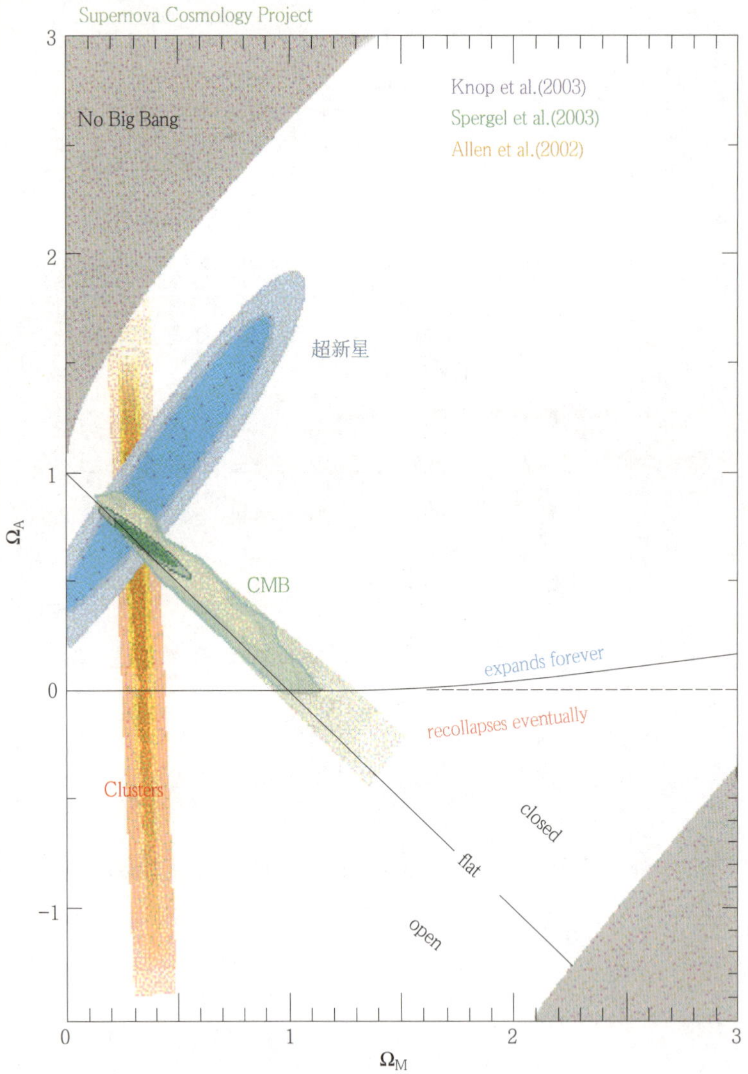

图21　和谐宇宙模型

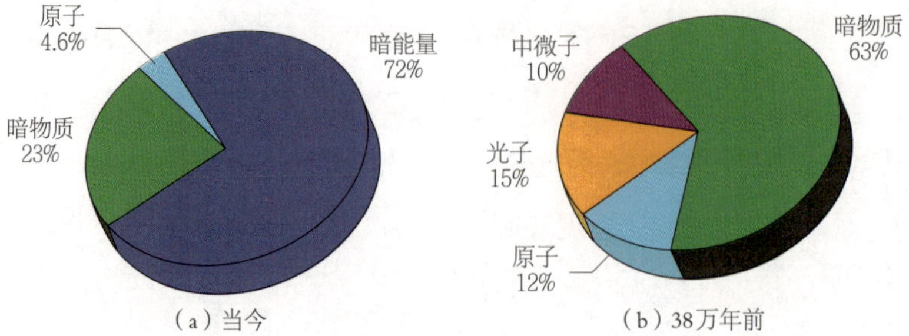

图22　当今和宇宙早期三种物质比例差别

图23　大型望远镜

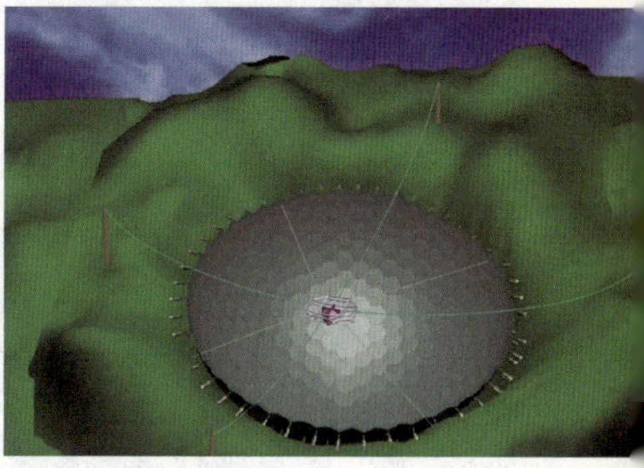
图24　我国的大型射电天线

六、结束语

近40年，已经有15位天文物理学家获得诺贝尔奖，所以天文学和天体物理学正是兴旺的时期，

从2004到2007年这4年时间内，宇宙学方面有诺贝尔奖量级的大奖又有了6项。在没有发现三种物质的时期，在学术界宇宙学统一不起来，有了这三种物质之后，学术上就调和起来，得到了精确的宇宙学，现已将所有宇宙学的参数都算出来了，可以说，今天已经诞生了一门精确宇宙学，或者说是一门和谐宇宙学，所有的学派可以统一起来。

但是，根本的问题仍然未解决，即暗物质和暗能量是什么，还不清楚。现在国际上有一个超越爱因斯坦计划，造一些大的设备，围绕以上未解决的问题展开研究。

中国也有了很大的投资，如图23所示是一个大的望远镜[图23]，可以同时照4 000个天体的光谱，国际上现在最高的是可以同时得到600个光谱。

我国贵州山中在建的大型天线[图24]，其直径有500米，世界上

图25　X射线调制望远镜

现在最大的是300米。还准备发射新的卫星，硬X射线调制望远镜（HXMT）[图25]。

中国南极科考队于2005年首先到达南极冰穹最高点Dome A[图26]。原来南极只有两个基地，即中山站和长城站，都在南极的边上，现在进入南极内，建立了昆仑站，将建立天文台，其温度最高−30 ℃，最低−80 ℃。条件艰苦，但对天文观测很好。

下面提供一些专家对宇宙学发展的看法，普林斯顿大学的斯坦哈德（Paul Steinhardt）感慨地说：现今宇宙学正处于一个重大的革命时期，正如哥白尼（N. Copernicus）的发现所带来的状况一样。

Lord Kelvin在19世纪末提出，物理学上一片晴空，他当时认为物理学已经研究得差不多了，只能再将一些参数测得更准而已。但是，他还是有远见，他认为还有两个问题没解决，是两朵乌云“以太”和“黑体谱”，这项研究导致了物理学世纪性革命，产生了相对论和量子力学，从而导致了20世纪科学的最大革命。

现在也有两朵乌云（三朵？四朵？）：“暗能量”与“暗物质”，这

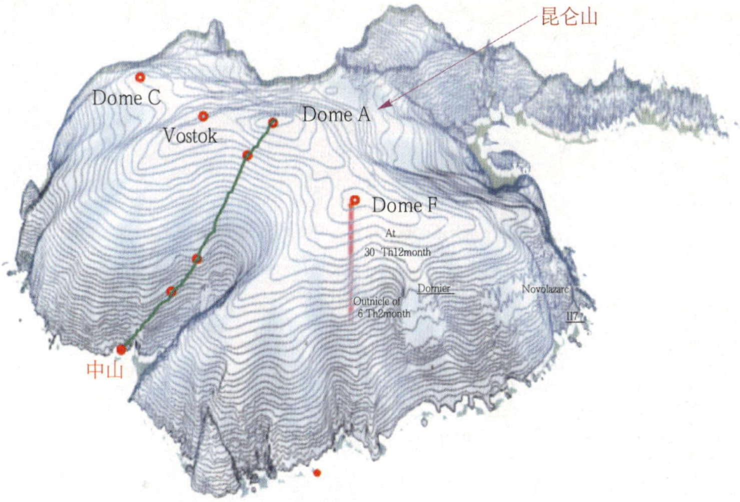

图26　南极的昆仑站

会导致什么？暗能量在召唤新的Einstein！将会出什么新的“招”？“暗能量”与“以太”的比较耐人寻味！

杨振宁认为，20世纪第一个“1/4”是物理学的黄金时代，第三个“1/4”是白银时代。人们曾普遍惋惜未能赶上20世纪的黄金时代，现在很可能正是新世纪的黄金时代，不要失之交臂！

杨振宁说：“所谓暗物质、暗能量就是非常稀奇的事物，这里面我想是可能引出基本物理学中革命性的发展来的……假如一个年轻人，他觉得自己一生的目的就是要做革命性的发展的话，他应该去学习天文物理学。”

李政道说：“现在对科学的最大的挑战，已不仅是那些已知的物质。因为在我们知道的物质之外，还有暗物质、暗能量。所以我们要立足新的基础科学前沿，一定要将小的与大的联系起来，这个方法可称为‘整体统一’。我认为，‘整体统一’的科学方法，应该是21世纪最重要的科学方法。”

开发太空，造福人类

——空间探测半个世纪回顾与展望

——中国工程院院士、微波遥感及航天信息工程科学专家姜景山先生讲座

（2009年11月11日）

院士简介

姜景山

姜景山院士，吉林省龙井市人，中国微波遥感及航天信息工程科学专家，我国遥感技术的主要倡导者之一，微波遥感技术的主要开创者。20世纪60年代留苏归国后，先后从事探空火箭探测仪、遥测、定位及相关技术系统研究，推动遥感技术在灾害防控中的应用研究，起草了我国微波遥感规划。1981—1983年赴美从事微波遥感研究，1984年后一直从事微波遥感及航天信息工程研究，推动了中国微波遥感的发展。21世纪以来，作为中国载人航天应用工程的组织者和领导者，其研制的“神舟四号”主载荷多模态微波遥感器的发射，实现了我国航天微波遥感零的突破，进而推动了一系列中国微波遥感业务卫星的启动和发射。他是中国绕月探测工程的主要推动者之一，在国际上首次提出用微波探测技术从月球轨道上对月面进行探测的方法并在工程上实现，领导科学小组创建了“微波月亮”，取得了一系列原始创新成果。他曾担任中国载人航天工程应用系统副总指挥、神舟四号主载荷主任设计师，绕月探测工程副总设计师。现为中国科学院空间中心学术委员会主任、所总工，“863”航天领域专家委员会顾问，国际欧亚科学院院士，国际COSPAR中国委员会成员。曾获国家科技进步特等、一等、二等奖十多项，发表专著、各种论文及科技报告100余篇。1999年当选为中国工程院院士。

我们国家从事太空活动已经有半个世纪了，2008年是我们太空活动50 周年，但是真正进入太空和利用太空的时间没有那么长，那时我们开始火箭、人造卫星的研制，真正发射的第一颗人造卫星“东方红一号”是在1970年4月24日。在此后，我国一些著名的科学家如钱学森等人，对太空的开发都有着急切的心情，都在思考我们的卫星已上天了，以后怎么办？上天不是目的，并不像毛泽东所说的，我们扔了一个山药蛋。我们既然上去了，就要利用太空资源为人类造福。到现在看来，我们国家在这方面已有了很大的进步。我了解了一下，到澳门科技大学来讲课的内容，对地观测讲的还不多。今天我重点讲进入天空后，怎么观测地球，以及如何准备观测更远的太空。我的题目是：开发天空、造福人类。一共讲5个问题。

一、航天五十年空间探测主沉浮

首先回顾这几年航天的发展，发射空间探测卫星的情况。如果没有空间探测，我们的卫星上去后，效益就将大大低于现在。我们要用探测方法，研究我们居住的地球和太阳系，以及围绕地球旋转的月亮。

地球是属于太阳系的一个行星，时刻要受到太阳系的影响。太阳风一来，就把地球的磁场压扁了，本来地球的磁场应该是对称的[图1]。

月球是地球永恒的伴侣。有专家说，不能说是永恒的，因为有可能

图1　日地链

有一天月球跑掉了，不是我们地球的伴侣了，所以改成为是长久的伴侣，这个长久可能是很长的。

要研究太空，就要回顾一下，人类如何进入太空，要解决哪些科学问题、理论问题和工程问题。有几位伟大的专家，一位是俄罗斯科学家齐奥尔科夫斯基；另一位是美国的工程师戈达德，他是第一个提出用空气动力学的办法将卫星送入太空，他解决了理论问题，也作了一些实验，但是实验不那么成功。

其实，中国人早就研究过并设想能否进到天上去。图2所示是中国古代的火箭，我们的“万户”做了一个有翅膀像鸟儿样的火箭，发向天空，但没有成功[图2]。最初实现火箭上天的是美国工程师戈达德，他利用齐奥尔科夫斯基的理论，做了一个火箭，开始时飞得很低，只有50多米，但这是人类的创举，后来不断改进。

真正利用火箭上天的，是苏联的科学家、航天之父谢尔盖·巴布罗维奇·科罗廖夫（1906—1966）。他于20世纪20年代末结识齐奥尔科夫斯基，1932年领导喷气推进研究小组，1933年8月发射了苏联第一枚液

图2　中国古代的火箭

体火箭，1953年开始研制p-7型弹道洲际导弹，1956年研制出卫星运载火箭，1957年8月、10月分别成功发射了第一枚洲际导弹和第一颗人造地球卫星。他是苏联探月计划和载人计划的主要负责人。他领导发射成功9个月球探测器和4个金星探测器，2个火星探测器。他是第一个人造卫星的总设计师，把人造卫星送出地球，可惜60岁就去世了，他是苏联的航天之父，说他是人类的航天之父并不过分。另一位是中国的航天之父钱学森，他在国际火箭界非常出名。

第一颗人造卫星发射后，至今已发射了5 000~6 000颗人造飞行体，现正在飞行的还有1 000多颗，其中有的有功能，有的已没有功能。飞行体大体有三种：第一种是人造卫星，围绕地球旋转，高的离地有36 000多千米，地球同步卫星，最低的有300多千米，这些是为人类服务的对地人造卫星，有海洋卫星、气象卫星、导航卫星、通信卫星等；第二种是载人空间站，要有人到太空，还要能留在空间站，运行在围绕地球的轨道上；第三种是到其他星球上去，地球是人类的摇篮，但人类不可能永远只停留在地球上，因此，要做深空探测。以上三者形成了航天活动的三个里程碑，图3所示是空间探测的几种主要平台，我国已经在此三个里程碑中都作了实验研究[图3]。

人类第一颗人造卫星是1957年10月4日苏联发射的SPUTNIK-1，

(a) (b) (c) (b)

图3 空间探测的几种主要平台

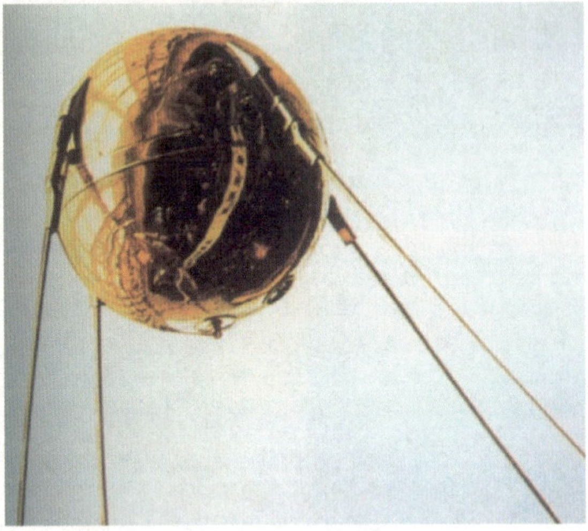

图4 第一颗人造卫星一苏联“SPUTNIK-1”卫星

从此人类进入太空时代。该卫星外径0.58米，重83.6千克；近地点215千米，远地点939千米，倾角为65°，运行周期96.2分钟。[图4]

当时我在苏联列宁格勒电工学院二年级学习，听到此消息后，好几夜都没有睡着，年轻人幻想多，想到我们有可能会跑到月球上去了，所以在将要回国时，有人问我们回国干什么，好多人说，回去就搞人造卫星。1958年2月1日，美国发射了“探险者1号”。1961年苏联航天员加加林乘坐“东方号”首飞太空，只转了一圈多，但这是人类第一次进入太空。

以后美苏两国展开了太空竞争，美国花了很多资金实施阿波罗计

图5　俄罗斯“和平”号空间站

划，1969年7月20日人类第一个登月成功的航天员阿姆斯特朗，将足迹留在月球上。他说：“我的一小步，是人类的一大步。”

为使人类能长期在空间飞行，苏联建立了一个和平号空间站[图5]，此计划大大超过美国，该空间站原计划飞行8年，后来飞行了15年，最后已经千疮百孔，就掉下来了，全世界都在那个方向追寻它，还是感到很遗憾。

上太空做什么呢？太空是空的吗？现在看来，太空不是空的，有许多实实在在的资源，要好好利用。太空有五类资源，即：高度资源；环境资源；微重力资源；超高真空资源；能量和物质资源。第一是高度资源，可以站得高，到了36 000千米上，从高处看地面，就可以看得很清楚了，登高望远，改进我们对地球的观察能力，改进我们对气象、海洋等信息的收集。第二是环境资源，由于太空是真空地带，又有微重力，可以做各种特殊材料。第三是微重力资源，在重力非常弱的情况下，很多现象就不一样。可进行航天育种，生长出很大的航天西红柿、航天柿子椒、航天稻米等，形成一种种子卫星。尽管我认为目前科学依据尚需深化，看来这是一个途径，只是仍需改进。第四是超高真空资源，很多刚度很强的材料需要在超高真空中合成，才能制造出来，地面上无法制造。最后一个是能量和物质资源，包括太阳能、辐照能等，这些在地球上是比较难实现的。

利用这些资源来解决人类面临的问题，如各种灾害、能源短缺、突如其来的坏气象、环境污染、国家安全等。空间探测就是利用这些资源把地球作为一个系统来研究和认识，深入认识宇宙，创造出地球上无法实现的物质世界和进行新的物理、化学实验，也为认识生命起源、宇宙起源开辟了有效的途径。空间探测主要包括观测地球、深空及整个宇宙探测等，造福人类，面向未来，持续发展。

总起来看，航天50年，航天探测主沉浮。20世纪人类最伟大的成就之一就是进入太空，占领了空间，开辟了空间的科学及应用领域，特别是有力地发展了空间探测技术，开展了以地球探测为中心包括深空探测的空间探测活动。它为进一步认识宇宙、征服宇宙打下了坚实的基础，为全人类提高生存质量带来了福音。在这一划时代的壮举中，中国人表现出了非凡的智慧和聪明才智，成为一个举足轻重的航天国家。

二、国际空间探测主要历史事件回顾与分析

第一个是地球探测，人造卫星应用是从对地观测开始的，如1960年4月发射的美国泰罗斯卫星TIROS（电视与红外观测卫星）。

空间探测如今已形成为完整的体系：其平台有轨道飞行器（卫星）、航空器（飞机）、近地空间平台（飞艇）、探空火箭等；有效载荷为可见光、红外、微波，用于信息处理和应用。

空间学科有许多大的计划，如国际全球环境变化（Changing Earth）计划，全球气候研究计划（Word Climate Research Programme，WCRP），美国气候变化技术计划（Climate Change Technology Program, CCTP）等。

这一时期，还产生了许多新的理论和新的概念，其中有以下几方面：遥感谱段拓展：紫外、可见光、红外、微波、毫米波、亚毫米波，接近填补电磁波“间隙”（EM CAP）；信息获取技术：单一模态、多模态，多谱段、全电磁波参量，超光谱、亚毫米；孔径合成概念；光谱成像概念；多模态综合探测及融合处理；全电磁参量作为信息载体；新的

（a）2000年2月3日火灾前

（b）2000年2月12日火灾后

图6　美国Denali国家公园火灾前后

处理方法（包括混沌处理——Chaotic Processing）。

直到现在，都在应用大卫星，比较集中，也比较复杂，花费多，如失败一次，损失也大，于是提出用小卫星，百十千克，或十来千克，还有小于1千克的微小卫星，对探测器的要求小，功能单纯，再用多个小卫星合起来完成一个大卫星的功能，用空间分布式系统，让小卫星编队飞行，进行深空探测，小卫星及微小卫星技术成为新的、很有生命力的空间探测平台。

近年还发展了国家分布式系统、编队飞行及空间虚拟技术。这一过程中，遥感理论和技术已引起重视，技术不断创新，应用领域不断拓展，效益和服务能力不断提高，用户不断扩大，上至国家元首，下至普通老百姓，都知道遥感探测的重要性，胡锦涛同志曾在院士大会上提出要重视对地观测技术。

空间探测的首要问题仍是地球探测，遥感对地观测的几种应用领域包括：灾害、健康、能源、气候、水资源、天气、生态系统、农业、生物多样性、国家安全等。灾害如火灾、飓风、海啸，洪水等，如美国Denali国家公园曾用遥感观测火情[图6]。

图7所示是美国卡特里娜飓风，可以看到影响的范围和程度。图8所示是印度尼西亚2004年受海啸影响的一个城市。[图7][图8]

（a）飓风之前（2005年4月）　　（b）飓风之后（2005年9月）

图7　美国奥兰多卡特里娜飓风前后

（a）海啸之前（2004年5月）　　（b）海啸之后（2004年12月）

图8　印尼Tsunami海啸前后

洪水危害也很多，有两个实例，一个是美国的，另一个是中国的[图9]。更广泛的还有大气、陆地和海洋的应用需求。大气应用包括：大气湿度场、大气温度场、大气风场、云型及云顶温度、云粒特性及廓线、液态水及降水、臭氧、微量气体等。[图10]

至于陆地应用，包括反照率及反射特性、陆地表面地貌、土壤湿度、植被、陆地表面温度、陆地图像等多种应用。

海洋的应用范围更广，有些地方我们去不了，不能到处都去，只能从卫星上面观测。要研究的有很多方面，例如，海色及海洋生物、海洋地貌及海流、海面、风场，如厄尔尼诺现象、海面温度、海洋波

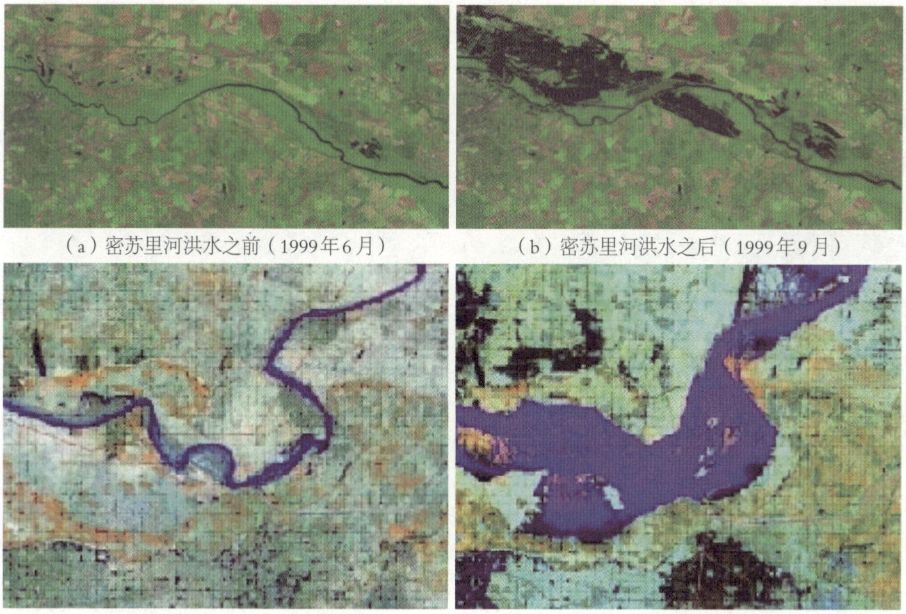

（a）密苏里河洪水之前（1999年6月）　（b）密苏里河洪水之后（1999年9月）

（c）黄河河南段洪水之前（2000年6月）　（d）黄河河南段洪水之后（2000年9月）

图9　洪水前后

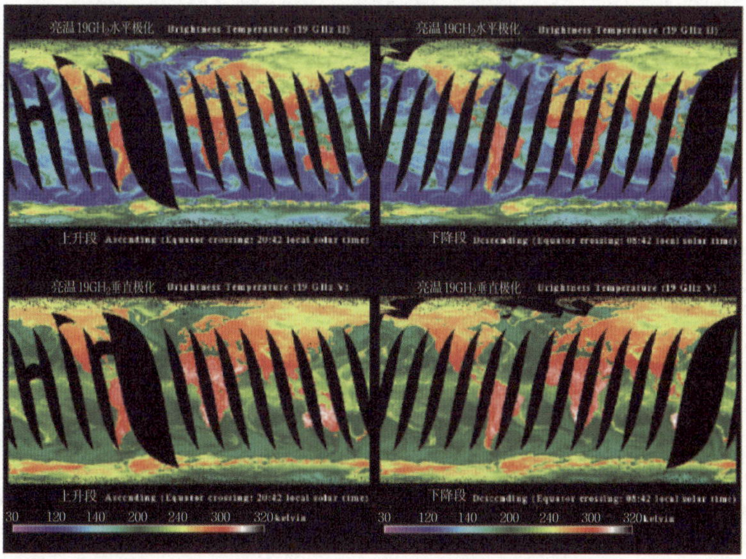

图10　大气应用

（a） （b） （c） （d） （e） （f）

图11 深空探测应用

（a）深度撞击 （b）哈勃望远镜 （c）NASA红外望远镜

图12 国外的深空研究

高和波谱、海洋图（多种应用）、海洋灾害预报与警报（风暴潮、大风、巨浪、海冰、地震海啸等）、提供全天候海洋观测信息，提高海洋灾害预报准确性、建立全天候快速反应海洋监测系统等。主要手段是使用辐射计、散射计、高度计及合成孔径雷达（SAR）等。

第二个是深空探测，对月球、金星、火星及其他星球的探测，还有空间背景的探测[图11]。图11为探空卫星在飞行和在外星着陆的情况。

这个讲的是地球空间，深空我们中国人也是要去的，目前美国以及欧盟的深空研究大大领先我们。图12（a）所示为深度撞击，图12（b）、图12（c）分别是望远所使用的哈勃望远镜和NASA红外望

图13

远镜等。[图12]

如今，太阳系的多个行星，除了冥王星，人类都曾飞越过。离地球最近的是金星和火星，图13所示是金星的表面[图13]。

1962年水手2号第一次飞越金星，1970年俄罗斯航天器“金星7”第一次软着陆，1975年俄罗斯航天器“金星9”轨道器传回第一张金星表面图片，1978年“先锋金星轨道器”获得第一张表面雷达图像，1984年用气球探测金星的大气。

火星是另一个实现人造卫星软着陆的星球，1965年“水手4号”第一次飞越获得近距离照片，1971年“水手7号”第一次成为火星的卫星，也是第一个行星的第一个人造卫星，1976年“海盗1号”和“海盗2号”第一次软着陆，1997年“火星探路者”着陆，“火星全球勘测者”从轨道上拍摄火星表面，2004年“勇气号”“机遇号”成功登陆火星。火星

（a）土星

（b）土星的卫星

图14　土星及其卫星

上发现有水的成分。

木星也是实现过人造卫星软着陆的星球，1973年“先锋10号”第一次飞越，在13万千米处拍摄了云层顶和卫星，1979年“旅行者1号”发现木星环和3个卫星，1995年“伽利略”派出探测器进入大气，到达23巴压力处。1999年“伽利略”全面研究行星、行星环、卫星、磁层和大气。

土星外有光环和卫星，1973年“先锋10号”飞越，拍摄了卫星照片，1979年“旅行者2号”拍摄到Io 卫星的火山爆发，1995年“伽利略”环绕木星飞行，拍摄高精度卫星表面照片，发现Europa卫星表面有海洋，1979年“先锋11号”在土星云顶2万余千米处飞越，拍摄了第一张极区照片和卫星照片。1980年“旅行者1号”和“旅行者2号”飞越研究光环、卫星、赤道区的风速。2004年Cassini/Huygens到达土星，图14所示为土星及其卫星[图14]。我们和俄罗斯合作原来要向土卫星发射的，后因各种原因推迟了。

图15 中国第一颗人造卫星——“东方红一号”

三、中国进入太空及对地观测40年回顾与展望

1957年苏联发射了第一颗人造卫星后，我们的领袖毛泽东发表号召，我们也要搞人造卫星。当时中国很落后很穷啊，但是这种气质让人钦佩，不但说了，而且行动了。当时钱学森先生1955年从美国回来，毛主席问钱学森中国能不能上去，钱学森说，肯定能上去。中国研究卫星就从那时开始。中国科学院581组是我国卫星的摇篮，1970年4月24日中国发射了我国第一颗人造卫星“东方红一号”，重173千克，用于进行对地观测[图15]，对地观测很重要的是遥感。

我们国家进行遥感技术研究最早是钱学森提出来的，1975年8—10月在原国防科工委钱学森副主任主持下，召开了全国第一次遥感规划筹备会，从此我国遥感正式成为国家重点发展项目。1975年由王大珩先生主持，并找了一批人作规划，我负责微波遥感部分的起草。

以后经过“六五”“七五”“八五”“九五”等科技攻关计划，其中遥感均列为重大项目，经历了以下几个阶段：

第一阶段：概念引进及调研。

第二阶段：经“六五”“七五”“八五”国民经济发展计划，初步布局了学科和技术研发工作，建立了地面站，建造了机载及地面遥感器，在灾害监测及资源环境应用方面有了初步成果。

第三阶段：进一步加强基础设施建设和基础及应用理论研究，在研制气象卫星中，遥感正式成为应用卫星主要载荷。

第四阶段：部分遥感卫星向业务化、系列化发展，在国际上有一定的位置。

目前正处于第五个阶段，即全面深入发展，大力推进业务化、商业化，并开始在深空探测中得到应用。有了遥感研究的体系，现已形成了谱段较全的遥感体系，有可见光、红外、微波。学科和技术门类较完整，初具规模的卫星和机载系统，在一些应用领域显现出不可替代的作用。

我国在遥感空间信息技术上有了巨大的发展，取得了历史的突破。我国已建立形成了气象、资源、海洋等应用卫星系列及其应用系统。在对地观测技术发展方面已拥有了从模拟胶片摄影遥感到固态数字成像、多光谱到高光谱，主、被动微波等在内的较全面的遥感技术体系，在航空、航天平台上实现了遥感对地观测。与此同时地理信息系统和卫星定位系统技术也有了长足的发展，在国家经济社会发展中起到了相当的作用。

我国已发射的对地观测卫星有气象卫星：FY-1系列、FY-2系列，FY-3-A；海洋卫星：HY-1系列；资源卫星：ZY-1系列；北京一号小卫星和专题卫星系列。机载系统有：“七五”建立的高空遥感实用系统，如监测洪水的“机-星-地”系统，可测得地面上流域的图像，在灾害监测中发挥了重要作用[图16]。

以往，如果洪水来了，要派人去调查、了解灾情需4天。后来利用遥感技术只要用4小时。后来遥感技术通过卫星来检测，可面对灾情检测，探测器得到的信息及时，信息获取能力有较大提高，传回来的图像相对清晰[图17]。

在这期间，我们的探测器获取信息的能力有较大提高，在可见光谱段，卫星遥感空间分辨率达1米。目前正在研究更高分辨率和宽覆盖遥

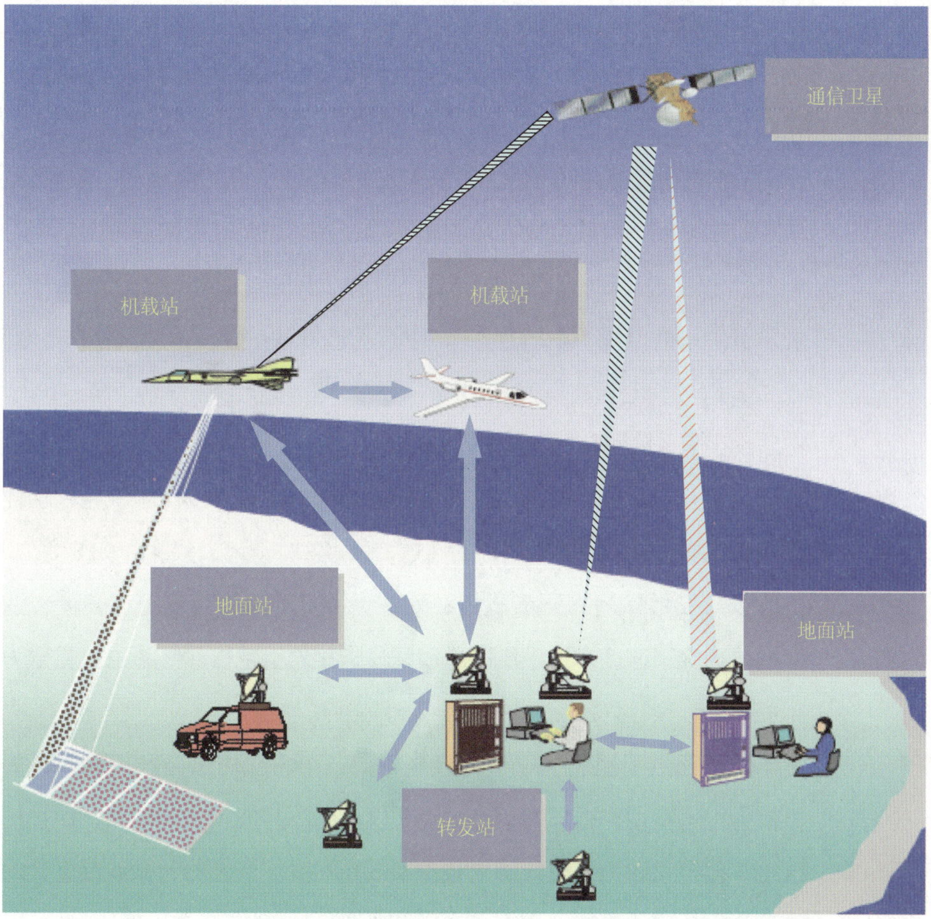

图16 “机—星—地”系统

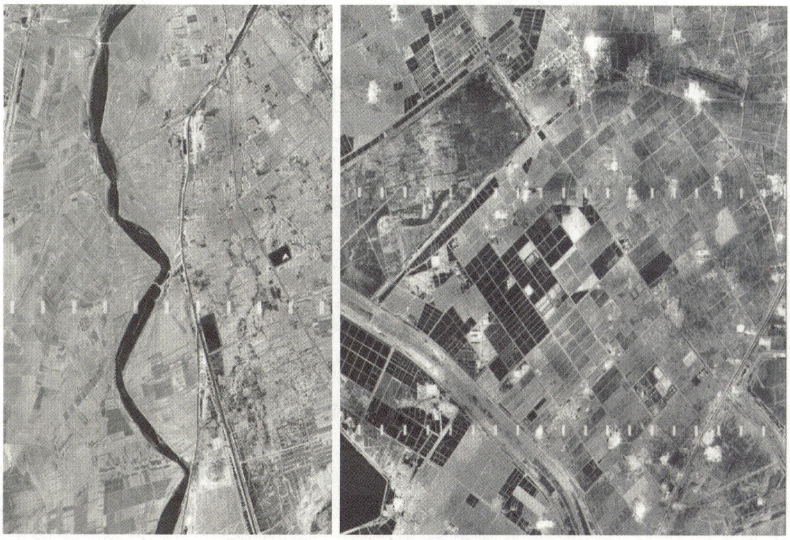
（a）　（b）
图17 “机—星—地”系统传回的图像

感器，以后还可测到0.7米，几十厘米。

另外在红外谱段：主要以气象卫星多光谱遥感器和海洋水色仪为代表，在神舟飞船中已试验了高光谱分辨率成像光谱仪，谱段达到几百，光谱分辨率达数纳米。还有微波遥感器：实现了微波高度计、散射计、多频段辐射计、星载合成孔径成像雷达、多模态星载微波遥感系统等。

几个已发射有代表性的航天器为：风云一号、二号、三号，海洋一号，资源系列卫星（中巴合作），中国遥感卫星一号，神舟三号、四号、五号、六号、七号，嫦娥一号探月卫星，北京一号，环境-1A，B星，实践6号等一系列专用卫星。

风云一号是极地轨道卫星，可覆盖全球，其重量为950千克，功耗平均256瓦，为围绕地球运转的轨道，高度870千米，倾角为98.8度。

风云二号是地球同步轨道，处在36 000千米的高度上，其运转速度和地球旋转速度相近，所以总在我们国家的上空探测，该卫星重量为1 365公斤，其运行轨道是相对于地球静止的轨道。

风云三号卫星[图18]，也是极轨卫星，第一次用了微波探测器，到目前为止一直用得很好，这个卫星不仅可以用其他国家的数据，而且可以给其他国家数据，是我国星载频率最高的微波遥感器，微波湿度计的全球全天候遥感数据，对台风暴雨等强对流天气系统的遥感监测服务、全球大气湿度探测以及在数值天气预报系统中的同化应用，取得显著应用效果。

风云三号微波湿度计信道二所得图像[图19]，是2008年9月13日21时测得的森拉克台风在中国沿海的情况。以前用可见光波观测台风，台风眼都看不到，现在用湿度计观测，可以测到台风的速度、走向等，我们现在的台风预报主要靠这种方式。

海洋一号，基本用于测量海洋生物，资源一号是和巴西合作的，神舟四号采用红外和微波，这是我们第一次用多模态微波遥感器。主要研究成果为通过“七五”“八五”攻关，以及与其他国家和地区相关研究项目的实施，大大地推动了我国对地观测应用的进展，如建立了重大自然灾害遥感监测及评价体系，重点产粮区主要农作物遥感估产，灾害和估产遥感技术系统，建立了资源环境和区域经济空间信息共享应用网

图18　FY-3卫星在轨飞行构形图

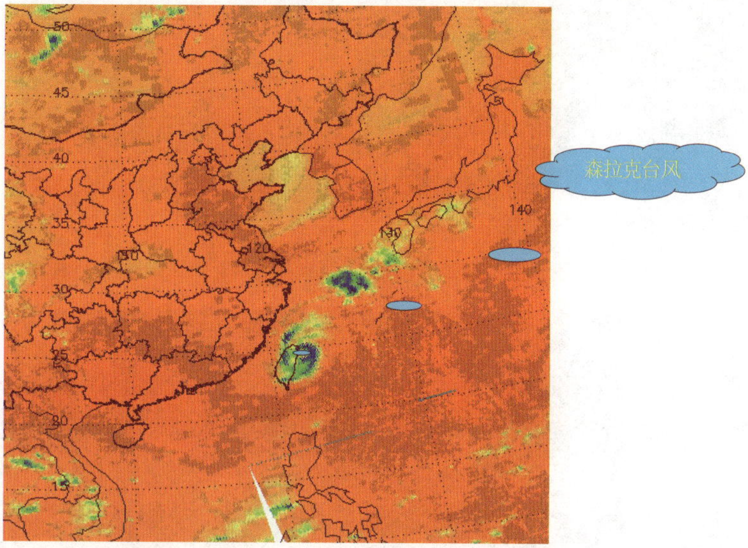

图19　FY-3微波温度计信道二图像（北京时间2008年9月13日12时）

络，新型遥感器及其配套技术研究等。

2008年的救灾，考验了我国综合观测能力。春季的雪灾，秋季的洪水，我们国家是多灾多难的。汶川地震后发生了大量的次生地质灾害。滑坡与崩塌产生的土石块阻塞河道，多处形成了颇具规模的堰塞湖。图20所示为卫星上拍下来的唐家山堰塞湖[图20]。

卫星图像为灾情评估、灾民转移和灾后重建起了很大作用，当时温家宝同志第一时间到达灾区，说道路不通，能不能24小时内搞通，因为当时没有拿到图，由于很需要地况图，我们马上派飞机将卫星图取来，再和国际上公布的图对比后，向领导提供了灾情图，可以看到路全塌了，不要说24小时，一个月也拿不下来[图21]，这为领导作决策提供了依据。

图20　唐家山堰塞湖

图21　汶川地震灾情遥感评估图

（a）　　（b）　　（c）

图22　1969年美国航天员踏上月球

四、月球探测

月球探测这个问题已经讲过，在1959年以前天文观察阶段，在地面上用大的望远镜和裸眼观察，分辨率为10千米以上。

第一次探月高潮是1958—1976年，苏联第一个发射去的，以后美国等国家，约发射了上百个探测器，真正成功的46%，2007年我国第一次发射，首发成功；国际上6次载人登月3次不载人登月取样，共取回382千克月球样品；另外，人类还获得26块月球陨石，图22所示是1969年美国航天员首次踏上月球的图像[图22]。随着科学技术的进步，月球探测的方式相应演变。

1976—1994年，由于登月花费太多，冷战结束和苏联解体，第一次探月高潮取回的资料和样品还有些没有整理或没有动，这一时期延续约18年，没有进行过任何成功的月球探测活动，处于宁静期。

1994年后才提出要重返月球，拉开了重返月球的序幕。

为什么要重返月球？各有打算。老布什也宣布新的太空计划，提出要重返月球，然后以月球为基地，做深空探测，载人奔向火星，布什认为重返月球是取得未来成果与进步的合乎逻辑的阶段，是空间探测的重要阶段：要建立并扩大人类在月球的生存，在空间探测中巨大地减少成本；2015年前用护航舰（CEV）实现扩大的载人任务，其主要目的是日益扩大人类月球上生活、工作的时间；在月球上组装和发射，可大大节省能源和成本；利用月球资源提供火箭燃料和可呼吸的空气。

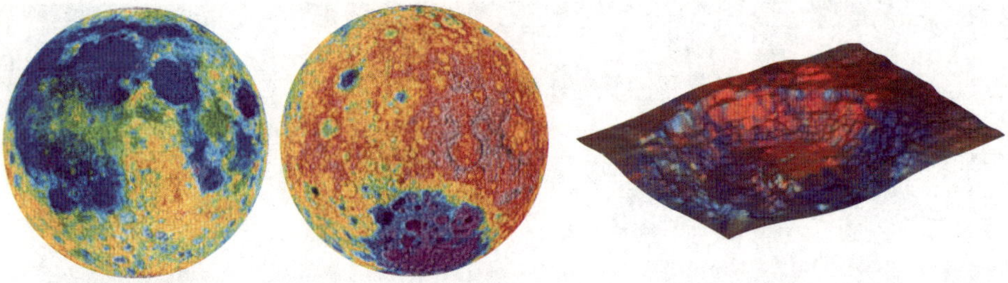

（a）月球正面图　（b）月球背面图　（c）月球三维图

图23　月球图像

这些目的能否实现，我有些怀疑。现在俄罗斯、中国、日本、印度均已进入探月起步阶段，有工程目标和科学目标，我国首次发射的卫星还是很成功的。后来印度发射碰到了很多问题，温度高上去了，很多探测器要关掉，而他们说是当时正是月球离太阳近的时候，是月球的夏天，所以温度高，但是我们也是这个时候发射的，为什么我们没有这些问题？还是技术没过关，最后他们宣布说基本任务已完成，发射基本成功。

中国的月球探测计划过程是：20世纪末我国一批科技人员深入研究了我国探月问题，并提出了几种方案；21世纪初形成了首次探月工程可行性方案，提交有关部门以便正式立项。2003年9月27日，中央专委第四次会议，时任总理温家宝主持，通过并批准了中国首次绕月探测卫星计划。第二、三期计划列入国家中长期科技发展规划。2004年1月23日，时任总理温家宝批准我国月球探测工程立项实施。2004年2月25日成立国家绕月工程领导小组，任命了总指挥、总工程师和应用系统首席科学家，绕月工程实施。以上说明，从立项取得经费到实现卫星探月仅用了约4年时间。

月球探测的科学目标有四个。

第一，获取月球表面三维图像，图23所示为月球的正面和背面图以及三维图像，这个已经公布了。[图23]

第二，分析月球上的14种元素、矿物与物质类型的含量和分布，这项任务基本完成了，这个项目我们澳门科技大学也参加了，用了γ射

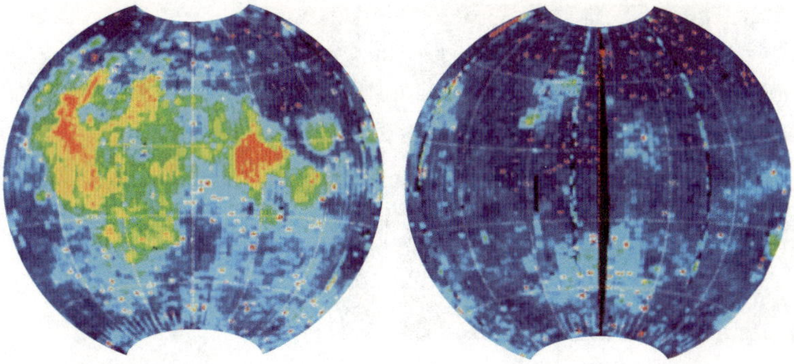

图24　月球微波亮温图

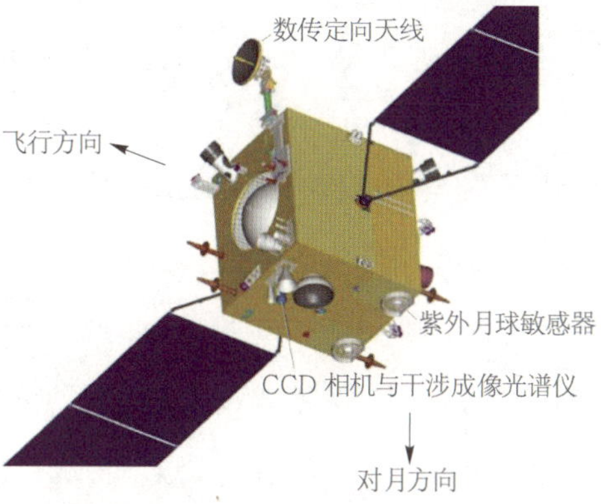

（a）“嫦娥一号”卫星

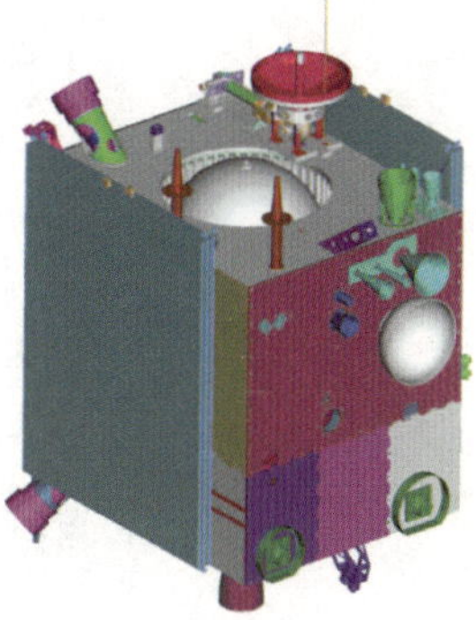

（b）探测器

图25　“嫦娥一号”卫星和探测器

线仪分析了几种元素。我认为能够分析出7~8个元素就不错了。

第三，探测月球土壤厚度，估算氦-3的资源量，我们进行了国际上第一次的微波探测。[图24]

第四，探测4万~40万千米间的地月空间环境，这个只完成一半，因为从地球向月球飞行的时候，卫星发生了不明显的异常，我们就把所有仪器都关掉了，所以没有这一段的信息，只有绕月旋转时的信息。

图25所示是嫦娥一号卫星和探测器[图25]。地面上用测控站，将超长基线干涉（VLBI）系统加入到航天器测控系统中。用三个测控站就可以对卫星定位，我们有四个站，图26所示为三个测控站[图26]。

2009年3月1日，嫦娥一号有控制地掉落到月球上。嫦娥一号科学预测的初步成果如下：在国际上首次用微波技术对月球进行探测；首次建立了“微波月亮”（The Microwave Moon），过去只有可见月亮，红

(a)

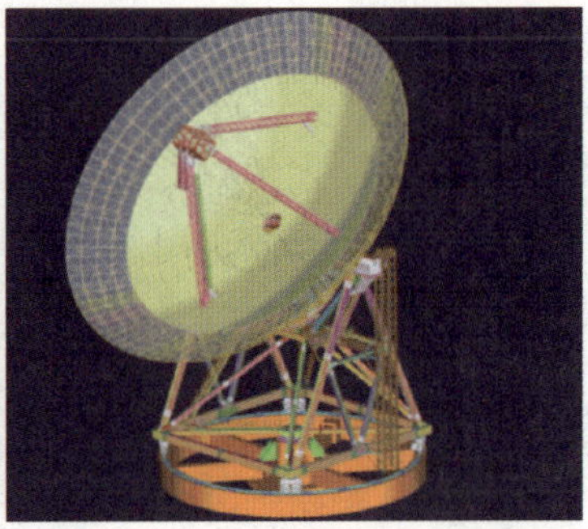

(b)

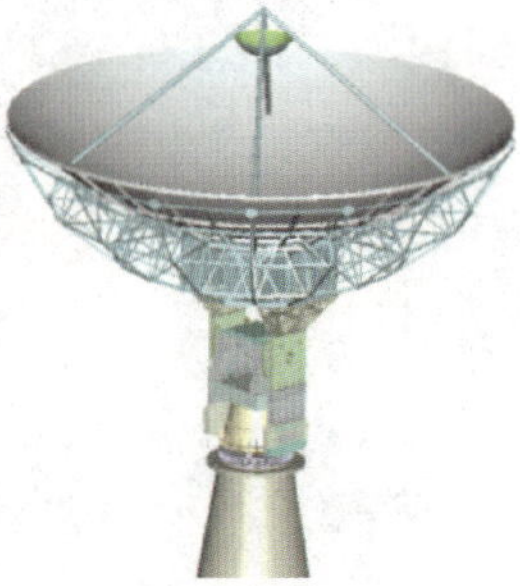

(c)

图26　地面测控站

外月亮，我们建立了微波月亮；制造了全月及一些特征区的微波亮温图，建立了图册。

我们第一次全面评估了月亮的厚度和氦-3资源量。以往月球土壤厚度怎样测量呢？由阿波罗卫星到月球上，找5~6个点测量，俄罗斯找了4个点，总共不超过10个点，对这些点进行钻探，深度为2.98米，由此再延伸，来评估月球土壤的厚度，钻头不到3米，怎么能看到了十几米呢？有点靠不住，我们是对全月进行探测，按照微波量测出来的，比较可靠。我们测出全月亮的土壤厚度平均4~6米，有深有浅，这个平均厚度比外国发表的月球平均厚度浅。

月球厚度与其年龄有关。月亮不断受到外星的冲击和辐射，时间越长，厚度越大，我估计月球的年龄可能比原来预期的短，正好这时日本也发现，月球内部25亿年前有暖流，岩浆暖流。美国估计月球年龄为40亿年，这个还需要讨论。美国还估计月球上有100万吨到500万吨的氦-3，这个估算范围太宽，我们估算的结果是103万吨，当然很精确是不可能的，但是应该是靠近100万吨。

我们也参与评估了水存在的可能性，主要是在两极。不排除月亮上有水的可能性。日本人说没有，美国人说有，印度的结果是月球到处有水，这点我不同意。可能有水，不是到处有水。

我们还获得了全月光学图像，已经制作了三维立体图像；并已对一些元素的分布进行了分析，获得了有价值的结果。图27所示为37GHz夜晚的微波月球展开图[图27]，图28所示为3GHz全月微波图。[图28]

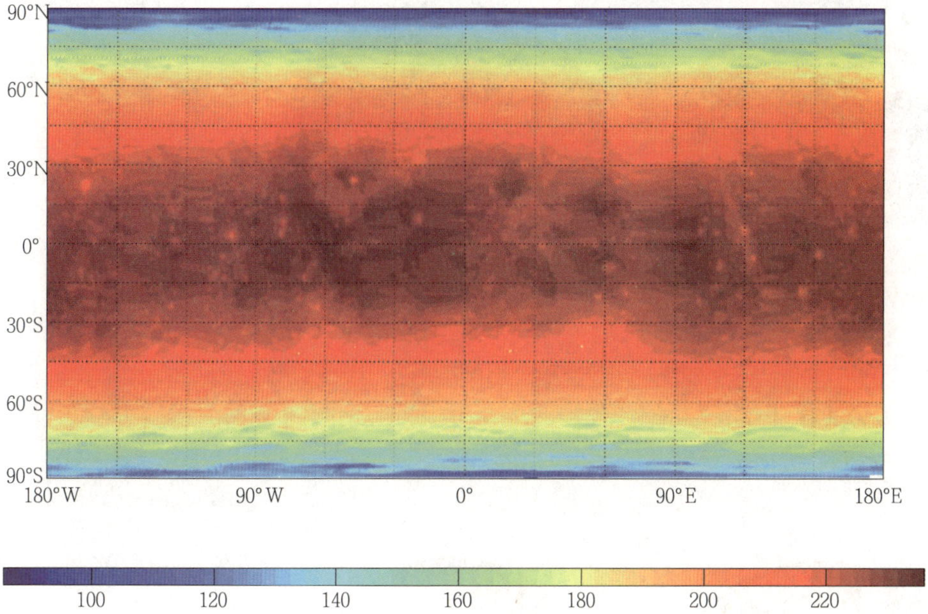

图27　37GHz夜晚的微波月球展开图

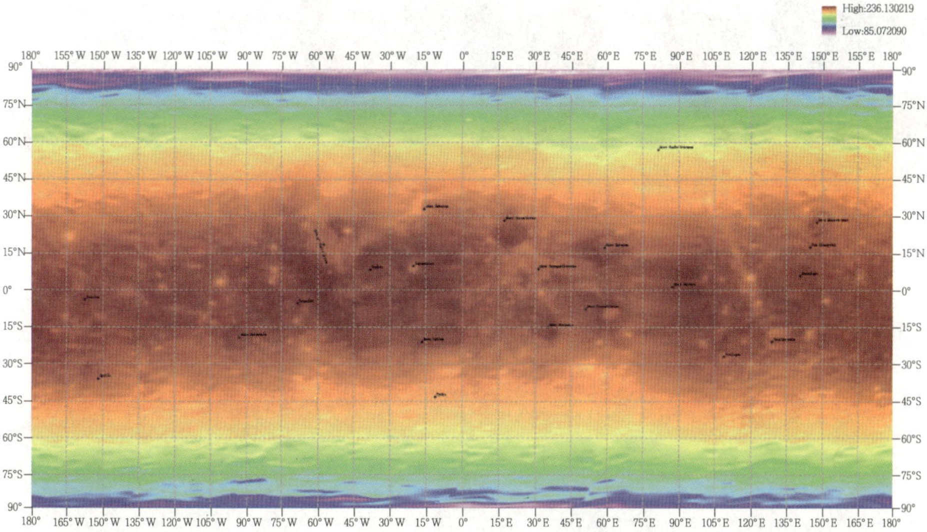

图28　3GHz全月微波图

另外可见37GHz月球正反两面微波图[图29]，右面一个是我们永远看不到的反面，卫星上用可见光或红外可以看到，但只能看到表面，微波可以看到表层下面。

再看两极的微波亮温分布图[图30]。我们把注意缩小到几个地方，几个是最冷的地方。而这里正是美国Airclass要撞击的地方，分析这里

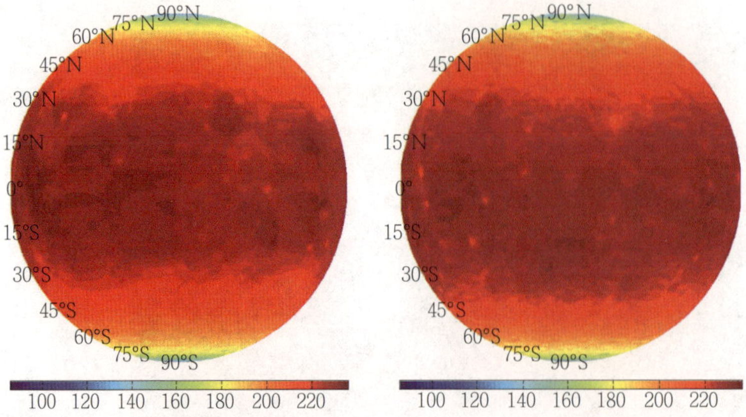

（a）正面　（b）反面

图29　37GHz月球正反两面微波图

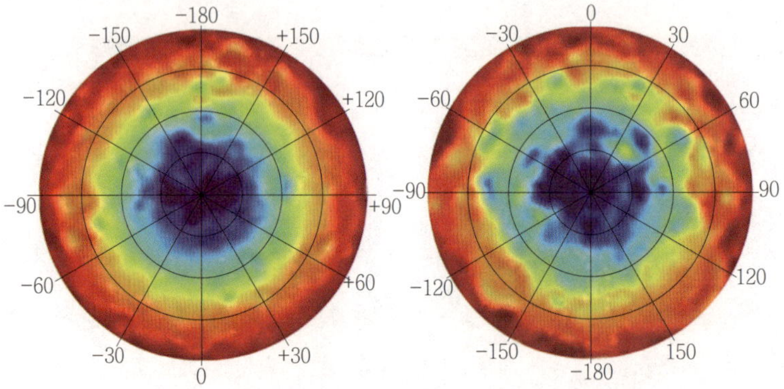

（a）北极　（b）南极

图30　月球两极微波亮温分布图

有没有水。

还可见月球表面用激光观测到的几个撞击坑图[图31]，图32所示是“嫦娥一号”激光高度计数据生成的立体图[图32]。

下面讲月球探测计划情况。我国“嫦娥一号”已成功发射，“嫦娥二”号如何处理，原来它是“嫦娥一号”的备份，第一个卫星先上天了，这个卫星怎么用，后来将它作为二期的先导星，属于二期，它的变化是，探测高度从200千米降到100千米，看得更细了，分辨率由120米降到10米，原激光高度计可以1秒一个点，“嫦娥二号”要做到一秒5个点。

我国月球探测二期工程的科学目标为：区域性地形地貌与地质的精

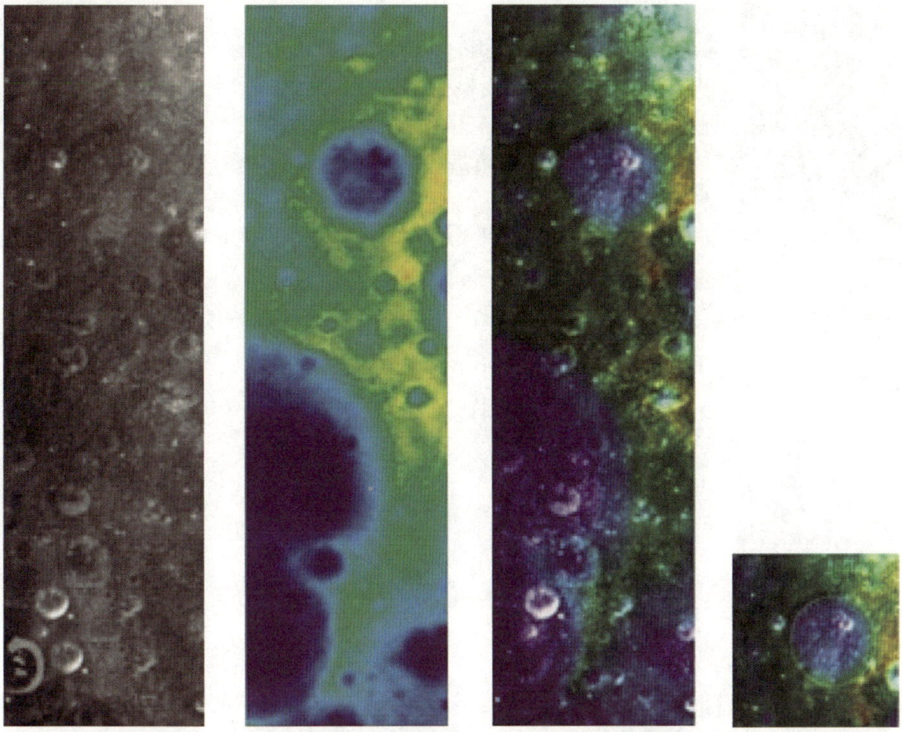

（a）正射影像图　（b）数字高程模型　（c）色彩编码地形图　（d）万户撞击坑

图31　月球撞击坑

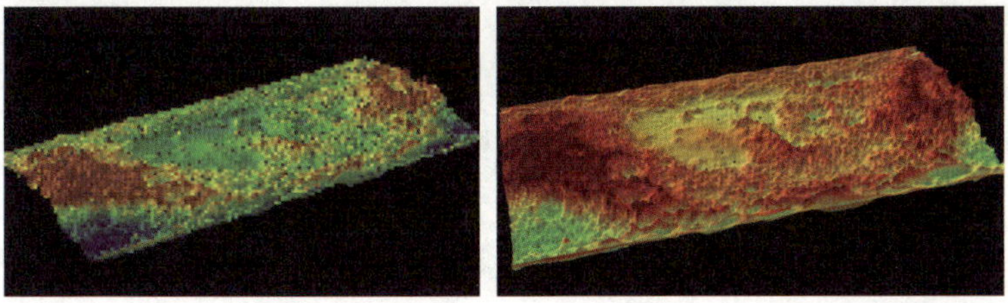

（a）　（b）

图32　“嫦娥一号”激光高度计生成立体图

细勘察；软着陆区区域性地形地貌与地质构造的就位与巡视探测；软着陆区的区域性岩石类型与物质成分的就位分析；月震记录探测与月球内部结构研究；着陆区和巡视区月震与小天体撞击的频率和强度的记录；着陆区和巡视区月壤与月壳岩石特征和结构探测。图33所示是二期探测用的机器人[图33]。

再看探月二期工程的几个备选着陆区[图34]，着陆点的月壤要有一定的厚度，至少要有2米。

图33　探月二期着陆器

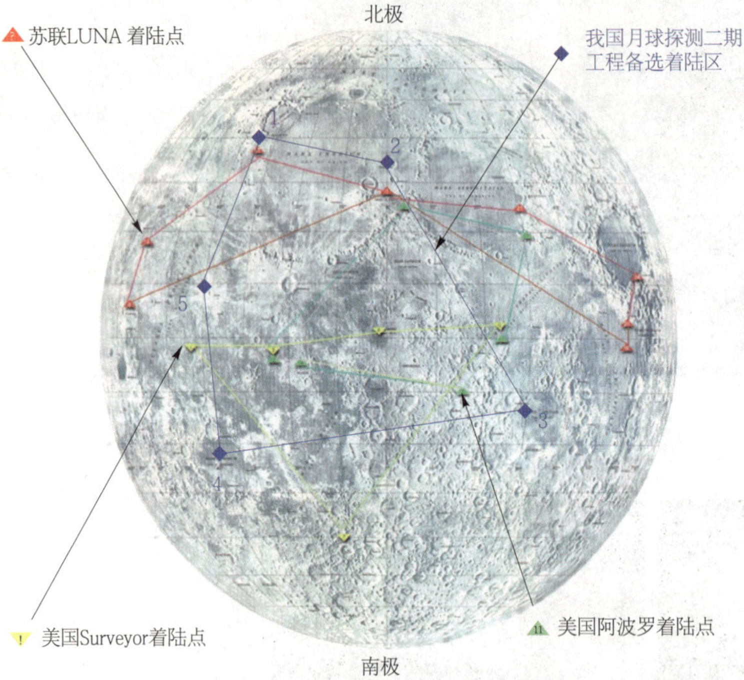

图34　探月二期备选着陆区

三期探月是下去再回来，“嫦娥一号”飞行上去的路径是绕圈，用了14~15天，以后要直接过去，可省下一半时间[图35]。

第三期月球探测的工程目标是掌握月球探测器自动取样并返回技术，在月面分析取样基础上，采集关键性样品返回地面。同时，对着陆地区进行考察，为下一步载人登月飞行、建立月球前哨站的选址提供数据，并深化地月系统（尤其对月球）的起源与演化的认识。第三期月球探测的科学成果将为月球基地的选址提供月面环境、地形、月岩的化学与物理性质等科学依据。

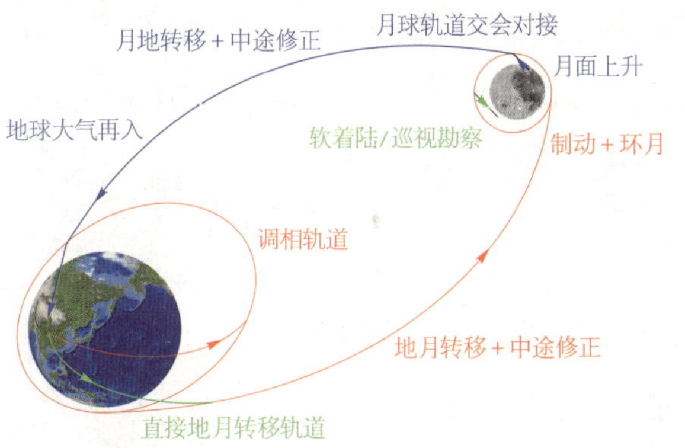

图35　探月三期

图36　“萤火虫一号”卫星

五、我国深空探测的若干想法

最后说一说我国深空探测，中国肯定也要搞深空探测，根据我国航天白皮书，我国在未来适当时候将进一步开展深空探测；目前是在相关科技人员中讨论和研究工程可行性和主要科学目标，待条件成熟将实施我国的深空探测计划。

深空探测主要科学问题有：太阳系的起源与早期演化历史；类地行星和太阳系天体的比较研究；生命及相关物质的起源和演化；太阳活动与行星际空间环境；小天体撞击与灾害效应；深空可利用资源的开发利用和前景评估。

我国的“萤火虫一号”卫星[图36]是上海航天局研制的，上面的科学目标和探测仪器等是中国科学院做的。

“萤火虫一号”准备搭载俄罗斯火箭发射到火星，不过发射计划推迟了。如果这个卫星上去了，我们也可以拿出火星的照片来。国外一些国家的探测计划也在后延，说明这个问题很难。

中国在空间探测领域，已经进入了国际的先进行列，国际上有的，基本上我们都有。我国的空间探测仍然以地球为主，首先要解决地球上的人类问题，60%~70%的经费用于此，空间探测包括探月表明我国有这个能力和财力，而且我们也关心星空的科学。

人类在20世纪最伟大的成就之一是开辟了“太空”这个新的空间。经过近半个世纪的努力，太空资源的利用已成为人类社会不可或缺的活动空间。人们正在和即将要更多地依靠太空技术所带来的能力，人们将生活在现在还难以想象的物质与精神的宇宙空间。

中国的航天事业走过了50多年，已经取得了举世瞩目的成绩，为我国国民经济建设和国防提供了有力的支持。作为一个中国人，特别是年轻一代，把自己的志向紧紧地与人类的未来，与中华民族的命运联系起来，为中华民族的伟大复兴做出更大的贡献是青年一代的伟大使命。

月球探测与中国『嫦娥工程』的进展

——中国科学院院士、天体化学与
地球化学家欧阳自远先生讲座

（2009年2月25日）

欧阳自远

欧阳自远院士，原籍江西上饶，生于江西吉安。1956年毕业于北京地质学院。1961年中国科学院地质研究所研究生毕业。中国科学院地球化学研究所研究员。中国月球探测计划首席科学家，中国科学院院士（学部委员），天体化学与地球化学家。负责我国地下核试验地质综合研究，系统开展各类地外物质（陨石、宇宙尘、月岩）、比较行星学、天体化学与地球化学的研究。建立了铁陨石成因假说，吉林陨石的形成演化模式与多阶段宇宙线照射历史的理论；提出地球多阶段转变能的新的演化模式，地质体中宇宙尘的判断标志；补充并发展了太阳星云化学不均一性模式与理论；论证中国K/T接口撞击事件，提出并证实新生代以来6次巨型撞击诱发地球气候环境灾变的观点；论证组成地球原始物质的不均一性、地球两阶段形成与多阶段演化及对成矿与构造格局的制约，提出地球多阶段核转变能与新的地球演化模式，提出地球与类地行星的非均一组成与非均变演化的理论框架。近年积极参与并指导中国月球探测的近期目标与长远规划的制订，具体设计国内首次月球探测的科学目标与载荷配置和第二、三期月球探测的方案与科学目标，是中国月球探测工程的首席科学家。当前负责制订中国太阳系探测的科学目标与有效载荷配置的方案与规划。在国内外发表论文430多篇，专著11部，主编著作13部，培养硕士、博士和博士后60余人。

今天的讲座，主题是“月球探测与中国‘嫦娥工程’的进展”。我先简单介绍一点背景知识，谈谈人类航天活动和月球探索的基本状况，然后详细介绍我国“嫦娥工程”取得的新进展。

一、人类空间探测的发展

我们生活在地球上，但在地球诞生之初，上面没有任何生命。大约在38亿年以前，地球诞生了最原始的生命。大约三、四百万年以前，地球上终于出现人类。人类又通过漫长而曲折的努力，终于进化为地球上的“万物之灵”，逐步建立起高度文明的人类社会。

我们生活在地球上的人类，最开始是居住在陆地上的。但因为总想知道周围的世界，想了解周围的陆地、辽阔的海洋和无际的空间。经过几千年漫长的努力，终于发展成现在先进的航海事业。同样，人类也希望了解自己头上的天空，所以也作出了漫长的努力，如今也发展成先进的航空事业。但是，人们仍不满足于对现有世界的了解，希望可以了解更遥远的空间，因而又出现了人类的航天活动，以便进一步扩展自己生存与发展的空间。

20世纪以来，人类航天活动大致可分为三个领域，最开始便是卫星应用，随后则是载人航空和深空探测。

对于卫星，大家都很熟悉，包括各种各样的气象卫星、海洋卫星、资源卫星、通信卫星和导航定位卫星等。现在全人类已经发射了6000多枚航天器，中国发射有100多枚卫星、4艘飞船和3艘载人飞船，大概占全球总量的2%。如今仍在空间运行的卫星大概有800多枚，美国就有400多枚，占了一半以上，俄罗斯有80多枚，中国大概30多枚。

现在汽车、火车、轮船、飞机、导弹所用的导航定位的卫星系统，都是美国GPS系统（全球定位系统）。但这个系统是美国所掌握的，一旦真的有战事发生，我们将受到极大的制约——我们的导弹可能不会很精确，所有的导航定位都可能会发生偏离。各个国家都担心受美国的控制，因此就有俄罗斯正在建立的“格洛纳斯GLONASS”导航定位系统，欧洲也在联合建立“伽利略”导航定位系统，我国也在加快发展自己的“北斗”导航系统。

应用卫星对于人类社会的经济、科技、文化发展和人类生活质量的提高都发挥了重要的作用。可以说，我们现在每个人的生活都离不开卫星所做的贡献，尤其是现代信息社会，我们获得的各种通信设备、知识、对于全球的了解以及对于各方面知识有爆炸性的增长，都离不开卫星发挥的巨大作用。当然，应用卫星70%以上是军事卫星，负责军事侦察、导弹预警、通信指挥、导航、气象保障——空间军事化，甚至建立天军、控制地球，其余的才是民用卫星。卫星的投入产出比大约是1∶10，而另据701所测算，中国这项的投资效益为1∶13，甚至是1∶17，并有力推动了相关产业的快速发展。

根据《2006航天白皮书》，中国应用卫星和卫星应用的发展规划有这样几项内容值得关注：一是建立长期稳定运行的卫星对地观测体系、协调配套的全国卫星遥感应用体系；二是建立较完善的卫星通信广播系统，卫星通信广播产业规模和效益显著提高；三是分步建立满足应用需求的卫星导航定位系统（中国目前应用的卫星导航定位系统是美国的GPS系统），初步形成卫星导航定位应用产业（“北斗二代”、中国区域定位系统（CAPS）、“伽利略”）；四是初步实现应用卫星和卫星应用由试验应用型向业务服务型转变。这为我国今后的卫星事业指出了方向，也为它的进一步发展奠定了基础。

人类航天活动的第二个领域是载人航天。

大家知道，截至2006年年底，全世界已经有970余人次和450多位宇航员进入过太空。1961年，苏联的宇航员加加林第一次进入太空。2003年，“神舟五号”宇航员杨利伟第一次进入太空，他是国际上第413位进入太空的宇航员。自从使用载人技术取得成功后，2005年我国又有两位宇航员成功进入太空。

2008年9月25日，我国又有“神舟七号”顺利升空，尤其是2008年9月27日中国宇航员成功实现了太空行走，第二天（2008年9月28日）三位宇航员安全返回了地球。

对于载人航天的领域，中国是第三个能够独立发射火箭、飞船、载人，实现太空行走的国家。其中第一个国家是苏联，第二个是美国。其他国家目前还没有能力实现独立研制而且成功进行载人航天的技术。

载人航天的进一步发展，是建立一个巨大的空间站，这个空间站由美国、俄罗斯、日本等16个国家联合共同筹建，名叫“国际空间站”，将有420~470吨，长88米，供电50千瓦，高度达397米，寿命10~15年，设有居住舱、功能舱、实验舱等，可供6~7人共同居住，进行各方面的相关工作。

这个国际空间站将在2010年建成，其发展前景主要包括：一是从事相关的科学实验，譬如生命科学、空间科学、航天医学、对地科学、天文观测、微重力等；二是从事一些产品的研制和开发；三是作为卫星维修中心，负责进行卫星的维修；四是作为深空探测的中转站；五是适度开展一些太空旅游项目，将在太空建立很多旅馆及相关景点，以供人们游历奇幻而美妙的太空。我国没有加入这个国际空间站，将建立中国自己的空间实验室，这就是大家都知道的“天宫号”实验室。

我国卫星应用与载人航天，有一个共同的特点，那就是它们大多为低轨道航天器，轨道高度大约在300~2 000千米，最远的和地球同步的卫星距离大约是36 000千米，都是离地球很近的。也就是说，这些航天器都是束缚在以地球为主要引力场的空间运行，在“嫦娥一号”以前中国发射的全部航天器都没有真正离开过地球。人们还想，能不能探测到更远的空间，这一构想带动的新探索，便是现在越来越让人瞩目的“深空（太阳系）探测”。

“深空探测”是在卫星应用和载人航天取得重大成就的基础上，脱离地球的引力场，进入太阳系空间和宇宙空间的探测。开展深空探测的目标，是为人类社会的可持续发展服务。深空探测已成为21世纪科技发展竞争的主要焦点之一，也是航天科技持续发展的必由之路。深空探测是人类探索宇宙的永恒的主题，有广阔无限的发展前景。

不过，深空探测仍然是对人类极其严峻的考验。按照天文学家的概念，太阳系的半径大约是十万到二十万个天文单位。一个天文单位是多少呢？是太阳到地球的平均距离：一亿五千万千米。大家可以算算，这十万到二十万个天文单位究竟是多远。假如我们以第三宇宙速度（最高速度）飞离地球，要飞向太阳系的边缘，至少要万年以后才能到达。所以仅仅只是一个太阳系，其实就已严重束缚了人类开往宇宙的探测，这是一个艰巨无比的任务。

21世纪人类开展深空探测的对象，应该说主要在于探测太阳系各层次天体与行星际空间。人类还没有办法到达太阳系以外的天体，现在进行的探测主要是太阳系里的八大行星，太阳系里各种各样的小天体和太阳本身以及太阳系的空间。

这里简单回顾一下深空探测的历程与走向。截至2006年底，人类对于太阳系的深空探测[表1]，已经达到250次。

总的来说，在20世纪60年代，除了探测月球、火星、金星等天体之外，新增探测领域包括临近行星与卫星，以及太阳与太阳活动；至20世纪70年代，新增探测领域则包括太阳系其他行星和太阳系观测；到20世纪80年代之后，新增领域更延伸到了太阳系的许多小天体。在所有的探测中，以月球探测最为成功，包括着陆器和月球车的探测、无人取样返回等活动，尤其是美国实现了六次载人登月的探测。对太阳系其他天体的探测，则是近年来才有能力开展的。

表1 太阳系探测概况（至2006年12月共250次）

<table>
<tr><th>开始探测年代</th><th>探测对象</th><th>探测次数</th><th>新增探测领域</th></tr>
<tr><td>1958</td><td>月球</td><td>113</td><td rowspan="5">临近行星与卫星，太阳与太阳活动</td></tr>
<tr><td>1961</td><td>火星</td><td>41</td></tr>
<tr><td>1961</td><td>金星</td><td>40</td></tr>
<tr><td>1962</td><td>太阳</td><td>15</td></tr>
<tr><td>1966</td><td>太阳风</td><td>6</td></tr>
<tr><td>1972</td><td>木星与土星</td><td>11</td><td rowspan="4">太阳系其他行星，太阳系观测</td></tr>
<tr><td>1973</td><td>水星</td><td>2</td></tr>
<tr><td>1977</td><td>天王星与海王星</td><td>1</td></tr>
<tr><td>1978</td><td>全太阳系观测</td><td>4</td></tr>
<tr><td>1984</td><td>彗星</td><td>9</td><td rowspan="5">太阳系小天体</td></tr>
<tr><td>1988</td><td>火卫-1</td><td>2</td></tr>
<tr><td>1996</td><td>小行星</td><td>4</td></tr>
<tr><td>1997</td><td>土卫-6</td><td>1</td></tr>
<tr><td>2006</td><td>冥王星</td><td>1</td></tr>
</table>

二、人类在月球探测上的进展

前面谈的是人类深空探测的简单情况。这里我想结合自己的研究工作，简单介绍深空探测的起步——月球探测及我们取得的进展。

大家知道，月球是地球的天然卫星，是离地球最近的一个天体，也是我们人类飞出地球，开展深空探测的一个首选目标。月球既是建设一种监视地球的观测基地，也是人类进行科学研究的特殊基地。更重要的，它是当今最高的战略制高点，是一个新的军事平台，也是我们走向火星、金星、天王星和海王星甚至更遥远星系天体的转运站和前哨站。另外，最近发现月球的资源和能源，对于我们地球社会的可持续发展有可能作出特殊的重大贡献。

关于月球，我们过去听过很多神话或传说，是早期人类对于月球的朦胧认识。在东方，无论是中国古代关于嫦娥的奔月故事，还是日本关于“辉夜姬”的传说；在西方，无论是古希腊神话中的月神和狩猎之神阿提密斯的传说，还是古罗马神话中的月亮女神狄安娜的故事，无不凝聚着早期人们对月球这样一个未知天地充满好奇与崇拜的探究心理。

人们对月球产生了深厚的依恋感情。人们在仰望星空时，浩渺天际的皎白月光，也最容易激发人们的诗情和艺术灵感。人们还基于对月球的附会联想，给月球冠以一系列形象生动的别名，譬如挂、蟾、飞、明、清、圆、玉、冰、水、盘、轮、镜、环……大家从小就背诵过李白的《静夜思》，“举头望明月，低头思故乡”可谓家喻户晓；张若虚的《春江花月夜》留下了意境优美的“春江潮水连海平，海上明月共潮生。……江畔何人初见月，江月何年初照人”；苏东坡的《水调歌头》则有古名句“明月几时有，把酒问青天，不知天上宫阙，今夕是何年”。古代诗人文士关于月亮的千古吟诵，不知留下了多少像这样脍炙人口的诗篇。

在中华民族乃至世界各个民族的发展史上，月球一直是一个充满神奇魅力的天体，对人类古代哲学思想的形成、文化艺术的发展尤其是天文历法的编制、农业生产的发展，都发挥过巨大的作用。可以说，探测月球的神秘，是中华民族乃至世界各个民族千百年来始终不绝的共同梦想。

对于保护地球方面，月球也有特殊的作用和重要的意义。如今人们已经知道，月球表面到处都被小天体砸得千疮百孔，那些砸向它的东西本来有可能砸向地球，而月球替地球抵挡了其中一部分，避免它们对地球的撞击和由此产生的严重的生物灭绝事件。

接下来，我得简单谈谈月球探测的历程与成果。

在1958年以前，人类对月球的探测停留在天文观察阶段，即通过望远镜和裸眼进行观测。由于望远镜分辨率不高，基本上只能辨认其大致轮廓。从1958年开始，人类进入到真正意义上的月球探测阶段，其历程大致分为三个阶段：首先是1958—1976年间的第一次探月高潮，其次是1976—1994年间的宁静期，第三阶段则是从1994年拉开序幕的重返月球时代。

在第一次探月高潮亦即1958—1976年间，人类一共发射了108枚探测器，其中成功或部分成功52枚，成功率达到48%，全都是美国和苏联开展的。美国实现了6次载人登月，而苏联一个人也没有上去过，但实现了3次不载人登月取样，美国和苏联共取回382千克月球样品。另外科学家在地球的南极和沙漠地区还找到了29块月球陨石、24块火星陨石。

美国和苏联的月球探测活动，完全是为空间霸权的争夺，基于冷战的需要而开展剧烈的科技竞争。在这场竞争当中，苏联在一开始取得了节节胜利，最后美国肯尼迪总统上台以后，终于实现了将美国人直接送上月球。1969年，美国的“阿波罗11号”实现了载人登月的梦想，以后连续还有5次（即一共有6次）登月，可惜苏联并没有实现载人登月。人们一共取回了382千克的月球样品，其中美国阿波罗号取回了381.7千克，苏联无人机器人取样取回了0.3千克样品。人类正是通过这些样品，才对月球开始有比较深入的认识。

第一次探测高潮之后，在大约近20年间的“宁静期”，谁也没有做过月球探测。因为空间霸权的争夺已有分晓，美国取得了最终的胜利，而且“阿波罗计划”也获得了巨大的成功。但从1994年开始，又一股探测月球的热潮兴起，这就是我们所说的“月球探测的第二次高潮”。

在第一次月球探测高潮中，美苏发射过多种类型的探测器，我这里就不作详细的解释。但要说明的是，虽然他们对月球的控制面积已达到5%，但人类对于月球的整体认识仍然很肤浅[图1]。大家看，图1所示的红点是苏联降落月球车和着陆器所处的位置以及机器人取样的位置；绿点是美国阿波罗号载人登月的位置，大部分在中低纬地区；黄点则是美国着陆器的着陆位置。人类对于月球比较清楚的一些了解，大概就是这么几个点。

再来谈谈美国的“阿波罗计划”。这个宏伟的计划共投入256亿美元，约合现在的2 000多亿美元，是当时规模最大、耗资最多的科技项目之一。它的出现导致20世纪60、70年代液体燃料火箭、微波雷达、无线电制导、合成材料、计算机等一大批高科技工业群体的产生。

后来，人们又将该计划中取得的技术进步成果向民用转移，进而

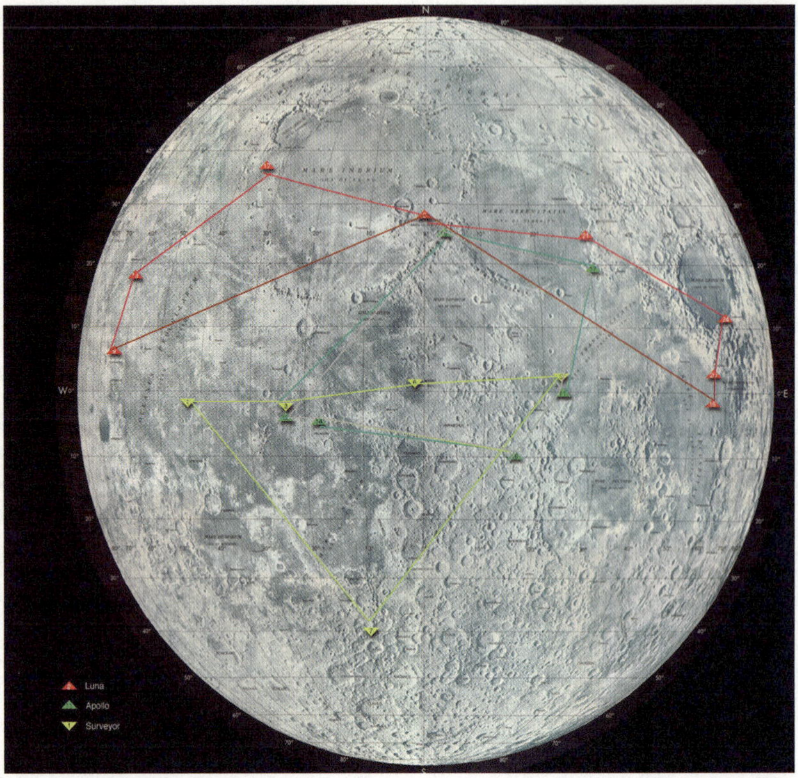

图1　月球着陆器着陆位置

带动了整个科技的发展与工业繁荣，其二次开发应用的效益，远远超过“阿波罗计划”本身所带来的直接经济与社会效益。据不完全统计，从“阿波罗计划”派生出了大约3 000种应用技术的成果，包括航天航空、军事、通信、材料、医疗卫生、计算机及其他民用科技。在登月后的短短几年内，这些应用技术就取得了巨大的效益——在登月计划中每投入1美元，就可获得4~5美元的产出。如今据美国Chase研究会测算，其投入产出比已经高达1∶14。在科学研究方面，人类对月球和地—月系的起源与演化、月球的表面环境、地形地貌、地质构造、岩石类型、内部结构和利用前景的研究与认识，也主要来源于阿波罗探测的成就。

阿波罗计划不仅是一项推动科技进步并取得巨大经济效益的壮举，也在世界政治舞台上产生了深远的影响。由于“阿波罗计划”的巨大胜利，美苏之间的空间霸权争夺和冷战局势逐渐缓解。由于苏联科技在登月当中的失败，也影响到苏联最后在政治结构上的解体。总之，“阿波罗计划”对20世纪后期人类深空探测具有极大的推动作用，是一个体现美国科技发展而取得巨大成就的完美计划。

如今，美国还要进行新一轮的登月计划。这是因为经过数十年以后，“阿波罗计划”时代使用的技术都已过时，探测目标也比当时更为深入。但要研制更新的技术，则需要十多年才能完成。正因为超越自我无比艰难，所以在2006年我作过这样的预言——从现在起，全世界没有任何国家有能力在十年之内再载人登月。

三、人类对月球的基本认识

通过“阿波罗计划”的实施和20世纪后期的一百多次月球探测，人类对于月球的认识可以归纳成这么几点基本的看法。

天文学家早就告诉过我们，地球和月球的平均距离是38万千米。月球相当地球的1/81的质量，月球的表面积是3 800万平方千米。大家知道，中华人民共和国的陆地版图是960万平方千米，也就是说月球表面积等于4个中国版图的总和。

由于月球表面基本上没有大气，月球表面气压仅为10^{-14}大气压量级，超高真空，这就导致了两个现象的产生：其一，因为匮乏传播声音的介质，因此月球表面没有任何声响，的确是“宁静的月光，死寂的世界”。其二，由于没有大气的热传导，月表平均温度为−153 ℃（夜晚）至107 ℃（白昼），白昼背阳面与向阳面的温度范围在−150 ℃至120 ℃之间，夜晚和太阳不能照射到的阴影区的温度仅为−180 ℃至−160 ℃。总之，据阿波罗−14的实测，月球表面的最高与最低温度在130 ℃至−180 ℃之间，形成一个巨大的温差。

大家知道，月球的自转周期和绕地球公转一周的时间相等，接近一个月，人类在地球上观测到的永远是半个月球，谁也没有见到它的另一半。但现在人们已经测绘出整个月球地形图[图2]。月球表面主要的地形

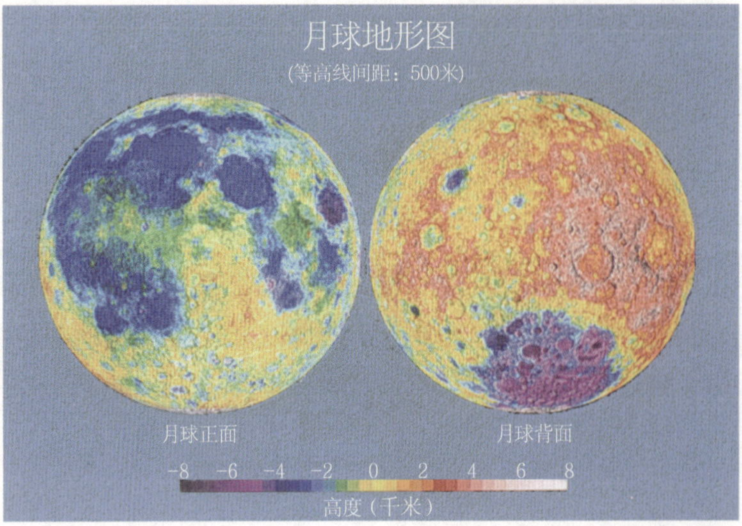

图2　月球地形图

图3　月球撞击坑

单元为月海、月陆和撞击坑。月球正面的月海约占正面面积的一半，月球背面以月陆为主，月球表面最显著的特点就是布满了大大小小环形构造。据统计，月面上直径大于1千米的环形构造总数在33 000个以上，总面积约占月球表面积的7%~10%。月面上直径大于1米的撞击坑总数可达3万亿个。大坑里面都有小坑，小坑里面又有更小的坑，密密麻麻千疮百孔[图3]。

像月球表面这样的撞击坑，是太阳系固态天体的表面特征。太阳系中有固体外壳的行星，大都有这种被撞击过的现象。被撞出许多坑的水星表面非常像月球，另一个被撞出巨大坑的则是火星，其他小行星们也有很多被撞击的坑。对于这些撞击坑，人类最熟悉的是1994年“苏梅

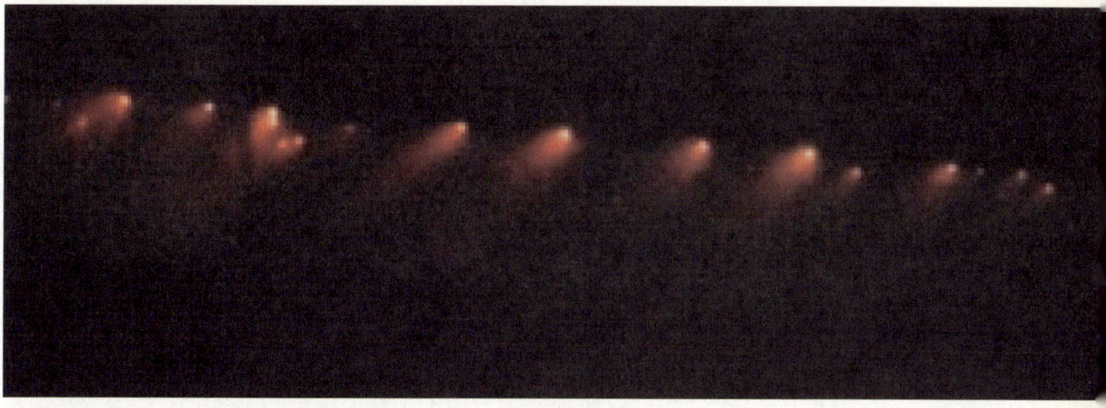

图4 “苏梅克—列维9”彗星撞击木星（1）

图5 “苏梅克—列维9”彗星撞击木星（2）

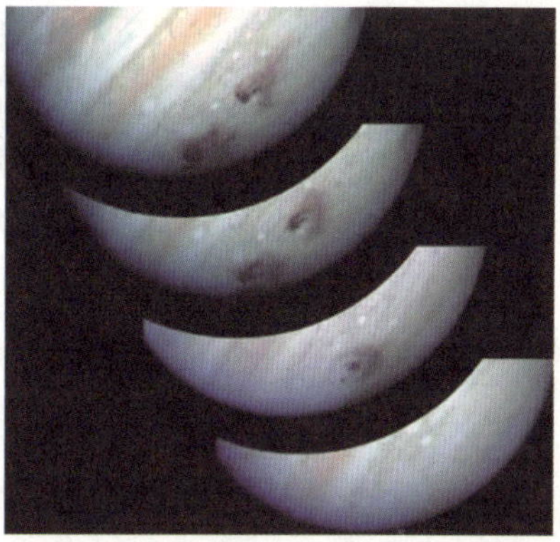

图6 “苏梅克—列维9”彗星撞击木星（3）

克－列维9”彗星撞击木星。这是人类第一次可以用望远镜目睹的撞击过程，彗星被分裂成21块碎片，连续不断地撞击在木星上，有点像机关枪扫射一样，把木星表面打出21个洞。这些洞在当时一经测量，几乎每个坑都有地球那么大，但由于木星表面是流体，很难保持很长时间，这些洞都已经弥合，只有当时拍到的照片可资证明[图4][图5][图6]。

在我们的地球上，至今有很多这些撞击坑的余迹。地球上的撞击坑和月球、水星上不同，由于地球的板块运动、火山喷发、地震活动、大气运动、海进海退、水体侵蚀和沧海桑田等内力和外力作用的影响，大多数撞击坑被破坏或淹埋。但不管怎么变化，目前全球仍分布有一百多个可以辨认的撞击坑。我曾经考察过世界各地十几个撞击坑。其中一个在南非，是一个巨大撞击坑，撞击大概发生在19亿年以前，坑的直径大概有280千米。在这个坑的周围，分布着黄金和钻石的产地。这是因为这次撞击导致地球深处岩浆的侵入，从而产生很多金矿和钻石矿。我也考察过加拿大一个著名的撞击坑，它是全世界最大的铜和镍的矿产产地，现在还在开采，为加拿大的经济发展作出了巨大的贡献。各地还有许多撞击坑，已经演变成美丽的湖泊供游客欣赏，或是形成了煤田和油田之类，给人类带来了丰富的资源。

但这些巨大的撞击事件，也给地球带来了气候环境的灾变和生物物种的灭绝。我研究过恐龙灭绝的事件，认为它与发生在墨西哥湾的一次撞击有关。我们作过相关的考察，可谓证据确凿。这是因为发生撞击事件之后，大量的岩石尘埃粉尘进入平流层，遮天盖地，太阳辐射减少90%，整个地球是寒冷而黑暗的，植物因光合作用受到抑制而大批死亡，以植物为生的动物因食物链的中断而大批死亡。这样的撞击还产生了巨大的高温高压冲击波撞击地面，引起森林大火，甚至全球大火。冲击波在地面挖掘出一个220千米直径的大撞击坑，引发强烈的海啸。这样的撞击也导致了巨大的地震，地球上有70%的生物物种被灭绝，直到灾难过去以后，气候、环境和生态逐渐恢复好转，新的物种大量产生。这些物种适应了新的环境，继续蓬勃发展。虽然单个生命体是脆弱而短暂的，但整个生物界的生命力却非常顽强，即使经历了地球上由于各种原因引发的20多次灭绝事件的冲击，生物界仍没有从地球上彻底灭绝，而是继续演化并延续到了我们今天。

那么，同学们也许会有新的“杞人忧天”：以后会不会继续发生这样的撞击事件？我得承认，这样的撞击是可能发生的，因为天体撞击是一种正常现象，但如今的人类已经成为地球的保护神，能够防御小天体的撞击。随着当代科学技术的发展，人类完全有智慧和能力防御引起极大灾害的小天体撞击地球事件，保护地球的万物生灵。事实上，提前知

图7　防御小天体撞击

图8　月壤

道即将撞击地球的小天体的运行轨道，只要发射一个探测器与小天体伴飞，附着后向小天体施加很小的力，最终使小天体的轨道与地球擦肩而过，便可以避免发生碰撞，从而免却小天体撞击地球的灾难[图7]。现在全世界已经组织了联网工作，我也参加过这类工作。

现在，人们可以依据月球撞击坑，逆行推演月球演化的历史。依据撞击坑的大小，研究月球表面的年龄，表面撞击的坑越多，证明该地区年龄越老，反之则比较年轻。如果按密度计算，可以把月球表面的相对年龄计算出来，制成月面相对年表。同时用月球样品的同位素测年数据相结合，从而推知月球的演化历史。

月球表面有一层很厚的土壤——月壤[图8]，是月球的风化层，记录了40亿年来太阳活动的历史。月壤是在月球地质历史时期月岩受无数陨石撞击、岩石物理崩解和辐射损伤而产生的，其厚度在2~30米之间，但特别松散，一是由于受到不断地撞击而使岩石被击碎，二是由于日夜温差大，使岩石本身碎裂成粉尘而堆积起来。在没有任何大气活动的情况下，没有风吹雨打，一个宇航员的足迹大概可以保存上千年。

最近有报道说，月球的永久阴影区可能存在水冰[图9]。水冰的存在形式，与月壤呈混合物。月球表面如有冰的存在，其存在需要一定的条件。在有太阳的情况下，冰是不可能存在的。因为太阳照到的部分达到

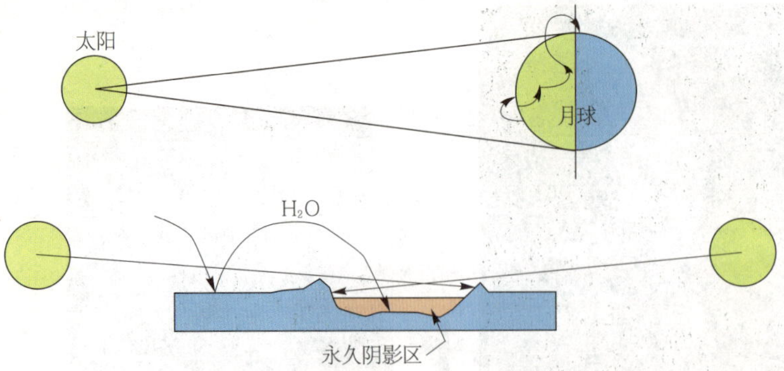

图9　月球的永久阴影区可能存在水冰

110摄氏度以上，只有照不到太阳的部分才可能存在冰。它们存在于撞击坑的底部，因为其边缘很高，整个影子都把坑中央部分给遮住，所以从拍摄的照片中可以发现，很多撞击坑的中央是黑色的。美国的探测器经过这些撞击坑时发现有氢，可能这就是冰组成的。这正好与南极和北极的洼坑是一致的。这样估计其总储量，月球大概有66亿吨的水。

月球上为什么会有冰？这是因为彗星的彗核由水冰、雪和脏土组成，它撞击月球时，这些物质溅射到撞击坑底部的永久阴影区，因此得以保存很长时间，甚至是几十亿年。大家可能不知道，1千克的物质带上月球得费25 000美元，水也一样，1千克水也需要25 000美元。能不能在月球上生产水提供给宇航员呢？这是一些同学可能感兴趣的话题。但是，月球上的水冰在撞击坑阴影区的土壤里含量只有0.1%，不仅总量比较少，开发也很困难。要在很低很艰难的−156℃的区域把土壤堆积起来加热，然后把水蒸气提取出来，冷却成蒸馏水用来饮用，这比把水带上月球的成本还高，所以没有人建议开发利用这些水。

大量的测试表明，所有的月球样品中都没有生命存在的证据，甚至不含有机化合物。但是，月球的岩石中含有大量的矿物和矿产资源。月球的主要岩石类型包括玄武岩（富含TiO_2，估算有100万亿吨）、斜长岩、克里普岩（含稀土元素REE约225亿~450亿吨，含铀U约50亿吨）、超基性岩、角砾岩等。月球上的矿物，有不含水、高还原环境的特征。如铀矿在地球也很稀缺，月球上却有50亿吨的资源量，可见月球的资源非常丰富。

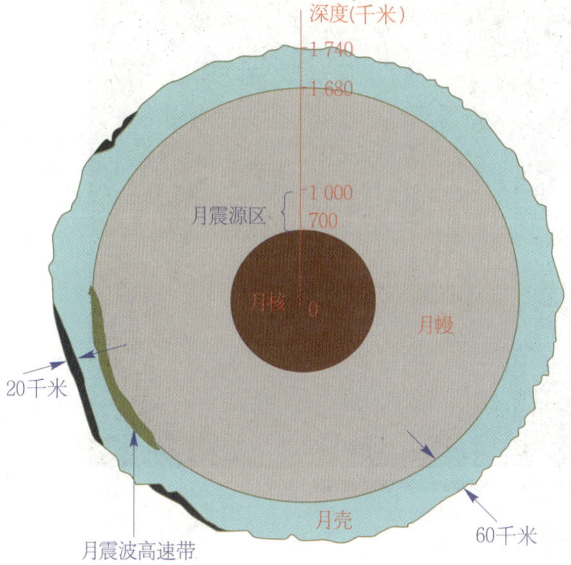

图10　月球的内部结构

月球的内部结构是根据月球的月震波传播的速度确定下来的。月壳的资料主要来自人工月震，而深部的分层主要根据月震和小天体冲击的资料。月球也有月震和月震波，把这些记录下来后，根据波速的变化转换成内部结构，可以分析月球同样有月核、月幔和月壳。从月球的内部结构示意图[图10]中可见月球的内部是不均匀的，实测月球内部不均匀情况，有很多比重很大的重力异常体——质量瘤。质量瘤很影响“嫦娥一号”在轨道上的运行，我们也可以借此了解月球内部质量瘤的大小和分布。

至于月球内部的重力也是异常的[图11]。月球内部的能量不足以将月球内部的物质熔融而进行重力分异调整，不能像地球一样把比重大的铁和镍等成分在重力分异下沉到地球的核心部位，然后把比较重的物质聚集在中间，把最轻的物质浮在表面。月球无法进行这种重力调整，表明月球内部已经固化和冷却，可见月球内部的能源总量比较小。根据月球地震仪的记录，监测到月球大概有11 000多次小天体撞击月球和月震事件。月震的震级很微弱，每年月震释放的能量相当于地震能量的一

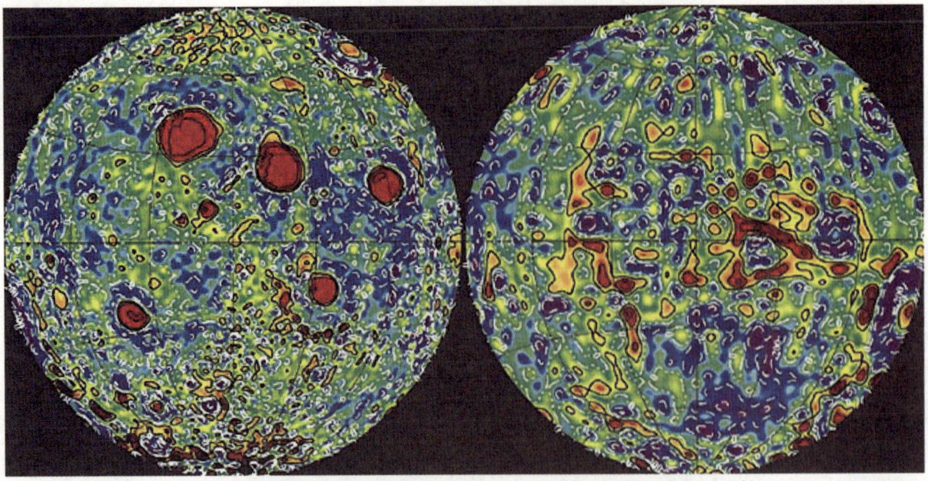

图11　月球内部的重力异常图

亿分之一。月球的内部能量于31亿年以前已消耗殆尽，所以现在的月球内部已没有什么能量可以使月球发生火山喷发和强烈月震活动。

月球不具有全球性偶极磁场，对月球岩石的剩余磁性研究表明，月球在31亿年前具有全球性偶极磁场。我们知道，行星质量愈小，内部愈早固化，愈早终结演化。月球目前没有全球性偶极子磁场，它们是在31亿年前消失的。地球的磁场是一个标准的全球性偶极子磁场，在火星上探测到很多区域性的偶极子磁场即多极子磁场。这三个天体的磁场如此不一致，有一个很简单的解释，原因就是地球内部有带电流体的全球性运动，高温下带电流体的流动必然导致磁场的产生。磁力线的方向由右手定则规定。根据观测，地球的磁极都在晃动，证明地球内部带电流体的流动很不稳定。在历史的记载中，地球南北极磁极经历了多次倒转，表明地球内部带电流体的运动方向相反，磁极也就倒转了。至于火星，内部已逐步冷却固化，内部没有一个统一的带电流体的流动，只能是多个区域性的流动，因而产生多极子的磁场。月球内部已经固化，内部没有带电流体的流动，原来的偶极子的磁场也丢失了。

月球的演化历史很漫长。月球形成于距今44亿~45亿年之前，斜长岩高地形成阶段是距今40亿~44亿年之前，月海泛滥也就是大面积玄武岩喷发阶段是在距今31亿~40亿年之前，晚期演化阶段则从31亿年前

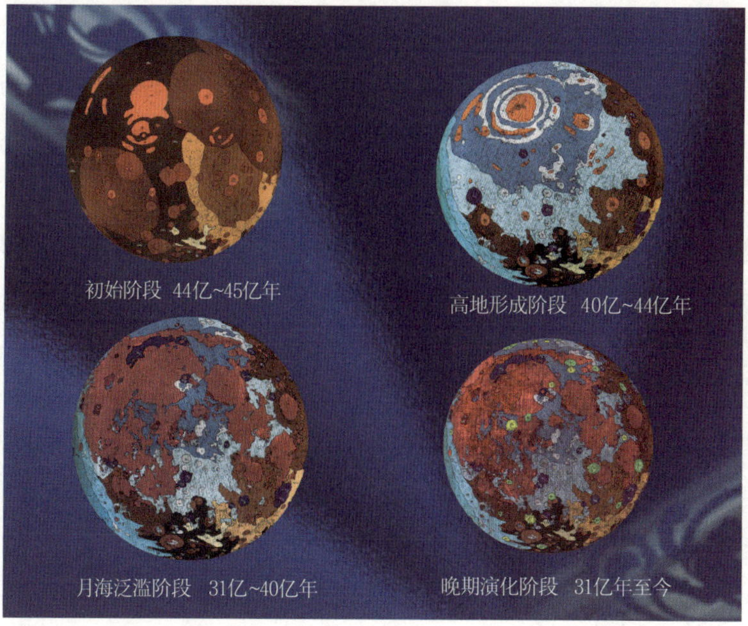

图12 月球演化的四个阶段

至今[图12]。从此以后，月球一直很平静，停止了构造运动、火山活动和强烈的月震。这样，我们就可以把月球的历史总结出来。可以说，现在的月球是一个古老的、“僵死”的星体。月球的内部能量已近于衰竭，月震和表面热流均极微弱。月球的“地质时钟”停滞在31亿年之前，这对研究地球早期和地球未来的演化历史具有重要意义。如果说火星已进入演化的老年期，地球已进入演化的壮年期，那么月球则是一个早已变成内部没有活动能量的僵体星球，是一个绕着地球运转的无生命的大石块。

四、为什么探测月球?

前面说过，从1976—1994年是月球探测的“宁静期”。为什么在长达18年间各国都没有进行过任何成功的月球探测活动呢？原因大致有这样四方面：其一是政治因素，因为美苏之间的冷战结束，随后又是苏联的解体；其二是各国都需要总结第一次月球探测高潮的经验和教训，避免耗资大、效率低、探测水平不高；其三是需要在战略、技术上进行集成，在探测成本与效益等方面采取新的思路、技术和方式；其四是需要发展航天飞机、太空站、测控网等基础设施。

但是，从1994年开始，以美国为代表的国家提出“重返月球”的口号，并将其视为21世纪月球探测的战略目标。提出重返月球计划的包括美国、欧空局、俄罗斯、日本、德国、英国、法国、乌克兰、奥地利 、巴西和印度。他们提出的宗旨是，开发和利用月球的资源和能源，建设月球基地和新的军事平台，建立月球深空转运站，为人类社会的可持续发展服务。虽然联合国有章程规定，月球不能成为占有国家的殖民地，但奉行这样一个原则：谁先利用，谁先获利。至于重返月球的重要原因，大致包括如下几方面。

首先，月球有丰富的矿产资源可供利用。

月球资源分布全球，譬如斜长岩富含Si、Al、Ca、Na等元素，克里普岩（KREEP）富含钾、稀土元素、铀、钍和磷，玄武岩中的钛铁矿比我国攀枝花钒钛磁铁矿矿石更富含TiO_2，分布面积相当于中国大陆的面积，月壤中富含的各种气体，还可用于维持永久性月球基地。不过，开发这些资源的成本过于昂贵，所以目前谁也没有提出要开采，但前景十分诱人。

第二，月球有丰富的能源可供开发利用。

月球表面有丰富而稳定的太阳能可供利用，月壤中气体（如氢、氦、氖、氩、氮等）资源尤其是核聚变燃料^3He也值得大力开发和利用。

关于月球上的太阳能，由于没有大气的阻挡，所以在月面太阳能的能量密度很高。经科学家们计算，每年到达月球范围内的太阳光辐射能量大约为12万亿千瓦。在月球上，太阳能的能量密度为1.353千瓦/平方米。以目前光电转化率为20%的太阳能发电装置来算，则每平方米太阳电池每小时可发电2.7千瓦时；若采用1 000平方米的电池，则每小时可产生2 700千瓦时的电能。月球上白天和黑夜都相当于14个地球日，如果我们在月球表面建立三座全球性的并联式太阳能发电厂，就可以获得极其丰富而稳定的太阳能。通过微波或激光使地球上的接收系统

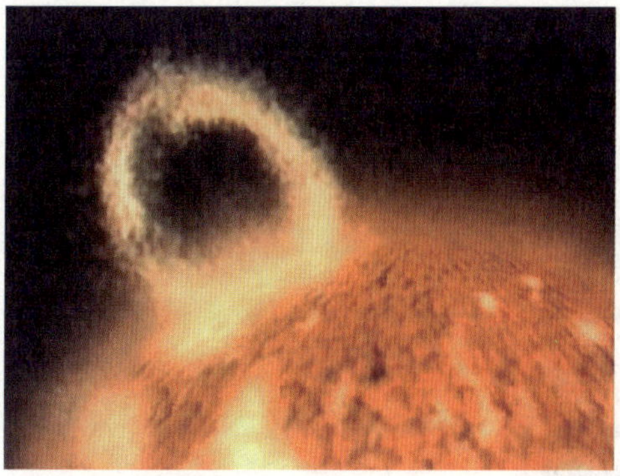
图13　太阳辐射能量

通过地面天线接收能束，再将其转换成电能。

人们看中了月球上的另一能源——可控核聚变发电的能源原料。天文学研究表明，在太阳的中心温度高达1 500万摄氏度，应力达到3 000多亿个大气压。在这样的高温高压条件下，氢原子核聚变成氦原子核，并放出大量能量。几十亿年来，太阳犹如一个巨大的核聚变反应装置，无休止地向外辐射着能量[图13]。

太阳辐射能量的现象，启发人们探究可控核聚变发电的原理。20世纪最伟大的科学家爱因斯坦，预见了在原子核中蕴藏着巨大的能量。依据他提出的质能方程$E=mc^2$，核聚变的原理看上去极其简单：两个轻核在一定条件下聚合成一个较重核，但反应后质量有一定亏损，将释放出巨大的能量。1939年，美国物理学家贝特证实，一个氘原子核和一个氚原子核碰撞，结合成一个氦原子核，并释放出一个中子和17.6兆电子伏特的能量。

这个发现揭示了太阳"燃烧"的奥秘，也使人们梦想的可控核聚变发电更加现实。1952年，美国试爆了第一颗氢弹，促使科学家考虑如何控制核聚变反应在瞬间爆发的毁灭性能量，"人造太阳"之梦由此而始。此后的50多年来，如何在地球上模拟太阳内部的核聚变反应，并把产生的惊人能量稳定地输送到电站，使这种核聚变发电的原理得以实施，一直是人类未能实现的梦想。我们现在的核电站，是利用重核诱发裂变的原理建设的。

如今，世界上已经建立了200多台可控核聚变试验装置，并且取得

图14 可控核聚变发电

了许多方面的重大进展。在世界上最大的托克马克装置欧洲联合环上面，已经获得了最大的聚变功率输出，达到了16兆~17兆瓦，但是都只能短暂地运行，也就是这个磁笼只能存在几秒到十几秒钟，因此加热到实现聚变反应也只有几秒钟的短暂时间。1998年，国际热核反应堆（ITER）工程设计终于完成，但所有项目全部完成时间，预计要到2020年才行。这是一个由7国共建、投资达100亿欧元、功率50万千瓦、等离子体持续时间500秒的宏大工程，这个试验反应堆将可以产生500兆瓦到700兆瓦的聚变功力，但它还不是一个真实的经济、实用的人造小太阳。这可是一个巨大的投资，我国也交付了一百亿人民币给这个机构，表明我国认识到这可能是一种改变人类生活的终极能源。但是，这个机构建成以后还需要30年甚至50年才能进行商业化发电，所以人类一共要经历100年才能利用这种能源。

核聚变反应的发生要极高的温度把等离子体束缚在一个磁场里面，这是很难实现的。值得高兴的是，中国科学院安徽等离子所设计的“小太阳核聚变反应装置”实现了这一目标，并成为现在研究核聚变反应堆发电的中心[图14]。在这种装置上，已经可以把氘氚的聚变燃料加热到四亿度到五亿度的高温区，然后在这么高的温度下发生大量的聚变反应。

大家知道，目前很多人都提倡搞风能、太阳能、生物质能、潮汐能、地热能之类的可再生能源，但它们终究解决不了中国以及全世界的全部能源需求。所以如今我们要加大力度，突破在可控核聚变发电方面的技术。这是一个巨大的能源，它所用的原料是氢的两个同位素，一个叫氘，另一个叫氚。地球海水大约有40万亿吨的氘，可供人类使用100亿年。1吨海水中的氘释放的能量，相当于300吨汽油。不过，虽然氘可以说是取之不尽，但是氚在地球上不是很多，而且很难提取，它还具有放射性，使用起来有巨大的危险。所以科学家们提出，不用这个危险的氚而改用氦-3（^3He），它与氘（^2H）反应能够产生一个质子。

^3He本来是一个稳定而安全的氦同位素，氘和氦-3反应后产生质子比氘和氚反应产生的中子更有利于安全防护，所以大家提倡用这个方式取得能源。但是地球上的^3He没有开发利用的前景，因为氦（包括氦-3和氦-4）在地球大气层中只占很少的部分，体积比大约为5.24×10^{-6}，而$^3He/^4He$同位素比只有1.4×10^{-6}原子比，所以地球大气层中总共只有4×10^3吨的^3He。这是因为现在的地球大气成分并不同于原始地球大气，更重要的是地球具有磁场，使它们能慢慢扩散出大气层。此外，地球上不同的天然气井，He的含量大不相同，$^3He/^4He$比也大不一样。如四川威远气田天然气He浓度较高，但$^3He/^4He$比只占$0.1-0.2 \times 10^{-6}$原子比。只有在火山气中$^3He/^4He$比可高达21×10^{-6}原子比。一些深海气井中$^3He/^4He$比可高达11×10^{-6}原子比，但难于开采。

相比之下，月球上的土壤却有极为丰富的^3He。分析月壤^3He的分布特征可知，典型月壤中氦的浓度为0.1~1立方厘米/克，氦的浓度随深度分布比较接近。月壤中俘获氦的同位素比值$^4He/^3He$为2 300~2 800，与太阳风的$^4He/^3He$比值2 350+/−120接近。研究表明，气体的保存量与矿物成分有关，钛铁矿的保存性最好，斜长石最差。而根据太阳风离子能量预计，^3He主要浓集在颗粒表面，其微米量级的深度约为100微米或比这更小。这些气体与颗粒具有表面相关和体积相关的关系。^3He以气泡形式存在（直径在50~100Å），气压可高达5 000个大气压。研究表明，月壤中的^3He来自太阳风，$^3He/^4He$为4×10^{-4}，是由日冕连续径向外流的等离子体流，到达地球时的平均速度为400千米/秒。因为月球无大气，处于高真空状态，也无磁场，所以太阳风在月球表面的通量高达3×10^8平方厘米·秒，其中的气体主要浓集在颗粒表面微米级的深度。

至于月壤中^3He的提取，更是科学家们致力探索的问题。由于陨石不断轰击月表，月壤被上下翻腾而混合均匀，如今已积累起约5米至10米深的月壤富于^3He。从Apollo和Luna取回样品实验资料分析，估计月壤中的^3He资源量约为1×10^6~5×10^6吨。实验表明，将月壤就地利用太阳能微波加热，驱赶月壤中的稀有气体，加热到600℃时，90%以上的氦将被释放出来。所以，为了获得1千克^3He，人们需挖掘和处理大约2.2×10^5吨月壤，利用月球夜晚的低温进行$^3He/^4He$的低温就地分离。相比之下，将液态^3He运回地球供给D−^3He聚变电站产生聚变能，在经济上是可行的。它比通常的以D−T为燃料的聚变电站更为安全、干净和可靠。

关于^3He运回地球的能量代价，如果使用与目前航天飞机大小相当的不载人运输飞船，往返地球与月球之间进行^3He运输，并假定从地球空载出发起飞，在月球表面着陆，一次装载30吨液态^3He返回地球，来回一趟的旅程估计消耗能量为1×10^3 MJ/kg。将以上各过程所消耗的能量汇总起来，从月球开采6 000 GJ/kg、分离180 GJ/kg并运回地球9 GJ/kg，得到^3He的代价为6 190 GJ/kg。由D−^3He聚变反应，每千克^3He可获得能量为6×10^8 MJ/kg，因此能量偿还因子为97倍。相比之下，开采^{235}U作为核燃料的裂变反应，能量偿还比为20倍；至于开采煤作为燃料的化学反应，能量偿还比仅为16倍。

总之，由于月球无大气而处于高真空状态，无磁场，太阳风在月球表面的通量高达3×10^8平方厘米·秒，且随深度的分布较稳定。据此初步估算，月壤中^3He的资源总量可达100万~500万吨，将是人类社会长期、稳定、安全、清洁、廉价的可控核聚变能源原料。如果按一吨^3He价格为40亿美元、1克约合32 000元人民币来计算，可见其成本算得上最廉价、最经济。由于月球有一百万到五百万吨的^3He资源，如果全中国实现了这种方式发电，全中国的^3He能源需求只要8吨左右，而我们现在每年用的石油是2亿多吨、煤接近20亿吨。如果最终能用这种能源替代，只要8吨^3He就能满足中国一年的能源需求，100吨左右就能满足全世界的能源需求，这种能源将为人类未来的能源问题作出巨大的贡献。

第三，月球特殊环境的开发利用，也促使人们重返月球。

由于月球具有超高真空、无磁场、地质构造稳定、弱重力（仅为地球引力的1/6）和高洁净环境，它既可以成为月球天文观测站与研究基地，且其精度高、造价低、运行与维护费用低，亦可以用于建设对地球的观测站；既可以建立月球实验室，研制特殊的生物制品和新材料，亦可以作为天然的“空间站”，成为深空探测的前哨阵地和转运站。

第四，月球具有重大军事战略地位，成为太空战的新军事平台。

早在20世纪60年代，时任美国总统的肯尼迪说过一句名言：“谁控制了太空，谁就控制了地球。”美国参议员林登·约翰逊就此说：“谁要是获得了控制太空的最后地位，谁就获得了对地球的控制权，不管他是出于独裁统治的目的，还是为了维护自由。”他们进而提出：“谁控制了月球，谁就控制了环地球太空。”可见月球已经成为当代太空战的新军事平台，所以他们力图抢占太空以至月球等新的战略制高点。

大家知道，所谓太空战是指利用天基武器系统，以争夺制天权为目的的作战行动，是以地球的外层空间为战场所进行的攻与防的作战，其目的就是剥夺对方对太空的使用权。太空战的实例之一就是著名的海湾战争。从1991年1月17日—2月24日，美军在太空优势保障下，通过38天的空袭基本摧毁了伊军的抵抗能力和抵抗意志。随后美军仅进行了100小时地面作战，就结束了这场高科技局部战争。据统计，美军在海湾战争中共投入各类卫星100多颗，为联军部队提供了全面的侦察、监视、通信、预警、导航、气象等重要的作战保障。由于掌握了制太空权，美军在卫星指引下对伊拉克的军事目标实施了不间断的精确打击。伊军虽然占有数量优势，但最终却有42个师被击败，被俘人数高达8万~10万，共计3 700辆坦克和军用车辆被摧毁。相比之下，美军只有79人在地面作战中死亡，各种作战中总计阵亡者仅130人左右。

如今，整个太空正在军事化，其内容及特征便是建立“天军”。例如，美军正从编制体制、作战理论、武器装备等几个方面备战太空，他们不仅有负责航天的战略司令部，其主要军种也均设有与外层空间有关的司令部。美国将“星球大战计划”演变为导弹防御计划并不断推向现实，迄今已初步建立了国家导弹防御和战区导弹防御系统。美国已经把卡特的星球大战计划转化为布什的导弹防御计划，他能够达到世界每个地区的上空，而绝不允许别人到达美国的上空，这就是导弹防御计划的实质。

面对美国咄咄逼人的来势，俄罗斯、日本等国也不甘落伍。俄罗斯太空部队司令弗拉基米尔马上透露了俄罗斯雄心勃勃的太空复兴计划，称俄罗斯将不断提高太空兵力兵器的作战能力，并赋予太空部队发射各种军用航天器和打击敌人的太空武器系统的任务。发展反卫星武器等“撒手锏”装备，是俄方确定的重点之一。至于日本，早在2003年就组建航空航天研究局，成立太空战略司令部，同时宣布将投入570亿美元巨资加快“天军”建设步伐。一场太空争霸战正在进行，而且将随着太空俱乐部的扩大，牵涉进更多的国家。

总之，月球的资源及能源、特殊环境的开发利用前景和军事战略地位，推动了众多国家提出重返月球的规划与计划。面对联合国提出的“谁先开发谁先获益”的原则和日趋严峻的太空形势，中国当然不能袖手旁观或置之不理，必须维护自己的合法权益，必须要有月球探测的能力，否则就没有我们的发言权，我们将被排挤在外。

五、中国的月球探测之路

如今，很多国家都提出了重返月球计划，中国绝不能熟视无睹。从1960—1994年，中国的月球探测经历了35年的准备。在此期间，我们跟踪调研和综合分析月球探测的进展与成就，完成了阿波罗月球岩石研究，出版了《月质学研究进展》和《天体化学》等专著，并结合国情提出了中国月球探测的设想。

我们提出的中国月球探测设想的历程是：10年分步论证，立项后尽快付诸实施。所谓10年分步论证，最初是在1993年前后，我们参加了月球探测工程的论证；1995年，完成了第一个较完整的《中国开展月球探测的必要性与可行性研究报告》(国家“863”项目)。1999年，完成了《中国开展月球探测的发展战略与长远规划》(国家“863”项目），提出了现今被广泛接受并作为立项目标“绕落回三步走”（绕月卫星探测、软着陆探测、月球取样返回）的设计思想。2000年，完成了《月球资源探测卫星科学目标》研究报告，确定了月球探测的科学目标和有效载荷配置，提出了卫星研制总要求、轨道设计和测控通信方案。2001年12月—2002年4月，在国防科工委统一领导下，完成了绕月探测工程综合立项报告。2004年1月23日，时任总理温家宝批准我国绕月探测工程立项，并将二、三期工程纳入国家中长期科技发展规划。首次月球探测的总经费达14亿人民币，相当于修建北京两千米地铁的经费。

2002年，中国对外宣布月球探测的发展规划和具体计划，强调和平开发和利用太空，反对太空军事化。中国月球探测的战略发展，分为三个阶段：第一阶段是“探”，即无人月球探测（2003—2020年间）；第二阶段是“登”，即实现载人登月；第三阶段是“驻”，即建立月球基地、开发和有人短期驻守。目前，中国的计划只实现了第一阶段。它又分三期实现，第一期是“绕”，即环绕探测（2003—2007年），通过发射“嫦娥一号”，以便全面了解月球；第二期是“落”，即实现月球软着陆和巡视探测（2007—2016年）；第三阶段是“回”，即自动取样返回（2016—2020年）。

由于我们以上提出的整个探月计划要15年左右才能完成，当前我国的载人航天已经实现了航天员太空行走，为什么还不能实施载人登月？所以现在受到一些人士的不解。我想说明的是，以我们现在的技术看，“嫦娥一号”工程不能满足送人上月球的条件；第二期月球探测将实现软着陆月球，虽然可以满足送航天员上月球的能力，但这只是个单程票，不能保证宇航员能安全返回地球。因为从载人航天的角度看，现在还没有登月飞船可以对接，而相关的宇航技术等方面准备也不够充分，必须加大力度才能尽快实现载人登月。

实际上，我们现在最需要的，不是冒进，而是冷静。在冷静发展的同时，也应当随时留意国际范围内“重返月球”的新形势。

以美国而论，他们提出的“新航天计划”值得重视。2004年1月14日，美国总统布什宣布了探索太空和将人类足迹扩展到整个太阳系的“新航天计划”，宣称要在2008年前将无人驾驶的探测器送上月球，

2015—2020年之间美国宇航员重返月球，并在那里建立太空基地，并以此为跳板而在2030年后将宇航员送上火星乃至更遥远的宇宙空间。

2005年9月，NASA迈克尔·格里芬局长向美国参议院陈述："航天飞机和空间站是误入歧途，是代价高昂的战略性错误。我们被限制在低轨道已经有太长的时间，使NASA丧失了正确发展的机会，我们国家空间计划的重心应该是开发太阳系（开展以月球和火星为主线的太阳系探测）。"因此，美国决定2010年航天飞机退役，2010年国际空间站停止投资。他还宣布：为2018年载人重返月球投资1 040亿美元，2025年载人登上火星则耗资2 170亿美元。

2006年10月，美国新版《国家太空政策》出台，声称"国家空间政策的目标是加强国家在太空的领先地位"，且提出"如有必要，美国有权不让任何'敌视美国利益'的国家或个人进入太空"。此言一出，引发世界反响，各国的综合评论是：此举意在保持美国空间科技的领导地位，控制未来的能源，占有军事领先的优势。

如今，美国科技迎来奥巴马时代。奥巴马总体回答《自然》与科学相关的26个问题时指出，美国需要强有力的空间项目，认为"这不仅有助于维持我们在空间领域的优势地位，而且也有助于在教育、科学、技术、环境和国家安全方面的优势地位"，指出为空间任务而开发的技术已经应用于提高生活的方方面面。他同时也指出，对美国的政治、经济、技术和科学领导地位来说，人类空间飞行至关重要，因此"我将支持超越地球低轨道的复兴型人类探测计划。我赞成在2020年前人类重返月球的计划，这是向火星等更远空间迈进的前哨"。看来奥巴马还是会继承布什的方针。

除了美国，欧洲也在计划探测月球和火星。俄罗斯则是载人登月规划，分为两个阶段：在第一阶段（即2010—2020年），先于2010年开展月球"资源一号"计划，再于2012年开展月球"资源二号"计划和探测月球有用资源，进而在2018—2019年开展月球土壤计划和探测月球^{3}He资源。在第二阶段（即2020—2025年），将实施载人登月计划，在月球上建立自己的常设基地，开发利用^{3}He。

至于东亚地区，不仅日本有计划也要利用月球资源，印度在2008

年10月22日还发射了“月船一号”。印度倾全国之力发展载人登月，相关媒体甚至认为“随着经济发展、卫星发射技术成熟，印度2012年实现月球软着陆，2020年实现载人登月，将比中国早4年，可以夺回主动权”。他们咬定了中国的进度，进而提出要比中国早4年实现载人登月，以便夺回主动权。

我非常理解类似于印度这样的计划。任何一个国家和民族都想提高自己国家的能力，印度想有这个能力也是正常的。只要我们做好分内的工作，不用担心别人能否超前于我们。

我们当前的月球探测形势，正所谓“前有阻击，后有追兵”。譬如，我们这次开展的“嫦娥工程”需要一二十万个元器件，美国明确宣布不给中国任何一个元器件，欧洲由于军事禁运也无法提供给我们。

事实上，依靠别人不是长远之计。我们虽然希望国际合作，但别国不太愿意和我们合作。例如，2006年4月21日，胡锦涛同志访问美国时，据美国总统国家安全委员会资深专家戴尼斯·威尔德（Dennis Wilder）透露，布什在白宫会见胡锦涛时提出建议：中美双方应该在联合探索月球问题上立即展开谈判。对此，美国宇航专家认为，布什总统很想在登月项目上与中国展开全面合作，准备让中美联合进行登月计划。同年9月24日，格里芬到达北京，与中国国家航天局商谈中美月球探测合作事项。但是，他们在中国停留了相当长的时间，最终却没有达成任何合作计划。这些阻击和困窘都是我们的亲身经验，我们要有这个志气，造一个“中华牌的嫦娥”，我们自己也得有这个民族骨气。

六、“嫦娥工程”的目标和进展

在我国月球探测第一期工程（嫦娥一号）的科学目标中提出：研制和发射第一个月球探测器——月球探测卫星，主要对月球进行全球性、整体性与综合性的探测，对月球表面的地貌、地形、地质构造、化学与矿物成分、环境与物理场进行首次探测，对有开发利用前景的月球能源与资源的分布与规律开展研究。

绕月探测工程的工程目标，主要包括突破月球探测基本技术，研制和发射我国第一个月球探测器——“嫦娥一号”，首次开展月球科学探测，初步构建月球探测卫星航天工程系统，为月球探测后续工程积累经验和培养人才队伍。我们还有很多工作需要准备，主要任务是发射“嫦娥一号”，建立五大系统，更重要的是积累经验和培养人才。我们已经有成千的优秀人才，其中不乏大批的“70后”、甚至“80后”，他们年轻有为，技术上有造就，组织能力也很强，是我国未来的科技栋梁。

至于“嫦娥一号”的科学目标，则包括如下四点。

其一，获取月球表面三维影像。只有获取月球表面三维影像，才可以进一步划分月球地形和地貌单元，深入研究撞击坑的表面年龄及月球早期演化历史；才可以编制断裂和环形影像纲要图，研究地质构造及其演化史，以及进行软着陆区和月球基地位置的优选。

其二，分析月球元素、矿物与物质类型的含量和分布。包括勘探月球表面有开发利用前景的元素含量与分布，以及绘制各元素的全月球分布图、月球岩石、矿物和地质学专题图。

其三，探测月壤特征与厚度，估算^{3}He资源量。即利用微波辐射技术，获取月球表面亮温和微波特征，推算全球月壤的厚度，估算月球表面的^{3}He资源量。这也是国际上第一次进行全月球的月壤厚度测量。

其四，探测4万~40万千米间的地月空间环境，精细探测月球空间环境。这是我国首次探测月球空间环境，将获得宇宙线和原始太阳风的通量、能谱的时空变化资料，研究太阳风对月球的影响；通过月球卫星轨道参数的高精度测量和科学分析，研究月球内部物质分布的不均一性。

当然，“嫦娥一号”有4个技术难点，首先就是轨道设计问题。月球是一个月绕地球转一圈，我们必须选择一个最好的位置，切入到月球上去，位置选好才可以计算出哪一天、哪一时、哪一分、哪一秒发射才合理，这就叫“窗口”。这个窗口一个月只有一次，每次只有35分钟，过了35分钟就难以把它调整回来。如果这个窗口遇到突发情况（如天气变差），就要挪到下一个月。第二个问题是三轴稳定问题。月球探测卫星要有效工作，必须各项探测仪器对准月球，太阳翼对准太阳，通信天线对准地球。由于太阳、月球和地球无时无刻不在转动，所以很难达到三轴稳定的状态，这是一项极其复杂的计算。第三个关键技术是如何实现38万千米的精确测控。我们的航天测控网（USB系统）还有待完善，虽然测控卫星的条件足够，还有远望号测量船开到太平洋去，以拉长我们观测的时间，但对于月球来说，现有的技术条件还是不够。所以我们加了上海天文台直径25米的射电天文望远镜，加了乌鲁木齐直径25米的射电望远镜，在昆明做了一个直径40米的射电天文望远镜，在密云做了一个直径50米的射电天文望远镜，这台射电望远镜的网面有6个篮球场大。第四个关键技术则是38万千米的数据接收。

上面提到的四个问题，我们是在2004年启动并完成模型设计，2005年攻坚完成初样产品，2006年是完成正样产品的工程决战年。为确保2007年“嫦娥一号”成功发射，2006年底五大系统全部完成研制任务、待命出厂。2006年2月8日，温家宝总理就此作出了重要批示：“要加强基础工作，突破关键技术，严格对工程全过程管理，坚持质量第一，确保绕月探测飞行圆满成功。”

现在我再简单介绍一下“嫦娥一号”在轨运行情况。

大家知道，2007年10月24日18时05分04秒，“嫦娥一号”从中国西部的“月亮城”西昌发射升空。因为当时天气特别好，且完全符合发射的窗口要求，所以比预定时间提前两天，让卫星多绕地球转两天，最后完全按预定的轨道再开始重新走。因为在天上运行比地面运行安全，运载火箭在24分钟之后，成功实现了星箭分离和准确入轨。然后不断加速，加到第二宇宙速度，离开地球，奔向月球。在此过程中，先后经历了精确变轨、修正、刹车捕获与成功绕月一次修正，历时13天14时19分，行程达206万千米。我对比过中国、日本和印度到达月球的轨道，后来醒悟到原来大家几乎是一模一样的轨道，谁都是小心谨慎地走近月球，最后慢慢地到达月球，都是稳扎稳打而取得最终的胜利。

这里我再谈谈其中一些引人瞩目的成就。在数据获取方面，已经建成了数据接收、处理、存储和研究应用等工程系统。在地形地貌测绘方面，我们采用的主设备是三线阵CCD立体相机和激光高度计。这架立

图15 “嫦娥一号”获得的第一张月球照片

体相机的镜头，可同时推扫三个视角的照片，一束光前视，一束后视，还有一束正视，三束光同时推进拍三张照片。由于是不同视角拍到的，这样就能拍出立体照片。在数据接收方面，我们也攻克了相关难题，并形成一整套数据处理、存储、演示和生产数据产品的技术。

在所有的难题都解决后，我们终于获得第一张珍贵的月球照片[图15]。这是立体相机3天3夜拍摄下来的月球表面的真实照片的一小部分，宽大约是每一轨60千米，一轨转一圈是127分钟，共10 900千米。

在进行月球表面地形地貌的拍摄中，由于每一轨的光照角不一样，可以矫正为同一种光照角之下。对于月球北半球和南半球的极区，我们拍摄的影像也很清晰[图16]。通过技术拼接成月球的北极和南极之后，我们形成了目前世界上覆盖最全、画面最清晰的589轨的全月球影像图[图17]。

在这幅全月球影像图上，大家可以清晰地看到月球地貌：有山脉，

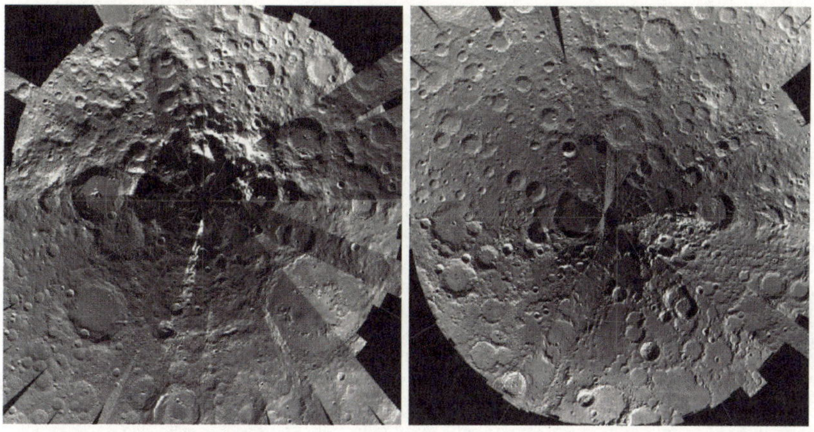

（a）北极　　　　（b）南极

图16　月球北极和南极照片

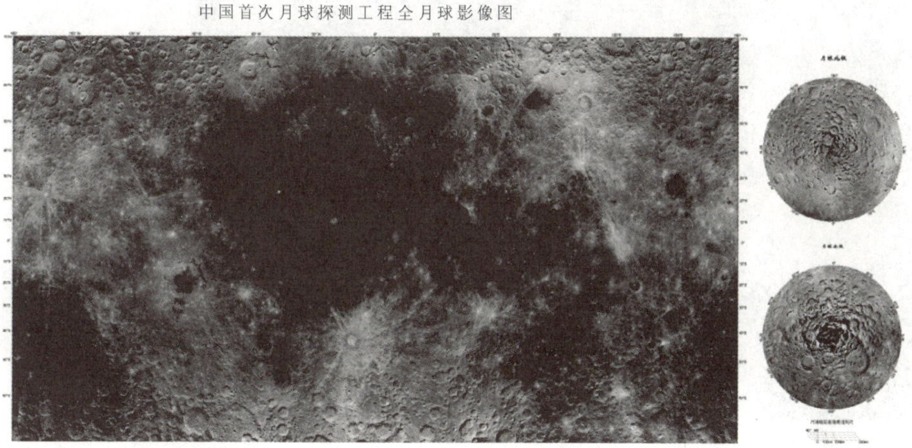

图17　全月影像图

如阿尔卑斯山脉（雨海的东北部边界）和亚平宁山（雨海的东南边界）；有月海、月湾和月沼，即月海伸向月陆的部分，如阿奥尼斯湾、肯考迪娅湾；有月湖，是一些面积较小的暗黑色区域，与月海一样，填充玄武岩熔岩，月球表面的月湖总共有20个，如春湖（Lacus Veris）、夏湖（Lacus Aestatis）、秋湖（Lacus Autumni）、冬湖（Lacus Hiemalis）等；有月谷，即月球表面的一种地形构造，在月球不少地区发现一些大裂缝，弯弯曲曲延伸数百千米，宽几千米到几十千米，好像浩浩荡荡奔赴海洋的河流，如阿尔卑斯月谷、巴德月谷、普朗克月谷等。不过，月球上的月湖和月海之类，都是一滴水也没有，仅仅不过是形态像地球上的湖和海。

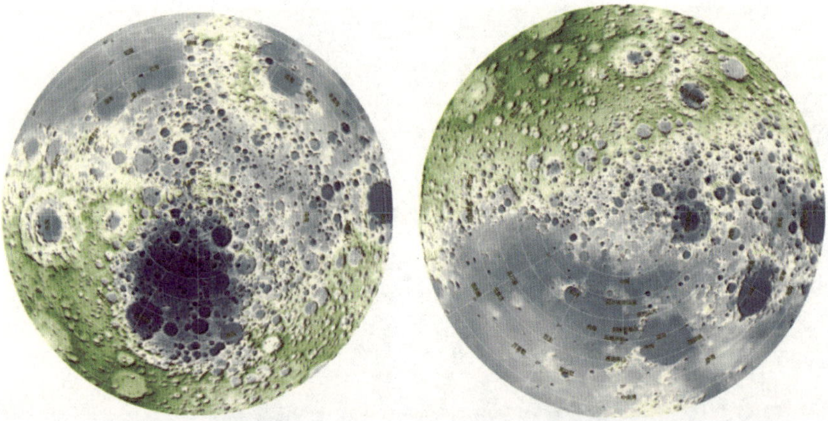

图18　全月球数值高程模型图

图19　月球撞击坑3D景观示意图

在拍摄月球照片时，我们研制的激光高度计发挥了重大作用。此前，日本已有“月亮女神”携带的激光高度探测仪，获得了月球表面677万个地点的高程数据。这次，“嫦娥一号”携带的激光高度计，获得了近970万个地点的高程数据，据此我们制作出全月球数值高程模型图[图18]，并分别形成激光高度计月球正面DEM图、激光高度计月球背面DEM图、激光高度计北极地区（北纬45度~90度）DEM图、激光高度计南极地区（南纬45度~90度）DEM图、月面分辨率为500米的DEM图、正射影像图叠加数字等高线图、等高距500米数字等高线图以及带中央锥撞击坑3D景观示意图[图19]，在各个细节方面也都比日本

图20 “嫦娥一号”月球图与Google月球图比较

方面更为精细。我们还专门出版了《嫦娥：绕月探测工程全月球影像图集》一书，供学界参考研究。

跟美国2005年公布的Google月球图相比，“嫦娥一号”拍摄的月球图更胜一筹[图20]，无论是空间分辨率一致性方面，还是图像（以撞击坑为例）纹理清晰度方面，以及影像镶嵌方面，都可以说是目前世界上最好的月球图像。如果仔细分析美国Clementine的月球影像图，我们可以看到上面这幅据称是美国最好的一幅图的一些瑕疵：图中红色区域代表数据缺失；绿色区域代表亮度校正不好，有瓦片状条纹；橙色区域代表明显拼接错误和数据缺失，图像变形很大；蓝色区域代表拼接不好甚至错误，数据一致性（如分辨率、清晰度）不好[图21]。而我们的月球图比它清晰和精确许多。当然，我们仍然存在许多不足，还需要不断地修正和完善。

这里我再简单谈谈“嫦娥一号”卫星获取数据的基本情况：CCD立体相机获得了包括极区在内的覆盖全月面的影像数据；激光高度计获得了近1 000万个有效高程数据，可以独立形成水平分辨率为10千米左右的DEM图；干涉成像光谱仪对于月球南北纬70度间的覆盖率约为84%；伽马射线谱仪能提供2 100小时的数据；X射线谱仪能提供1 761小时的数据；微波辐射计覆盖了月球表面8次的数据；太阳高能粒子探测器能提供2 534小时服务；太阳风离子探测器能提供2 534小时服务。

我们在“嫦娥一号”月球探测卫星上，还安装了一台太阳高能粒子探测器、两台太阳风离子探测器，主要用于监测月球轨道空间环境特征，完成月球轨道空间环境探测。因为月球距离地球约38万千米，会

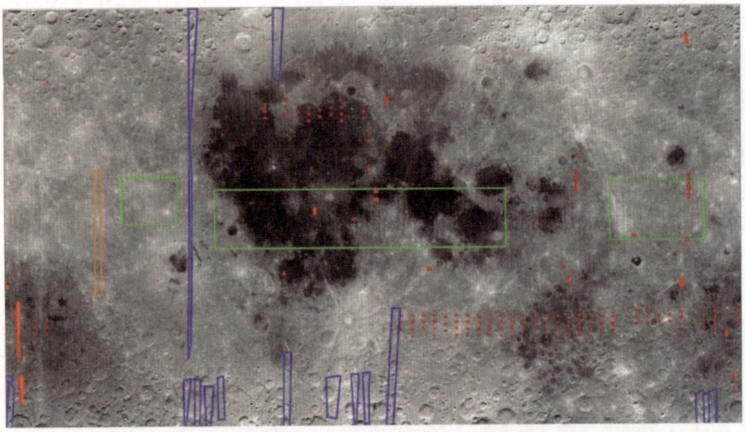

注：红色区域：数据缺失；绿色区域：光度校正不好，有瓦片状条纹；
橙色区域：明显拼接错误和数据缺失，图像变形很大；
蓝色区域：拼接不好甚至错误，数据一致性（如分辨率、清晰度）不好

图21 美国Clementine的月球影像图瑕疵及其分布

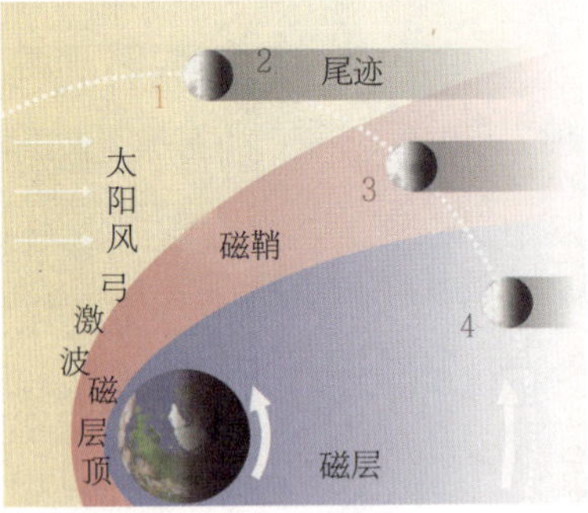

图22 月球轨道空间环境

处于地球磁层的远磁尾，在向阳面可穿出地球磁层顶，感受行星际空间。环境1号位置为SW数据，2号位置为WK数据，3号位置为SH数据，4号位置为TL数据。太阳风（SW），月球尾迹（WK），磁鞘（SH）和磁尾（TL），它们分别显示出了各自区域中的等离子体特征[图22]。通过研究传输地面的相关数据，我们得出了许多重要的研究成果，可以从中看到太阳风粒子分布的双峰特征，看到月球和飞行器处于地球磁鞘中时粒子分布峰显著展宽且扰动增加，在地球磁尾中因没有太阳风粒子流而没有明显读数。

2007年11月26日，温家宝同志给我们作出了4点重要指示：一、要

认真总结首次月球探测工程的经验，既为今后探月工程打好基础，又为国家其他重大科技专项工程建设提供借鉴；二、要抓好“嫦娥一号”卫星的在轨管理、数据传输处理和科学分析与应用工作，圆满实现既定的科学目标；三、要充分调动全国各方面的科研资源，利用我国首次获得的第一手月球科学探测资料，研究出一流的科技创新成果；四、要抓紧开展月球探测二期工程的立项和组织实施，集中力量攻克重大关键技术，争取早日实现探月工程后续目标。

为充分利用月球探测数据，经月球探测总指挥部的批准，组织全国的科技力量组成“嫦娥一号”绕月探测科学应用专家委员会，并组织全国相关领域全面应用绕月卫星探测数据，推动和提高我国地球科学、测绘科学、遥感科学、空间科学等学科的发展；同时建立联合实验室或联合研究中心，开展研究与培养人才，在中国形成一些高水平的月球与行星遥感探测研究中心。在这方面，澳门科技大学也作出了积极的努力，取得了突出的成就。

下面我再谈谈“嫦娥工程”二期工程的相关情况及最新进展。

二期工程的总体目标，是实现在月球表面的软着陆探测和自动巡视勘察。二期工程的实施步骤，首先是在2013年前后采用“长征3号B”火箭，发射软着陆器和月球车（总重3.5吨），其中的月球车寿命为3个地球月，着陆器寿命为12个地球月。目前，月球车的安排已经开始招标，正在实现优化设计。

二期工程的探测器系统，主要由着陆探测器和巡视探测器组成[图23]。我们制作出着陆探测器月面工作状态示意图，并依据着陆探测器主要技术指标和巡视探测器主要技术指标展开工作。其中特别复杂的技术难题，是动力下降段的飞行过程，也就是如何着陆的问题。

月球上着陆问题很复杂。因为那里根本没有大气，不像在地球上可以用降落伞或者气垫着陆，只有一个办法，就是用着陆探测器所携带的发动机把它反推，一边降落一边反推。根据示意图[图24]，首先是主减速段，即把相对月面的速度从约1.6千米/秒降至0；其次是调姿段，把探测器调整为纵轴指向月面法向；第三是悬停段，即悬停约100秒，用于着陆点的地形识别与横移避障；第四是缓速下降段；第五是自由下降

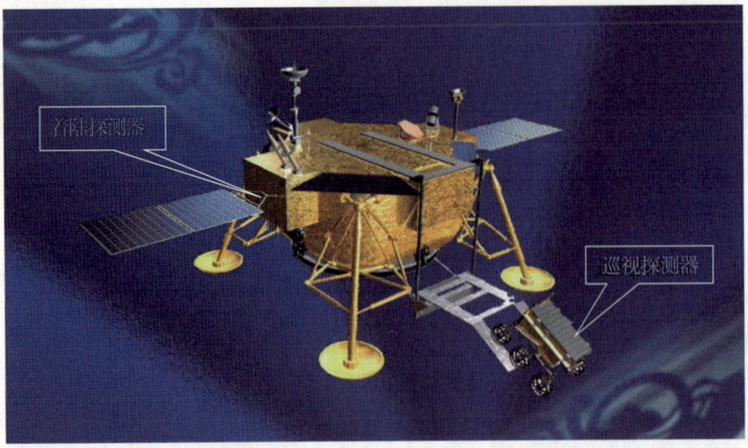

图23 “嫦娥工程”二期探测器系统

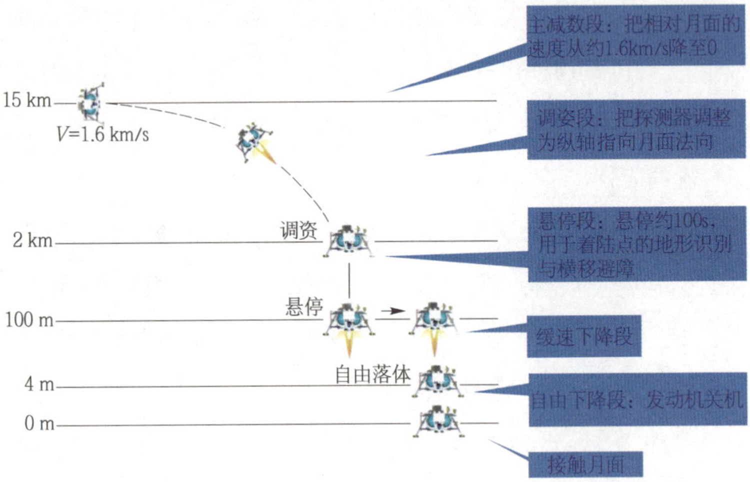

图24 “嫦娥工程”二期着陆过程示意图

段，发动机关机；最后才是接触月面。我们已经作过相关试验，着陆器降落到15千米完全没有问题。15千米后再往下降落，一边降落一边反推，减缓速度直到100米左右。着陆器有很高的智能，可以自己挑选地方着陆，让它自主选择再不断地反推，大约降落到距离月面4米左右即可自由落体、安全着陆。

在探测器系统的科学目标与载荷配置方面，我们也进一步明确了总体科学目标、主要科学探测任务和载荷配置，并着手进行了一系列创新性与衔接性的工程。

就总体而言，二期工程具有如下方面的创新性与衔接性。

第一，我国首次实现在地外天体表面软着陆。在没有大气的天体上实现着陆，和以往的近地卫星返回着陆有很大不同，其中涉及的轨道设计、自主导航与控制、着陆制动推进、着陆缓冲等多项关键技术，对于我国均是首次实现。所采用的高精度自主避障着陆技术，在国际上也处于比较先进的水平。这些技术的突破，将带动自主导航与控制技术、新型敏感器、变推力发动机技术、特殊材料等技术水准的发展，未来可用于对非合作目标的自主跟踪，以及在其他行星及小天体探测过程中的着陆控制。

第二，我国首次实现在地外天体表面无人自动巡视。在月球的特殊环境条件下，实现在月球表面一定区域范围内的巡视，涉及移动、环境感知、路径规划、自主避障，以及遥分析、遥操作和虚拟现场等技术。月面自动巡视的实现对人工智能、自动控制、机电一体化、遥科学、月面力学等有很大的带动作用。

第三，我国首次实现月夜生存。月面条件比近月空间环境更加恶劣，长达14个地球日的月昼，太阳照射时间长，月表温度可达120℃；月夜的14天内没有太阳光照，温度可下降至−180℃；月球表面尘埃带电，会给太阳电池、光学器件和各种机构带来不利影响，这些问题是近月卫星不曾遇到的，给探测器的热控系统和能源系统都带来很多技术挑战。探测器系统将首次采用同位素温差电源与热利用技术、先进的热控技术、低重力环境下机构的重复展开与收拢、月尘环境下机构的润滑与密封等技术，保证探测器系统顺利度过月夜。为了研制满足任务要求的航天器，必须使用适合新要求的新材料、新工艺和新型电子元器件等技术，必将带动材料科学、先进制造业和现代电子信息产业的自主创新，促进相关产业和技术的发展。

第四，我国首次建立覆盖火星探测范围的测控通信网。为满足月球探测二期工程测控通信的需要，兼顾未来深空探测发展，地面将建立先进的大口径、多频段的天线站，并研究精确测定轨道的模型与方法；同时探测器要研究更高增益的编码技术和天线技术。这些技术的掌握使我国具备了覆盖火星探测的测控通信能力，极大地提升了测控通信技术水准，带动了信息技术、无线电技术、机械制造技术等的发展。

第五，我国首次自主开展月面就位科学探测，包括首次利用超宽带毫微秒脉冲技术探测月壤厚度和月壳岩石次表层地质结构（30米×10千米；3千米×10千米）；首次在月球上开展极紫外望远镜观测地球等离子体层；国际上首次进行月基近紫外光学天文观测。

总之，二期工程将使我国获得第一手的现场科学探测资料和数据，促进月球科学、地球与行星科学、太阳系演化、空间天文学、空间物理学、空间材料科学、空间环境科学与微重力科学等的原始创新和发展，进而将带动更多的基础学科交叉、渗透与共同发展。

至于“嫦娥工程”三期工程设想，主要是利用二期工程的着陆器，研制上升级与返回舱（发射质量约8吨）。运载火箭CZ–5E、地面测控–深空网、发射场–海南文昌、地面应用等领域，均继承二期工程的成果。

依据2016—2020年发展规划，“嫦娥工程”将进入第三阶段，即留轨舱、着陆器、巡视器与采样返回。这就需要我们继续努力，发展小型采样返回舱、月表钻岩机、月表采样器、机器人操作臂等技术，在月面就位探测和分析取样基础上采集关键性样品返回地面，同时对着陆地区进行考察，为下一步载人登月飞行、建立月球前哨站的选址提供数据，并深化地月系统（尤其对月球）的起源与演化的认识。

在这方面，我们尤其需要发展大推力运载和新发射场技术，这是中国航天持续发展的必由之路和重大战略措施。因为大火箭运输不仅节约燃料，也增加安全性，并且有利于拓展国际合作，带动地方经济和科技发展。

从发展规划看，第三期月球探测的科学成果将为月球基地的选址提供月面环境、地形、月岩的化学与物理性质等科学依据。通过环月卫星探测，月面软着陆探测与月球车勘察，月面软着陆探测与采样返回的实施，为载人登月和月球基地建设积累经验和技术。在2017年前后，我国在基本完成不载人月球探测任务后，根据当时国际上月球探测发展情况和我国的国情国力，择机实施载人登月探测以及与有关国家共建月球基地。

2007年12月12日，胡锦涛总书记在庆祝我国首次月球探测工程圆满成功大会上，作出了重要讲话：“实施月球探测工程，是党中央、国务院、中央军委着眼我国社会主义现代化建设全局，把握世界科技发展大势，为推动我国航天事业发展、促进我国科技进步和创新、提高我国综合国力作出的一项重大战略决策。”并对这项工程给予了高度评价：“我国首次月球探测工程的成功，是继人造地球卫星、载人航天飞行取得成功之后我国航天事业发展的又一座里程碑，实现了中华民族的千年奔月梦想，开启了中国人走向深空探索宇宙奥秘的时代，标志着我国已经进入世界具有深空探测能力的国家行列。这是我国推进自主创新、建设创新型国家取得的又一标志性成果，是中华民族在攀登世界科技高峰征程上实现的又一历史性跨越，是中华民族为人类和平开发利用外层空间作出的又一重大贡献。”

月球探测将对我国科学的创新与发展、技术的突破与进步、经济的发展与繁荣提供新的机遇，也将为地球人类社会长期的可持续发展，发挥重要支撑作用。我们的“嫦娥工程”得到国家领导人的亲切关怀与坚强领导，得到全国公众的热忱支持并被寄予殷切的厚望，这使我们深受鼓舞，一定继续艰苦奋斗、竭尽全力作好后续工作，圆满完成任务。

今天在这个讲台上，我还特别感谢澳门科技大学，感谢你们许校长负责组织的科研团队，感谢大家在“嫦娥工程”中作出的重大贡献。我热切希望有更多相关领域的专家学者和青年学子，能够投入到探索宇宙的奥秘和“嫦娥工程”的行列之中，共同为人类社会的持续发展和美好前景、为中华民族的振兴和繁荣昌盛作出历史的贡献！

分形几何学

——中国科学院院士、

地球物理学家陈颙先生讲座

（2009年9月16日）

陈颙

陈颙院士，1942年12月生于江苏宿迁。1965年毕业于中国科学技术大学。中国地震局研究员。曾任国家地震局副局长、地球物理研究所所长，中国地球物理学会副理事长（1994年至今），中国地震学会副理事长（1991年至今），长期担任国际地震预测和灾害委员会主席。长期从事地球物理研究。1966—1973年在邢台地震现场进行地震观测和震源物理理论研究。20世纪70年代从事高温高压下岩石物理学实验研究。发展了测量岩石变形的镭射全息技术，研究了应力途径对岩石性质的影响。发现的岩石热开裂现象已被应用于核电站的安全性监测。20世纪90年代以来，领导国际地震学和地球内部物理学学会（IASPEI）和国际地震工程学会（IAEE）的一个联合工作小组，将地震学、工程学和经济学相结合，进行全球地震灾害预测研究。首次编辑了全球地震危险性图和全球地震灾害预测图。该图已被联合国等机构用于减灾规划。发表专著、译著十余部，论文100余篇。1992年任IASPEI的地震预报和地震灾害委员会主席，国际地震中心（ISC）执行理事。现任中国地震学会理事长。1993年当选中国科学院院士。2000年当选第三世界科学院院士。1998年获得何梁何利科技进步奖。

图1　分形图示例

今天下午，我向大家作一个分形几何学的介绍。大家看这个幻灯片，它底下的图案就是一个分形图[图1]，这个图给我们的印象是这是一个非常复杂的图形。在自然界中许多复杂事物的背后，都有一些非常简单的法则，像这个图案，只要给出一行公式就可以生成。

大家都知道，在几何学里，我们常常遇到的几何对象有：一个点、一条直线、一个平面、一个立方体等，它们最主要的是有一个维数的概念，零维的点，一维的直线，二维的平面，三维的立方体。什么是维数呢？我们有两种办法来介绍维数，第一个办法是将表示几何图像中的一个点需要用到的独立坐标数，称为对象的维数，例如有一个平面，我们要确定其中一个点的位置，就需要用x，y两个坐标来确定。所以我们说，平面是二维的。同样，零维的点、一维的线、三维的立方体都是按坐标数表示的，这个维数是欧氏几何中的维数，而且都是整数维，如果仅仅停留在这种表述下，下面的文章就不好做了。

我们还有第二种方法来说明什么是几何对象的维数。这里涉及一个重要的概念，叫做尺度变换。我们把一个d维的几何对象，在每一个独立的方向上增加到原来的l倍，如果原来是1，现在就是l，我们就得到一个新的几何图像，来数一数这个新的图像中有几个原来的几何图像，假定是N个，显然这个N与放大倍数l有关系，l愈大，放得愈大。一个d维几何对象的每个独立方向，都加为原来的l倍，结果得到N个原来的对象。这样得出的维数是欧氏几何中的整数维。

但是这里介绍了一个非常重要的概念，叫做尺度变换，由尺度变

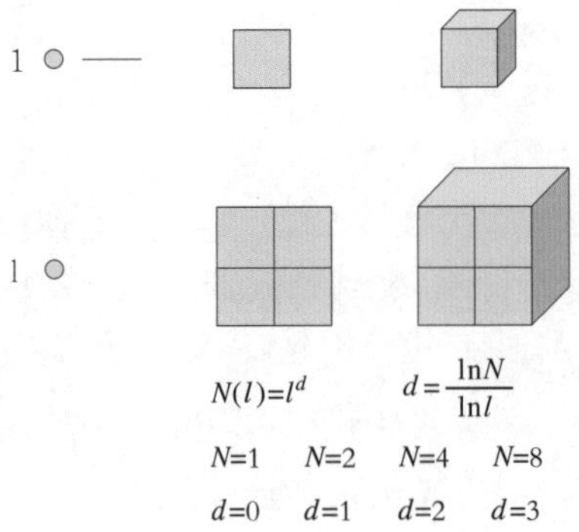

图2 尺度变换

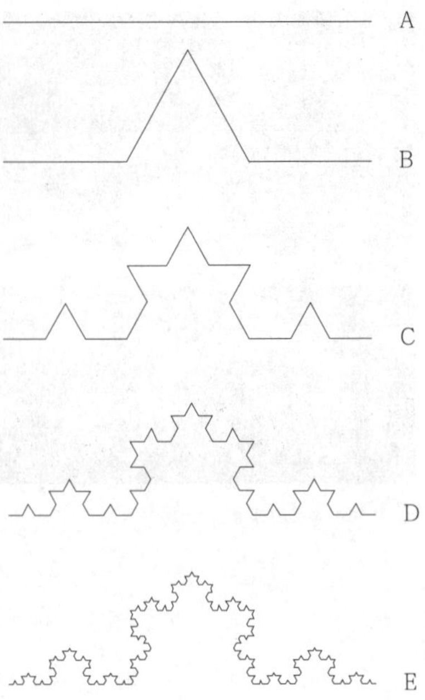

图3 Koch曲线

换引起的重整化半群，曾得到诺贝尔物理奖。如变换前后的图像作比较[图2]，变换倍数l为2，变换前是一个点，变换后仍然是一个点，零维，长度为1的直线变换后长度为2，是1维的，一个正方形两个方向各扩大2倍，尺度变大后，得到原来正方形的4个图像，是二维的，正立方体各个方向扩大2倍，得到8个正立方体，所以是三维的。下面介绍有些图像在尺度变换后，它的维数不是整数，而是分数。

1906年，Koch在西班牙国家标准上发表了一篇阐述Koch曲线的文章，举世闻名的Koch曲线从此被创建。Koch曲线常用作模拟雪花和海岸线的形状。当迭代次数无穷多时，Koch曲线的长度就趋于无穷。[图3]

先看这个曲线是怎样做出来的，再讨论它的维数是多少，用最简单的迭代原理来做。图3最上面的是第一代，它是一条直线，将这条直线三等分，将中间一段去掉，再向上作两个等腰线，也就是说，中间段是缺掉底边的等边三角形。我们先不用数学公式，尽量用物理语言介绍分形几何学。图3的第二条曲线是变换后的第二代图形，这条曲线比第一条长。以后按这个原则变换，原则是看见一条直线，就三

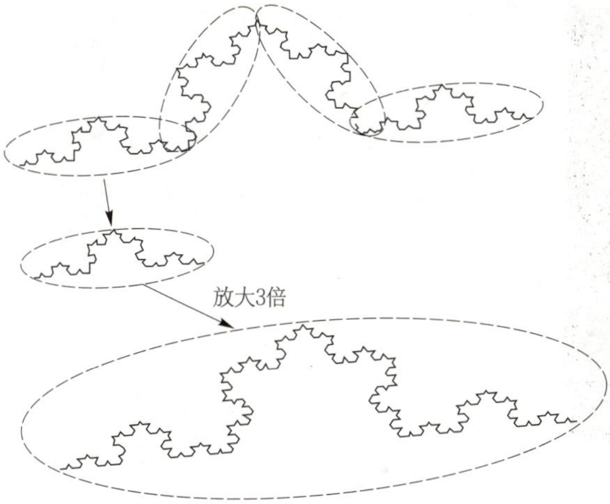

图4　Koch曲线的维数

等分，中间鼓起来作三角形的两个等腰边，这像是生物演化过程一样，从原始一条直线开始逐步演化，二代、三代，一直下去，图3的第四代曲线已经像雪花状，有许多不规则的曲线，如没完没了做下去，愈来重复，其极限图形就是Koch曲线。它是可以想象，但是画不出来的。我们只能想象Koch曲线是什么样子。

我讲Koch曲线是想向大家说明它的维数是多少，如果第一代图像长度是3，也就是说，相当长度为1的直线放大3倍，变换后的第二代长度为4，得到的维数是多少呢？以后的变换都是按这一法则变换下去，可得图4上面的一个图形[图4]。取该图中任一段，如第一段，放大3倍，得出下面的图像是4个放大前的图像，按尺度变换的角度看，它的维数是多少呢？按上述维数的定义，结果得到的是个无理数。

$$D=\frac{\ln 4}{\ln 3}=1.26\cdots$$

我们发现，在自然界我们看见了一个几何对象，它的维数D不是整数，而是分数，称为分数维或分形，它有多长呢？其极限为无限长。

Koch曲线还有什么特点呢？如果将曲线的一边看作陆地，另一边看作海洋，它就是海岸线的形状，中间的一个是大海湾，有5个中等的海湾，再小一点的海湾有25个，其间个数的比例都是5，比例关系

图5　五台山上隐壁上的题词

不变，一直作下去，第N级海湾的个数与第$N+1$级个数的比值还是5，有一个很明确不变的比例关系。于是我们进入了今天我要向诸位介绍的主题：分形，什么是分形呢？一个几何对象的一部分以某种形式和整体相似，这种几何对象就叫做分形。这里有两个核心概念，一个核心是相似，自己的一部分和自己的母体相似，一层一层下去都相似，就是说，它有无穷多的层次相似，叫做自相似性，这是分形中的一个核心概念，第二个核心概念是将几何图形的一部分拉长或缩短，和整体完完全全重合，或某种程度完全一样。

关于“分形”（Fractal）这个词，是曼德尔布罗特（B.B. Mandelbrot）在1975年造出来的，词根是拉丁文的fractus，是“破碎”的意思。曼德尔布罗特是分形理论的创始人，他是法裔美国人，他在1975年、1977年和1982年先后用法文和英文出版了三本书，特别是《分形：形、机遇和维数》以及《自然界中的分形几何学》，开创了新的数学分支：分形几何学。

Fractal这个词是1975年根据拉丁文造出来的，1975年前英文字典中没有这个词，现在都有了，也就是说，这是近二三十年新出现的事物。有一次我去爬五台山，山上有个庙，庙前有个隐壁，上面有题词，词中有分形一词，可见我国出现分形一词比国外早很多年[图5]。

分形这个现象到底普遍不普遍呢？我们给大家造一点分形，造出来的图形都是严格的分形，怎么造呢？图6左边是原来的几何图像，L是图的一个标志，右边是一次迭代后的图像，也是其迭代密码[图6]。用这

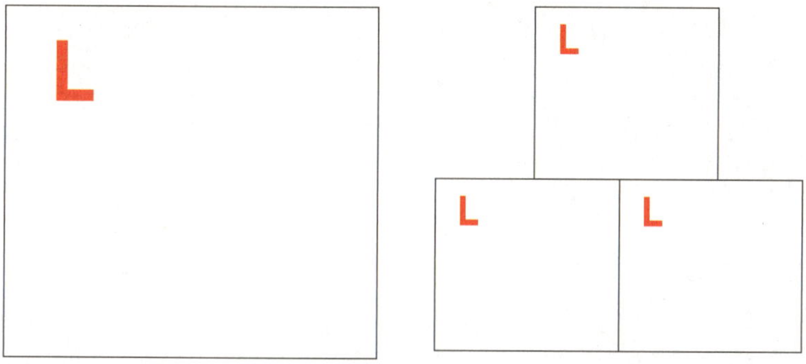

图6　迭代密码

图7　Sierpinski垫片

图8　风筝

样一个非常简单的法则，无限地迭代下去，我们看到由简单的过程可以得到非常复杂的结果，而非常复杂的东西背后有非常简单的法则。该图的法则就是将一个图缩小1/4后，用三个叠成右图，这就是演化过程的遗传密码，凡是看到一个方块就改成三小块叠起来，一步步迭代下去，会得到什么结果呢？其结果就是三角形分形。

图7是Sierpinski垫片[图7]，波兰数学家Sierpinski于1916年提出了一种分形生成方法，用一个三角形，去掉中间部分的倒三角，变成三个三角形，一直迭代下去。我们把最后一个三角形倒过来，得到图7左下方的一个三角图，用同样的方法，将其1/4取出较小的三角形，放在三处，再缩小1/4，放在三处，最后得到图7的右下图，可用于制作风筝[图8]。著名的巴黎埃菲尔铁塔正是以它作为平面图。该分形的维数D也是分数，为无理数。

我们再回来看看演化过程，随便拿一组字母，无限地分下去，最后的演化结果趋同，到最后已经看不到原来字母的样了了[图9]，即自然界有许多对象，演化到最后，原来的样子没有了，有的只是遗传密码所决

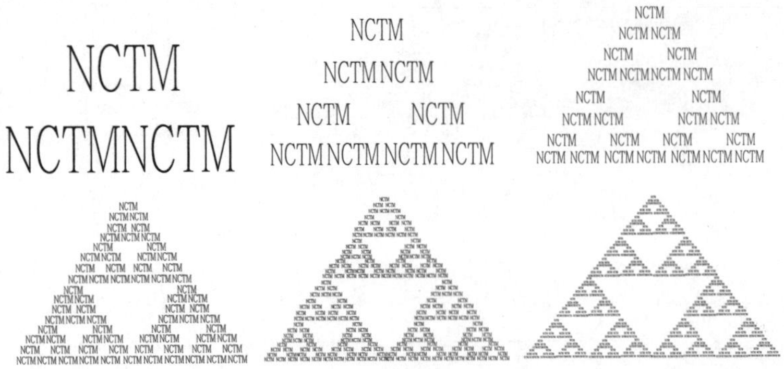

图9　字母演化结果

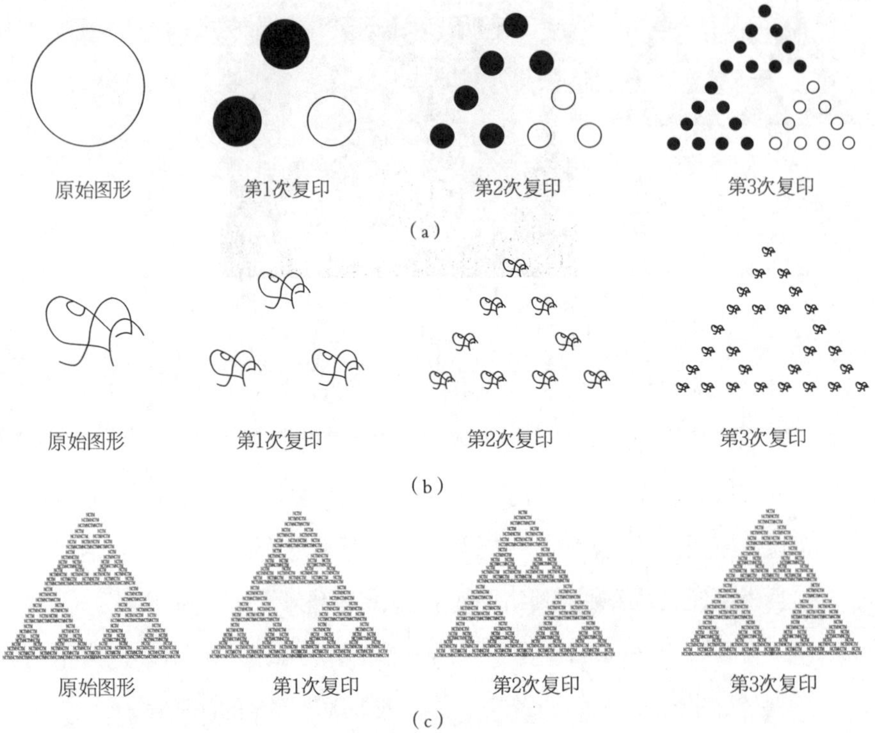

图10　吸引子

定的结果。几种不同图像如圆圈、蚊子或三角图形在同一密码下，经过很多次迭代后，所得结果都一样[图10]。最终结果与初始条件无关，简单过程可以产生非常复杂的形状。但是他们都是分形，任何一层，取其中的一部分，放大4倍，都和原来图形一样，即部分反映整体，因此我们可以制造出人为的分形几何对象，它是分维的。任何一个密码都有一个终极状态，迭代到了一定程度，状态就不变了，只要遗传密码不

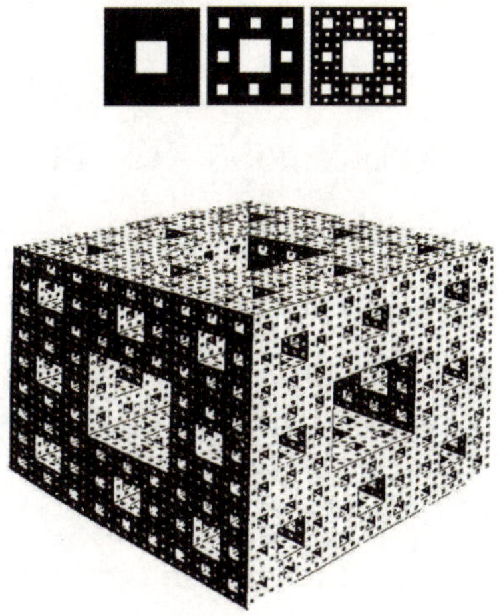

图11　Menger海绵

变。我们将它称为吸引子，在非线性科学中是个非常重要的概念。

下面再介绍一些例子，给大家一些简单的遗传密码，讲讲其迭代过程，看能得出什么结果？一个立方体，将它分成27等份，即各方向三等分，得出27个小立方体，去掉中间的7个立方体[图11]，保留20个立方体，这就是其变换法则，凡是看到立方体就按此法则变换，最终得到这样的几何对象，它有许多孔，可无穷地分下去，任意取出其中一个小立方体，均与一个大立方体相同，有相似性。该立方体称为Menger海绵。它的维数不是整数。

$$D=\frac{\ln 20}{\ln 3}=2.726\,8\cdots$$

这种Menger海绵可以模拟自然界许多现象。大家去爬山，打一块石头下来，你就会发现它有许许多多的小洞。请问这个具有很多小洞的石头的密度是多少呢？

下面再向你们介绍的是其他一些密码作出的图形，这些图中，左面是密码，右面是迭代结果的吸引子。有了不同的密码，就可产生不同的图形。因此，在信息传输时，只要传密码，就可节省很多传输数据的空间。可以用它来造山、湖、河、月亮表面等，都可造得很像，就是用这么简单的原理。这些自然界中的一些现象，它们的尺度维数不是整数，而是分数。

什么样的几何现象有分数维呢？部分和整体相似的几何对象，就叫做分形。从最初的图形一代代迭代下去，最初的图像看不见了，看到的是变换的法则，或遗传密码，最终的状态叫做吸引子，不再变了。

下面介绍统计分形，如上所述，部分以某种形式与整体相似的形状叫做分形。1821年，Cauchy证明了满足上述方程的函数形式。仍以Koch曲线为例，这时，中间一段直线，可以向上，也可以向下隆起。加入随机因素后，生成Koch曲线的原则为：两种可能的结果出现的机会是相等的。

放宽生成Koch曲线的条件，一条直线去掉中段，可以向上，也可以向下，两种机会均等，第一级变换得出两种可能$2^{4^0}=2$，第二级每条曲线经变换后有$2^{4^0}\times 2^{4^1}=32$种可能，两条共32种可能，到第三级，就有$2^{4^0}\times 2^{4^1}\times 2^{4^2}=2\times 2^{20}=2^{21}=2\ 097\ 152$种可能，也就是说，有200多万种可能，到第$n$级，就有$2^{4^0}\times\cdots\times 2^{4^{n-1}}$种可能，这个数可能会非常大。这表现了它的复杂性，但都是同一个简单的法则，可作出那么多不同的图形。大家知道，自然界现象很复杂，气象学家告诉我们，没有两个台风的走向是一样的，石油学家告诉我们，没有两个油田是一样的，有些搞地震预测的人告诉我们，地震前的现象没有两个是一样的，这个世界是非常复杂的，因此，我们画出来的曲线也没有两条是一样的。它的这种特性正好可用以描述复杂的自然现象，如美洲的海岸线、中国的海岸线以及所有的现象，它的普适性和魅力就在于此。

在显微镜下观察落入溶液中的一粒花粉，会看见它不间断地做无规则运动（布朗运动），这是花粉在大量液体分子的无规则碰撞（每秒钟多达十亿亿次）下表现的平均行为。布朗粒子的轨迹，由各种尺寸的折线连成。只要有足够的分辨率，就可以发现原以为是直线段的部分，其实是由大量更小尺度的折线连成。这是一种处处连续，但又处处无导数的曲线。这种布朗粒子轨迹的分维是2，大大高于它的拓扑维数1。

下面讲统计分形中的一些例子。

曼德尔布罗特在美国科学杂志（Science）上发表了一篇著名的文

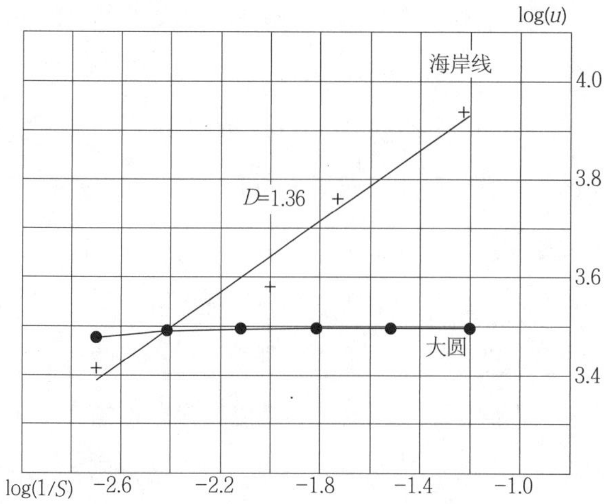

图12　英国海岸线和1000千米大圆的多边形近似的测量结果

章，题目是“英国的海岸线有多长”。这是英国的英格兰岛，怎么知道有多长，要用尺子去量，如找一把长100千米的尺子，一段段地量，其结果是一些弯曲的小海岸均被忽略了，最后我们得到的一个长度，它肯定是偏小了，换一把10千米的尺子量，原来被忽略的一些地段被考虑进来了，这个数据肯定比前者准，于是面临一个问题，英国海岸线多长应该是个有确定答案的问题，但是要回答这个问题又和尺度有关，用不同的尺子，得出不同的结果。

再看长江、黄河有多长，一条河流用大尺子量，尺长为100千米，分成5段，有500千米，用1千米的尺子量，有569千米，用1米的尺子量，有680千米，尺子再短，长度更长，有没有尽头？用一颗大米的长度量，尺子又太短，无法用，有一种中间的范围，可以一条直线来表示，尺子越短，长度越长。在图12中，有两条线，一个表示的是英国海岸线，另一个表示直径为1 000千米大圆，用多边形近似的测量结果，S是用km（千米）表示的测量用的尺子长度，u是测量得到的曲线长度[图12]。图中的纵坐标是用对数表示的曲线长度log（u），横坐标是对数表示的尺子长度的倒数log（1/S）。当尺子长度S为10千米,log（1/S）=−1，当S为25千米时，log（1/S）=−1.4，大圆直径仍为1 000千米，长度约3 142千米，海岸线长度为7 244千米，当S为251千米时，log

（1/S）=−2.4，大圆的长度变化不大，而海岸线只有3 162千米，降低很多，其长度和大圆差不多。尺子越长，海岸线越短，是负指数关系，海岸线的维数D=1.36。用尺子量不是海岸线最客观的描述，分维才是海岸线的确切特征量。对于西班牙和葡萄牙两国的海岸线，同一个国境线，两国对其说法不一，有人说，西班牙用的尺子大，葡萄牙用的尺子小，尺子不同，当然结果不同，这个问题和海岸线一样。

我们再看，一个圆和一条直线一样，都是一维的，而一条曲线，它的维数就是非整数，越曲里拐弯，维数越大，一条鞋带是一维的，系在你的鞋上，是多少维？可以算一算，肯定比1大，一个平面，例如在我手中的一张纸，是二维的，在我手中捏揉后，再展开，不平的纸有点像山、像湖、像盆地，它的维数是多少？我告诉你们，它的维数大于2，小于3。几种光滑程度及规则程度都不同的几何图形，人们的直觉观测的分维与测量的结果是很相近的，越不光滑、越不规则的图形具有越大的分维。

"英国的海岸线有多长"这个问题，依赖于测量时所使用的尺度。如果用千米作测量单位，从几米到几十米的一些曲折会被忽略；改用米来作单位，测得的总长度会增加，但是一些厘米量级以下的就不能反映出来。由于涨潮落潮使海岸线的水陆分界线具有各种层次的不规则性。海岸线在大小两个方向都有自然的限制，取不列颠岛外缘上几个突出的点，用直线把它们连起来，得到海岸线长度的一种下界。使用比这更长的尺度是没有意义的。还有海沙石的最小尺度是原子和分子，使用更小的尺度也是没有意义的。在这两个自然限度之间，存在着可以变化许多个数量级的"无标度"区，长度不是海岸线的定量特征，就要用分维。

我们来看河流，如长江、黄河，到图书馆拿出一张地图，用大尺度、中尺度、小尺度分别去量长度，可以看出，尺度大到一定程度已没有意义，同样，当尺度小到一定程度也无意义，总可以找到一段，河流长度的对数和尺度长度的对数间有关系，反映了其负指数关系。这一段反应了分形和分层的特征[图13]。我们称这一段为无标度段。

以上讲述了分维和分形的概念，将它们从数学分形用到物理分形，

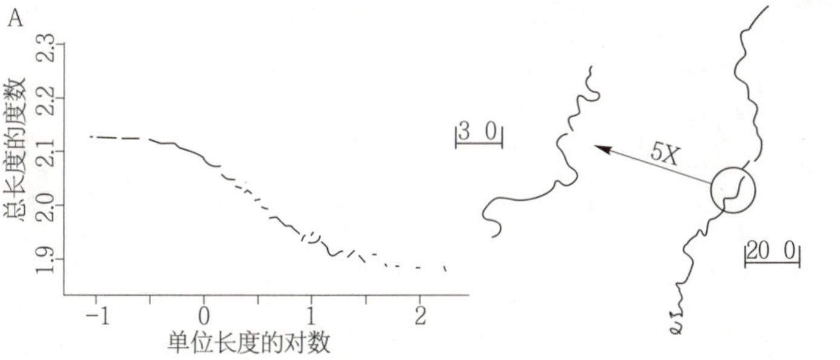

（a）西印第安纳的沃巴什河

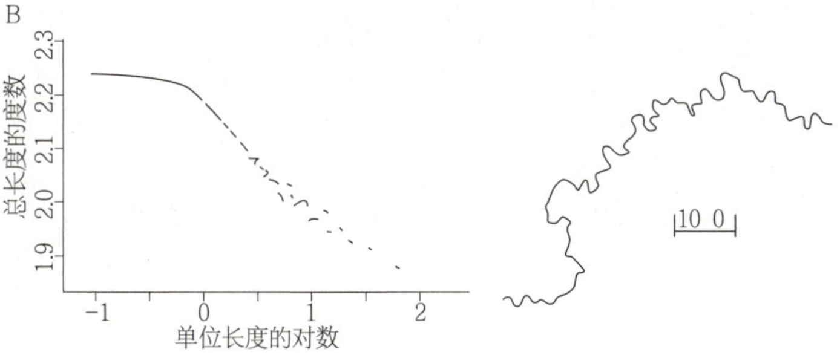

（b）印第安纳的东福克怀特河

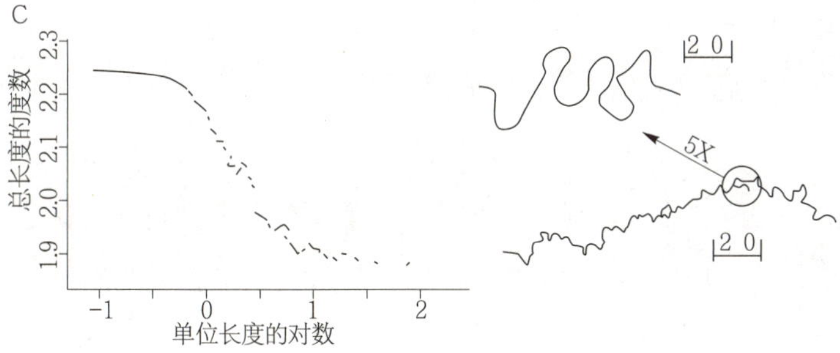

（c）肯塔基的洛林河

图13　河流的分形

实际是统计学的概念，下面再讲几种自然界中的分形，我们取一块石头，设法将这石头弄碎，男同学力气大，举起石头摔到地上，石头就破碎了，女同学再将小石头敲碎，不管怎么敲，最后总会得到一堆石头，有大石头、小石头、小小石头，垒成一堆。用不同的筛子将这些石头过筛，得出大块的个数少，中等的个数多，再小的更多，不管是男同学敲，还是女同学敲，不管是用炸药或用其他方法，最终破碎的结果都一样。图14中有三条直线分布图[图14]：横坐标表示大小，纵坐标表示个数；采煤过程中的煤块（Bennetl，1936）；6.1万吨核爆炸形成的花岗岩碎块（Schoutens，1979）；2.6千米/秒的炮弹射在玄武岩石上产生的碎

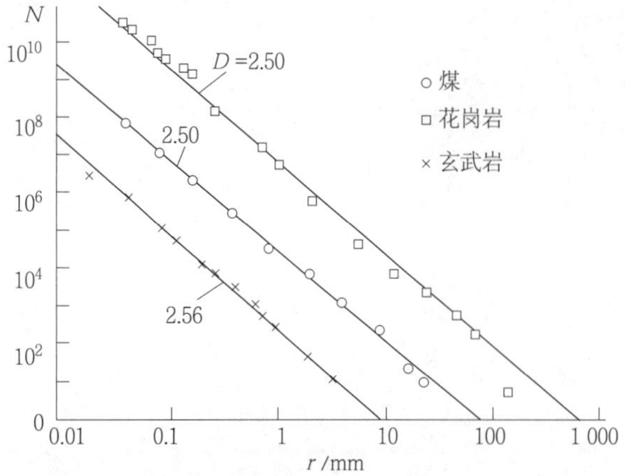

图14　煤、花岗岩、玄武岩碎块的分布

块（Fujiwara et al.，1977），图14中的数字是用最佳拟合方法得到的碎块分布的分维。

我国有个物理学家到苏联去当朗道的研究生，朗道就给他出了一个题目，为什么煤块破碎后，不论你用什么方法破碎，其大小分布都会形成典型的分形分布？因为它存在统计分布的最重要的条件特征，就是幂指数特征。大家知道，我们做地下核爆炸都是在花岗岩里做的，爆炸后，我们去数一数，大、中、小块各多少，你会发现，其比例就是这条曲线的比例关系，我们还在玄武岩中做试验，得到的结果也是这样。于是在采矿业中，都采用了这个曲线。

再看地球上的火山，有大火山、小火山，我们将其看成火山集合，这个复杂的现象有什么简单的规律呢？大火山喷射出来的东西多，半径大[图15]，如图15所示，其纵坐标是发生火山的频率，横坐标是喷射出的半径，从100米到10 千米。大火山大约一百年一次，喷射范围可达100千米；中火山约10年一次，喷射物有10千米；小火山一年发生有十几次，喷射半径有100米。可以看出，大火山与中火山之间的比例，与中火山与小火山间的比例是一样的，换句话说，千年一遇的火山与百年一遇的火山的比例关系，等于百年一遇和十年一遇火山的比例关系，因而可在一定程度上用于预测。图15是1975—1985年（方块）和过去

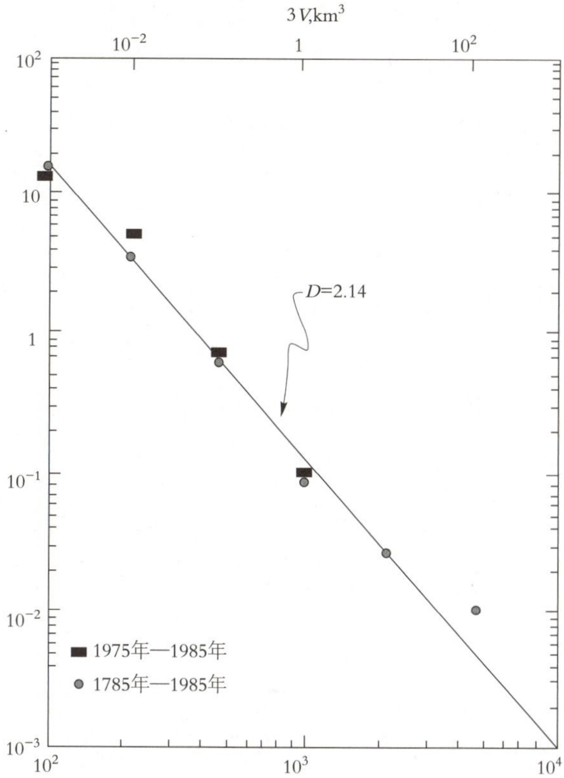

图15　1975—1985年（方块）和过去200年（圆圈）喷出火山灰体积大于V的火山年频度

200年（圆圈）喷出火山灰体积大于V的火山年频度。

实际上我们在洪水预测时，就利用了洪水集合的分形特征，用一年一遇和十年一遇洪水的特征，来预测百年一遇和千年一遇洪水的比值，再看油田，全世界是大油田多，还是小油田多？图16中横坐标表示油田的储油量，大油田少，全世界没有几个，中油田多，小油田就更多了。我们在一个大范围内找油田时,我们找到了中小油田，就可估计大油田会是什么样子〔图16〕。

有人研究了某些云彩边界的几何性质，如果它是分形的，它的面积和周长之间也应该有这样的指数关系，用雷达去观测1千米到1 000千米之间的云彩，发现存在从1千米到1 000千米的无标度区。小于1千米的云朵，更受地形概貌影响，大于1 000千米时，地球曲率开始起作用。大小两端都受到一定特征尺度的限制，中间有三个数量级的无标度

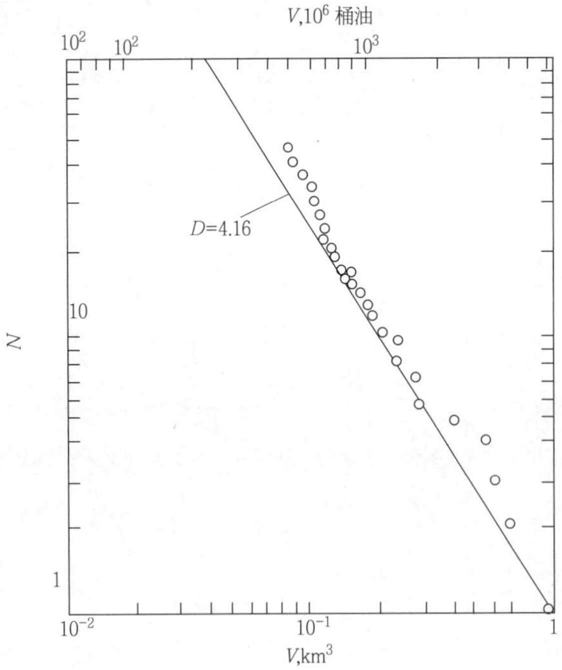

图16　美国石油体积大于V的油井数目和V的关系

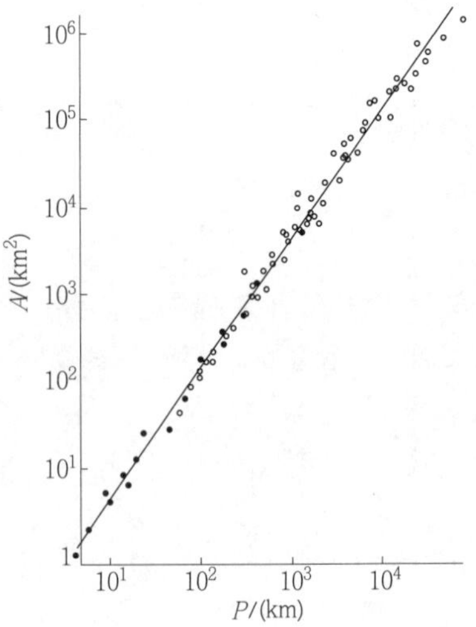

图17　阵雨云彩的面积和周长的关系

区，这已经足够了。分形存在于这中间区域。云彩的形状很复杂，但用分形来分析，用几个简单的数就可以描述它的形状了[图17]。

分形几何还有许多用途，可用于预测未来。预测未来并不是算命（占星术）。还有一种是物理预报，如知道大气的运动规律，有了很多仪器和计算设备，掌握了观测事实的数据，可用今天的天气情况预测未来的气象。

现在更多的预测方法是靠统计预测，如股票、气候、地震、洪水、火山等都基于统计预测，其基本做法是从大量的观测资料来计算某个现象发展趋势的平均值及其高次矩。将该平均值与最近一次观测值做比较，如果平均值低于这个值，未来就会看涨，否则看落，在许多领域中得到应用。我最近买了一个手表，它将最近24小时的气压平均值显示出来，现在的值也可观测到，将它与24小时平均值比较，如果观测值低，就可预测明天将是坏天气，反之就是好天气。这就是将统计概念用于手表上了。

如何将统计预测和分形结合起来？通过长期积累，如果发现某一

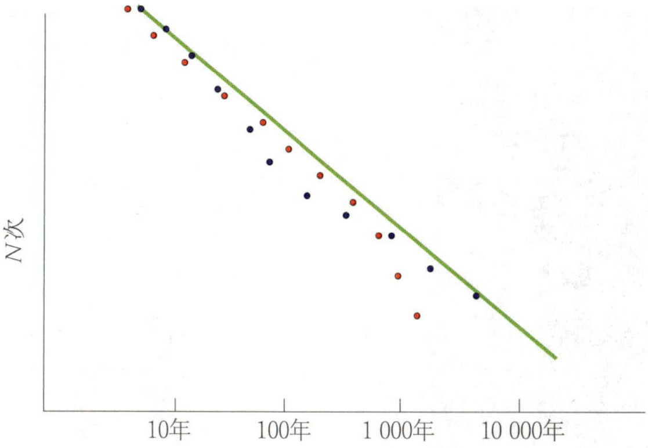

图18　洪水事件

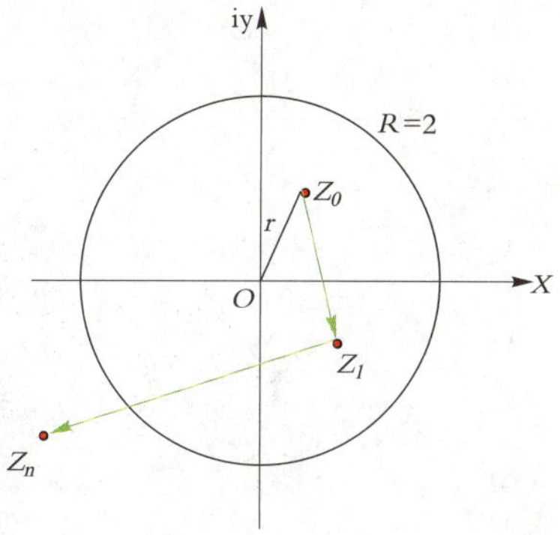

图19　Mandelbrot集合

自然现象出现的次数和大小有这样一条直线关系，则分形可用于该现象的预测。如果最近的观测结果如图18中蓝点所示，统计平均值为红点，如果在绿线以下，则可预测百年一遇和千年一遇的事件发生的可能性大，如图18中小事件和中等事件接近直线，而大事件偏离的话，就有可能发生大事件。[图18]

大家知道，有些学问很高深的东西，如滑坡预测，这种方法也已被广泛应用了。也可以用统计方法来预测一些灾害。例如一个煤矿，一个小小的事件，或一次震动，随着时间的推移，原来均匀分布在空间是三维的，逐渐集中到一个小区域，表示其维数在降低，降维到一定程度，煤矿就要出现大事件。

下面我们讲一个非常简单，但是非常有趣的现象。我们用一个公式，在复平面上作图，可得出Mandelbrot集合[图19]。不同公式或函数，迭代跑到圆外去的次数n不同，于是我们把迭代次数n的点对应一个数或颜色，各个不同密码函数有不同的数，那些跑不出的点定为黑色，有的10次就跑出去了，就定为另外一个颜色，很快跑出去的定为白色，以圆内各不同点作为出发点，跑出去的迭代次数不同，出发点可得到不同颜色，这样就可在平面上得到一个集合，叫做Mandelbrot集合，大家注意，我这个公式简单不简单啊？很简单，但它是非线性的，它有二次项，我们可以在平面上随意找一个点，算出跑出去的迭代次数，给出发点一个颜色，最后得出以上图形。我们再随意改变常数c值，可得出许多种Mandelbrot 集合图形[图20]。由一个十分简单的变换化式，得到了

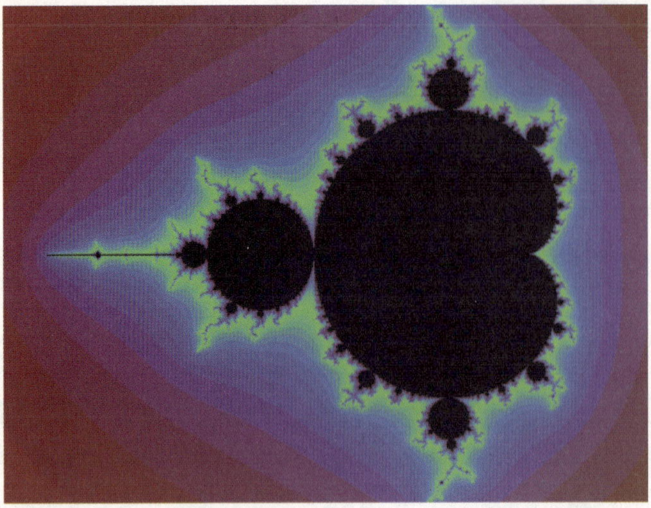

图20　Mandelbrot集合图形

如此复杂的分形图形，这其中的关键因素何在？在复杂性的形成方面，除了非线性的变换公式和演化规则外，无数次的变换和长期的演化，也起了极为重要的作用。

从1975年以后，分形的普及和计算机的发展，出现许多分形的软件，大家都可用非常简单的原则，用不同的公式作图，多得很，可在网上找到很多出处。用不同函数密码，可作出许多美丽的图形。[图21]

自然界的现象看起来很复杂，如天上的云、海上的浪、黄土高原，世界上很少有两次现象（台风、洪水、地震、油田等）是完全一样的。分形是描述复杂现象的新工具。它之所以能做到这一点，是利用了自然界中存在的自相似层次结构，事情静止地放在那里，看似很复杂，如果这个几何对象的结构存在一些统计意义上的自相似，或其他意义上的自相似，就可以用分形现象来描述它。客观自然界中许多事物，具有自相似的“层次”结构。适当的放大或缩小几何尺寸，并不改变整个结构。不少复杂的物理现象，背后就是反映着这类层次结构的分形几何学。

为什么会有分形呢？因为自然界长期一次又一次的演化，有遗传密码在起作用，这是形成自相似的“层次”结构原因，是分形后面的物理背景。分形几何还在极端有序与真正混沌之间提供了一种中间可

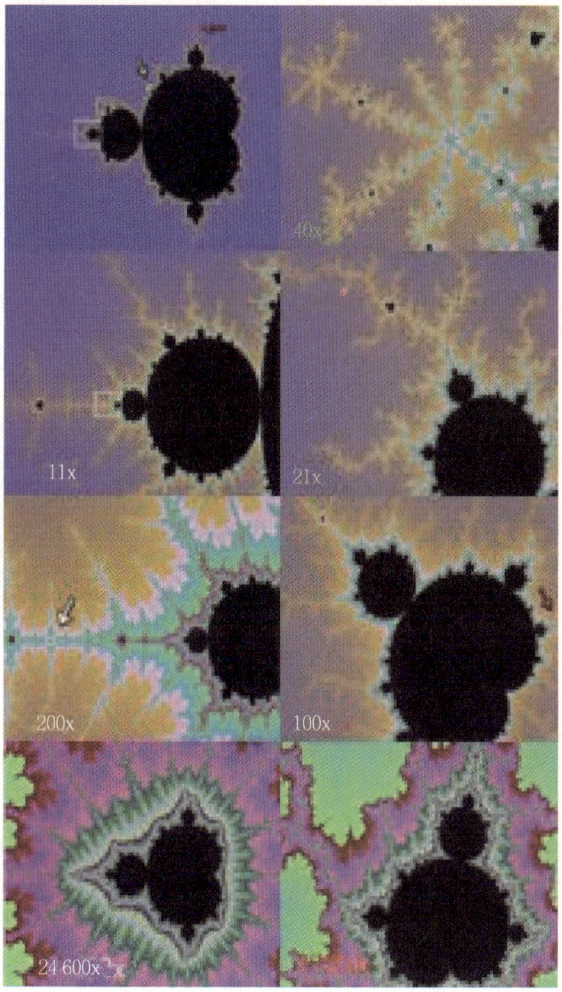

图21　分形图形

能性，它的最显著特征是，看起来十分复杂的事物，大多数可以用很少参数的简单公式来描述。分形几何在非线性科学中起了很重要的作用，它在分析和描述自然现象、解释现象、海量数据的压缩和传输、统计预测、新型的艺术创新等方面都有着广阔的应用。但是它的年龄还很小，目前还处于定性的概念性阶段，定量化的运算还在发展之中。统计分形中也面临解决小样本统计学的问题。

中国的水资源和水环境

——兼谈珠江三角洲的『咸潮』

——中国科学院院士、

水文地质学家薛禹群先生讲座

（2007年3月14日）

薛禹群

薛禹群院士，南京大学地球科学系教授、博士生导师，1999年当选为中国科学院院士。1931年生，江苏无锡人。1952年毕业于北方交通大学唐山工学院，1957年毕业于长春地质学院研究生班。多年来，一直执教于南京大学地球科学系，主要从事水文地质的教学和研究。先后兼任国家自然科学基金会学科评议组成员、专家咨询委员会成员、中国地质学会水文地质专业委员会副主任、《Hydrogeology Journal》《水文地质工程地质》等刊物的编委等职。现任水处理与水环境修复教育部工程研究中心技术委员会主任、水利部科学技术委员会委员等，专长于地下水研究。1986年建立了国内第一个较完善的三维热量运移模型。在系统揭示海水入侵特点和规律的基础上，建立了国内外首个潜水条件下三维海水入侵模型。该模型及所提对策应用于因过量开采地下水而造成海水迅速入侵的龙口市沿海地区后，使海水入侵速度由1989年的20平方千米减至现在的每年1~2平方千米。该模型克服了“降雨入渗和潜水面波动对入侵水质的影响”两个难题，在国际上被评价为“发展了潜水含水层条件下的海水入侵模型”。系统研究水量、水质模拟，建立了包括卤水、咸水入侵、交换阳离子运移行为在内的系列模型，其中很多属我国最早出现的模型，有的还是在国际上最早出现的模型。他建立的区域地面沉降模型，囊括了所有土层变形类型，不仅范围广（17 000平方千米），而且实现了沉降模型和三维变系数水流模型的完好耦合，并首度引入全新的多尺度有限元法来解决模拟过程中出现的复杂问题。他撰写的《水文地质学的数值法》是我国第一部水文地质数值法著作，《地下水数值模拟》则是最新的数值模拟著作；所主编并三次修订的《地下水动力学》多年来一直作为全国教材使用，1999年获得教育部科技进步二等奖。多项研究成果获教育部、江苏省科技成果一等奖、二等奖。

本报告主要分为三个问题来谈，一个是水资源的现状，另一个是水环境的问题，最后谈谈有关的对策和建议。

一、水资源现状

大家知道，水是人类不可缺少的重要资源，它和粮食、能源统称为人类的三大战略资源。

我国的水资源，从总量上来看，每年平均降水量是648毫米，形成河川径流总量27 115亿立方米，占降水量的44%。这是多年观测的结果。每年会有所变化，如2004年我国平均降水量只有601毫米，降水总量有56 876亿立方米，也就是说比常年平均降水量的平均值少了6.5%；形成河川径流总量23 126亿立方米，也比常年少了13.4%。地下水的资源量，大概是8 288亿立方米，这个量包含了一部分与地表水的重复量。2004年地下水资源量有所减少，比常年的值要少7.8%。就这两项加起来，再扣除地表水和地下水相互转化的重复量，全国多年平均水资源总量为28 124亿立方米。2004年，水资源总量有所减少，为24 130亿立方米，比常年值减少12.9%。这个总量不算太少，在世界上排名第6位（低于巴西、俄罗斯、美国、印度尼西亚、加拿大）。

下面讲一下我国水资源有哪些特点，了解这些特点很重要。

第一个特点，我们人均占有量太少。

我们拥有13亿人口，按照2004年的人口统计，人均水资源量仅为2 185立方米，不足世界人均水资源量的1/3。如果按照土地来算，耕地亩均水资源量约为1 440立方米，不足世界亩均占有量的一半。所以，我国无论从人口，还是从土地的平均量来算，都很少。到了21世纪中叶，人口会增到16亿，那时人均水资源就只有1 750立方米了，我们将进入联合国用水紧张国家的行列。

第二个特点，地区（空间）上分布极不均匀，与人口、土地、生产力布局不相匹配。

基本上来看，南方水多、北方水少，东部水多、西部水少，山区水多、平原水少。如长江以北地区占国土面积的63.5%,人口占到46.5%，但水资源只占有全国的19.1%；而长江以南地区仅占国土面积的36.5%，水资源却占全国的80.9%。突出的是西北地区，面积占全国的29.5%，拥有的水资源量仅占全国的4.4%。到了2050年，北方水资源的匮乏会急剧增大，华北平原（黄淮海三流域）人均水资源量将远低于500立方米。这个地区是我国重要的政治、经济中心之一。按照联合国的规定，低于500立方米，就是极端严重缺水。

这样的一种分布不均匀，对水资源的利用与开发会带来很多不利的影响。这种情况是怎么形成的呢？是受季风影响，我国降雨量各地不同，从东南向西北逐步减少。在我国东南降水多的地方，一年的降雨量超过2 000毫米，而到西北最少的地方，降雨量却小于50毫米。西北地区因为人口稀少，人均水资源占有量相对而言比较多，最严重缺水的地方应当是黄淮海这一带。

第三个特点，就是我国的降水量受到季风的影响。

旱季和雨季，不同年份之间的差别都很大，基本上是夏秋多、冬春少，总体表现为降水量少的地区，年内降水集中程度高。北方汛期4个月径流量占年径流量的比例在70%~80%，其中海河部分地区超过90%。南方地区多年平均最大4个月径流量仅占全年60%左右。水资源地区分布不均匀，是我国北方和西北地区出现资源性缺水的根本原因；水资源年际变化大，年内分配不均，则是我国半干旱、半湿润地区甚至南方多水地区，经常发生季节性缺水的原因。这样不但容易形成春旱夏涝，而且水资源量中约有三分之二是洪水径流量，形成江河的汛期洪水和非汛期的枯水，由此造成我国的水旱灾害严重。

如1998年长江特大洪水，就是因为比常年的流量多了36.7%；2001年，我国又出现了很严重的干旱灾害，北方黄河、松花江、淮河、海河、辽河等主要水域，比往年流量少了23%~67%；长江减少了6.9%。华南、西南这些地方，当年的水量相对而言还是比较多。2006年，全国发生不同程度的洪涝灾害，受灾人口1.39亿人，直接经济损失1330多亿元。同是2006年，部分地区发生不同程度的干旱，其中四川、重庆最严重，经济损失986亿元。

第四个特点，受全球气候变化等的影响，这几年我国部分地区降水发生变化，北方地区水资源明显减少。

虽然说近20年来，全国地表水资源量和水资源总量变化不大，南方地区河川径流量和水资源总量有所增加，增幅近5%，但是北方地区水资源量减少明显。其中以黄河、淮河、海河、辽河最为明显，地表水资源量减少17%，水资源总量减少12%。其中海河减少得最多，海河地表水资源量减少41%，水资源总量减少25%。

以上四个特点告诉我们，虽然我国水资源总储量为全球第6位，但我国的水资源分布在时间、空间上都很不平衡！这就告诉我们，应该合理地利用现有的水资源。

现在谈谈我国在水资源利用上的问题，也把近几年最明显的问题提出来进行分析。

第一点，城乡用水量一直在不断增加。2005年，虽然我国的总用水量继续在增加，比2004年增加了85亿立方米，但是人均用水量增长有限，全国人均用水量仅432立方米。

第二点，就是我国用水结构发生了很大的变化。过去主要是农业用水，现在农业用水已从1980年占总用水量的83.2%减到仅占63.6%；工业用水则从1980年占10.3%大幅增加到占22.8%；生活用水也从占6.3%大幅度增加到占12.0%，生态环境用水也增加不少。

这些水资源从哪来？从上面的数据不难看出，都是从减少农业用水来填充其他几项用水缺口的。应该看到我国淡水用量很大，我国淡水

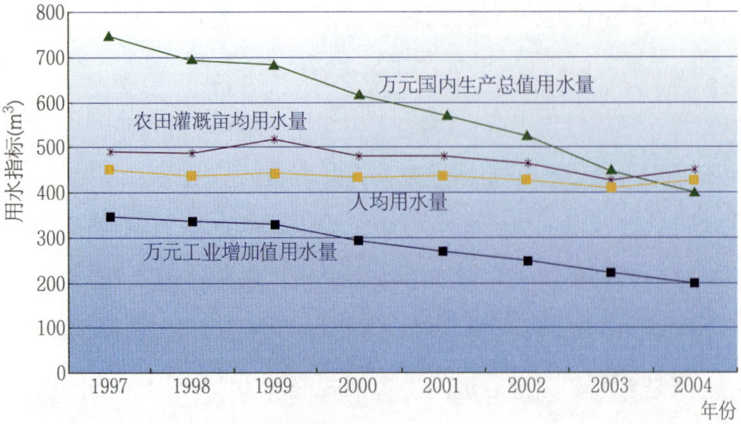

图1　1997—2004年全国主要用水指标变化

用水总量已超过美国（1995年美国总用水量5 554亿立方米，其中淡水4 703亿立方米），居世界第一位。虽然我们的总量超过了美国，但是全国人均用水量，2005年只有432立方米/人，仅相当于美国的1/4，世界人均用水量的2/3。

但是，这个平均用水情况，并不能全面反映全国的用水情况，因为地区之间有明显的区别。我们也简单地划分为南方和北方，北方的用水量远远少于南方的用水量，西北地区人均用水量却很大，这是因为西北人口相对较少，人均水资源量大的缘故。

我们拿2004年的最新报告来看，万元国内生产总值用水量为399立方米，万元工业增加值用水量为196立方米，农田实灌面积亩均用水量为450立方米，这就是全国的用水情况。但是，按地区来看的话，差别其实还是相当明显的。按东、中、西部统计分析，人均用水量分别为436立方米、371立方米、487立方米,即中部小，东、西部大；万元国内生产总值用水量差别较大，分别为221立方米、392立方米、645立方米，西部是东部的2.9倍；农田实灌面积亩均用水量分别为415立方米、379立方米、581立方米，西部大于东、中部；万元工业增加值用水量分别为135立方米、240立方米、241立方米，呈东部小，中、西部大态势。按人均GDP、人均用水量、万元国内生产总值用水量等指标统计，可以看出，各省市用水的效率与经济发展水平有一定关系。

我们也可以通过曲线图[图1]看看我国从1997—2004年各项用水指标的变化。该图中，绿色代表万元国内生产总值用水量，紫色代表农田灌溉亩均用水量，黄色代表人均用水量，蓝色代表万元工业增加值用水量。从这些曲线可以看出，随着节水意识的提高，这些年我们各项用水指标都在逐步减少。

我们了解这些情况以后，再来说说用水的问题。

那么，究竟存在哪些问题呢？

首先是，我国缺水问题突出。按目前正常需要和不超采地下水，正常年份全国缺水将近400亿立方米。在“十五”期间农田受旱面积达3.85亿亩，平均每年因干旱减产粮食约350亿千克，这是全国的情况。相对来说，北方就更严重，2000年北方大旱，北京、天津等许多城市用水告急，2004年下半年，广东、广西、海南干旱，用水紧张，生产受到很大影响。

其次，就是我们不合理的开发利用，污染治理滞后，加剧了缺水。

淮河、辽河水资源开发利用率超过60%，海河超过90%，明显超出国际上30%~40%的水生态警戒线，城市开发利用程度过高。北方的持续干旱、地下水超采和水污染发展，导致了严重的资源型缺水；南方水污染得不到控制，造成了污染型缺水（水质型缺水）；西北内陆地区水土资源过度开发，使植被得不到足够的水，出现生态缺水，造成生态环境的恶化。

污水排放也是一个很重要的问题，2001年工业废水和城镇生活污水排放总量为626亿吨，2004年为693亿吨，2005年为717亿吨，这些水近80%未经处理直接排入江河湖库，导致地表水体大量被污染。

我们面临的另一个问题是，地表水被污染了，没法用了，为此需要大面积开采地下水作为替代水源，但是对于地下水的开采又缺乏合理规划，管理滞后，过量开采，以牺牲生态和环境用水来维持经济社会发展的用水要求。

全国地下水超采、形成的漏斗区面积，已超过18万平方千米。很多地下水资源水质良好，可以直接利用，但是优质水得不到优用。深层水一般为优质水，部分能达到矿泉水标准。但很多城市75%的地下水只用于一般的工业和空调用水，仅25%用于食品工业和居民生活饮用，而80%~90%的居民反而饮用地表水。过量使用地下水后，会引起地面大面积沉降，海水入侵，形成灾害。

我国水资源浪费现象也相当严重，水资源利用方式粗放，用水效率不高，浪费严重。

我们以农业用水为例：全国平均每平方米灌溉水产粮食约1千克，以色列为2.5~3.0千克；我国灌溉水有效利用系数是0.45左右，以色列 0.7~0.8；节水灌溉面积我国仅35%，英国、德国、法国、捷克都在80%以上，以色列几乎达到100%。从这样的一个对比不难看出，我国的差距就相当的明显了。

我们同样也可以从工业上来进行一个对比。2004年，我国万元国内生产总值用水量399立方米,是世界平均水平的4倍，先进国家的8倍。万元工业增加值用水量196立方米，发达国家50立方米以下；工业用水重复利用率60%~65%，发达国家80%~85%甚至以上；如美国2000年万元工业增加值用水量不到15立方米，日本18立方米；美国工业用水重复利用率94.5%，日本80%以上。总体看，我国现状工业用水重复利用率，相当于先进国家20世纪80年代初的水平，节水潜力很大!

另外，我们应当看到的问题还有：在防洪方面，现有的防洪工程体系尚难抗御大洪水或特大洪水。在抗旱方面，地表水源不足。干旱地区水土资源过度开发，生态环境严重恶化，尤其是荒漠化的发展，引起了国内外的关注。在饮用水安全方面，到2004年底全国农村有3.23亿人存在饮用水安全问题，占农村人口的34%，其中约有9 500多万人缺少饮用水。这就是我国目前水资源的情况。

二、水环境问题

首先是未经处理的污水任意排放，导致地表水体受到严重污染。2005年，水利部统计全国废污水排放量已达717亿吨，到2005年底，全国有278个城市没有建污水处理厂，后果是许多河流水质差，2005年在1 300条河流的14万千米河流中，Ⅰ类水河长占5.1%，Ⅱ类水河长占28.7%，Ⅲ类水河长占27.1%，Ⅳ类水河长占11.8%，Ⅴ类水河长占

6.0%，劣Ⅴ类水河长占21.3%。西南诸河、西北诸河、长江、珠江和东南诸河5个区，水质较好，符合和优于Ⅲ类水的河长占66%~97%；黄河、海河、松花江、辽河和淮河5个区，水质较差，符合和优于Ⅲ类水的河长占31%~40%。

我们再看看湖泊。在2005年评估的48个湖泊中，水质符合和优于Ⅲ类水的湖泊有17个，部分水体受到污染的19个，水污染严重的劣Ⅴ类湖泊12个。国家重点治理的“三湖”：太湖若以总氮参加水质评价，湖体水质均劣于Ⅲ类，Ⅳ类、Ⅴ类、劣Ⅴ类水面积分别占评价面积的6.7%、16.3%和77.0%。全湖整体处于富营养状态。滇池湖体水质为劣Ⅴ类，全湖处于富营养状态。巢湖的东半湖水质为Ⅳ类，中庙湖区水质为Ⅴ类，西半湖水质为劣Ⅴ类，湖水处于富营养状态。

我国从“九五”以来，开展了三河（淮河、海河、辽河）、三湖（太湖、巢湖、滇池）的水污染防治工作，也取得了一些阶段性成果，但由于种种原因，成效还有限。如城市的污水处理厂建了不少，2000年为止已建成500多座，处理能力3 237万吨/天。但由于污水收集管网不配套，运行经费不足，设备技术故障等原因，实际正常运行的只有40%~50%。

另外，城市污水排放量和污水处理能力主要集中在东部经济发达地区，中西部地区污水排放量占全国一半左右，而污水处理能力只有全国的32.1%，说明这与经济实力有密切关系。中国的水污染治理从20世纪90年代后期起步，滞后于经济发展，城市污水处理能力小于污水排放总量，农村污染治理还有待开展，水污染发展趋势尚未得到遏制。

建设部副部长仇保兴2006年9月在第五届世界水大会上说：“如今中国面临着很多水问题，中国快速工业化和大规模的城市化至少要持续30年，这造成了对水资源的巨大需求。未来30年将是中国城市供水和污水处理最艰难的时期。全国流经城市的河段90%受到污染，水资源短缺加上开发利用不合理、水环境普遍污染、水生态退化已成为中国城市的基本水情。”

水环境的第二个问题是地面沉降。

过量开采地下水，导致部分地区地下水位逐年下降，资源面临枯竭，出现大面积的地面沉降。我们以苏州、无锡、常州为例，可以明显看出新中国成立时与现在的差别。1949年，地下水面离地面仅2米，到1999年由于水位下降，形成大面积的水位降落漏斗，漏斗中心的水位降深已达87.37米，在无锡西部、武进东部水位已接近含水层顶板，含水层面临枯竭。地下水水位的大幅度下降，导致地面沉降。2000年的数据报告显示，最大累计沉降量，苏州超过了1 800毫米，常州超过1 480毫米，无锡超过1 280毫米，在沉降中心则超过2 800毫米。在长江三角洲，累计沉降量大于200毫米的范围已超过5 000平方千米。大于1米的已达350平方千米。

与地面沉降伴生的还有地裂缝，仅无锡地区就出现13条地裂缝。如无锡钱桥毛村园地裂缝，方向东西向，长400米，宽60厘米，损房40套；江阴河塘中心镇地裂缝，方向东北向，长500米，宽50厘米，损房130套。1999年，苏州、无锡因沉降造成的直接损失11.84亿元。上海是全国最早出现地面沉降的城市，经历了几个发展阶段，现在累计最大沉降量已达3米左右。

华北平原（包括北京、天津、河北、河南北部、山东西北部在内）这一带，地下水位下降得也很厉害[图2]。1950年时，承压含水层中的水能自流，现在水位埋深已达80~90米，部分漏斗中心水位埋深已超过110米。地面沉降累计沉降量，大于1 000毫米的面积已达4 080平方千米，其中天津的塘沽与汉沽，有一百多平方千米的面积，其高程已因沉降而低于海平面。还发现200多条地裂缝，长度从几米到500米，最长的达几千米，宽1到50厘米，最宽的超过200厘米。

我们再看看西安的情况，最大累计沉降量2.6米。地面沉降的发展，受13条NEE向断裂控制。

现在，全国有上海、天津、北京、江苏、浙江、河北、河南、山东、山西等16个省市，出现地面沉降。地面沉降总面积，超过10万平方千米。还有陕西、河北、江苏等17个省市，出现地裂缝约450处，1 000条以上，总长超过350千米，造成巨大经济损失，仅上海就有2 900亿元（40年），苏锡常地区约360亿元（15年）。这些都是由于地下水的过度开采引起的严重环境问题！

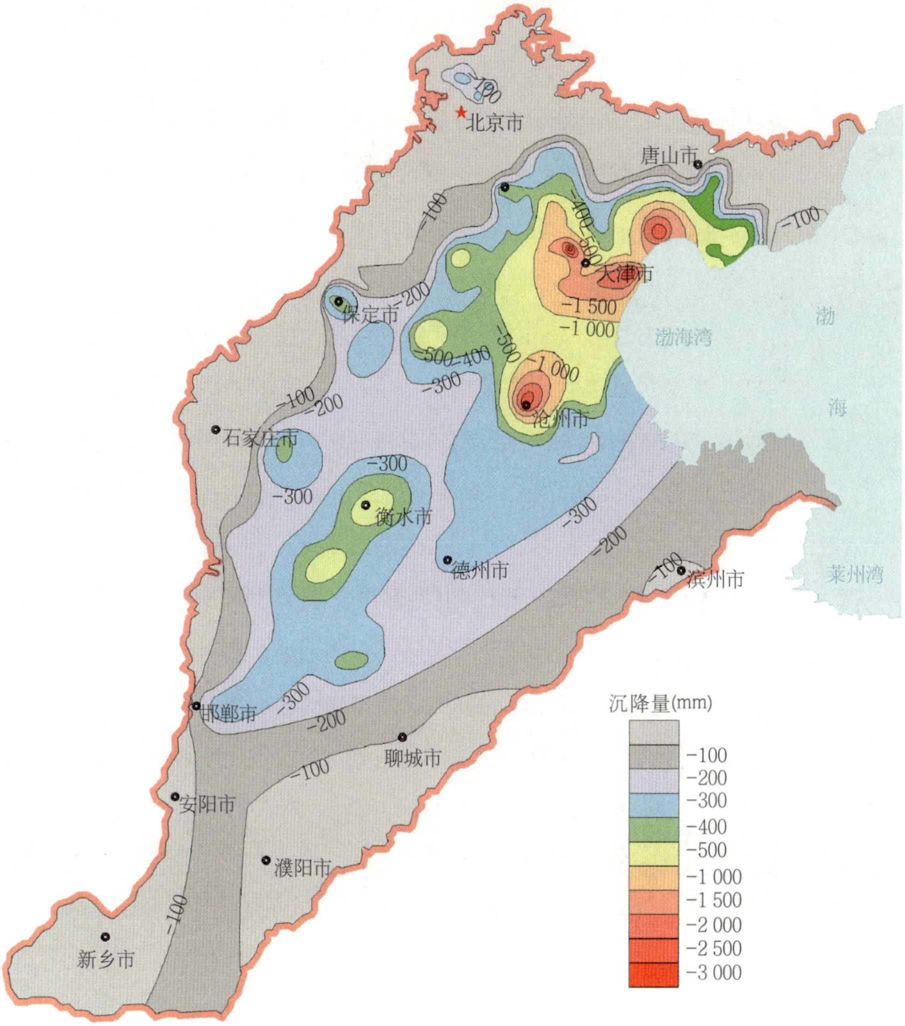

图2 华北平原的地面沉降

水环境的第三个问题是，地下水位下降，在干旱地区还极易引起土壤沙化、植被衰退，造成生态平衡的破坏。

我们以一个典型区域——甘肃石羊河流域来加以说明。石羊河流域水资源总量17亿立方米。8条河流出祁连山，通过山前洪积扇时，45%的水渗入地下成为地下水。到盆地中部，这些地下水在武威附近溢出地表成泉，泉流量达3.2亿立方米/年，泉水汇流成石羊河（中下游径流组成中，地下水占95%）。进入民勤盆地后，引水灌溉，最后排入北部湖泊沼泽中，消耗并蒸发。20世纪50年代以来，由于地表引水，地下水补给量发生了很大变化，从11.10亿立方米/年（20世纪50年代后期)，到8.67亿立方米/年(20世纪60年代中期)，再到7.00亿立方米/年(20世纪70年代后期)，加上大量打井过量抽取地下水，导致武威盆地和民勤盆地地下水位下降。民勤盆地每年以0.5~1.0米的速度下降，梭梭、白刺等植物死亡，绿洲萎缩，土地沙化，发生沙尘暴危害，生态恶化，居民饮水都困难，不得不成为“生态难民”。

水环境的第四个问题就是海水入侵。

这是由于各种自然因素(如气候连续干旱、海平面上升等)和人类活动(主要是过量开采地下淡水)，使得滨海地区淡水体的水头低于附近咸水体的水头，海水与淡水之间的水动力平衡被破坏，导致咸淡水接口向陆地方向移动的现象。出现在辽宁、河北、天津、山东、江苏、上海、浙江、海南、广西9个省市的沿海地区。主要分布在环渤海地区，入侵面积超过2千平方千米，发展很快。网上数据显示，每年增加62平方千米；长江三角洲部分沿海地区，如南通、上海、宁波、温州等地也有；南方沿海地区，如北海、海口等地也有。

另外的一种情况就是咸潮入侵。主要由于内河水位降低、流量减少，导致海水顺着潮汐倒灌入内河，造成沿河两岸的水源变咸的现象，多发生在秋、冬季节。咸潮入侵受水文、气象甚至天文等多种因素的影响。这几年，珠江流域降雨量较常年偏少，遭遇几十年来少见的干旱，直接导致咸潮入侵严重。

珠海已是连续四年受严重咸潮困扰。长江口的咸潮入侵影响因素，有径流和潮汐、潮流。径流通过径流量的大小、季节变化、年际变化和变幅大小，影响咸水入侵的变化，长江多年平均流量29 300立方米/秒(大通站)，年径流量9 240亿立方米，为珠江的2.6倍，居世界第三。每年11月到次年4月为枯水季节，这6个月径流量仅占全年的28.6%，1月份最低。年际变化表现为，大通站最大流量为92 600立方米/秒,最小流量4 620立方米/秒，发生在1979年1月31日，变幅达20倍。枯水季节(11月—次年4月)径流量小，是咸潮入侵时期，最大咸度出现在1月的频率最高，达52%。最小流量与最大咸度出现约滞后6~9天。洪水季节(5—10月)径流量大，是咸潮入侵影响最小期，最小咸度出现在7月的频率最高，达52%。

潮汐通过的性质为正规半日潮，夏半年是夜潮大于日潮，冬半年是日潮大于夜潮。上下游涨落潮历时长短不同，愈是上游，涨潮历时愈短，落潮历时愈长。潮差大小也不同，河口最大，潮流则通过潮流性质、运动方式、涨落潮流历时、流速、流向和潮差影响咸潮入侵。

潮汐潮流是咸淡水混合的“动力源”。咸潮入侵主要表现在咸水随潮流的对流输运。长江口内潮汐主要为非正规半日浅海潮，咸度变化与潮汐相似，一日之内有两高两低的变化，且有明显的日不等现象。潮差的半月变化，使咸度在半月内分别出现一个峰值和谷值。

再来说说珠江的咸潮入侵。珠江水资源量相对比较丰富，径流总量仅次于长江，是黄河的6倍，单位面积产水量居全国之冠。珠江流域年平均径流总量为3 360亿立方米，流域人均水资源量为4 700立方米，相当于全国人均占有水资源量的1.7倍。珠江是我国各大河流中含沙量最小的河流，珠江流域已建成各类型水库工程13 988座，总库容706亿立方米。

近年来，咸潮入侵日益加重，干旱是一个原因。珠江流域连续干旱，上游来水减少，珠江口咸潮上溯加剧，严重影响澳门、珠海等地供水安全。2006年9月到12月，天生桥一级水库入库流量、天龙区间（天生桥一级水库至龙滩区间）来水、迁江至梧州区间来水，为P=75%枯水年型。与常年同期水平相比，天生桥一级水库入库流量偏少20%，天龙区间来水、迁江至梧州区间来水，均偏少近30%，百色入库流量为P=90%年型，较常年同期水平偏少近50%。北江来水为P=50%年型，与常年同期水平相当。这里简单说明一下：P为来水保证率不同保证率（P%）状况下的相应来水量类型有：P=20%为丰水年型，P=50%为中水年型，P=75%为枯水年型，P=90%或95%为特枯水年型。[图3]

并不是所有的原因都可以归结于干旱。目前珠江两岸，特别是珠三角对水资源的实际社会需求量，已经超过了水资源的承载量。以珠海和澳门供水为例，珠澳供水体系的蓄水量是2 900万立方米。10年前，每天的消耗量是10万立方米，那么咸潮来的时候可撑300天，所以供水没有任何问题。现在每天的需求量是100万立方米，这样只能供应30天。

一般情况下，咸潮的影响时间为100~120天，当然就撑不过去了。

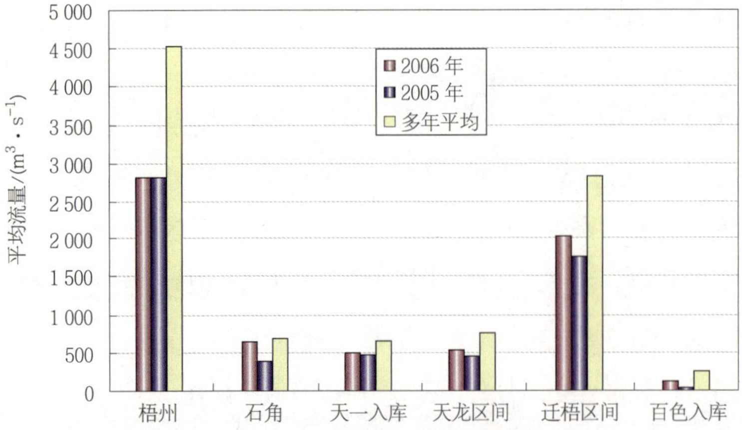

图3　2005—2006年珠江流域主要断面或区间来水情况对比

1993年居民生活用水是26亿立方米，2000年上升到60亿立方米，2004年更猛增到122亿立方米。为此，国家开始采取一系列应对措施：为保障2006—2007年冬春澳门、珠海等珠三角地区供水安全，经报国务院同意，国家防总批准2006年9月6日启动冬春珠江骨干水库调度方案，2007年2月28日结束，共8次调度珠江五大骨干水库（天生桥一级为主，龙滩、岩滩、百色、飞来峡配合）放水，保证西江入广东境内流量在1 800立方米/秒。

这种统一调度，标志着珠江流域水资源管理正在从被动应急向主动调控转变，实现了梧州水文站流量不小于1 800立方米/秒，广东思贤窖维持在2 200立方米/秒以上的预期目标，保证了三角洲的供水安全。实行珠江骨干水库水量统一调度后，1月1日至25日梧州站平均流量达2 190立方米/秒，较2006年同期平均流量大980立方米/秒，其中最小日平均流量1 930立方米/秒（1月13日），大于调度目标流量1800立方米/秒。[图4]

2006年11月至2007年2月，珠海、澳门供水含氯度（Cl含量）均在100度（mg/L）以下，其中澳门供水最大含氯度小于80度。目前骨干水库有效蓄水充足，完全可以保证安全供水的水量调度需要。去冬今春，咸潮强度强于往年。实施调水后，珠海、中山各取水口超标天数和

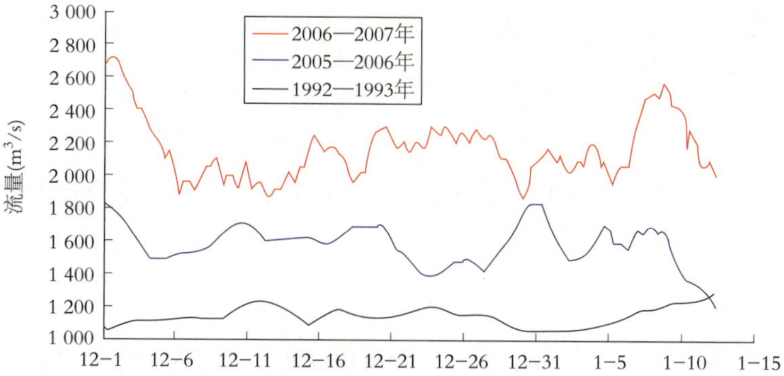

图4　西江梧州站12月以来流量过程

连续不可取水天数，均比2005年同期下降了30% ~50%。

相应的长远措施有：一是有关部门制订了保障澳门、珠海供水安全规划，研究提出了中长期保障澳门、珠海供水的措施，已上报国务院。二是珠海市2006年开工建设平岗抽水泵站扩建应急工程，计划2007年投入使用。大藤峡水利枢纽的前期工作已经启动。它是一座以防洪为主，发电、航运、水资源分配并重，兼顾灌溉的流域控制性骨干工程，其对于珠江的作用好比三峡之于长江，小浪底之于黄河，它位于西江水系黔江河段广西桂平县城上游12千米处。三是扩大当地库容、适当上移取水口（已上移了18千米）。最后一项措施是提倡节水，如广东3月1日起将限额用水，广州人均每天用水为210升。

三、建议与对策

在2030年我国人口将达16亿，会出现用水高峰，用水总量约为7 000亿~8000亿立方米，全国实际可利用的水资源量，只有约8 000亿~9000亿立方米。经济社会的发展会对水资源提出更高的要求。人口增长，城市化进程加快，此时生活用水将大幅度增加，城乡生活用水量估计需要1 000亿立方米。同时，随着生态环境的保护，生态环境用水也会逐步提高，预计2030年生态环境需水量将会达到800亿~1 000亿立方米。

据美国之音2006年12月1日报道，“以加州大学戴维斯分校胡永泰教授为首一派认为中国经济发展面临最严重的问题还是用水问题”，“所有迹象都表明中国再过20年就没有水可用了。没有水，你谈什么发展”，“所以中国现在要建3条运河，来解决严重的水资源问题。中国碳排放量的增加，将导致中国降雨量减少。因此，发展运河运水的方法是行不通的。”

看到这样的报导，我们该怎么想？我们既要加快国家的社会经济发展、提高人民的生活水平，又要合理地利用好我们有限的水资源，来支撑国民经济的发展。我想我们应该能够做到这一点，决不会出现他们预计的情况。为此我们应当加大节水和污水资源化力度。我国水资源有效利用率低，每方水的产出明显低于发达国家，节水还有很大潜力。通过多种措施（宣传、行政、制度等），保证节水目标的实现。节水不能停留在口号上，要有严格措施，切实建设节水型社会。

污水治理达到环境允许的排放标准或灌溉标准，使污水资源化，既可增加水源，解决农业缺水问题，又可起到治理污染和改善生态环境的作用，有重要的战略意义。

同样，我们也应该调整产业结构，实现水资源的合理配置。水资源的开发必须根据人口、经济、水资源、环境协调发展的原则，在区域上合理配置，均衡发展，实现国家可持续发展的战略目标。缺水地区应限制耗水量大的产业发展，进行产业结构调整，以缓解水资源短缺状况。解决北方缺水，东北、西北、内陆河可在区内调配，黄淮海三流域还需从长江上、中、下游跨流域调水来解决，东、中、西线“南水北调”工程就是为此进行的。要做好总体规划和科学论证，兼顾调入和调出流域的合理需水要求，防止其对生态环境造成不利影响。

地下水开采也要合理规划，特别是严重的地面沉降区，如何防控国家也有规划，不能一到抗旱，就大量开采地下水。合理安排生态用水，在缺水地区经济发展中城市，往往生活用水和工业用水一起挤占农业用水，农业用水又挤占生态用水，导致生态环境恶化。干旱半干旱地区，生态环境脆弱，必须确保生态用水，防止盲目发展灌溉农业，过量抽取地下水，造成地下水位下降，生态环境进一步恶化。西北地区人口稀少，不能仅仅看到人均水资源量比较高就认为水资源丰富，还要看到那儿生态环境极其脆弱的一面，生态用水在供水规划中必须作出合理安排，从多方面做出调控，全面维持生态平衡加强水资源的监测、预报、调度工作。

需要全面加强水资源的供、用、耗、排等方面的监测工作，水质污染的监测尤其需要加强。开展水量和水质的预报、预测，做好水量调度，要和水质的要求结合起来。

总之，保护水资源是我们艰巨的任务。

全球变化与海岸海洋科学进展

——中国科学院院士、
海洋科学家王颖女士讲座

（2006年10月18日）

王颖

王颖，女，海岸海洋地貌与沉积学家，中国科学院院士，南京大学教授。生于河南潢川，原籍辽宁康平。1956年毕业于南京大学。1961年北京大学地质地理系副博士研究生毕业。2001年获加拿大Waterloo大学环境科学荣誉博士学位，同年当选为中国科学院院士。曾任南京大学地学院院长。在具有地域特点的淤泥潮滩海岸、鼓丘海岸及河海体系与大陆架沉积等方面有重要贡献。总结潮滩动力环境的沉积与生态模式，分析中、新生代泥沙粉砂岩沉积环境，把我国潮滩研究推向国际先进水平。从中国主要河流对大陆架的沉积作用深入到河海体系相互作用、沉积物搬运与陆源通量、黄海辐射沙洲形成演变等研究，推动发展了具有学科交叉特点的海岸海洋科学。2000年以来，将海陆相互作用研究与全球变化相结合，并应用于海港选址与海岸建设。

很高兴来到澳门这座美丽的海滨城市，与大家分享我对全球变化与海岸海洋科学进展的一些认识。鉴于澳门、珠海位于珠江三角洲——海陆过渡带的特点，故而选择海岸海洋科学讲座，内容涉及以下几方面，一是海岸海洋的范围，国际重视的热点；二是海岸海洋科学（Coastal Ocean Science）的研究对象，指出海陆交互作用带的资源、环境特点与重要性；三是介绍全球变化中的海岸海洋地带，包括气温升高与海平面上升的影响，地震火山活动对海岸海洋的影响实例，以及中国海岸带城市发展的关键问题。具体分为以下五个内容讲述：一是海洋意识与海洋的重要性，二是海岸海洋科学的内涵和特征，三是全球变化与海岸海洋研究，四是全球构造活动与海岸海洋效应，五是海岸海洋科学与城市化发展的若干建言。

一、海洋意识与海洋的重要性

联合国“21世纪议程”（Agenda 21）指出：“海洋是生命支持系统的一个基本组成部分，也是一种有助于实现可持续发展的宝贵财富。”因为21世纪是生命的世纪，也是海洋世纪与高新技术开发应用的世纪。而地球科学之所以重要，在于它为人类提供生存发展的环境、资源与必需的财富。如果从太空中看，地球是个蓝色的星球，地球表面积的71%是海洋。

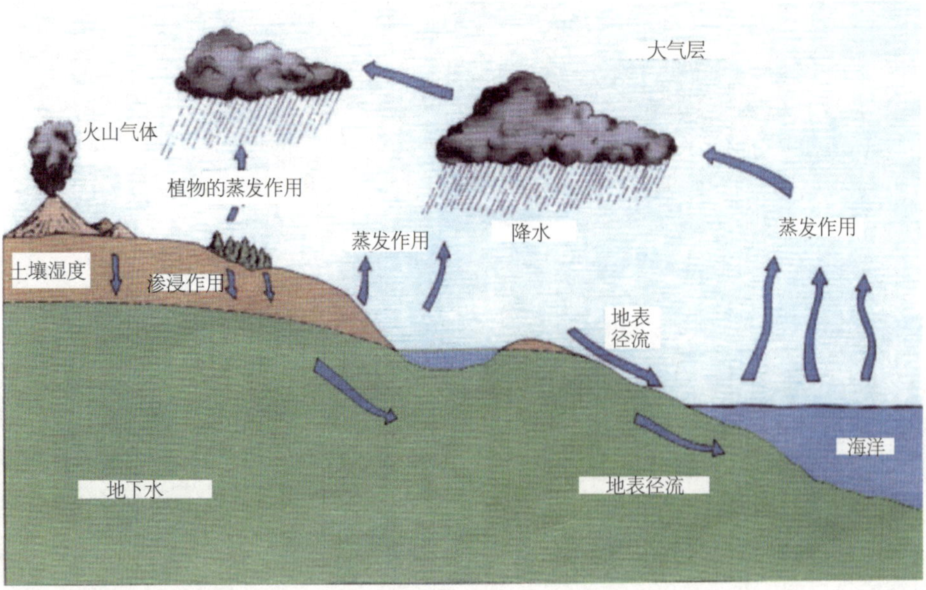

图1　海洋是生命的摇篮

海洋的重要性，可用一些数据来说明。海洋是生命的摇篮，是风雨的故乡。生命的起源、人类的生存与海洋密切有关。海洋吸收4/5的太阳能，向大地释放热能。海洋植物通过光合作用每年产生360亿吨氧，大气中70%的氧来自海洋。海洋是二氧化碳储存器，吸收60倍于大气中的二氧化碳含量。海洋每年蒸发44亿立方千米淡水，以降水形式返回陆地。海洋、大气中的水分，每10~15天完成一次更新。没有新鲜的空气与清洁的淡水，人类是难以生存的。海洋具有反硝化作用的净化能力。如果海洋受到污染，人类会面临生存的危机。[图1]

海洋更是食物、医药与矿产资源的巨大宝库。海洋生物资源是人类重要的蛋白质来源，海洋中有22万多种生物，为全球提供22%的动物蛋白质。世界海洋渔业生产8 000万~9 000万吨/年，95%来自国家管辖的海域。联合国粮食及农业组织（Food and Agriculture Organization of the United Nations，UNFAO）统计，世界人均鱼消费量为13千克（1992年），主要来自海洋产品。中国海洋年捕捞量760万吨（除7%为远洋渔产，绝大多数来自海岸海洋），人均水产品占有量是20千克（1995年）。

大洋底锰结核矿产含有多种矿物，其中：锰2 000亿吨、镍164亿吨、铜88亿吨、钴58亿吨，锰结核是重金属结核，其重金属含量较陆地的大40~100倍。海底磷、硫、稀有金属与贵重金属矿产藏量十分巨大。海底石油天然气储量，石油1 350亿吨，天然气140万亿立方米。21世纪初，世界海洋石油产量15亿吨/年，为石油产量的50%。（主要集中于海岸海洋：北海、墨西哥湾、马拉开波湖、中东与中国海）。

海洋再生能源（潮汐能、波浪能、海流能、海水热能、温差能、盐度差能及可燃冰），多集中于海岸海洋。这些能源的理论储量约1 500亿千瓦，相当于全世界发电量的十多倍。海水中化学元素可取约82种医药产品及能源，铀、氚和氘（重氢）等放射能源。当代陆地资源日益短缺，必然转向海洋，探求所需的资源。以我国为例：中国人均占有的陆地面积为0.008平方千米，世界人均量为0.3平方千米；中国人均淡水量约为世界平均水平的1/4；矿产总量居世界18位，为世界人均量的1/2。占消耗量90%以上的45种矿产，近年内将有1/4不能满足需求。估计我国矿产总短缺量为所需量的1/2。

因此，当代面临着人口、资源与环境的挑战，出路之一在于开发利用海洋资源。不仅是地学专业人员，而且全民都应具有海洋意识。

二、海岸海洋科学的内涵和特征

说到海岸海洋科学，得先简单谈谈它的定义。所谓海岸海洋科学，是研究海陆过渡带表层系统作用过程、环境与资源特性、自然发展规律，以及人类生存活动与之相和谐的科学。它应用于环境资源开发与保护，涵盖海洋经济，疆域政治，立法管理与新技术等方面，探求人类生存活动与海岸海洋环境资源相关和谐可持续发展的科学。

海岸海洋是介于大陆（硅铝层）与深海海洋（硅镁层）之间过渡的一个独立的环境体系[图2]，范围包括海岸带、大陆架、大陆坡及坡麓的大陆隆，它是海陆、海气、水、生相互作用活跃，相互交换的过渡地带。它的特点：人与自然的相互联系紧密，互相影响突出；发展变化迅

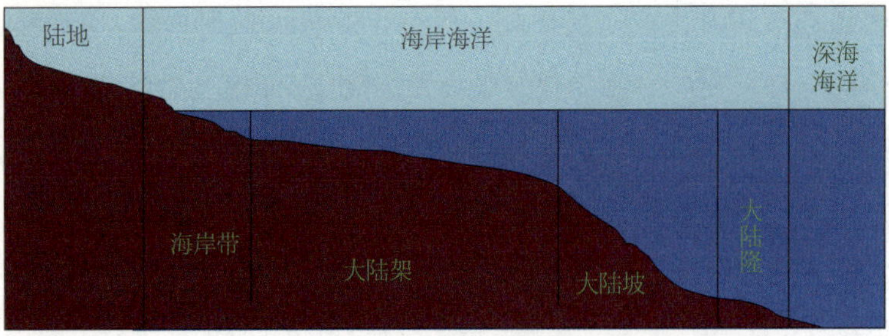

图2　海岸海洋

速、生物量巨大、生态系统丰富、缓冲作用突出等环境特性，既不同于陆地，也有别于深海海洋。

据海岸带陆海相互作用国际计划办公室（Land–Ocean Interactions in the Coastal Zone，International Programme Office，LOICZ IPO）统计：海岸海洋面积相当于陆地面积的18%，占全部海洋面积的8%。为整个海洋水体的0.5%。但是，海岸海洋拥有全球1/4的初级生产力，提供90%的世界捕鱼量。全世界60%的人口聚居于沿海地带，人口超过160万的大城市之中2/3位于海岸带。海岸海洋占全球生产力总值的14%，占有全球反硝化作用的50%，容纳全球有机残体的80%，沉积物矿体的9%，全球硫酸盐沉积的50%，以及全球悬移质、相关元素与污染物的75%~90%。

海岸海洋科学的性质，是基于地理学、地质学与海洋学相互交叉渗透形成的新学科，具有自然、人文社会与技术科学相互交叉渗透的复合性特点。海洋科学研究具有的特点是：研究对象的范围广，花费高，研究方法难度大，且需多学科综合与采用新技术的手段。尽管难度大，但我们必须展开研究，因为这与人类生存发展及国家权益关系密切。

这门科学涉及的领域包括：

1. 自然科学方面，例如：海洋物理：季风、气温、雾、水的形成变化，海浪、潮汐流、水团、跃层等海水的物理特性。海洋化学：海水的化学特性与作用变化，泥沙与生物的化学成分、变化。海洋生物学：浮游生物、鱼、虾贝、蟹、藻类种，生态系，分布演化，资源等。海洋地质学：海岸、海底的结构与形成，地壳运动，沉积组成与矿藏。海洋地理学：疆域、区域、自然环境特性、人文、经济特色与文化历史传统等。

2. 技术科学方面，例如声学与电子仪器的应用，有全球定位系统、导航、遥感遥测、海洋观测等；港口航道工程有人工台站、计算机信息系统等。

3. 社会与人文科学方面，有海洋经济、海洋规划与管理、海洋法等。

海岸海洋科学研究的方法有其特点，由于海岸海洋范围大，人难以直接接触，必须利用船只，应用仪器进行调查研究，实验分析，以及运算、归纳，存储，演绎、决策、规划，然后应用于建设。因此，调查涵盖海、空、陆，从这三方面进行。例如，空中利用航测及监测卫星，如红外与雷达探测及资源环境卫星应用，可观测同地异时的变化情况，以及观测异地同时海况（如浪、流，混浊度，水色，鱼群分布等）。

至于海洋观测，依靠船只与电子仪器进行。一是定位：从观星、六分仪，发展到无线电定位，雷达导航和全球定位系统（GPS）的应用，使精度得以提高。二是测量：按测点定站位，沿断面测量，以断面组合控制海域。三是海底测深：回声测深仪，测断面沿线海底的起伏。应用双频或多频道测深仪，可以测海底表层淤泥厚度。例如：① 测海底表层地形起伏及物质组成，可应用旁测声纳扫描测海底沙波。② 应用电火花、电脉冲、声学测量等探测技术，探测海底以下地层剖面，厚度达数十米，数百米等。四是观测海水物理化学特性与动力状况：按全潮25小时或半潮13小时为测量周期，每时观测水位（定实际深度、测波浪、波压等），测海水（温度、盐度、密度等）、测水流（方向、流速），等等。

一种是海上工作，应多学科结合，综合组队进行。随着时代进步，目前已装备有多波速、多项组合的同步测验装置，但是定点观测仍需与断面测量相结合，才可控制地段或海域的动力状况。另一种是陆地工作，需关注地质地貌沉积调查，剖面探测，河、湖水文泥沙观测，村落海岸变迁考古遗证，渔业生产力等。然后是室内实验分析：包括水质分析、酸碱度分析、浊度、化学元素、有机质、重金属分析，需经过过滤水样，定量定性的研究；水文测验的计算，制表分析；生物样品鉴定，微量元素与有毒质分析，生物量测定；以及沉积物分析，如粒度、矿物、黏土矿，微体古生物、磁化率、有机质的鉴定等。

应用海洋地理信息系统，采集自然环境与资源信息，采集社会、经济、海域疆界与历史沿革等数据，存储数据，计算归纳，或图表演绎、规划，以供决策方案并发展推广。总之，海岸海洋科学必须进行多学科、多领域的调查研究与综合分析，才能获取真知。

时至今日，海岸海洋已成为国际海洋科学发展的新重点。这里简单回溯一下。1994年以来，由于海洋权益的日趋重要，兴起了全球性的海岸海洋科学研究。1998年，国际权威著作The Sea第10卷正式以“全球海岸海洋”（Global Coastal Ocean）命名。1999年，国际地理学家联合会（International Geographical Union，IGU）颁布《海洋地理国际宪章》，将全球海洋正式划分为“海岸海洋”与“深海海洋”两部分。

至于“海岸海洋”概念的兴起，与由150多个国家签署、1994年11月16日正式生效的《联合国海洋法公约》（The United Nations Law of Sea Convention）有关。该公约中规定：沿海国有权划定12海里领海、24海里毗连区和200海里专属经济区；确定大陆架是沿海国陆地领土自然延伸的原则；规定沿海国对专属经济区和大陆架内的自然资源拥有主权权利，并对防止污染和科研活动等享有管辖权；以及国际海底及其资源是人类共同继承的财产原则。

《联合国海洋法公约》提出的下列术语，各有特定的内涵。例如，“内水”是指大陆岸线以外，领海基线以内水域，为领土部分，拥有完全排他的主权。“领海”（又名领水），是指邻接陆地领土及其内水的一带海域，宽度从领海基线向外12海里。领海是国家领土在海中的延续，属于国家领土的一部分。国家对领海内的一切人和物享有专属管辖权，主权及于领海上空，海床及底土。“毗连区”（又名连接区、特别区），是指领海基线外邻接领海的一带海域。宽度从领海基线向外24海里。该区是保护沿海国权益的重要海域之一，在该区域内，沿海国为了保护渔业、管理海关和财政税收、查禁走私、保障国民健康、管理移民，以及为了安全的需要制定相应的法律和规章制度，行使某种特定管辖权。“专属经济区”，是指从领海基线向外200海里的海域。该区在地理位置或法律性质上介于领海与公海之间。沿海国家享有以勘探和开发、养护和管理自然资源为目的的主权权利，以及对于人工岛屿、设施和结构的建造和使用，从事海洋科学研究、海洋环境保护和保全的管辖权。其他国家则享有航行、飞越、铺设海底电缆和管道等自由。

《联合国海洋法公约》的实施，引起全球关注海洋权益。事实上，岛屿的纷争源于小岛大海洋。沿海国管辖海域的范围，均在海岸海洋地带。1996年5月15日，我国第八届全国人民代表大会常务委员会第19次会议批准实施此公约。根据调查，我国“海洋国土”面积约为300万平方千米（包括海岸线，海岸与海底类型）。在2004年3月10日的中央人口资源环境工作座谈会上，胡锦涛总书记指出：“开发海洋是推动我国经济社会发展的一项战略任务。”

三、全球变化与海岸海洋研究

全球变化是反映在气、水、岩石、生物圈的事件性变动，形成全球性的频发与持续效应，对人类生存环境影响深刻。现有的工作侧重对全球变化的古信息的研究，探根索源，讨论发展。今后应注重现代过程的研究，利用高新技术手段进行海洋监测，分析判断当前海洋变化的特点，探索变化规律，建立预测其趋势性变化的模型。

首先，我们应对“全球变化”的科学内容作出新的认识。

现代科学告诉我们，气温变化与海平面变化相关。如果对比20世纪末与20世纪初，可见全球气温升高约0.5 ℃。科学家预计在未来30年，全球将继续增温，每10年将平均升高0.3 ℃。到2025年，全球气温将升高1 ℃。长时期的地质记录，反映出海平面、大气温度和海水温度三者间存在正相关。近200年的验潮资料反映，海平面上升趋势与大气温度及海水温度增高趋势呈良好相关。有数据表明，百年来水动型的海平面上升值为1~2毫米/年，2050年海平面将上升30~50厘米（3~5毫米/年），到2100年海平面可能上升1米。

气候变化、海平面变化与人类活动，是与海岸海洋密切相关、在研的全球变化热点课题。目前的严峻形势是，中高纬度地区气温增高显著，海平面持续上升，大河三角洲区面临着土地淹没与风暴潮频袭城市的境界。至于南极，由于冰盖减薄，融冰期延长，南极企鹅栖息地减少。

由于中高纬度升温，暴雨侵袭延长。例如，2000年秋季，暴雨侵袭英格兰和威尔士长达3个月，低地被淹。2004年8月下旬，英格兰西部山溪洪水成灾，汽车房屋损失惨重。随着气温增加，海面上升，使三角洲与海岸低地更严重地遭受土地浸淹、海岸侵蚀、风暴潮频袭等一系列威胁。根据2001年3月《时代》(Times)的一份资料，可以看到密西西比河、尼罗河与恒河三角洲平原的受淹图示。2005年8月28日“卡特里娜”飓风登陆美国新奥尔良，造成100多万人流离失所。

海陆交互作用影响的另一例证是气温增升，内陆沙漠干热，沙尘暴活动频频侵袭东部沿海城市。但沙漠尘暴经西风气流搬运，在东太平洋沉降，却促使加拿大海域的鲑鱼生产丰度增加。另一方面，当海水温度升高，又造成鲑鱼丰度降低。沙尘沿西风带飘移，促使东太平洋海域鲑鱼丰收，是地球表层系统地、气、水、生相互作用的典型例证。

四、全球构造活动与海岸海洋效应

首先，我们看看火山活动与海岸海洋效应。全球有活火山500多座，主要分布于板块边缘、岛弧海沟系、洋中脊和板块内部。太平洋沿岸“火圈”分布着370多座活火山，其次沿东西向“关闭的地中海”带分布。

20世纪90年代以来，火山爆发频频，逐年递增，以海岸海洋地区为突出，形成全球性构造活动，对地表系统造成巨大影响。火山活动在海岸海洋地区的其他环境效应，包括以下方面：一是地貌效应，火山活动是控制海陆分布格局的重要因素；二是气候效应，火山活动所引起的气候变化效应，历时长、范围广。形成冷期、富硫气体与酸雨；三是生态效应，如火山海岸与珊瑚礁的伴生关系，有富有特色的热带海岸海洋生态系，等等。

这里谈谈地震活动情况。1990年以来，几乎年年有大地震。2000年以来，全球范围内，几乎每日都有地震发生，强地震亦引起火山爆发。强地震发生在环太平洋构造带、东西向的“地中海”构造带，并出现沿南大洋呈东西向分布。对比表明了震级强度的转移，一次强地震爆发，能量释放以后震级变小，但同一构造带的另一处震级加强。这一现象，可为地震预报提供启示。

强地震多发生在海洋中，或发生于子夜，或发生于月半大潮期间。这是否与月球引潮力、太阳引力及陆地人类活动有关呢？地震火山活动释放地球内部能量，太平洋巨厚水层的压力、密度及温度变化聚集着较大的能量，与地球内部能量的结合，是否是大洋中能量释放较陆地更大的原因？这些问题，仍然有待科学家们探索。

我们现在已经知道，地震能量往往释放于板块结合部、构造裂隙断裂带与压力减轻处。这方面的典型事例很多。

例如，2000年6月4日晚23:28，印度尼西亚苏门答腊岛南部明古鲁省发生里氏7.9级地震，震中位于雅加达西部640千米处（4.6° S，102.1° E印度洋底），震源深度32千米，为浅源地震，死亡人数超过100人。强震过后，余震仍频频发生，强度减小。

又如，1999年9月21日1:47，台湾日月潭西南6.5千米处集集镇发生里氏7.3级地震，震中位于23.85° N，120.78° E，震源深度7~10千米。整个台湾岛均可感到地震活动，系台湾西部山麓地带的系列逆断层，长期受吕宋岛弧推挤，积蓄大量能量，从车笼埔断层发生错动，能量释放而至。据考察，车笼埔断层东侧上盘上升2.2~4.5米，向NW及NNW方向水平滑移7.1米；下盘最大沉陷0.3米，向相反方向平移1.1米，最大水平地表加速度达1g（g为重力加速度，g=9.81米/秒^2），强震延时25秒，波及相距150千米的台北市。此次地震，损坏倒塌房屋约2万幢，死亡人数超过2 300人，伤者约8 000人，破坏力是非常惊人的。

地震对海岸海洋的效应，主要表现为以下方面：形成断崖、裂点与瀑布；山崩地塌，造成堰塞湖与滑塌；土壤液化，发生喷沙、喷泥与地层陷落等。这种破坏效应，对城市水利与交通设施、港湾设施、动力与

图3　丰原丰势路

图4　大甲溪断层

工业设施及建筑等，都会造成严重的损害。例如，大甲溪上因断层而造成了河床上的瀑布即为典型。

上面的这组图片更为直观。丰原丰势路因地震挤压而形成阶地与阶地崖，推挤出的土甚至掩盖了路边的轿车[图3]。丰原丰势路上的稻田，受到断层带的影响，向上隆起约5米左右。雄县燕巢乡的泥火山，系地下水夹带泥浆与天然气沿地下裂隙上涌出地表所至，隆起的地块造成铁路近4米的抬升。丰原市大甲溪河段，由于车笼埔断层通过，使河床抬升8~9米形成瀑布，并破坏了桥梁[图4]。

再举一个例子。海南岛北部铺前—东寨海湾，位于琼州海峡断陷带，1605年（明万历三十三年）发生了可能达7级以上的大地震，造成沿河谷两侧断陷，使得72个村庄陷落成海。海湾口狭内宽，呈长方形，并且湾套湾，系沿支流陷落所致。人们利用沉陷湾老河谷为通航水道，落潮时沉陆出露，尚残留石棺、石臼、石磨盘及大量砖、瓦、缸碎片，多被淤泥掩埋。东水港海湾与西部的洋浦湾，亦为受火山地震影响，沿河谷形成陷落的海湾。因此，地震活动急剧地改变了自然面貌。

五、海岸海洋科学与城市化发展

江河湖海是水陆交互作用带，地理与生物种群结构复杂，物种变化活跃，生产力较高，是人类聚居与城镇发展、分布的集中地带。环顾全球，可知亚洲大河流域古文明，沿大西洋与太平洋城市群，西欧等国沿海与沿河城市群，以及我国的长江三角洲与珠江三角洲城市群等，都与水陆交互作用息息相关。

我国的城市建设在20世纪90年代发展迅速，城市面貌显著改变，发达的沿海城市，如深圳、广州开始注意城市建设发展中发挥滨水环境的特点与优势。滨水环境与城市发展，成为海岸海洋科学的又一个新的研究点。但是，沿海城市需根据海岸海洋环境特点，才能做出科学的城市发展总体规划。

中国有众多傍水而建的城镇。沿长江的大城市有重庆、武汉三镇、南京、上海均为大都市；水乡城市有苏州、无锡、镇江、扬州等名冠古今的滨水城市。在中国古代，水体的主要功能是运输及赏玩，在四方汇集的滨水地区，兴港建镇，逐渐发展为城市甚至市镇群。

大家都知道，宋代著名画家张择端有一幅传世名画《清明上河图》，它展示了北宋临水都城之布局，生动地描绘出河流在古代城镇发展中发挥了景观、水体联系、运输灌溉、积聚人气、商贾与集市扩展的功能。从画中可以看到，汴河流贯城乡，沿河曲缓流处，船只停泊，桅杆林集，近河有修造船厂；拱桥为中心，商肆林立，形成新的集镇；桥上行人熙熙攘攘，行人驻足观景，桥下舟楫川流，篙师缆夫牵舟，逆河而上。清明时节的桥外城郊，田亩阡陌纵横，疏林薄雾村舍酒家，村外大道有骑而奔驰，有踏青扫墓而归，田野情趣意浓。桥内城郭老街，商店林立，行人南来北往，酒店、茶肆、旅店，雅货百物，酒招牌匾，名师字画，鳞次栉比，市景文化繁荣；深宅大院，官宦宅邸则现于市侧。

目前，我国城市的滨水带，以建设公园绿地居多，或辅以钓鱼舟艇及水上活动设施，增强了人居环境的健康因素。但仅有日间活动，入夜则冷清，使亲水临街缺少人流；也有的建立了高档宾馆，增加了河上景点，但价格不菲，有如阳春白雪未能集聚大量客流；有些岸段建立了大量酒肆茶楼，残渣油污却损毁了滨岸与沙滩的洁净。尚有不少大城市的临江、滨海段，却空旷荒凉或游人寥寥，需重视聚集人气。

以南京为例。江阔水深、浩浩荡荡、气势磅礴的长江，带给南京市无限生机，可陶冶胸怀、焕发活力、令人鼓舞。但是，由于战乱、血吸虫病害、无序的开发等，留下了荒芜、杂乱与破旧的景象。南京大都市的建设，必须重视滨江两岸的规划，改变城不见江、江不见城的现状，建设自然生态环境与历史人文要素和谐发展的沿江城市风光带。南京近几年相继实施的中山陵环境综合整治、秦淮河水环境综合整治、明城墙风光带环境综合整治、老城墙增绿等工程，已见成效。以此领衔，南京又陆续启动北极阁风貌区、小桃园、玄武湖环湖风光带、东西干长巷、汉中门广场等点上工程，使南京老城逐步“显山、露水、见城、滨江”。但是，滨江带建设发展仍待提上重要的议事日程。

在滨岸规划中，需要考虑预防的，即如何处理集聚客流与维持环境洁美。这方面，丽江古城处理得很好，保持了小桥流水与坊、店、酒肆，溪水流畅、空气清新与民俗文化浓郁之佳，具有个性、特色。

随着城市化进程在我国方兴未艾，滨水环境与城市发展也成为海岸海洋科学的又一个新的研究点。例如，广州市2000年实施城市发展战略总体规划以来，在珠江滨水进行环境优化，新机场、大学城、会展中心屹立于珠江之滨，轻轨地铁及老城区疏导等成果卓著，展现出现代化大都市新风貌。2003年，又向海洋发展；2006年又进行新订正。又如，浙江省完成了新杭州湾城市的发展规划，建设跨湾大桥，建设长江三角洲南部经济与生态环境和谐发展的城市群。再如，山东省也在进行半岛城市群建设。

城市的发展规划，应以人为本。它应当包括这样一些指标。一是有清新的空气、明亮的阳光、清洁的淡水、安全的宅舍与宜人的风貌。二是有繁荣的商贸街市、便利的交通运输、咨询网络、有文化历史内涵、科教医卫与宗教设施安全的保障、服务系统及有效的管理体系等。

总之，城市发展规划需充分考虑与海岸海洋生态环境的有机结合，人地关系和谐发展的思想应渗透贯穿于设计体系中。在这方面，南海之滨的湛江、三亚亚龙湾国家旅游度假区，均在构思新一轮的发展规划中，重视海岸海洋的生态环境特点与功能的最宜利用，是值得我们关注的。古今例证反映出，具有复合型特点的海岸海洋科学，将在21世纪中国城市化发展中发挥一定的作用。

石油和天然气

——现代社会最重要的能源

——中国科学院院士、

石油地质与构造地质学家贾承造先生讲座

（2008年4月2日）

贾承造

贾承造院士，中国著名的石油地质与构造地质学家。1948年生于甘肃兰州，原籍河北蔚县。1975年毕业于新疆工学院地质系。1987年获南京大学构造地质与地球物理专业博士学位。长期从事塔里木盆地的地质科研与石油勘探工作，对中国石油地质与盆地构造理论及油气勘探实践有重要贡献。奠定了塔里木盆地构造地质学与油气勘探理论的基础，发展了前陆冲断带煤成烃超高压大气田形成的地质理论和叠合复合盆地石油地质理论，为克拉2大气田的发现和西气东输工程做出了突出贡献。自1994年起任塔里木石油勘探开发指挥部副总地质师、副指挥。1998年起兼任中油集团石油勘探开发科学研究院副院长。1999年起任中国石油塔里木油田分公司副总经理兼中国石油勘探开发研究院副院长。2000年7月起被聘任为中国石油天然气集团公司总地质师。2002年12月16日起兼任中国石油勘探开发研究院院长。2003年当选为中国科学院院士。2005年11月至2006年11月任中国石油天然气股份有限公司副总裁兼勘探开发研究院院长，2006年11月至2008年5月任中国石油天然气股份有限公司副总裁。2008年5月起至今任中国石油学会理事长。

本场讲座的核心问题就是能源问题，因而这里不得不提到石油和天然气的问题。首先，看看《大英百科全书》关于能源的定义：能源是一个包括所有燃料、流水、阳光和风的术语，人类用适当的转换手段，便可让它为自己提供所需的能量。我们日常熟知的能源，有煤炭、石油、天然气、风能、潮汐能、太阳能及核能等。

从一些专业书籍上，我们能了解到，按照利用层次，能源可以分为一次能源、二次能源。一次能源指在自然界现成存在、可以直接取得且不必改变其基本形态的能源，如石油和天然气。二次能源指由一次能源经过加工或转换成另一种形态的能源产品。如自然界不能直接得到的电能，是要经过煤、炭、天然气等一次能源转换才能使用。

按照来源来讲，能源可以分为化石能源和非化石能源。化石能源是古动植物经历长时间地质作用，在适宜的条件（温度、压力、细菌）下形成的不可再生能源，如煤、石油、天然气。而风能、太阳能、水能、生物质能、地热能、海洋能等，都是非化石能源。按照开发利用的程度，新近才被人类开发利用，有待进一步研究发展的能量资源是新能源，如太阳能、氢能、风能、生物质能等。还有，就是已大规模生产和广泛利用的常规能源。仅2006年，世界常规一次能源消费达108.8亿吨油当量。在该次统计中，水电能源与核能占12.1%，石油、天然气能源占59.5%，煤炭占35.8%，从中可以看出，石油、天然气是非常重要的能源。[图1]

下面我就石油、天然气问题讲以下三部分内容：第一部分是石油天

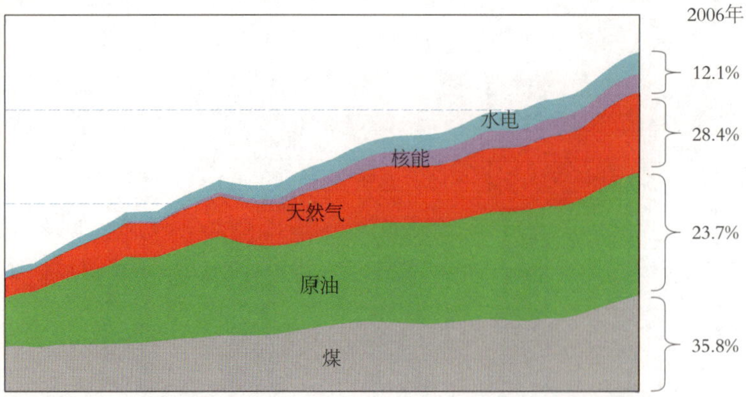

图1　2006年世界能源消费

然气工业的基本知识，第二部分是世界能源与石油天然气工业，第三部分简单介绍一下中国油气开发状况。

一、石油天然气工业的基础知识

我们都知道，石油天然气工业是非常庞大的，从勘探到炼化，所以我先简单介绍一些基本知识。

找到石油天然气的地点，需要一些地质知识。找到之后，还需要勘探技术、开发技术、集输工程（油气的收集和运输），最后还有炼化技术。

石油被称为“黑色的金子”“工业的血液”，与现代工业息息相关，是非常重要的燃料和原材料。然而，石油也是一种不可再生能源。石油的生成需要几千万年甚至几亿年的时间，相对于人类历史来说，是不可再生的资源，且需求量不断增长，能源短缺日益突出。目前及以后相当时间内，还没有可取代油气的替代能源。

石油天然气在全球不是均匀分布的，主要分布在局部富集区。因此，占有石油天然气资源、保障油气供应，成为各国重要的政治军事战略。以石油资源为目标的外交政策，已成为大国外交的重要组成部分。石油工业可以分为：以勘探开发为主的上游，产品主要是石油、天然气；以炼化加工和销售为主的下游，产品为汽油、煤油、柴油与化工产

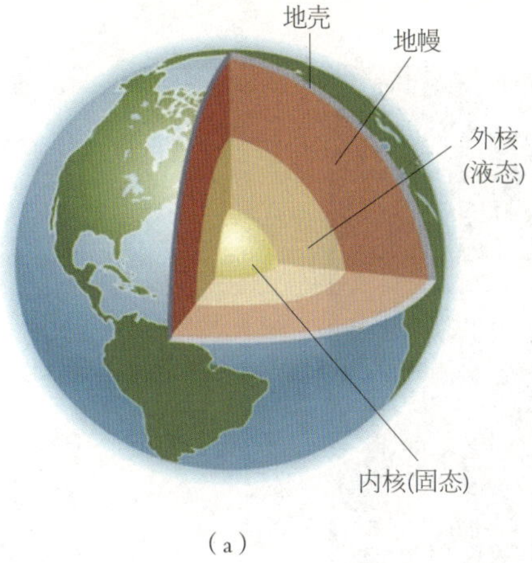

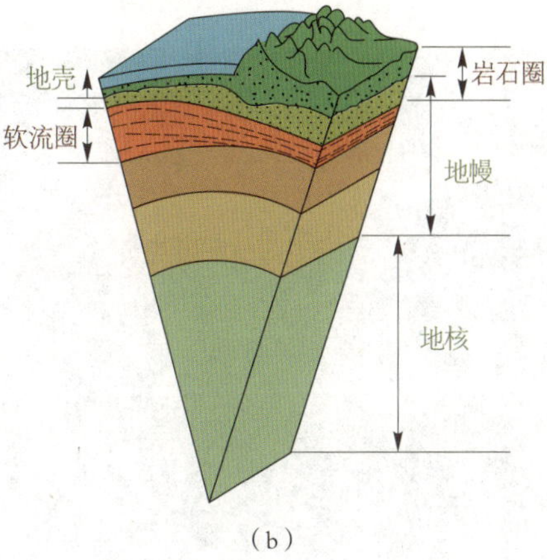

图2　地球结构

品（合成橡胶、乙烯等）。

讲到石油的地质理论，就不得不提到石油、天然气的定义。很多同学可能只见过汽油，而没见过石油。实际上，气态、液态、固态的以碳氢化合物为主的混合物就是石油。没有经过加工提炼各种产品以前通称为原油。

原油一般呈黑色，也有墨绿色、褐色、淡黄色，甚至无色。原油相对密度一般为0.76~0.96，容易流动。碳氢化合物（又称烃）主要包括烷烃、环烷烃、芳香烃等。组成石油的主要化合物有甲烷、丙烷、异丁烷、戊烷、异戊烷和庚烷。

天然气广义上讲是天然存在于地下的一切气体。生产中，主要是指从油气田中产出的以烃类等可燃气体为主的气体混合物。常见的有：烷烃、二氧化碳、氮和硫化氢等。

接下来简单讲一下地理知识。我们都生活在地球上，它由内到外可以分为地核（固态的内核和液态的外核）、地幔和地壳。地壳由沉积岩、火山岩和变质岩组成，石油与天然气主要产生和赋存在地壳上部的沉积岩中。深度在地表以下10千米以内。沉积盆地有海洋环境和陆地环境（湖泊、河流）之分，形成的沉积岩也有海相和陆相之分。[图2]

那么，为什么世界上大量的石油、天然气都保存在沉积盆地的沉积岩中呢？一是因为沉积岩中含有丰富的有机质，即生成油气的母质；二是沉积盆地提供了有机质向石油、天然气转化的还原型环境，即一定深度的海水、湖水使沉积物与大气隔绝，有机质不被氧化得以保存，并在

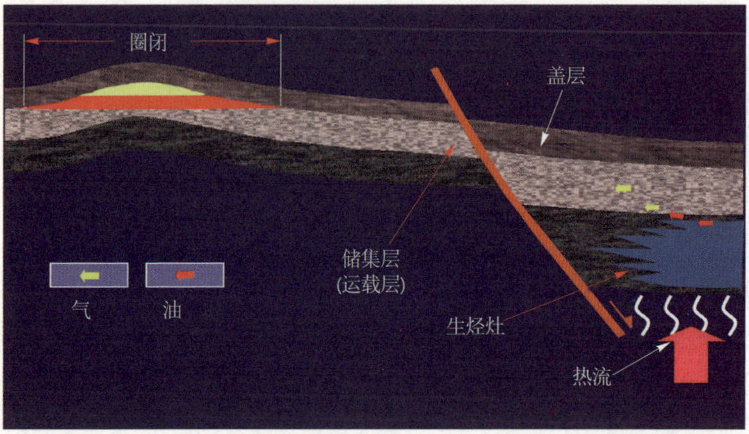

图3　油气生成、运移、聚集模式图

适宜的温度、压力条件下，经过数百万年的物理化学变化，逐渐演化为石油和天然气。

油气生成的观点，包括有机生成学说和无机生成学说。

有机生成学说认为，石油是由生物死亡后经快速堆积、埋藏，通过复杂和漫长的生物物理化学过程而变成的。促使有机质转化成烃类的因素主要有细菌、温度、压力和催化剂，而且还需要较长的时间，一般石油形成的时间都以千万年到亿年计。

由生油岩生成的油气经过运移，在适宜的场所停止运移并不断地汇聚富集。这种适宜于油气聚集的场所，就称为圈闭。聚集达到一定规模的油气就叫油气藏。所谓储层，是指充满小孔隙和裂缝的砂岩、碳酸盐岩或火山岩，油气就赋存在其孔隙和裂缝中。[图3]

另外还有油砂，它是一种含有原油的砂状矿藏，其成分包含砂、沥青、矿物质、土和水。其中沥青是油砂矿内所含的原油。它比一般原油的黏度高，流动性差，需要稀释后，才能通过输油管线输送。油砂矿所处的地质条件不同，开采方法也不尽相同。如果在很浅的地面就能采出，开采成本相对较低；如果从很深的地下才能取出，开采成本很高。全世界最大的油砂矿位于加拿大（占77%），其次是苏联和中国，世界资源总量为3.74万亿桶，可采资源量约为6 510亿桶。稠油主要分布于委内瑞拉（占48%）、苏联和科威特等，我国稠油资源约1300亿桶，世界资源总量为2.4万亿桶。

另外一种就是可燃冰，学名天然气水合物，又叫气体水合物。它是由天然气与水分子在高压（大于10兆帕）、低温（0~10℃）条件下形成的一种笼型的固态结晶物质，多呈白色或浅灰色，外观类似冰，遇火可以燃烧，故而俗称“可燃冰”。

截至2002年底，世界上已直接或间接发现水合物共116处，其中海洋有85处，直接采到水合物样品的有23处。经美国地质勘探局（USGS）调查，估计全球基于天然气水合物形式的常规天然气储量约368万亿立方米，可能成为今后的主要能源之一。据初步测算，我国南海北部海域“可燃冰”资源量达60万亿~70万亿立方米。

下面我再讲一下地震勘探和钻井两种油气勘探、开发和集输技术。

首先讲在沙漠、山地、沼泽地震处勘探，我们对野外采集的原始数据用计算机进行分析、处理，去伪存真，最终得到能够反映地下真实构造形态的地震剖面，从而找到石油、天然气的确切位置，这就是地震勘探技术。

海上地震勘探，从本质上看，与陆上地震勘探是相同的，只不过海洋环境要求地震勘探工作在船上进行。

在这个过程中，要大量运用计算机技术，从而实现虚拟现实，并达到三维可视化。[图4]

其次就是钻井技术。它是由中华民族的祖先发明的，据世界杰出的科学技术史大师李约瑟博士考证，早在汉代（公元前1世纪—公元1世纪），就有人开始在四川应用这种技术。在世界著名的美国休斯石油钻井工具公司的产品展厅，挂着中国古代的钻井图。[图5]

钻井是直接取得地下最可靠的地质数据，确定地下是否存在油气的一项技术。同时也是生产石油和天然气的一项重要技术。油气勘探开发中的钻井与采用旋转的钻头在木块上或金属块上钻孔类似，在钻头上给所钻的地层加一定的压力，使钻头嵌入地层，然后旋转钻头，利用旋转钻头的扭矩来切削地层，并用循环的钻井液将钻屑（岩屑）带出井眼，以保证持续钻进。

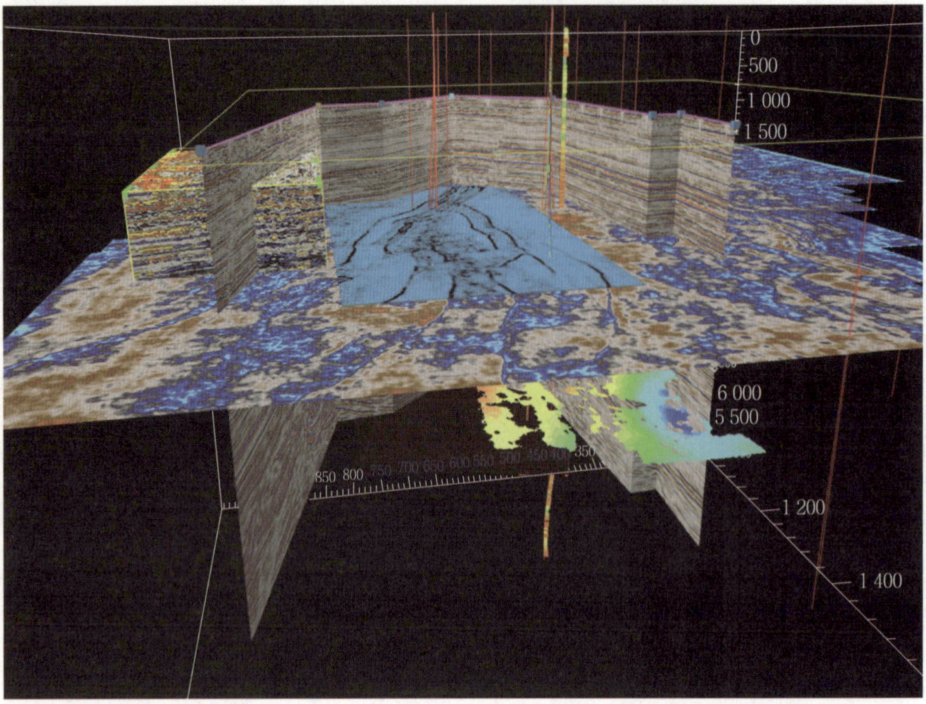

图4　三维可视化立体解释

图5　中国古代的钻井图

回顾20世纪钻井技术发展历程，在加快钻井速度、保证钻井质量的前提下，朝着“横”“深”“小”“巧”的方向发展。

向“横”的方向，主要是打丛式井、水平井和延伸井，以达到勘探开发更远更深的油气资源。丛式井是由一口直井和多口定向斜井组成，胜利油田河50断块油藏位于东营市市区之下，用一个钻井平台钻了42口定向井。

图6　固定式钻井平台

图7　移动式钻井平台

向“深”的方向是打深井和超深井。钻井深度超过4 500米的为深井，超过6 000米的为超深井，世界上最深的油气探井在美国，井深9 583米；我国最深的井在塔里木油田，井深达7 200米。

钻井的成本是很高的，在海洋里一公斤的钻井造价，要超过一亿美元。因为海上钻井设计建设了能保证钻机正常工作的钻井平台和钻井船，而钻井平台包括固定式[图6]和移动式[图7]两种。

第三就是油气田开发技术。油气田开发方式有利用天然能量开发、人工注水和注气开发、先利用天然能量后进行注水或注气开发等常规开发方式，以及热力开采（注蒸汽和火烧油层）、聚合物驱、混相驱等非常规开发方式。

油气开采主要有自喷、人工举升（包括抽油和气举），还可分为依靠油层本身具备的天然能量进行驱油的一次采油技术，包括注水开发和注气非混相驱油的二次采油技术，向地层中注入流体、能量，以提高产量或采收率为目的的三次采油技术。

稠油是一种黏度很高的原油，在油层及井筒中流动困难、开采难度大。目前国内外稠油开采，主要采用注蒸汽采油或火烧油层方法，又叫稠油热采。海洋采油主要有平台采油与水下采油两种方式。平台采油是，通常在固定式钻井平台钻完丛式生产井后，将平台上钻井设备换成采油装置，即改为固定式采油平台。水下采油是，随着海洋油气田逐渐向深海延伸。从20世纪60年代初开始，出现采油设备位于水下的水下采油技术。图8是海洋钻井钻杆[图8]。

图8　海洋钻井钻杆

图9　塔里木油田循环注气站

另外还有气田开发技术。通过对凝析气田循环注气，保持合理的地层压力，提高凝析油采收率。我国最大凝析气田——塔里木盆地的牙哈凝析气田，采收率达到世界先进水平。图9是塔里木油田循环注气站[图9]。

第四是油气集输工程。油气集输就是油气的收集和运输，首先在处理站将油气水分离和净化，成为达到规定质量标准的原油和天然气后集中外运。原油短距离小批量外运可以通过火车油罐车和油轮运输，长距离和大批量则采用输油管道；天然气则采用管道加压输送和液化后专用油轮运输。

现在，火车油罐车、油轮、储存罐和地下管网、外输管线及码头，都是油气集输工程必不可少的一部分。

长距离输油管道始建于1865年的美国，管径50毫米，长9 756米。我国1958年在新疆建成第一条长距离输油管道——克拉玛依—独山子输油管道。到1995年底，我国共有9 272千米的干线原油管道，年输送原油约1.2亿吨。2005年，西气东输管道开始商业运营；2008年2月22日，西气东输二线工程开工。

第五是炼化技术。所谓炼化，一个是炼油，一个是化工。

石油炼制是指生产包括各种燃料油和润滑油，以及液化石油气、石油焦炭、石蜡、沥青等石油产品的加工过程。从炼化技术的发展史上可以看到，1913年有了热裂化，1933年运用了聚乙烯，1936年有了催化裂化，

图10 “西北海鹰”号——中国首艘进口液化天然气轮船

1949年进行了重整，1950年乙烯蒸汽裂解，1957年开始运用聚丙烯，至此炼制基本构架完成，在这之后炼制技术就仅仅是规模的扩大。

石油化工是指以石油和天然气为原料，生产石油产品和石油化工产品的加工工业；而以天然气为原料的化学工业，简称天然气化工。石油天然气化工产品有多种，包括汽油、煤油、重油及天然气的能源产品；还有与我们生活息息相关的化工产品，其中有合成树脂与塑料产品（如高密度聚乙烯树脂、聚丙烯树脂等、ABS树脂等），合成纤维产品（如高强棉型涤纶短纤维、腈纶短纤维、丙纶短纤维等），合成橡胶产品（如丁腈橡胶、软丁腈橡胶、丁苯橡胶SBR等），精细化工产品（如硫化促进剂M、硫化促进剂DM、防老剂D等），化肥与无机产品（如液氨、氨水、尿素、硫酸、硝酸、复合肥等），有机原料产品（如甲烷、丙烷、甲醇等），添加剂类产品、催化剂类产品与石油化学类产品。

可能很多人不知道LNG（Liquefied Natural Gas）产业链是怎么回事，它指在天然气生产后将其液化，通过船运送到接收方，将其再次汽化，从而供给工业用户、电厂和城市的燃气。2006年5月26日，中国第一个LNG试点项目——广东LNG项目（深圳大鹏LNG项目）完成工程建设。6万吨“西北海鹰”号，由澳大利亚开往广东，安全靠泊深圳大鹏湾LNG接收站码头。图10是我国首艘进口液化天然气轮船安抵深圳[图10]。

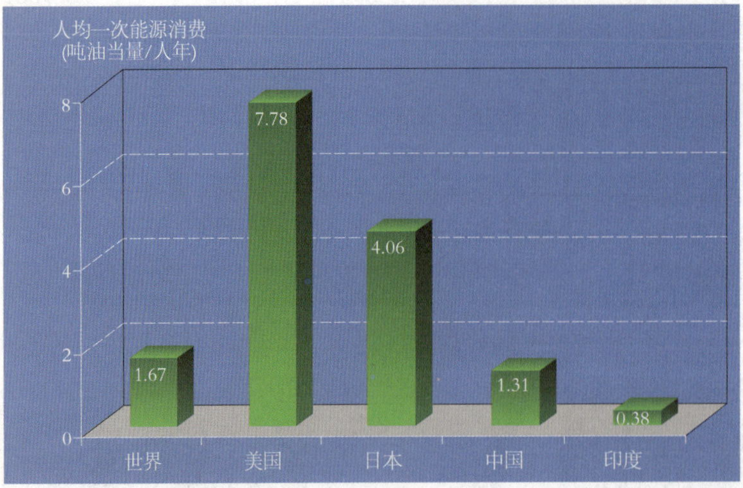

图11　2006年世界主要国家人均常规一次能源消费

二、世界能源与石油天然气工业

这一部分为三个小部分：世界能源供需、中国能源现状和世界能源未来。世界能源供需状况说明了世界常规一次能源地区分布不均；能源供需总量基本平衡；能源消费呈多元化结构，以石油和天然气为主，煤为辅，核能、水电为补充。

欧洲与欧亚、亚太和北美，是世界常规一次能源消费量最大的三个地区。

人均能源消费量，反映一个国家或一个地区的能源消费水平。世界大国之间的人均能源消费量，差异巨大。[图11]

2006年，世界常规一次能源产量为109.04亿吨油当量，与需求（108.8亿吨油当量）基本保持平衡。2000—2006年，煤产量年均增长7.9%。

因为世界经济的增长，带动了对石油、天然气、煤、核能、水电等常规一次能源的消费，1980—2006年，世界常规一次能源消费与GDP稳步增长。在亚太地区，煤是最重要的能源，而中东地区最依赖石油、天然气，中南美洲则对核能和水电的应用强于其他地区。至2006年，全球石油产量为39.14亿吨，而全球石油消费量为38.90亿吨。其中欧亚和北

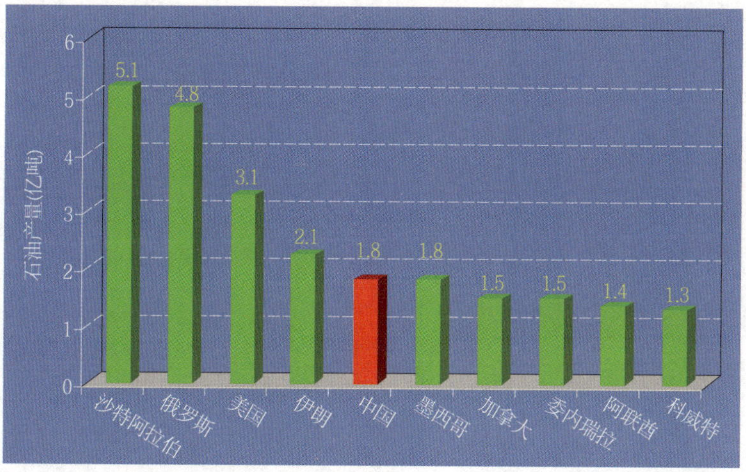

图12　2006年世界十大产油国生产石油量

美是主要进口石油的地区，而中东和非洲则是出口石油的地区。2006年世界十大产油国生产石油24.5亿吨，占世界总产量的62.6%。第一产油大国是沙特阿拉伯，第二是俄罗斯，第三是美国同时也是消费石油的大国，第四是伊朗，中国石油产量位居十大产油国的第5位。[图12]

接下来是天然气。至2006年，天然气产量全球共2.87万亿立方米（25.86亿吨油当量），而天然气消费量在全球共2.85万亿立方米（25.75亿吨油当量）。2006年，世界十大产油国生产天然气1.95万亿立方米（17.61亿吨油当量），占世界总产量的67.9%。俄罗斯、美国、加拿大、伊朗、挪威分列产天然气大国的第一至第五位，而中国天然气产量位居世界第13位。

可以看出，天然气和石油的格局还是有所不同的，主要由于天然气运输耗资过大，因此石油是有全球统一价格的，而天然气只有地区价格。

至于煤，2006年煤产量全球达到30.80亿吨油当量，煤消费量则全球为30.90亿吨油当量。

下面介绍中国能源的现状。

中国能源消费快速增长，结构上以煤为主，石油、天然气为辅，水电、核电、风电为补充；能源使用效率正逐步提高；90%的能源需求可以自给，能源资源分布不均。2000—2006年，中国能源消费以年均约10.1%的速度快速增长。2006年的能源消费达到17.2亿吨油当量，约

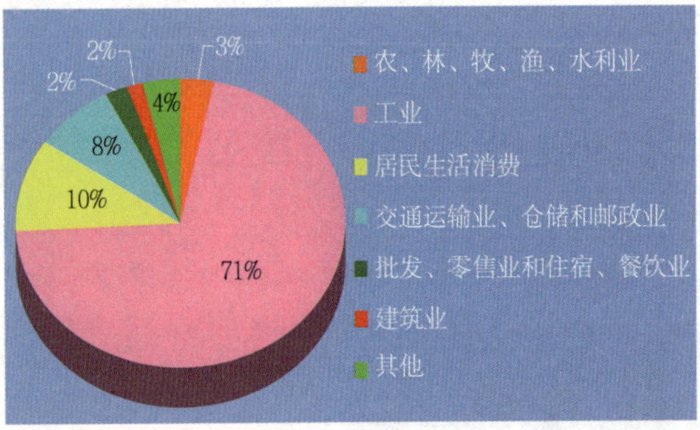

图13　中国能源消费结构（按行业）

占世界的15.8%。工业、居民生活和交通运输、仓储、邮政业消费的能源，一直以来占据国内能源消费总量的较大比例。2006年，这三项消费的能源，占全国能源总消费量的89%。[图13]

一个国家或地区的一次能源消费强度，通常以一定时间内单位国内生产总值的耗能量来表示，它反映了经济对一次能源的依赖程度和能源使用效率。[图14]

从图14中我们可以看出，世界主要国家常规一次能源的消费强度，日本远低于世界平均水平，美国略低于平均水平，而我们中国则大大超过世界平均水平。

不过，从1990—2007年近10多年来，我国原油产量稳定增长，1996年时产量已超过1.5亿吨，而天然气产量快速增长，在1996年时产量超过200亿立方米。[图15]

另外，我国能源资源虽然分布广泛，但不均衡。煤炭资源主要富存在华北、西北地区，水利资源主要分布在西南地区，石油、天然气主要富存在东、中、西部地区和海域。主要的能源消费地区，集中在东南沿海经济发达地区。大规模、长距离的北煤南运、北油南运、西气东输、西电东送，是中国能源流向的显著特征和能源运输的基本格局。

世界能源的未来如何?

虽然以石油为代表的能源价格高涨，2030年前世界能源供需总量仍将保持平衡，化石能源的主体地位不可动摇。

石油和天然气资源充足。新能源将是未来一段时间能源供需的重要

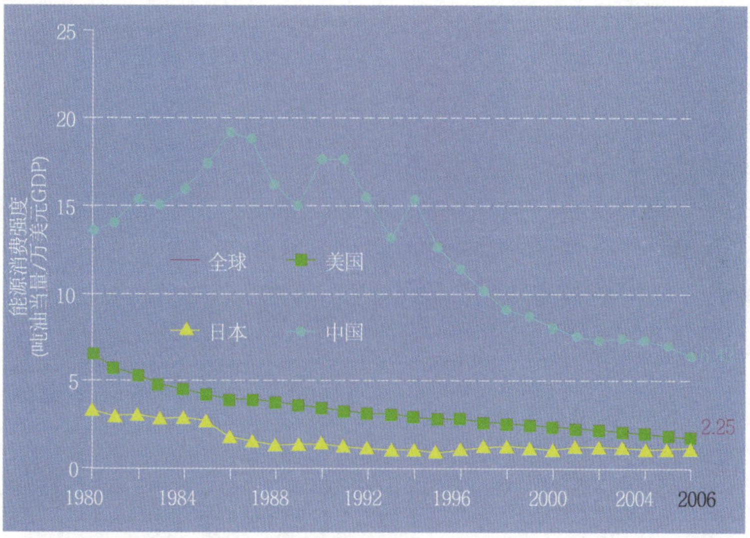

图14　世界主要国家常规一次能源消费强度

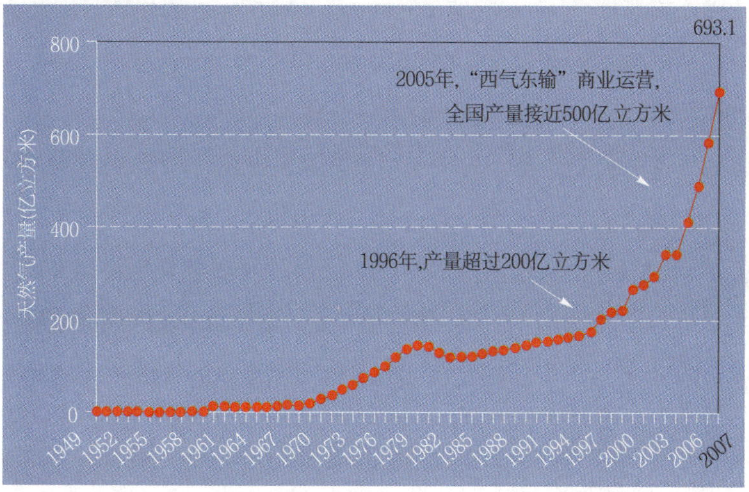

图15　1990—2007年中国原油产量变化图

补充。快速增长的世界经济、美元贬值、较低的剩余产能、国际政治等因素，共同推动了国际油价持续高企，对世界经济增长前景产生压力。因此，至2008年3月13日，国际原油市场现货价格已高达110.345美元/桶，国际油价正在形成一个新的历史高峰。2005—2030年，世界能源需求年均增长1.8%。至2030年，全球能源需求总量约为177.2亿吨油当量。对石油、天然气、煤等化石能源的需求，仍占主体地位。

虽然世界石油资源丰富，但是开发程度低。据美国地质勘探局

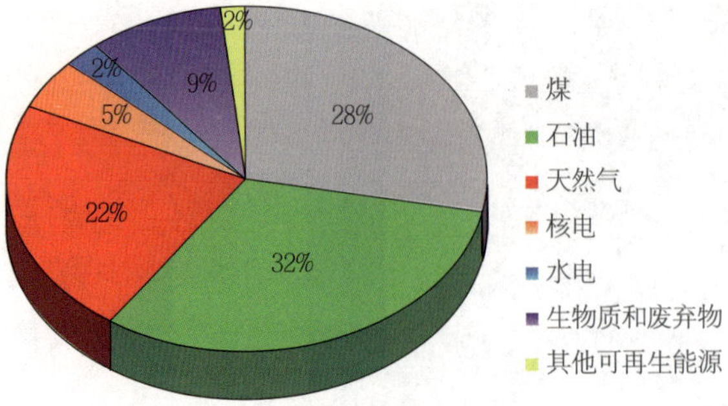

图16 2030年世界能源需求构成展望

（USGS）对世界石油、天然气资源的评价结果，可知石油采出总量的28%，剩余探明34%，待发现38%，而天然气采出总量的16%，剩余探明39%，待发现45%。储采比反映了在当前开采水平和剩余储量条件下，可供开采的时间。至2006年年底，世界石油储采比高于40年。2030年前，世界石油产量和消费量基本平衡，供给略高于需求。

世界天然气储量丰富，2006年剩余储量达到181.5万亿立方米，以2006年的产量计算，可连续开采63年。2030年前，世界范围的天然气资源足以满足预期的天然气需求增长。因而石油输出国组织（OPEC）在未来世界石油供应中的地位，将更加突出。发展中国家的经济发展和人口增加速度都高于工业国家，预计2005—2030年的世界一次能源消费增长的74%来自发展中国家。

石器时代薪柴是主要能源，青铜器时代、铁器时代主要能源是煤、水力。在第一次科技革命即18世纪以后，煤成为主要能源。第二次科技革命即19世纪70年代，石油、天然气、水电是最主要的能源。第三次科技革命即20世纪40年代以来，核能等新能源将成为能源供需的重要补充。

据国际能源署（IEA）预测，2005—2030年，世界生物质能和其他可再生能源将以年均1.8%的速度增长。至2030年，约占世界能源总需求的10.9%。[图16]

目前世界大型石油公司已经积极开发可再生能源业务，预计2030年世界能源需求中，煤、石油、天然气占82%，核能、水电占7%，其他能源占11%。

三、中国油气勘探开发概况

截至2007年，我国石油与天然气工业新增探明地质储量中，石油为12.27亿吨，天然气为5 595亿立方米。原油年产量1.87亿吨，居世界第5位；天然气年产量693.1亿立方米，居世界第9位。原油消费量3.46亿吨，原油净进口量1.6亿吨，原油对外依存度46%，原油和成品油价格均创历史最高水平。

中国位于欧亚大陆板块东部，其东为太平洋板块，南部为印度板块。有沉积盆地505个，沉积面积为670万平方千米；陆相沉积盆地424个，海相沉积盆地12个，海陆相叠合盆地69个。中国沉积盆地勘探程度较低，仅在105个盆地中进行过地震勘探，在86个盆地进行过钻探；共发现油气盆地79个，其中工业油气流盆地32个，低产油气流盆地11个，见油气显示盆地36个。

至2006年年底，全国发现油田602个，其中东部有松辽、渤海湾等，西部有鄂尔多斯、柴达木、塔里木、准噶尔、吐哈、酒泉等，海洋原油产区则有渤海海域、珠江口等。我国十大油田有大庆油田、胜利油田、天津油田、辽河油田、新疆油田、深圳油田、长庆油田、延长油田、塔里木油田以及吉林油田。

我国气田主要分布在已建成的四大气区：塔里木盆地，西气东输主力气区；柴达木盆地，涩—宁—兰管线气区；四川盆地，川气动送主力气区；鄂尔多斯盆地，陕—京管线主气区。2002年松辽盆地深层火山岩天然气勘探取得重大突破，第五大气区正在形成。截至2006年，我国十大气田产量占全国产量的49%。资源量是地下聚集的和分散的油气量的总和，包括可以找到的和不能找到的两部分。

按技术和经济条件，可进一步分为地质资源量和可采资源量。探明地质储量是根据地质和工程数据分析，估算的已知油气藏中的原始油气总量，包括已投入开发的和尚未开发的两部分。根据勘探和控制程度，可进一步分为控制地质储量和预测地质储量。2005年对我国油气资源潜力新一轮资源评价结果显示，石油的远景资源量为1 287亿吨，天然气为70万亿立方米；石油的可采资源量为255亿吨，天然气为27万

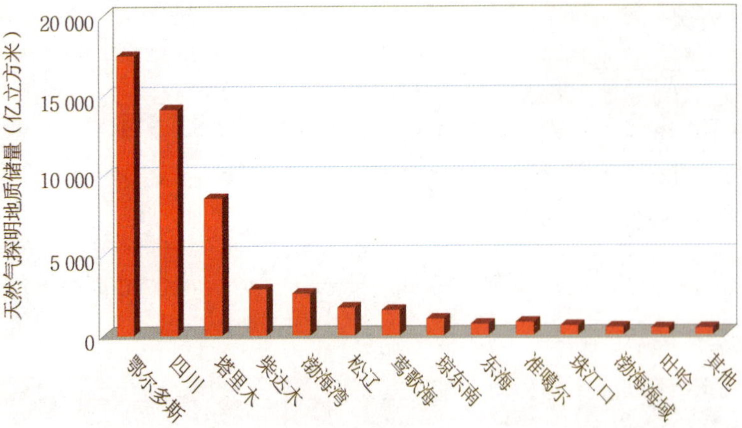

图17　我国天然气探明地质储量的盆地分布

亿立方米。2006年年底，全国石油天然气探明地质与可采储量石油是292.91亿吨，天然气是5.38万亿立方米；石油的储采比是14.9，天然气是59.5。

至2006年底，在25个沉积盆地发现，探明石油地质储量，集中分布在七大盆地：渤海湾、松辽、鄂尔多斯、准噶尔、渤海海域、塔里木、珠江口。至2006年年底，在24个沉积盆地发现探明天然气地质储量，集中分布在鄂尔多斯、四川、塔里木、柴达木、渤海湾、松辽、莺歌海七大盆地。[图17]

在1978年，原油产量超过1亿吨；在1996年，原油产量超过1.5亿吨，天然气产量超过200亿立方米；在2005年，“西气东输”商业运营，全国天然气产量接近500亿立方米。

下面我们讲一下主要的油气田和石油公司。

大庆油田是我国目前最大的油田，也是世界上为数不多的特大型砂岩油田之一。油田位于黑龙江省西部，松嫩平原北部，面积约6 000平方千米。1959年9月26日，松辽盆地的“松基三井”喷出有工业价值的油流，标志着大庆油田的发现。图18就是大庆油田发现标志——松基三井。[图18]

最大的气田是塔里木盆地的克拉2气田，1998年9月17日，位于新疆阿克苏地区的克拉2探井获得高产气流，标志着克拉2气田的发现。

图18　大庆油田——松基三井

图19　克拉2气田

如图19所示是中国天然气开发的里程碑——克拉2气田。[图19]

克拉2气田是我国目前最大的整装气田，含气面积47平方千米。探明天然气储量2 840亿立方米，属特高丰度、特高产、超高压的大型优质气田。克拉2气田于2004年12月1日建成投产向西气东输管道供气，是我国西气东输的主力气源。2007年11月29日，克拉2气田年产气量突破100亿立方米，已累计产气220亿立方米。克拉2气田可以开采35年以上，为西气东输储备了充足的气源。

我国主要的石油公司，有中石油、中石化和中海油。中石油的探明石油地质储量和剩余可采储量，分别占我国总量的65%、74%；探明天然气地质储量和剩余可采储量分别占我国总量的63%、74%。中石油2007年石油产量10 764万吨，占我国石油总产量的58%；2006年天然气产量542亿立方米，占我国天然气总产量的78%。中国石油天然气集团公司（CNPC），是中国最大的集油气勘探开发、炼油化工、油品销售、油气储运、石油贸易、工程技术服务和石油装备制造于一体的综合性能源公司。CNPC位居2006年美国《石油情报周刊》最大50家世界石油公司第7位；在《财富》杂志2006年公布的世界500强企业排名中，CNPC排名第39位。

在海外油气作业产量达到6 023万吨油当量，加工原油1.217 3亿吨，生产成品油7 681万吨，实现销售收入逾1万亿元人民币。2006年年底，CNPC在中国国内拥有14个油气田企业、16个炼油化工企业、19个石油销售企业和一批石油石化科研院所和石油施工作业、技术服务、机械制造企业。中国石油集团已经提出了“资源、市场、国际化”三大战略，初步形成了非洲、中亚、中东、南美和东南亚五大油气生产发展区，油气投资业务已经扩展到了全球26个国家。

能源是事关世界各国经济社会发展的一个重要问题。随着经济全球化深入发展，能源的供需平衡需要全球合作才能实现。合理利用能源、节约能源、保护环境已引起了世界各国的高度重视，新能源的发展方兴未艾。石油天然气在未来相当长一段时期内仍将是世界一次能源的主体，科技进步是石油天然气工业可持续发展的根本保障。

化学对人类文明、健康与社会进步的贡献

——中国科学院院士、
化学家俞汝勤先生讲座

（2010年9月29日）

俞汝勤

俞汝勤院士，分析化学家，1935年生于上海，籍贯湖南长沙。1959年毕业于苏联列宁格勒大学化学系。湖南大学教授，曾任该校校长。主要研究方向为化学计量学及化学生物传感器。研制成功多种新型电化学及光化学传感器，并实现产业化生产。合成多种新的分析及增敏试剂与离子载体，建立铌等稀有金属分析方法。创立多种新型稳健化学计量学多元校正及化学模式识别分类方法，倡导作为化学量测基础理论与方法学的独特的化学计量学教学体系。专著有《化学计量学导论》《现代分析化学的信息理论基础》《离子选择性电极分析法》等。1991年当选为中国科学院学部委员（院士）。

非常高兴来到澳门科技大学，我注意到你们大学校园网网页的“校长致辞”中指出“大学者，研究高深学问者也”，提到学术研究“要为澳门社会的进步做大事、做实事”，强调遵循“多元文化下的兼容并蓄”“专业教育和通识教育并重”的教育理念，一步一个脚印地做好“铸人”的工作。这些都是我非常赞赏的基本理念。今天我在这里讲座的主题，是化学对人类文明、健康与社会进步的贡献。

这里首先要谈的问题就是：什么是化学？化学是一门研究物质的性质和物质发生反应变化的科学。一方面，它涉及存在于自然界的各种物质，以及化学家创造的新物质；另一方面，它也涉及自然界的各种变化，包括化学家创造的新变化。关于这个问题，Breslow 写过一本很有趣的书“Chemistry Today and Tomorrow–The central, useful and creative science”(《化学的今天和明天——一门中心的、实用的和创造性的科学》)，建议同学们读一读。我下面会引用到这本书中的一些材料。由于讲座时间有限，我只能围绕这样四个问题，谈谈化学对人类文明、健康与社会进步的贡献：一是化学与人类的生存、繁衍与健康；二是生命科学进入分子（化学）层次；三是化学能为信息、材料、能源等科学提供关键支撑；四是化学与环境，以及我们对化学应给予公正合理的评价。

一、化学与人类的生存、繁衍与健康

20世纪的化学取得了空前辉煌的成就。我国著名化学家徐光宪指出，1900年在Chemical Abstracts（CA）上登录的从天然产物中分离出来的和人工合成的已知化合物，只有55万种。经过45年翻了一番，到1945年达到110万种。再经过25年又翻一番，到1970年为236.7万种。以后新化合物增长的速度加快，每隔10年翻一番，到1999年12月31日已达2 340万种。也就是说在这100年中，化学合成和分离了2 285万种新化合物、新药物、新材料、新分子，来满足人类生活和高新技术发展的需要。

应《大学化学》期刊之约，我写了一篇有关化学与人类健康的文章，有些基本论点将是今天我们讨论的内容。我们生活的地球养活了远远超出其有限的耕地天然谷物产能可能供养的人口，这很大程度是依赖化学家创造的诸如合成肥料和防治病虫害农药的技术。获得诺贝尔化学奖的Haber建立的合成氨技术，作为20世纪一项里程碑式的发明，就是这方面有代表性的例子。除此之外，药物化学对人类健康也作出了许多贡献。从公元前400年希腊人有关咀嚼柳树皮止痛的记述，到1860年有机化学家从柳树皮中萃取获得水杨酸，人们找出了这个止痛的化合物。为了解决其口感不良等问题，1893年化学家推出了乙酰水杨酸。这个被命名为阿司匹林的合成抗炎镇痛药物和它的衍生物，至今仍在医院广泛应用。

20世纪人类的期望寿命大大延长，这在相当程度上得益于化学家一方面协助实现了诸如青霉素类抗生素的化工规模的批量生产，同时发明了大量合成药物。发现磺氨型药物获得诺贝尔生理学或医学奖的德国科学家Domagk的工作是一个重要的例子。有人估计，仅青霉素一个药物的使用便使人类的平均寿命延长了大约10年。化学家查明了青霉素的化学组成与结构。早期的青霉素发酵效率很低，得益于化学工程专家的介入，发展了大型液相通气搅拌式发酵罐，解决了无菌操作等系列难题，才从真正意义上实现了青霉素的大规模生产。

早期发现药物的过程基本上是一种随机筛选过程。化学家现在已主要采用药物设计的方法，设计合成具有期望的生物效应的化合物。一

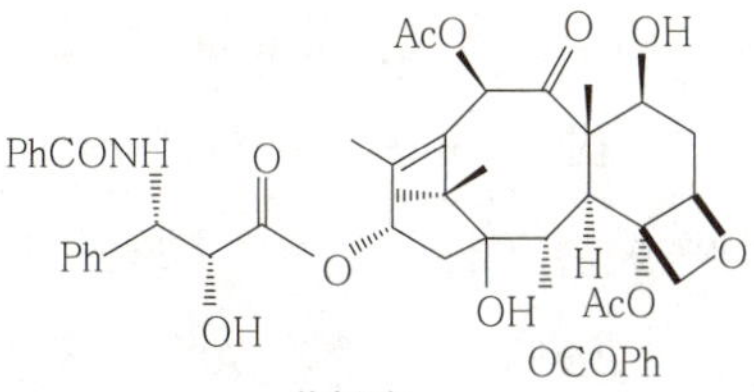
紫杉醇

图1 紫杉醇分子式

个从天然产物出发设计药物的例子是由紫杉树皮及针叶提取到全合成紫杉醇（Taxol），1971年报道了其结构[图1]。该化合物是抗乳腺癌和抗卵巢癌的药物。紫杉醇在红豆杉树皮中含量很低。表现出独特的抗癌机制。可以不用紫杉树皮，而用其针叶做原料合成。化学家实现了其全合成。因合成马钱子碱获诺贝尔奖的R.B.Woodward发展了一系列合成方法学，为合成许多新化合物打下了基础。天然产物合成化学进入Woodward所说的“艺术期”。曾经获得诺贝尔文学奖的英国著名作家Bernard Shaw说过的一段话，可以借用来描述化学家的创造性研究思维：“你看见了物质（事物），你会说‘为什么？’我梦想从不存在的物质（事物），我要说：‘为什么不？’”。

我这里再举两个西方与中国医药的光辉实例。这涉及人类与疟疾的抗争，借此谈谈从天然植物药物到现代化学药物的发展历程。

在座的各位同学可能已经淡忘了“疟疾”这个疾病。公元前2700年，中国的古典医书《黄帝内经》描述了疟疾的相关症状：发热、寒战、出汗退热等。公元前4世纪，疟疾广为希腊人所知，古希腊医者已记录了这种疾病的主要症状。公元3—4世纪，印度古代医学经典提出，疟疾的发热病症与某种昆虫的叮咬有关。疟疾的传播非常广泛，中国古代称之为“瘴气”，意大利语疟疾mal’aria的意思是“坏空气”（bad air），表明中西方对这种疾病有相似的认识。

人类对付疟疾的药物，分别源于两种植物——青蒿和金鸡纳树。我们先来寻从金鸡纳（cinchona）到合成奎宁的历史轨迹，它见证了西方科学家致力于解开植物治疟秘密的艰辛。17世纪时，据说有一个印第安人患疟疾病很重，因口渴在一个小池塘边喝了许多水后，觉得病情好了许多。这时他发现有许多树浸泡在池塘里，使水很苦。这个秘密传开以后，印第安人开始用这种树皮治疗疟疾。后来，传教士Juan Lopez知道了这种树的功效，治好了西班牙驻秘鲁总督夫人Cinchon伯爵夫人的疟疾。这个秘方在西班牙广为流传。这种树的树皮根据总督夫人的名字，被命名为辛可那或金鸡纳（Cinchona）。“金鸡纳”的故事说明中西医学在19世纪是如何分道扬镳的。

在这之前，虽然西医的解剖学、生理学已远远超前于中国，但单就治疗而言，西医并不比中医更有办法。18世纪著名的医学家William Cullen对于大部分疾病的治疗“毫不掩饰地悲观”。当时西方人掌握的有效治疗手段除了放血、催泻和催吐等以外，仍主要是像金鸡纳和洋地黄这些本草。而就本草药物而言，当时的西方医学并无可与李时珍1578年写成的《本草纲目》相比的学术著作。因此，“金鸡纳”与疟疾的科学研究，可以说是当年西方医学科学发展的缩影。

1826年，法国化学家Pierre Pelletier和Joseph Caventou从金鸡纳树皮中提取出奎宁，于是奎宁被世界各国普遍采用于治疗疟疾。奎宁为重要的抗疟药，能消灭各种疟原虫的裂殖体，而终止疟疾的发作。1907年，德国化学家推导出奎宁的化学结构式。1945年，美国化学家Woodward和其学生Doering合作，首次人工合成了奎宁。于是，化学、药物学和病理学的发现，使原始的“金鸡纳”进化为现代医药。

到20世纪引发疟疾的疟原虫已产生了抗药性。20世纪60年代初，疟疾肆虐东南亚，疫情难以控制。科学家们开始寻找对付这种疾病的新药。20世纪60年代初越南战争中的美越两军深受疟疾之害，减员严重，是否拥有抗疟特效药，成为影响战争胜负的关键。美国投入巨额资金，筛选上万种化合物，但没有找到理想的药物。越南则求助于中国。1967年5月23日，一个旨在援外备战的“五・二三项目”启动了。这是一个集中全国科技力量联合研发抗疟新药的大项目，它导致了著名的青蒿素的发现。

如果追溯历史，中国的青蒿比西方的金鸡纳要早得多。青蒿[图2]在中国民间又称作臭蒿和苦蒿，属菊科一年生草本植物。《诗经》中的诗篇中，“呦呦鹿鸣，食野之蒿”，蒿所指之物即为青蒿。中国先秦医方书《五十二病方》（公元前2世纪）已经对植物青蒿有所记载；公元

图2　青蒿

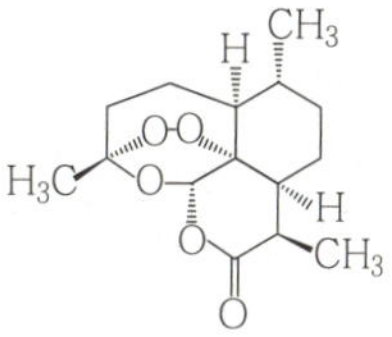

图3　青蒿素的结构图

前340年，东晋的葛洪在其撰写的中医方剂《肘后备急方》一书中，首次描述了青蒿的退热功能；明代药学家李时珍的《本草纲目》则说它能“治疟疾寒热”。

从青蒿到青蒿素的发展，见证了中国科学家致力于解开植物治疟秘密的艰辛。我国著名的药学家屠呦呦在制取青蒿提取物方面取得了突破。我国的科研人员已经筛选了上万种抗疟疾的化合物和中草药，但都没有特别满意的结果。屠呦呦决定从系统整理历代医籍开始研究，但在最初的实验中，青蒿的效果并不理想。她注意到《肘后备急方·治寒热诸疟方》中的几句话：“青蒿一握，以水二升渍，绞取汁，尽服之。”她怀疑使用常规中药煎熬法破坏了有效的化合物，她用沸点较低的乙醚在较低温度下制取青蒿提取物。1971年10月4日，她在实验室中观察到这种提取物对疟原虫的抑制率达到了100%。1972年3月，屠呦呦在南京召开的“五二三项目”工作会议上报告了实验结果；1973年，青蒿结晶的抗疟功效在云南地区得到证实，“五二三项目”办公室于是决定：将青蒿结晶物命名为青蒿素，作为新药进行研发。后来，周维善小组最终测定出青蒿素的结构，发现这是一个罕见的含有过氧基团的倍半萜内酯结构[图3]，而且这个药物的分子中不含氮，从而突破了60多年来西方学者有关抗疟化学结构不含氮（原子）就无效的观念。青蒿素的结构被写进中国有机化学合成的教科书中，奠定了今后所有青蒿素及其衍生药物合成的基础。随后，人们又合成了一系列现已作为正式抗疟药物的青蒿素的衍生物。如今，世界卫生组织（World Health Organization，

WHO）推荐以青蒿素为基础的联合疗法。因为疟疾是最严重的传染病之一，全球每年有上亿感染者，死者以百万计。从20世纪60年代初发生的抗药性疟疾已扩散至全球，致使原有抗疟药失去效用。我国研制的青蒿素类抗疟药被WHO列入国际药典。世界卫生组织向恶性疟疾流行的所有国家推荐以青蒿素为基础的联合疗法。

人们也由此探索出药物设计的新思路，即借化学从中草药中寻找先导化合物。多年来，我们发展以仿制为主的现代西药制药业，基本上没有形成多少自己的知识产权。现今创新研制新西药又需高如天文数字的成本，使人们把目光投向了从中药中寻找先导化合物的新药设计思路上，试图借民间的长期经验来降低因大规模筛选效率太低造成的高成本。这是很适合我国国情的新药设计与合成途径。中国科学院提出的《人口健康领域科技战略发展路线图，规划2011—2030年基本建成现代生命科学与中国传统医学融合的系统生物医学体系，提出在重视和努力发展化学合成新药的同时，要充分挖掘和发挥中医药的特色和优势，并应用生命科学和其他现代学科的新方法和新技术，研究中药的物质基础和治病机制，发展融合中西医药学的疾病预防模式。

化学能为中医药现代化作出重要贡献。中医药是中华民族的重要文化遗产，也是世界医药学的重要组成部分。在西方医药学传播到中国之前，我国人民依靠它防治疾病，中华民族得以繁衍昌盛。在不同国家的传统医学中，中医药无论从自身理论的独立完整性、中药资源之丰富、医疗实践历史之长久与患者数量之众多、中医药完整保留至今与现代主流医学并存、近60年中西医相互结合疗效与经验的积累等方面来评判，都处在其他国家传统医学无可比拟的地位。《国家中长期科学和技术发展规划纲要》（2006—2020）明确提出“加强中医药继承和创新，推进中医药现代化和国际化”。

如今，我们的中药产业发展遇到了挑战。虽然我国中药产业的发展遇到了难得的机遇，但是也面临一系列严峻挑战。一是“洋中药”抢滩占领国际、国内市场。据一项较早的统计，国际中成药市场中，日本产品占80%，韩国产品占10%，其他国家产品占7%，而中国产品只占3%左右。国内市场方面，我国每年从日本、韩国、东南亚、西欧国家进口上亿美元“洋中药”。目前，我国中药研发和产业化过程中，还存在诸如中药药效物质基础、药理作用等基础研究薄弱，生产工艺技术落后，工程化水平低，过程装备现代化程度低，中药剂型落后，制药过程缺乏国际认可的标准规范控制，产品质量稳定性较差等问题。这些问题的存在，难以使我国的中药产业实现“大品种”“大企业”“大市场”，也无法形成以“现代化”和“高技术”为特征的具有国际竞争力的中药产品。面对上述机遇和挑战，中药现代化势在必行。

那么，怎么应对这样的挑战，又怎么实现中药现代化呢？我认为关键之一便是加强化学与中药的质量检验及过程控制。中药为什么能有疗效？其物质基础就是它的化学组成与结构。在中药的质量检验与过程控制方面，要运用以化学计量学为基础的色谱指纹图谱这些能得到国际上认同的有效办法。中医药的国际化不仅是经济发展的需要，它将造福于世界人民的健康事业，中医走向世界也必将进一步提升其疗效水平。如果我们不能实现真正意义上的化学与生物品质严格可重复的检验，中药在国际市场的竞争力恐怕难以提升，或者根本就走不出国门。显然，化学包括化学工程能为中医药的现代化并造福人民健康作出很多贡献。

二、生命科学进入分子（化学）层次

如今，人们普遍认为21世纪是生命化学的黄金时代，而为它奠基的则是20世纪发展起来的分子生物学。

1953年，在英国出版的*Nature*（《自然》）上，刊登了一篇不足1000个词的小论文——当时年仅25岁的美国生物化学家Watson和英国物理学家Crick共同撰写的《核酸的分子结构》（*MOLECULAR STRUCTURE OF NUCLEIC ACIDS*）。这篇论文提出了今天已广为人知的脱氧核糖核酸（deoxyribonucleic acid，DNA）结构的双螺旋模型，由于这个模型合理地阐明了遗传物质——基因的特征，使得这篇900多字的论文在全世界产生了巨大的影响力。就生物学而言，在分子水平上发现DNA的双螺旋结构，其意义十分重大，他俩与Wilkins也因此而获得了1962年诺

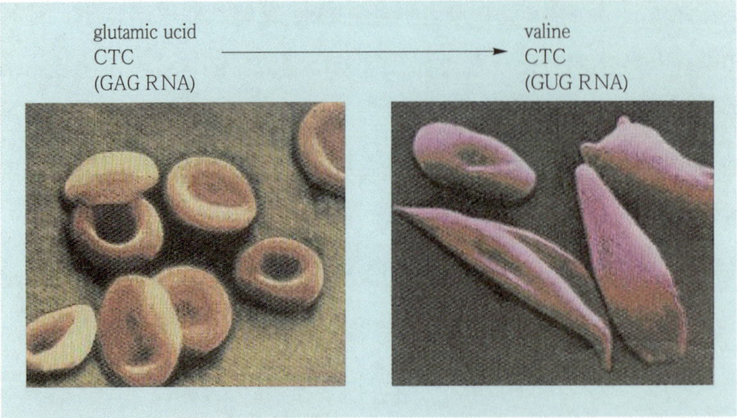

图4　正常细胞变镰状细胞

贝尔生理学或医学奖。

如今，生物学正日益变成化学（分子）科学，化学正日益变成生命科学。这方面的例子可谓比比皆是，我先谈谈“分子病”镰状细胞贫血症。

分子生物学与经典遗传学结合为“分子遗传学”。第一个从化学上即在分子水平上阐明病因的遗传疾病是镰状细胞贫血症。这一疾病的发病原因是β基因发生单一碱基突变，正常β基因第6个密码子是编译谷氨酸的GAG，突变成了编译缬氨酸的GTG[图4]。

因为从分子水平上查明了这个病的病因，两次获诺贝尔奖的化学家Pauling称这个病为“分子病”。像这类遗传病，对人类健康的威胁十分严重。如果考察我国遗传病的现状，可以看到我国不同程度的遗传病携带者占总人口比例20%~25%，其中新生儿先天性遗传缺陷约为1.3%，而每年仅染色体畸变一项造成自发流产几十万例。由此带来沉重的经济负担，国家和家庭为遗传病患儿治疗承担了巨额费用；也引发人口素质的隐患，每年十几万遗传病患儿严重影响我国人口素质。

我们再看与遗传病密切相关的核酸点突变。所谓核酸点突变，是指核酸序列中单个核苷酸发生插入、缺失或改变为其他核苷酸。对人类基因组的单核苷酸多态性（Single Nucleotide Polymorphisms，SNPs）进行研究，具有非常重要的意义。这不仅便利我们进一步研究人类的起源、进化和群体遗传学特征，而且为多基因病和复杂性疾病如人类肿瘤、糖尿病、心血管疾病、自身免疫性疾病、精神病、老年性痴呆等相关基因的研究和药物遗传学的研究，提供了科学基础和先进手段。

在现代分析化学中，电分析化学方法是一种比较易于推广应用的方法，我们通过电极界面杂交，采用末端修饰巯基的DNA链在金电极上的自组装，实现捕获探针在压电石英晶振金电极表面的固定。捕获探针与目标基因突变位一侧互补，由于核酸链上的氮原子也能够与金直接作用，从而引起核酸链在金电极表面的倒伏。将固定了捕获探针的电极置入巯基丙酸溶液中，可以消除核酸链在金电极表面的倒伏，同时也可以减少后续实验中核酸的非特异吸附。通过基于邻近表面杂交、基于缺口—连接反应原理及固相表面杂交的电化学检测SNP技术，可以对例如β-地贫血清样进行分析。

对于与基因倒位（即同源DNA序列重组时，染色体断裂后某一区段发生颠倒后愈合，基因排列顺序发生部分倒转）、动态突变（指三核苷酸串联重复，如（CGG）n、（CAG）n，在遗传过程中拷贝数明显增加）等关联的遗传病进行分子诊断，是分析化学的前沿领域。由于大多数遗传病无有效治疗方法，因此人群筛查和产前诊断干预是首选预防措施。现有遗传病的诊断方法，如以蛋白质检测为主的血液学方法，其缺点是灵敏度低、假阴性率高；以基因检测为主的分子生物学方法，其主流技术包括qPCR、DNA芯片、凝胶电泳等，其缺点是成本高、费时、操作复杂、假阳性率高。相比之下，快速、简便、可靠和高通量的分子诊断新技术，是遗传病防治发展趋势。

分子病理学阐明遗传病的多种核酸序列变化标志物：核酸点突变、核酸甲基化、核酸片段拷贝数变化、基因倒位、动态突变，等等，而这些分子标志物也与癌症、糖尿病、心血管疾病等重大疾病密切相关。因此，以遗传病相关分子标志物为模型，发展分子诊断的分析化学新原理、新方法，有助于了解重大疾病发生与发展机制、建立有效诊治方法，是当前分析化学发展的重要方向。

人类基因组计划的完成，使生命科学迎来了以“组学”等生命大科学理念为标志的后基因组时代。这些“组学”方法的化学内涵是十分突出的。如蛋白质组学技术，它使用的基本手段——质谱方法是现代分析化学的核心技术。构建定量蛋白质组学技术平台，需建立由高分辨质谱、多维毛细管液相色谱、高效稳定同位素标记和无标记技术、低丰度蛋白质（肽）富集等一系列基础分析与分离手段，以完成蛋白质定量分析并解决关键性生物学问题。

另一方面，系统研究新陈代谢过程中代谢产物和内源代谢物质的种类、数量及变化规律的代谢组学技术，则能阐明蛋白质代谢途径和调控网络、探寻疾病分子标志物和诊断方法、深入揭示代谢性疾病的分子调控网络。开展代谢物指纹分析并确定相关化合物的结构，需建立识别不同化合物的分析方法。代谢模式分析要求建立大规模、高通量和并行化检测平台。

除通过超高效液相色谱、气相色谱与高分辨质谱结合的平台作小分子分离鉴定外，超高场核磁共振谱和质谱——核磁共振联用方法的应用亦已提上日程，以提升平台的鉴定、分离能力和分析检测规模。分析化学家发展的化学计量学方法在蛋白质组学信息处理及复杂混合体系中大量代谢物组成信息分析和建模方面将得到重要的应用。显然，后基因组时代的生命科学研究，不但在分子水平基本概念上，而且在方法学上也正从化学科学吸取丰富的营养。

三、化学能为信息、材料、能源等科学提供关键支撑

我接下来谈第三个话题，即化学能为信息、材料、能源等科学提供关键支撑。我们首先看看化学与计算机信息技术的关系。

大家知道，世界上第一台计算器诞生于1946年，1分钟能完成上千次的计算。但这台计算机重达30吨，整整装满一小间体育馆。内装1.8万支真空管消耗电力极多，因此一旦开动就使得整个城市（费城）的灯光都立刻变得昏暗。后来，随着高纯硅族元素与半导体化学研究等方面的成果发展，出现了半导体晶体管。之后又出现以化学过程为基础的光刻技术，集成电路板将多个晶体管构成的整个电路集中到一小块硅芯片上。20世纪70年代，人们已经能把一整套计算机中央处理机做成一块

芯片（微处理器）。如今我们熟知的“硅谷”，实际上就是源于化学元素硅的科学园区。

另一方面，现代化学材料为计算机存储音乐、图像提供了条件。除了传统的无机化学材料提供磁带、磁盘等磁性存储材料之外，20世纪70年代进一步发展为以化学感光记录层为基础的光盘存储技术，以及采用光致变色聚合物作光盘记录层的能反复使用的可擦洗的光盘。光刻蚀技术已接近器件小型化的自然极限，下一步则是能否用有机固体材料作分子器件。以无机半导体晶体为材料基础的固体电子学，经历了几十年的发展，形成了当今的繁荣局面。

超大规模集成电路的卓越成就，已使电子器件的尺寸进入微米和亚微米量级，但也面临着一些难题，如目前使用的光刻蚀技术已接近器件小型化的自然极限。针对这些问题，科学家提出了在一个有机分子区域内实现对电子运动的控制，利用基于有机固体的材料来构造有特殊功能的器件。通常这类器件被称之为分子器件，它很可能成为21世纪的新型器件。近年来研究结果表明，基于有机固体的功能材料的基本性质往往与生物体系中神经传递、脑的记忆及信息、处理等有关。因此，有机固体的研究可能会有助于阐明生物体系中的能量传递和信息处理的机理。

分子计算机是在化学家参与下可能出现的新突破。除了在设计概念上分子计算机不同于通常的计算机外，在信息载流子、体系的技术和组装等方面也存在着差异。分子计算机是以分子电路为基础的计算机，分子电路是分子导线、分子开关、分子电子回路或网络的组合体。分子模型体系的各个单元的光谱性质已经广泛地研究过，理论计算已完全肯定了这个概念。这是化学可能为信息科学作出新的里程碑式的贡献的一个方面。

化学不仅能为信息科学作出里程碑式的新贡献，也能为材料科学提供新的发展机遇。

大家应该经常听到“高分子化合物材料”这类概念。所谓高分子（又称聚合物）是材料的一大门类，是化学工业的重要终端产品，其应用领域涉及建筑、交通、机械、农业、电气与电子、信息产品、纺织、包装、日用品、航空航天及国防等，覆盖了几乎所有传统产业和现代高技术产业，已成为现代社会生活中衣、食、住、行、用各个方面不可缺少的材料。

如今，高分子产品在现代社会生活中得到了最广泛的应用。全球一年生产上亿吨塑料。各种高分子产品的广泛应用，已经对世界经济产生了巨大影响。高分子化工的产值，已占整个石油化工产值的大头。迄今，世界高分子的体积产量，已远远超过钢铁和其他有色金属之和。

高分子材料的发展史虽只有几十年，但其发展速度远远快于金属和无机材料。究其原因，是高分子的结构具有几乎无穷变化的可能性，其赋予材料性能的潜力远胜于其他物质。譬如，在“衣”方面，没有尼龙、聚酯、人造羊毛等大量合成纤维的生产，很难顺利解决人类的穿衣问题；在“住”方面，没有许多高性能、高强度及低自重的合成建筑材料，难以修建价格低廉、性能优良的各项建筑。在“行”方面，没有石油的开采及加工成有优良燃烧性能的各项产品从而便利交通，很难使人类在较短时间内到达世界各地。除了上述两方面的广阔前景，化学还可为现代社会最紧迫的能源问题提供新的解决途径。

如今，全球都必须面临和正视能源问题，必须思考化石燃料用完了怎么办。因为化石燃料是不可再生能源，用完就没有了。这不像可再生能源，譬如太阳能、风能、水电、地热和生物质，以及包括裂变和聚变而产生的核能，等等。在这些新能源的拓展方面，化学同样大有作为。

我们先看太阳能的拓展，这里主要谈谈太阳能光伏电池与太阳光化学电池。化学家创造了包括单晶硅、非晶硅、砷化镓、铜铟硒、碲化镉、磷化铟等品种繁多的太阳能电池，它们各具有不同的特别性能，为人类解决能源问题提供了各种探索途径。

与此不同，太阳光化学电池是利用光化学反应的能量转换可将太阳能转换为化学能，它主要有光合作用和光化学作用（如光分解水制氢）这样两种方法。所谓光合作用，是将太阳能变成植物化学能加以利用。人类赖以生存的粮食就是由太阳能和生物的光合作用生成的。光合作用实际上是指二氧化碳与水反应生成碳水化合物并放出氧的反应。生成的碳水化合物维持着生命活动所需的能量。所谓光化学分解水制氢，则是一种将太阳能转化成能够储存的化学能的方法。由于氢是一种理想的高能物质，地球上水的资源又极为丰富，所以光化学分解水制氢技术对利用氢能源来说具有十分重要的意义。

由于太阳光不能直接分解水，需要借助有效的光催化剂才能实现光分解水制氢。化学家发现二氧化钛（TiO_2）是一种良好的光催化剂。日本学者在研究半导体氧化物对光的反应时，第一次发现了二氧化钛的光催化效应。在一定条件下，二氧化钛单晶在光的照射下能将水分解成氧气和氢气，这意味着太阳能可光解水，制取氢燃料。当时在世界正面临石油危机之际，太阳能光化学转换研究成为一个十分诱人的战略课题。采用纳米二氧化钛的太阳光化学电池又称为纳米电池，其工作原理像具有绿色植物的光合作用，因而被认作起“人造树叶”作用的分子电子器件，始终是化学家研究的热点。化学家还发现了许多其他可能使用的光催化剂。虽然因为效率及稳定性等多方面的原因，将太阳能转化为化学能或电能的研究一直未能取得突破性的进展，但这个研究方向对解决清洁能源仍是十分重要的。

生物质是另一类可再生能源。生物质是指由植物或动物生命体而衍生得到的物质的总称，可以看做是植物通过光合作用将太阳能储存下来的一种物质形式。若将每年植物以碳水化合物形式储存下来的能量折算为电能，将远高于目前世界年人均能耗。通过合适的方法把这些存储的太阳能转化为可以直接利用的燃料能源，是未来解决能源危机的一个重要途径。地球上植物生物质存量十分庞大，而且年年再生，是一种取之不尽用之不竭的能源。这方面涉及的关键技术很多都是化学问题，人们寄希望于化学家为这方面研究作出重大贡献。

长期处于实际应用的是一些常见的化学电源。后者将物质化学反应所产生的能量直接转化成电能，化学电源包括原电池、蓄电池、储备电池和燃料电池等。无污染的蓄电池技术受到特别关注，它是一种值得推广的以化学方法储存电能的装置，当电池中发生某种化学变化时电流产生。当产生电流的化学物质用完后，电池电量耗尽，但它可以重新充电。电流被再次通入电池可逆转化学变化并使化学物质得以再生，所以它们能重新产生电流。从铅酸电池、镍／镉电池、镍／铁电池到镍／氢电池和锂（离子和高分子）电池，电化学家经历了漫长的研究与探索。目前用于手机、手提电脑、电动自行车等用途的化学电源已得到较好的解决，但要解决汽车动力完全不依赖化石能源的问题还存在一定的困难。我们需要有一种电池，它能容纳足够的电量使汽车行驶几百千米，能在一种专门为电池充电建立的“加油站”在很短的时间内充电并继续上路。电池的成本、使用寿命、自重等指标目前还不尽如人意，但化学家有信心能解决这些问题。在这方面，化学家还设想出很多其他方案，其中比较重要的如氢/氧燃料电池、使用储氢材料与质子交换膜的氢能应用技术，但要达到实用的水平难度较大。有些应用是不计成本代价的，例如航天登月飞行，反而可能先行解决。

化学能还从节能的角度为解决能源难题作贡献，节能电光源是一个很好的例子。化学家研制的新材料为替代白炽灯提供了许多新选择，诸如各种新型荧光灯、高压钠灯、金属卤化物灯、微波硫灯、发光二极管和半导体照明灯等。有计算表明，如果在中国大城市的夜景灯都采用氮化镓LED芯片等高效照明节能技术，省电的幅度将相当于三峡的发电量。

四、化学与环境，对化学应给予公正合理的评价

如今，人们对化学产生的一种偏见，是认为化学加速了人类环境污染的步伐。这里涉及的问题便是化学与环境的关系，但我们必须澄清一些被人们想当然的误解和偏见，以便对化学这一学科给予公正合理的评价。

在这里，我先谈一个涉及养活与保护人类的化学问题：我们能否通过化学方法控制虫害病害而不危害生态呢？

历史上，防治病虫害农药的技术，协助养活了远远超出地球有限耕地天然谷物产能可能供养的人口。人类不得不控制那些破坏人类食物来源或会带来疾病的虫类。1874年化学家合成的DDT，在随后的60多年后发现其分子中的三氯甲基能有选择地毒杀虫类，但不会杀死其他动

物。用它控制蚊虫，果然使在热带流行的疟疾大大减少。但DDT能聚积在某些鸟类体内，使其胚胎不能存活而影响生态平衡。在许多国家DDT已被禁用，而疟疾在热带国家又见增多。

如何有选择地控制害虫而不致毒害人类及其他无害的动物？化学家一直在寻找高效、低毒、对环境影响小的农药。不少新合成的农药毒性已降低到环境能容忍的水平。但是，既然是用毒素杀灭虫类，其毒性要低到什么水平才算合格？其实，流行病学研究表明，人们日常食用的蔬菜中自身就可能含有天然毒素，只是含量都比较低。这说明并不是只有化学家想到用毒素对付害虫。植物本身就天然具有产生毒素来驱赶害虫和病菌的功能。

一种农药在进入市场之前，要进行全面环境安全性评价，包括严格的毒理学试验、药效和药害研究、残留研究等。中国湖南产的呋喃丹被欧洲酒商作为农药，用于一种名酒的原料葡萄种植。湖南产商建议用3%制剂，而欧洲用户实际用10%制剂除虫，并认为农药用量偏低不能保证国际一流的葡萄酒品质。他们确信按合理规程施放农药，能保证葡萄及酒品不出现农药残留问题。一般说来，农药残留的出现，往往与滥用及违反施药规程有关。

化学家还探索利用虫类本身为了交配释放的特别化学物质作为农药。雌虫借释放这种物质发出化学密码信号来引诱同类的雄虫，非同类昆虫则不被引诱。分析化学家能解析这类物质的化学组成与结构，有机化学家能合成这些物质，用这些物质可设计带有雌性害虫化学密码的罗网吸引和捕捉雄虫。有时只需用这种物质放出化学密码，就能使害虫陷入混乱，终止其交配繁殖。用这种办法除虫，实际上不会使农作物接触任何毒素。

关于化学与人类文明的另一负面例子，是人们通常谈到的冰箱和空调器的代价。的确，文明发展导致不良副作用的最惊人的例子，可能涉及的就是冰箱和空调器。早期冰箱用氨或二氧化硫作制冷剂。这些危险气体如泄漏可能造成人员伤害。在这种条件下，人们仍确信发展制冷技术是人类过现代文明健康生活的需求，很少有人指责发展制冷技术危害人类健康。经过大量研究，化学家终于找到对生物真正无害的氯氟烃

（chlorofluorocarbon，CFC）作为制冷剂。但后来化学家又发现，高能量紫外线能将CFC裂解释放出氯原子破坏臭氧层。在高空层中臭氧吸收太阳光中的高能量紫外线，使人类免于皮肤癌等危害。臭氧这个在地面上能产生烟雾的有害物质，在高空层中却保护着人类。CFC破坏了臭氧层，危及人类健康。通过化学的研究，人们发现破坏臭氧层的，是氟利昂之类的化学物质。但是破坏臭氧层的化学物质并非只有氟利昂，而且影响臭氧层的也并非都是化学品。反而是靠化学，解决了臭氧层的形成和破坏的机理，才找到了保护臭氧层的途径。

Molina、Rowland和Crutzen就是因为他们在研究大气层化学，特别是臭氧层的形成和破坏方面所取得的成果，获得了 1997 年诺贝尔化学奖。化学家又找到新的化学品作为制冷剂，而且找寻更理想的代用品的工作还在进展之中。这个例子说明，正是化学本身在努力揭示一些可能影响人类健康的事物的化学原理，把化学当做影响人类健康的负面因素甚至是对立面的观点，显然是不公正的。

针对化工生产及与化学过程相关的产业，化学家提出了绿色化学（又称环境无害化学）的概念，发展环境友好或洁净技术。倡导化学反应采用无毒、无害的原料，在无毒无害的条件下进行反应，具有“原子经济性”、极少副产品、甚至实现“零排放”，而最终产品当然应是环境友好的。

绿色化学的目标要求保证，服务于人类的化学化工过程，不会对人类的健康及生存环境造成危害。绿色化学可以看做是进入成熟期的更高层次的化学。在这方面，我们还应努力推进仿生化学。

大家知道，哈宝法合成氨是人类的重大发明，但20世纪初哈宝就已认识到，天然的固氮菌能比人做得更好，因为它能在常温常压下做人类只能在高温高压下才能做的事情。仿生化学就是要向生命过程学习，向固氮菌求教。另一个例子则是我身边的事。我所在的单位湖南大学，有一位化学化工学院教授郭灿城先生，他研究的环已烷氧化为环已酮的新工艺，是采用铁卟啉作催化剂，模拟人血中的血红素，代替原用的钴化合物催化剂，其效果是温度降低、压力降低而产量提高，转化率高达90%以上。这一技术目前已在中石化岳阳巴陵分公司建成年产10万吨合成氨的车间试产，取得了巨大的经济效益，可见仿生化学与绿色化学相结合的广阔前景。

最后，我想简单总结一下讲座的主题。从我们并不系统的漫话中可以看到，化学为人类文明、健康和社会进步确实作出了重要的贡献。就以人类健康而言，人们正期望化学能为增进人类健康做更多的工作。另一方面，时下在化学与人类健康的关系问题上，却存在对化学的形形色色的各种误解。在一部分人心目中，化学被当做影响人类健康的负面因素甚至是对立面。这是我们应当予以说明和澄清的。

我们知道，唐朝有位著名的文学家刘禹锡，写过一篇传颂千古的名篇《陋室铭》，开篇就是“山不在高，有仙则名”。在我们今天的基础科学群中，化学这个山峰在这部分人心目中，当然算不上什么“高山”。但“山不在高，有仙则名”，我们曾提及的一些作出突出贡献的化学家，就是刘禹锡所称的“仙”。在化学史上有很多这样的大师级鸿儒，引领了化学发展的主流。然而，化学为一些现代科学分支作出的贡献，往往得不到这些科学分支的充分认同。有的研究人员从事的工作实质上属于化学学科范畴，却宁愿强调自己的工作是属于某种其他科学前沿。

不过，这些都不是重要的问题。仍以化学与人类健康的关系为例，将环境污染归罪于化学是一个较突出的问题，有人甚至将“远离污染”引申为“远离化学”的口号，似乎离开化学才能解决环境污染问题，离开化学人类才能生活得更好。面对这种对化学十分不公的现实，化学家需要理直气壮地向社会宣传，指出化学为人类文明进步作出的贡献，说明“远离化学”的论点远离而且背离了科学。仍引用刘禹锡的名篇《陋室铭》来说。这位受人排挤被贬居于窄小陋室的诗人，嘲笑羞辱他的不学无术之辈，理直气壮地宣言：“斯是陋室，唯吾德馨”，“谈笑有鸿儒，往来无白丁”，并发出强烈的宣告：“何陋之有？”我们从事化学研究，也应有这样的自信、自尊和自强之心。

面对由于不明情况或误解而不能善待化学的人们，化学家应有刘禹锡一样的胸怀。唐敬宗宝历二年（公元826），刘禹锡罢和州刺史任返洛阳，同时白居易从苏州归洛，两位诗人在扬州相逢。白居易在筵席上写了一首诗《醉赠刘二十八使君》，赠予这位被誉为“国手”的诗人，安慰他受人排挤“二十三年折太多”的处境。刘禹锡写下《酬乐天扬州初逢席上见赠》酬答，留下了“沉舟侧畔千帆过，病树前头万木春”的千古名句，面对逆境而泰然自比“沉舟”与“病树”，仍满怀激情地展望千帆竞发、万木逢春的未来。这也正是化学家展望的学科未来的发展愿景。另一首白居易给刘禹锡的诗也曾感怀老朋友一个个亡故，“长夜君先去，残年我几何。秋风满衫泪，泉下故人多”。而刘禹锡作为酬答的诗（《乐天见示伤微之、敦诗、晦叔三君子皆有深分因成是诗以寄》）则洋溢着乐观主义精神，写下了“芳林新叶催陈叶，流水前波让后波”的又一名句。这也正符合我们这些研究化学一辈子的人对青年学子的深切期望。我期望青年朋友们不要忽视化学知识的学习，让化学在实现你们的人生理想事业进程中，也作出应有的贡献！

探索脑的奥秘

——中国科学院院士、

脑科学家杨雄里先生讲座

（2010年9月22日）

院士简介

杨雄里

杨雄里院士，1941年10月生于上海。中国科学院院士（1991），发展中国家科学院（TWAS）院士（2006），国际学术杂志“Progress in Neurobiology”编委（2000— ），“辞海”副总主编（2000— ）。1963年上海科技大学生物系毕业。1980—1982年在日本进修期间获学术博士学位。1963—2000年在中国科学院上海生理研究所工作，1988—1999年任所长。1985—1987年先后在美国哈佛大学、贝勒医学院从事合作研究。复旦大学神经生物学研究所所长（2000—2010），脑科学研究院院长（2006—2008）。曾任《生理学报》主编（1988—2002），中国生理学会理事长（1998—2002），《中国神经科学杂志》主编（1998—2004），《中国科学》编委（1998—2010），国家重点基础研究规划（“973”项目）“脑功能和脑重大疾病的基础研究”首席科学家（1999—2004），“Journal of Physiological Sciences”顾问编委（2000—2010），亚太地区生理学联合会（FAOPS）秘书长（2006—2011）。

长期从事神经科学研究，专注于视网膜神经机制的研究，已发表学术论文230余篇，专著五本，译著多部。研究工作得到科技部、教育部、中国科学院、自然科学基金委、上海市科委等基金资助。曾作为 Principal Investigator（PI）和Co-PI分获美国国立健康研究院（NIH）和“国际人类前沿科学计划组织”（HFSPO）研究基金资助。1988年国家人事部授予“国家级有突出贡献的中青年科技专家”称号，1989年、1996年分获中国科学院自然科学一等、二等奖。1991年当选为上海市十大科技精英之一。2001年获何梁何利科技进步奖。2006年获教育部自然科学一等奖，上海市自然科学一等奖。

这里我要跟大家探讨的主题，是人类在探索大脑奥秘方面取得的成就，以及今后对神经系统和脑研究发展的展望。

一、人类对大脑奥秘探索的成就

我们为什么能看到东西、为什么能听到声音、为什么能学习记忆、为什么有思维、为什么有情感？这一切都源于我们有一个脑和神经系统[图1]。从广义上看，科学家把脑理解为中枢神经系统和周边神经系统的综合，所以讲脑的时候，谈到的不仅是中枢神经系统，颅壳中间这一部分，也包括周边的神经系统。狭义来讲，脑单指中枢神经系统。

我这里谈到的“脑”，就是指整个神经系统。我们不对中枢神经系统和周边神经系统做出一个划分。我们的中枢神经系统和周边神经系统，是自然界之中最复杂的系统。它的组成单元是所谓神经细胞，即神经元，总数大概是上千亿个。这样的数量相当于银河系中星星的总数。而这样上千亿个神经细胞，又通过彼此之间的特殊的连接点——突触——连接在一起，从而组成了完整的神经网络。这些突触的数量，竟多达10的14次方。由上千亿个神经细胞加上这些特殊的连接点所组成的神经网络，就构成了自然界最复杂的神经系统。

当今科学界有一个共识：揭示脑的奥秘是当代自然科学面临的最重大的挑战之一，其中蕴含着深邃的哲学意义，对社会发展有不可估量的

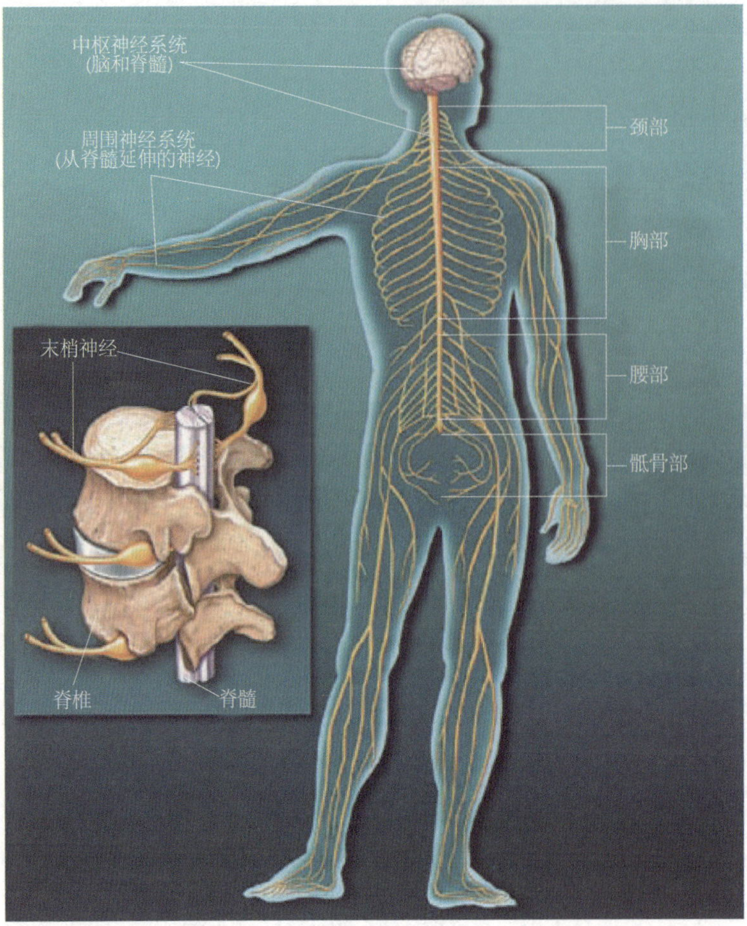

图1　脑和神经系统

影响。以下我将举出一些生动的实例，为这一共识提供佐证。

早在一百年以前，著名的西班牙科学家、神经系统研究的先驱者卡赫曾经说过："只要大脑的奥秘尚未大白于天下，宇宙将仍是一个谜。"(As the brain is a mystery, the universe will be also a mystery.) 他曾利用一种特殊的染色方法，对神经系统的几乎每一部分的细胞结构和细胞形态进行了细致的研究。由于取得杰出的研究成果，在1906年获得了诺贝尔生理学或医学奖。

那么，像这样复杂的神经系统，我们如何进行研究？我们知道，科学界常用的研究方法是，对于复杂的系统，首先研究单个单元的情况。

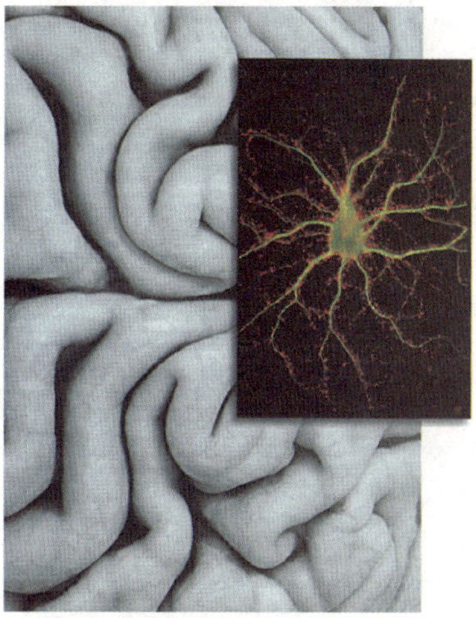

图2　脑皮层和神经细胞

比如我们要了解一台电视机是如何工作的，可先了解组成电视机的每个单元是如何工作的。这在物理学界很早就开始了。在神经系统的研究中，很长一段时间，我们都停留在系统这个层次，也就是说整个系统是如何工作的。

到20世纪60年代之后，由于细胞生物学和分子生物学的崛起，生物学家们自然地提出了这样的问题：应用细胞生物学和分子生物学提供的有力工具和技术，有没有可能对神经系统的功能和结构了解得更加深刻？现代神经科学发展的主要趋势，就是在细胞和分子层次阐明脑和神经系统活动的本质。这样一个趋势可以用图2来形象地说明[图2]。图2的背景是脑皮层的图片，代表我们整个运行系统。背景前的另一幅图，则是单个神经细胞染色后得到的照片。我们对脑和神经系统功能的了解，现在已经从脑皮层推进到细胞和分子的领域。这幅图很形象地显示了两者之间的关系。

科学家们如何研究在细胞分子层次上的神经细胞的活动和工作呢？在座的同学都很熟悉脑电，那是神经细胞在活动时产生的生物电，于是我们可以通过记录脑电的方式，分析神经系统整体的活动。那么我们有没有可能研究单个神经细胞在受到刺激时的状况和产生的生物电呢？科学家们提出了这个问题，同时也用新的技术解决了它。

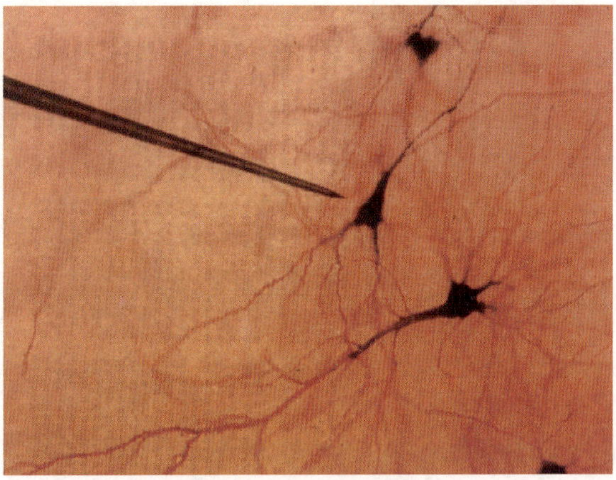
图3　用微电极记录神经细胞电活动

图3显示的是应用微电极对单个神经细胞作细胞内记录[图3]。在图片上，尖端只有0.1~1微米的微电极，正刺入一个细胞。微电极从制作上来讲是非常简单的，用一个中间空心的玻璃管，夹住两头用力向外拉，使其中间变得非常尖细，管内灌有一种电解质，这样就可以实现导电。如果这个电极插入到这个细胞里面以后，就可以记录到单个神经细胞内产生的生物电。这个图片显示的，就是一个电极正在刺入一个细胞。

接下来的图片则显示，当这个电极刺入到神经细胞之后，后者所产生的脉冲放电现象[图4]。当电极刺入到细胞之后，就发现这个细胞的内部相对于外部是一个负的电位，有60~70毫伏的负电位。当你给它一个刺激的时候，它的电位就变得不那么负了，用专业术语来讲就是“去极化”。去极化到达一定水平后，就会产生神经冲动。请各位注意，这个神经冲动的幅度是不变的，但是它的频率会随着强度而改变。在普通的情况下，刺激强度越强，神经冲动的频率越高，就好像是以一种调频的方式而不是调幅的方式，进行信息的传递。在看这个图像的时候，假如有一个微电极刺入视皮层的神经细胞中，那么就能通过微电极记录到一串脉冲。图像越亮，冲动的频率就越高。图4（b）显示的是神经冲动：一点点刺激，就有一点点去极化；刺激强度增强一点，去极化程度就增加；刺激强度再增强，去极化程度会更增加。去极化到一定程度就会突

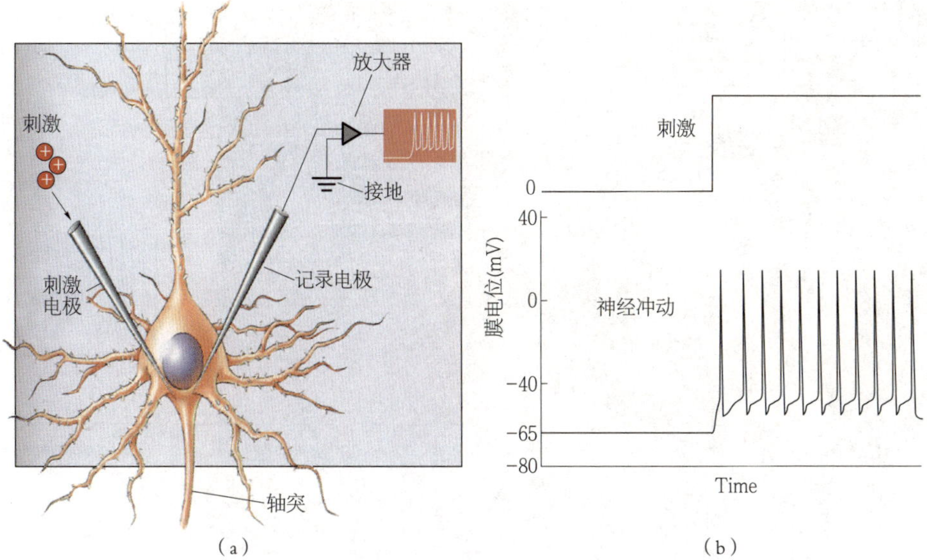

图4　神经细胞的脉冲放电

然出现神经冲动。

各位可能会问，我们的脑神经细胞有成千上万个，用这个尖端那么细的电极刺入到一个神经细胞中去，如何确定是什么样的神经细胞？我们知道，神经细胞和人一样，具有不同的形态。不同形态的细胞就有不同的功能，产生不同类型的生物电。所以科学家们自然就提出这样的问题：电极插入了单个神经细胞，记录到对某种刺激的特殊的生物电反应，就必须知道产生这种生物电的细胞形态。科学家们提出了这个问题，同时又发展了新的技术来回答这个问题。这就是所谓的细胞内染色技术。

神经细胞的胞内染色技术的原理其实很简单。我刚刚说过，在微电极里灌有一种电解质，要做细胞内染色的时候，我们在电解质中就预先充灌有某种特殊的染料——辣根过氧化物酶。用电极刺入一个细胞以后，就将微电极中间已经充好的染料灌入到细胞中去，然后通过特殊方法把细胞形状显示出来。图5就是我们实验室中记录到的一个视网膜水平细胞的染色图片[图5]，它具有神经细胞的典型形态特征：有短短的树状突起，又有一个长长的突起。科学家们一般认为，神经细胞通过树状突起或者说是树突，接受来自其他神经细胞的信息。经过神经细胞内部的信号处理，再通过这个长长的突起把信息传到其他细胞中去。通过这

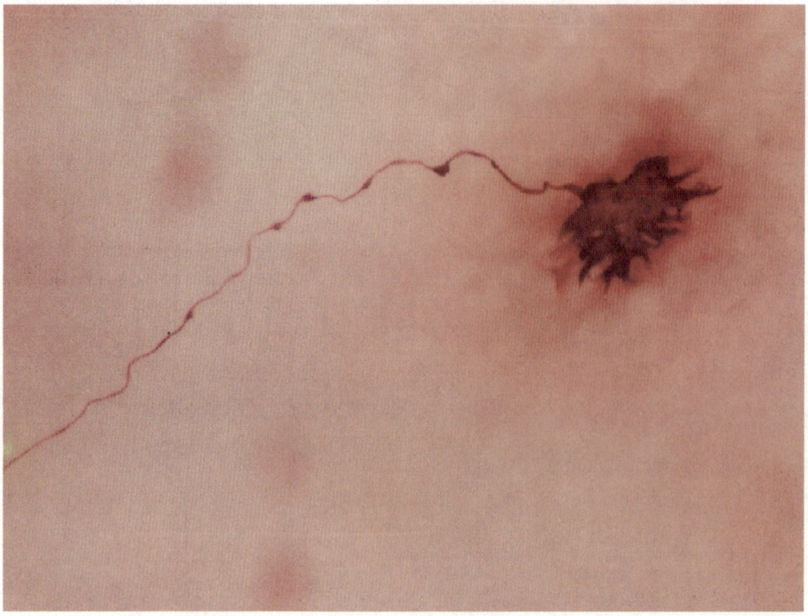

图5　视网膜神经细胞的胞内染色（辣根过氧化物酶）

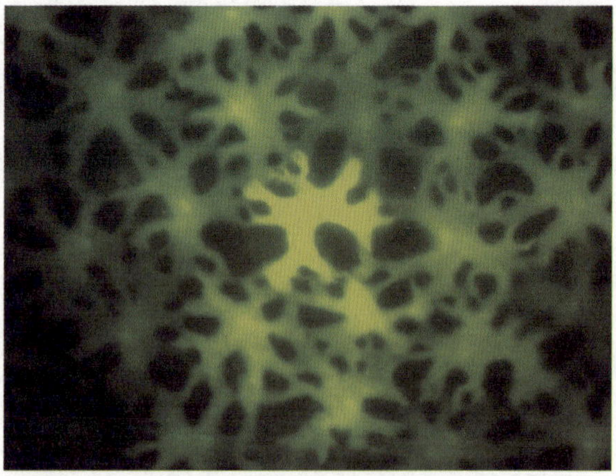

图6　神经细胞的荧光染色（荧光黄）

样的方法，我们就可了解具有什么形态特征的细胞会产生什么特征的生物电反应；同时可以了解我们所记录的单个神经细胞和周围神经细胞间的关系。

胞内染色还可以用另一种荧光染料——荧光黄。这种染料用蓝光照射时，会产生黄颜色，就可以把细胞显现出来[图6]。请各位注意，电极刺入这个细胞以后，用电脉的方式把荧光黄灌入这个细胞，但是被染料

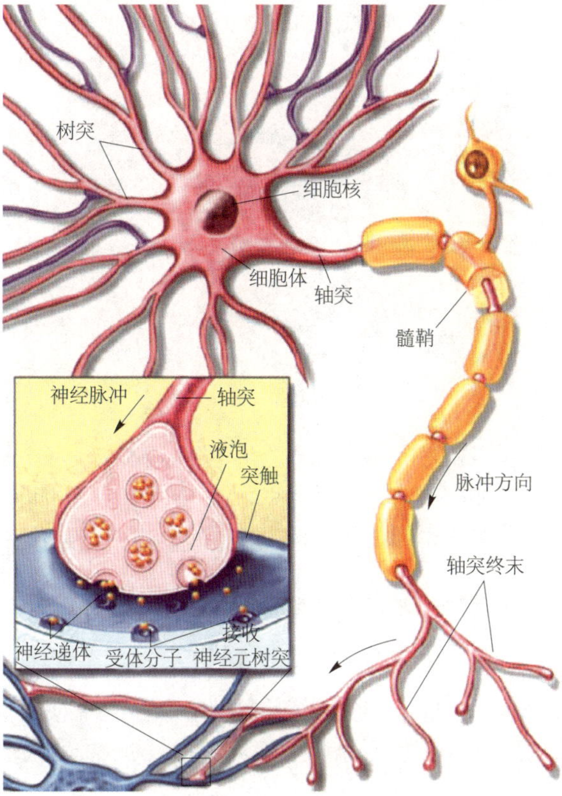

图7　神经元和突触

染色的并不局限于刺入的这个细胞，而是扩散到周围的许多神经细胞，在理想的状态下可以扩散到周围的近两百个细胞。而且这个细胞和周围被染上颜色的细胞，具有相类似的形状。这就类似于中国成语所说的“物以类聚、人以群分”。这种具有相同或者相似形状的细胞，通过特殊的连接结构而电耦合在一起。经过这种方法，即通过微电极刺入单个细胞进行染色的方法，就可以把一个神经细胞的功能、生理特征与形态关联起来。科学家们还可在神经系统的很多部分，比如视网膜、视皮层、管运动的小脑、管学习的海马区，了解细胞的形态和功能之间的关联。

我在最开始讲过，神经细胞并不是独立的，而是通过特殊的连接点组成的复杂的神经网络，这个特殊连接点就是突触，即经长长的轴突和第二个神经细胞树进行联系。如果把这个联系的部分放大，就可以用图7来表示：这是一个神经细胞和第二个神经细胞间的突触[图7]。从中

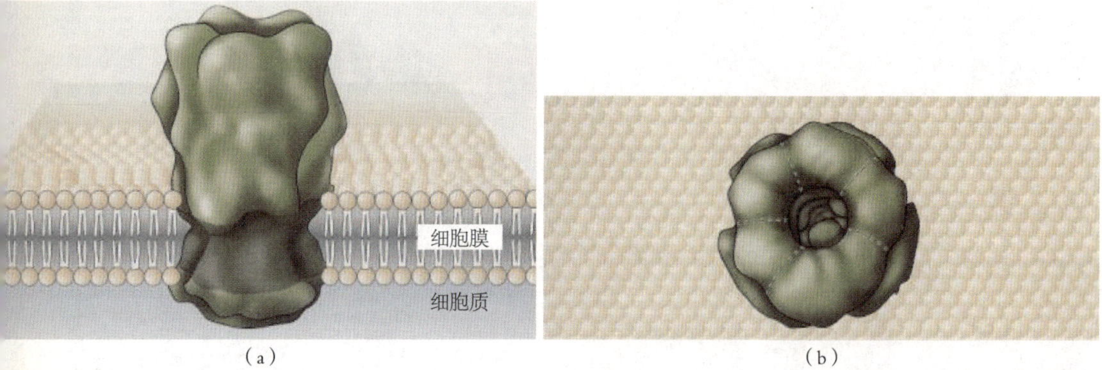

图8　离子通道的三维结构

部的小图可见，两个细胞之间并不是直接联系，而是中间有一个空隙。这个神经细胞产生的生物电不是直接流向第二个神经细胞，而是促使其神经末梢释放某种特殊的化学物质，也就是神经传递物质。通过这个神经传递物质，扩散到这个间隙（刚才所说的突触间隙）和第二个神经细胞上的特殊蛋白质（受体）结合起来，从而把信号从一个神经细胞传递到另一个神经细胞。这就好像无线电的发射机制，发射台有一个天线，但还需要一个接收台，才能完成整个无线电信号的传输。

在这个突触部分，是什么信号使得这些化学物质释放呢？这种释放的物质又如何跟后面的受体结合起来呢？这中间所发生的一些过程，科学家们已经有相当详细的了解。但是，我们还可以进一步追问，为什么神经细胞能兴奋？为什么皮肤细胞就不能兴奋？

神经细胞之所以能够兴奋，是因为在神经细胞的膜上面存在着一些对离子通透的通道，有时开放、有时关闭。我们知道，离子是带电荷的，由于开放和关闭的情况不一样，在细胞膜内和膜外的电荷分布情况就不一样，于是就产生了电位差。这就是为什么微电极刺入到神经细胞内之后，发现神经细胞内的电位是−70~−60毫伏的主要原因。一旦受到刺激后，这个离子通道便开放或者关闭，改变了细胞膜内和膜外的电位差，于是就产生了神经脉冲。

现在通过X射线衍射方法，人们对于离子通道结构已经比较清楚。图8就是一个离子通道的模式图[图8]。离子通道排列在和神经细胞膜垂直的角度。如果把这个膜旋转90° 就能发现离子通道是由几个小的亚

图9　在同一年龄段出现精神分裂症状的四胞胎

单位组成，中间形成小孔。这种孔道可以开放也可以关闭，这样就产生了神经细胞膜内外的电位差。

现在，人们不仅对神经细胞通道的结构有了相当的了解，科学家们也发明了新的技术，有可能在单个离子通道开放或者关闭的情况下，进行更深入的记录和探索。由于时间关系，我不做详细的解说。

目前有一项技术——膜片钳技术，研究离子通道电流，广泛应用于神经系统的研究。这种技术是由两位德国科学家共同发明的。他们在20世纪70年代后期发明了这种技术，并对很多通道进行了研究。因为这些贡献他们在1990年获得了诺贝尔奖。图8（b）显示的，就是在单个离子通道开放时产生的非常微小的电流变化的模式图。

科学家越来越深刻地认识到，遗传对神经系统功能的重要影响。我们知道，身体有许多特征都是受遗传的影响，人们最熟悉的是色盲的遗传。今天来做讲演之前，有一位同学说他是色弱，分辨颜色的能力不如别人，所以不能考工科。我们现在都知道，色盲或者色弱有一个相当明确的遗传规律，这在七八十年之前就已清楚。

但是现在科学家们发现，对于脑的高级复杂的功能，也有遗传的影响。例如四位可爱的四胞胎，她们在20~23岁间无一例外都出现了精神分裂的症状[图9]。如果说发病是完全偶然，那么这个概率几乎为零，但现在却发生在这四胞胎身上。这就说明遗传有巨大的影响，当然也不排除还有后天环境的影响。我们在强调某一个重要影响的时候不能走极端。我只是说遗传对我们神经系统的高级功能有重要的影响。一个人的表现，取决于遗传和后天因素的相互作用，而我现在想要强调的是遗传的因素。英国首相丘吉尔（Winston Churchill）是国际舞台上一个特别重要的政治家，大家都很熟悉。这样一位著名人物，却患有严重的抑郁症。他在日记中把抑郁症称为“黑狗”（black dog），他说“黑狗又来冲击我了”。他对这种情况有一个特别生动的描述，“在一列快车通过时，我不喜欢站在站台的边缘上……也不喜欢站在船舷边下望。转念间的行动会使一切告终。”（I don’t like standing near the edge of a platform when an express train is passing through……I don’t like to stand at the side of a ship and look down into the water. A second’s action would end everything.）如果这时候突然抑郁症来侵袭，他就会转念之间跳下，可见其抑郁症严重到了什么程度。正因为他是一个名人，所以神经学家对曾经是他先辈的一位公爵也进行了研究，结果发现这位公爵也患有严重的抑郁症。这就提示在抑郁症上也存在严重的遗传因素。但我还想强调，并不是说抑郁症完全就是遗传的。这是两回事。

现在分子遗传学的研究表明，家族性躁狂——抑郁症的基因缺陷，定位于11号染色体短臂上，这一区域正好是儿茶酚胺合成的限速酶——酪氨酸羟化酶的所在部位，而儿茶酚胺功能的异常与许多精神性疾病密切相关。儿茶酚胺是我们神经系统中间重要的传递物质，其分泌状况和许多精神疾病是息息相关的。

这样几个例子，基本可以反映科学家们在细胞和分子层次上探索脑和神经系统功能中所作的努力和成果。这样一种类型的研究，从哲学的观点来看是一种还原论。不管我们从事这方面研究的科学家是否意识到这一点，这样一种研究自然地作出假设，认为我们神经系统或者脑的功能，完全可以被细胞分子这个层面上发生的事件所解释。这样一种分析方法当然有一定的道理，但是我们一定要意识到，当不同的分子组成为不同的细胞之后，细胞所具有的功能就不再是单个分子所具有的特性的简单组合。当不同的神经细胞通过突触，最后连接成为一个神经网络之后，神经网络的功能和特性就不再是单个神经细胞的特性的累加，更不要说大群的神经细胞所组成的神经网络最后形成脑以后，虽然各种细胞和分子活动有各自的功能，但不能简单地用细胞和分子功能的累加来解释脑的功能。科学家们已经意识到这一点。这就形成了科学家们对神经系统研究的又一重要观点，那就是整合的观点，即不再单独、孤立地研究单个细胞或者单个分子，而是从整合的角度出发研究脑和神经系统。这是脑科学的另一个重要发展趋势。

二、脑科学研究的新成就

下面我给大家再显示在这方面科学家们做出的一些成就。

各位同学应该都很熟悉X射线断层扫描（CT）。在医疗上，如果一个患者反映某一个部位有异物，那么就用仪器来做断层扫描，可以检测在某一部位是否存在异物。这是在医学界经常被用到的手段。在细胞和分子水平上所进行的研究，通常都是在动物实验的模型上进行的，只有在很少的情况下才能把微电极刺入到一个人的大脑皮层中进行研究。在此之前，有一位加拿大的神经外科医生做过这样的实验：得到病人允许后，在进行神经脑外科手术的过程中，用微电极刺入单个神经细胞。这是一种很罕见的情况下才能做到的事情。那么，我们有没有可能在无创伤的情况下，分析脑在某一种刺激之下或者实施某种功能的情况下不同脑区的活动呢？正电子发射断层扫描（PET）技术可以在无创伤的情况之下，检测脑部不同区域的活动状况：如果活动最强烈，就用红颜色表示，其次就是黄颜色和绿颜色，蓝颜色表示几乎不活动[图10]。图10就是应用正电子发射断层扫描技术（PET）的脑剖面成像，图10（a）是正常老年人的活动状况，图10（b）是患有老年痴呆症的患者，两者的差别是显而易见的。2009年9月份，我在华中科技大学附属医院做了一次这样的检查，很幸运，我还像前面的正常老年人那样，所以我还可以拥有相对敏捷的思维继续工作几年。

除了这种技术以外，现在经常用于脑和神经系统高级功能研究的尖

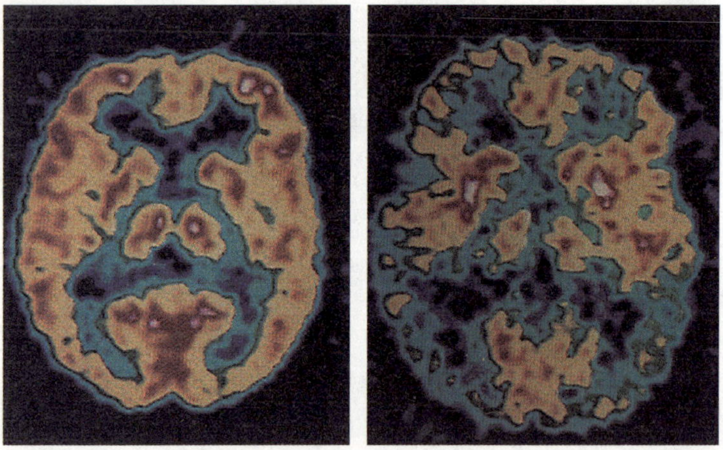

（a）　　　　　　　　　　　　　　　　（b）

图10　应用正电子发射断层扫描技术（PET）的脑剖面成像

端技术就是磁共振成像技术（MRI）。2004年的诺贝尔生理学或医学奖，很罕见地被授予了两位物理学家，这在诺贝尔奖的历史上是很少见的。一位是美国的保罗·劳特布尔，一位是英国的彼得·曼斯菲尔德，他们由于在磁共振成像技术原理研究中作出的重要贡献而获奖。

图11是关于脑在实施不同功能时的磁共振成像[图11]，红颜色代表神经细胞活动激烈的区域，黄颜色差一些，灰颜色代表极不活跃。这四幅图分别表现了看、听、说、想四种情况。看的时候，大脑的神经细胞在枕叶是活动的。听的时候，则是另一块区域在活动。说话的时候，是又一块区域在活动。这都是以前我们所知道的。当我想如何把这些事情讲给同学们听的时候，则是图11（d）所显示的情况：这么多的区域同时在活动。图11（d）在没有磁共振成像技术之前是不可能获得的。这也是仅由单支微电极刺入单个神经细胞、对单个神经细胞进行染色等方法所不可能提供的。

我再给各位举个例子。假定打牌时你手中有个梅花5，而你故意说没有这张牌，用磁共振成像技术探索就会发现，在你撒谎时，脑中有两个脑区的活动特别强烈[图12]。各位一定会说，这样的技术是不是可以用来测谎？是的，美国就已经用这个技术来测谎。但是目前这种技术的代价过于昂贵。我举这个例子无非是想说明，对于说谎这样一种脑的高级

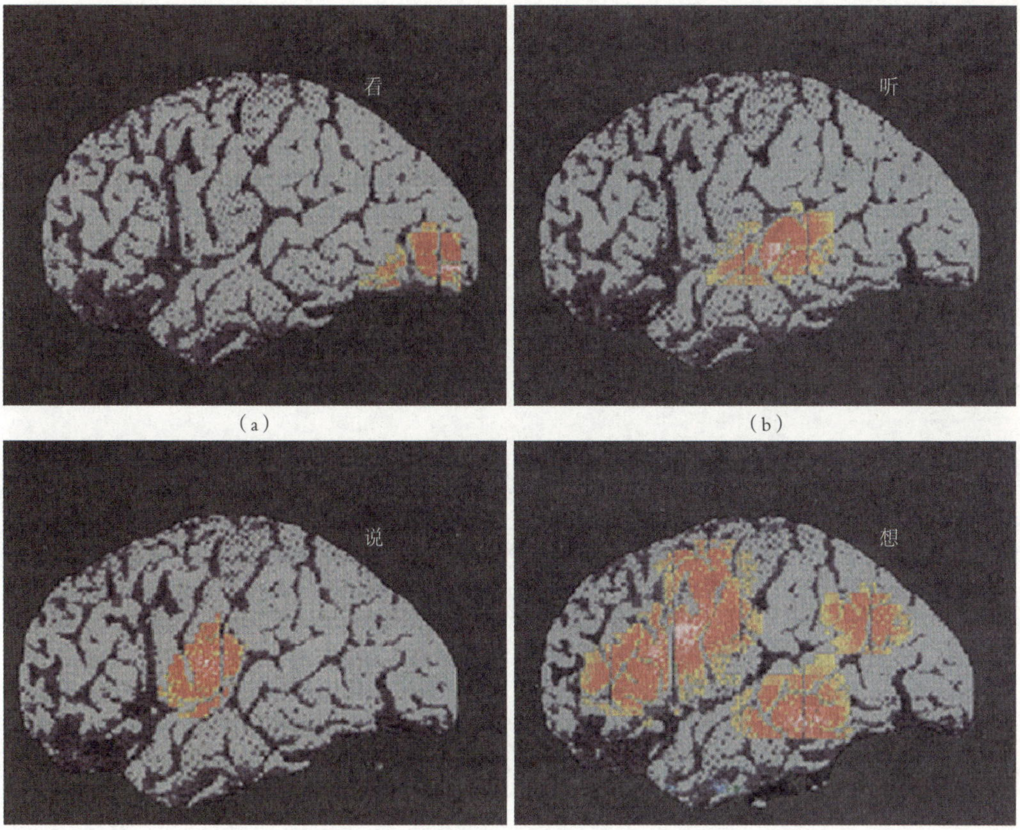

(a) (b) (c) (d)

图11　磁共振成像

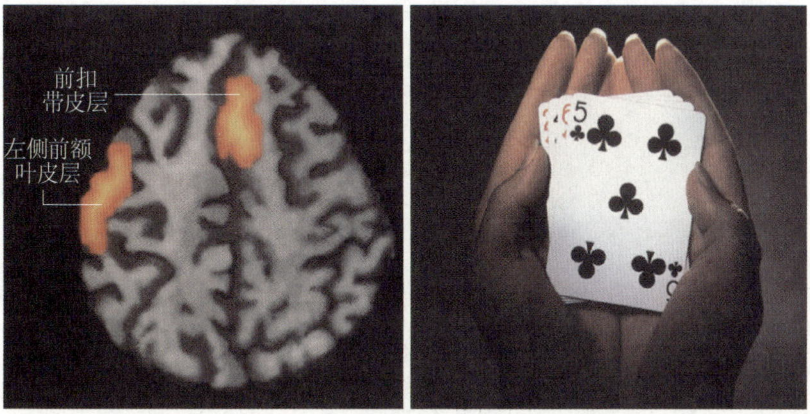

(a) (b)

图12　磁共振成像技术测谎

功能，科学家们也有比较客观的方法来进行研究。由于科学家一方面在细胞和分子的层面上进行研究，另一方面在整合的方向上研究，这两个方面的综合使我们对脑的工作原理和功能有更深刻的认识和理解。

三、脑科学研究的展望

最后我要与各位谈新世纪的神经科学，亦即在现在的基础上，未来我们对神经科学或者脑科学的展望。我想首先声明，这完全是我个人的观点，仅供大家参考。

首先，就是需要沿着我刚才介绍的几个方向，进一步探索神经系统的基本工作原理。第二，加深对神经系统的工作原理的了解，使我们有可能对神经系统的疾病提供更有效的治疗手段。

这里举一个例子，就是有关神经干细胞和神经系统的修复问题。我们知道，最近媒体报道了“桑兰的悲剧”。桑兰目前在诉诸法院，上告该友好运动会的主办方，因为对方在安排过程中出现问题，导致她在运动中出现意外而瘫痪。桑兰出现的“高位截瘫”是因为在脊髓高位出现损伤。虽然她的肌肉是好的，中枢神经系统是好的，但是所发出的中枢指令到达不了肌肉，不能指挥她的肌肉进行运动；而中枢神经系统损伤后是不可修复的，因此其功能性无法恢复。为什么不能恢复？这是因为在发育成熟以后，中枢神经系统的神经细胞便不能再分裂。为什么细胞不能再分裂？有各种各样的学说、假设。我们有没有可能找到某些细胞，在某种特殊的情况下继续分裂，用来代替原来的细胞？这就是神经干细胞。

图13显示神经干细胞如何导致中枢神经系统修复的示意图[图13]。通过一定的方法，它可以逐渐分化成我们所需要的神经细胞。如果把神经干细胞植入到损伤的神经系统那一部分，那就可以通过一定的手段分化成为我们所希望得到的、原来损伤的那一部分细胞。这样就有可能使原来损伤的功能得到恢复。这个发现为中枢神经损伤之后的修复提出了很有希望的前景。但是请各位注意，我说的是很有希望，要真正达到这个

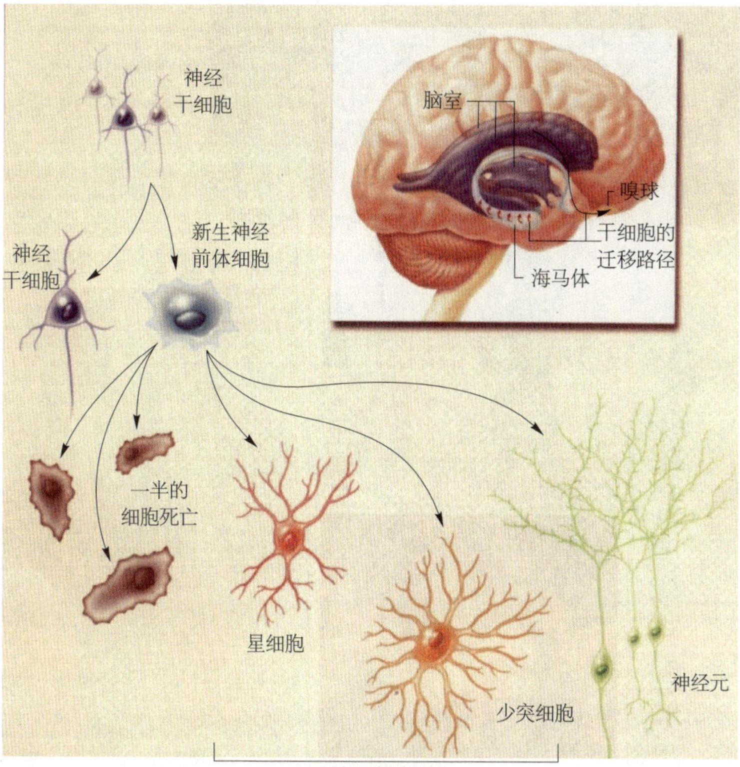

图13　神经干细胞如何导致中枢神经系统修复示意图

目标还有很长的路要走。

第一个问题，植入的神经干细胞需要存活。神经干细胞存活以后，要让它定向分化为我们所需要的细胞。正如我刚才所言，神经细胞由于功能各不相同，特性也不一样。我们希望得到那些已经失去功能的细胞，所以需要特殊方法使干细胞分化，以便得到我们需要的那些细胞，而非单纯的存活就可以，也不是单纯的分化为任何一种细胞都可以。不仅如此，这个分化的神经细胞和周围的神经细胞，必须形成一个有机联系的整体。为了克服这样一些困难，科学家们正在进行不懈的努力。但是要达到这个目标，在可以预见的将来还是有一些问题。不过，刚才我也已说过，这个技术的发明提供的前景还是很美好的。

如果要说，在21世纪的几十年中在什么方面会取得最大的突破性进展，我看，可能还是对我们脑的高级功能的研究。刚才已经介绍，我

图14　错觉

们现在对脑的高级功能已经可以用一些特殊的技术进行研究，但是进行的这样一些研究才刚刚开始，我可以给各位进一步简单说明研究这个问题的复杂性。

请各位看这幅图[图14]，请比较左边这条线和右边那条线哪条更长？请大家回答你的感觉。尽管我知道这两条线是一样长，但我感觉还是右边那条更长；如果在座哪位说，我看起来就是一样长的，那我就只能说你的视觉有点问题。其实，如果我们把背景推掉，就能看到它们确实是完全一样长。但让我们感觉到的，则是右边那条“显然更长”。为什么这样？为什么加上背景之后就显得右边一条更长？这种错觉是如何产生的？我们为什么需要这样的错觉？是神经系统中的哪一部分向我们提供了这个错觉？尽管这个图片非常简单，但说明了一个非常深刻的哲学问题。其实，我们的感知在不少情况下，对外界世界的映像是不准确的。所以，我们不能简单地相信我们对外界世界的感知。从现在科学提供的信息来看，这样的错觉是以神经系统的工作原理为基础的。

我再给各位说另一个实例[图15]。这位周舟是唐氏综合征患者，因

图15　周舟（唐氏综合征患者）

图16　Kim Peek（记忆超强者）

基因某个片段中出现缺陷，导致其智力低下，但他在音乐指挥上有非常突出的能力。2008年我在CCTV10频道做的“大家讲科普”里面，主办方提供了一段视频说道：“大脑高级功能的复杂性还有一些生动的实例。神奇指挥家周舟，他的智商不及常人的一半，不懂乐器不懂乐谱，但他挥动指挥棒，世界巡演超过600场。”

像周舟这样的情况，还可举出不少例子。这类在智力方面低下、但在其他方面有特殊才能的人，医学上有个特殊名词Savant syndrome，就是“低智特才综合征”。1789年，Benjamin Rush——他被尊称为“美国精神病之父”（Father of American Psychiatry）首次描述了这种综合征的实例，他向患者Thomas Fuller提出如下的问题：如果一个人活到70岁零17天12个小时，问总共活了多少秒？在一分半钟之后，这位患者竟作出了正确回答——2 210 500 800秒。更不可思议的是，他竟然考虑到70多年中的17个闰年。这可是大多数普通人都无法做到的。

在这方面，我想再给各位介绍一例。大家都知道一部美国电影《雨人》，主人公有非常强的计数能力。这个雨人在生活中的原型，是这位记忆超强者Kim Peek[图16]，他生活自理能力低下，但是有很强的记忆能力。他能够背诵出7 600（或说9 000）本书，他的习惯是每背好一本书，就会把书倒放。他是世界上唯一一个左眼和右眼可以同时看两本

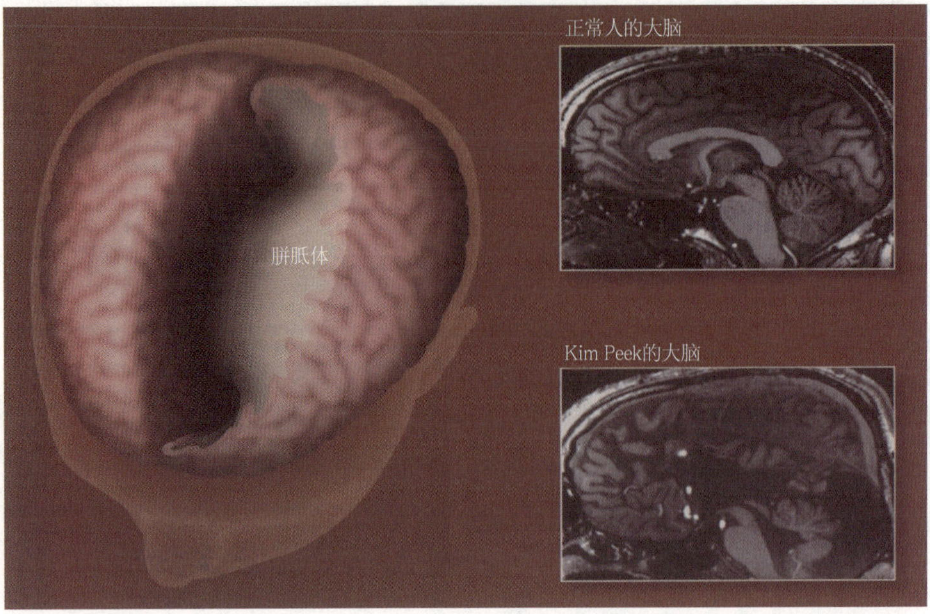

图17　磁共振成像

书的人。他记得美国所有公路的起点和终点，记得美国的每一个城市的电话区号，记得每一位经典音乐作曲家每一个优秀作品的首映日期。他的朋友们都叫他computer。在56岁的时候，因为心梗而去世。

由于这位奇人具有超强的记忆力，科学家们用功能磁共振成像技术对他的脑进行了研究。对于正常人来说，大脑分成左、右半球，而通过几个重要的结构联系在一起的，包括胼胝体、前交联、后交联这样一些结构。研究者发现，这位奇人的左脑和右脑是完全融为一体的，并不存在胼胝体、前、后交联等结构[图17]。这样的脑结构显然是异乎寻常的。是不是这样的特殊结构就决定了他有超强的记忆能力？除非今后发现所有有超强记忆能力的人都有这样的脑结构，否则还不能这么下结论。因此很多科学家们认为，如果不能对这些超强记忆者的脑的特殊认知功能做出解释的话，我们对人的认知功能的了解还是不完全的。

通过刚刚我给各位的介绍，大家可以看到科学家们已经做出的努力和今后的发展方向。我作为一名与神经科学打交道多年的研究者，深刻感觉到这些年神经科学发生的天翻地覆的变化。尽管取得的进展令人印象深刻，但当我们想到神经系统的功能有多么的精细、结构有多么复杂的时候，一定会认识到现在取得的结果还只是个开始，要穷尽脑的奥秘的绝对真理是不可能的。我们无法穷尽它，只能通过科学家们不断地努力，逐渐逼近脑的奥秘的绝对真理。我个人认为，并不存在脑的奥秘大白于天下的时候。而且在我来看，如果真的有那么一天，那么我们的思维存在也就失去了意义。我们能够做的就是，用我们坚韧不拔的努力和睿智，去无限接近于这个真理。

讲到这里，我想到前面提到的丘吉尔（Winston Churchill）在北非战场上盟军获胜后的一段名言："这并非终结；甚至不是终结的开端。但是，也许这是一个开端的终结。"（This is not the end; Even not the beginning of the end. But, perhaps, it is the end of the beginning.）我想，这段话很确切地描述了神经科学的现状——神经科学正处在良好开端的终结期，在此良好开端的基础上，神经科学家们可以从容地、满怀希望地展望神经科学学科的辉煌前景！

计算机的过去、现在和未来

——中国科学院院士、
计算机科学家张钹先生讲座

（2008年9月17日）

张钹

张钹院士，1935年生，籍贯福建福清。清华大学计算机系教授、博士生导师，中国科学院院士。1953年考入清华大学电机系，1958年毕业于清华大学自动控制系，毕业后留校任教至今。1980—1982年作为访问学者在美国伊利诺斯（香槟）大学从事人工智能领域科学研究。1985年任教授，1995年当选中国科学院院士。现任中国认知科学等学会顾问，福建省政府、厦门市政府以及微软亚洲研究院等技术顾问。

张钹从事高等教育53年，分别在自动控制与计算机应用技术两个领域长期在第一线从事本科生与研究生的教学，讲授过“飞行器自动控制”“自动驾驶仪”“小功率随动系统”以及“专家系统”等多门课程。教学上他遵循“教育是开发内在的力量”的理念，以高度的责任心坚持教书育人，注重培养学生自身的创新精神与能力，深受广大学生的尊敬与爱戴。已经培养60多名博士生，近20名博士后，其中包括全国优秀博士论文、国氏博士后奖励基金（中国优秀博士后奖）、国家杰出青年科学基金获得者，以及长江特聘教授等一批优秀学生。他本人因此先后获得北京市普通高等学校优秀教学成果一等奖，北京市优秀教师称号以及清华大学“良师益友”等多项奖励与称号。

张钹始终瞄准科学前沿以及国家需求，分别在人工智能与智能控制两个领域从事科学研究并作出重要贡献，是我国人工智能领域开拓者之一。（1）他在问题求解、启发式搜索、规划、感知等人工智能的几个重要方向上均做出系统性的理论成果。他借鉴人类认知的机理，提出一种问题分层求解的熵空间模型，根据这种数学模型，提出一套复杂问题分解、多层信息融合以及不确定性处理的方法。由于这些方法能有效地降低计算复杂性，为计算机高效处理复杂问题提供新的理论与工具。该理论已成为粒度计算领域，除模糊集与粗糙集之外的第三种主要理论与方法。（2）他将理论研究成果应用于机器人任务与运动规划、图像与视频检索等领域，为我国智能机器人与智能信息处理技术的发展做出贡献。1987年他与其他教师一起负责筹建“智能技术与系统”国家重点实验室，并于1991—1995年间担任该实验室主任，使其成为我国信息领域优秀实验室之一，在国家组织的评估中，连续三次被评为“优秀”。他因此获得国家计委、科委、教育部等机构颁发的“为国家重点实验室建设作出重要贡献先进工作者”称号，以及“金牛奖”等奖励。1987—1994年他担任一、二、三届国家“863”计划智能机器人主题专家组专家，与其他专家一起为我国机器人产业发展战略研究规划的制定、组织与实施计划工作作出突出贡献。张钹先后获得国际ICL人工智能奖1项，国家自然科学三等奖1项，国家教委科技进步一等、二等奖各1项，省部级科技进步一等奖2项、二等奖1项。应邀赴美、法、德、英、瑞士、俄罗斯、波兰、葡、韩、日等国的20多所大学与研究机构讲学，多次在国际会议上做主题报告、特邀报告和宣读论文。先后共发表学术论文200多篇，中英文专著5部（章）。

我要讲的题目是“计算机的过去、现在和未来”，换句话说，是跟大家谈谈计算机的昨天、今天和明天。

一、20世纪的计算机技术

我这里所谈的“昨天”，指的是从1939年到20世纪末。昨天发生的事情，我用这一张图来表示[图1]。

我们现在看到的图1是1939年在实验室做出来的世界上第一台计算机——又称ABC机（第一台计算机有各种说法，这里姑且将它作为第一台之一）。它是由300多个电子管组成的。这台计算机没有被使用，大概在第二次世界大战以后就被拆了，但是这台计算机所使用的原理直到现在我们都在使用。所以，这个六十年中间发生的事情，就是计算机从一个简陋的机器变成现在极其强大的机器的过程，人们用了半个多世纪来完成这个工作。下面要讲到计算机经历过什么样的过程才变成这么强大的机器。今天和明天是指21世纪将会发生什么事情，我也用一张图来表示[图2]。

今天所发生的事情是这样的：计算机在我们的面前逐步消失，它渗透各个领域，也就是说计算机变得无处不在，但我们看不见它。最近又提出来cloud computing的概念，叫云计算。也就是说今后的计算是所谓的云端计算。云计算是什么意思呢？计算机在我们面前消失了，我们模

图1　300电子管

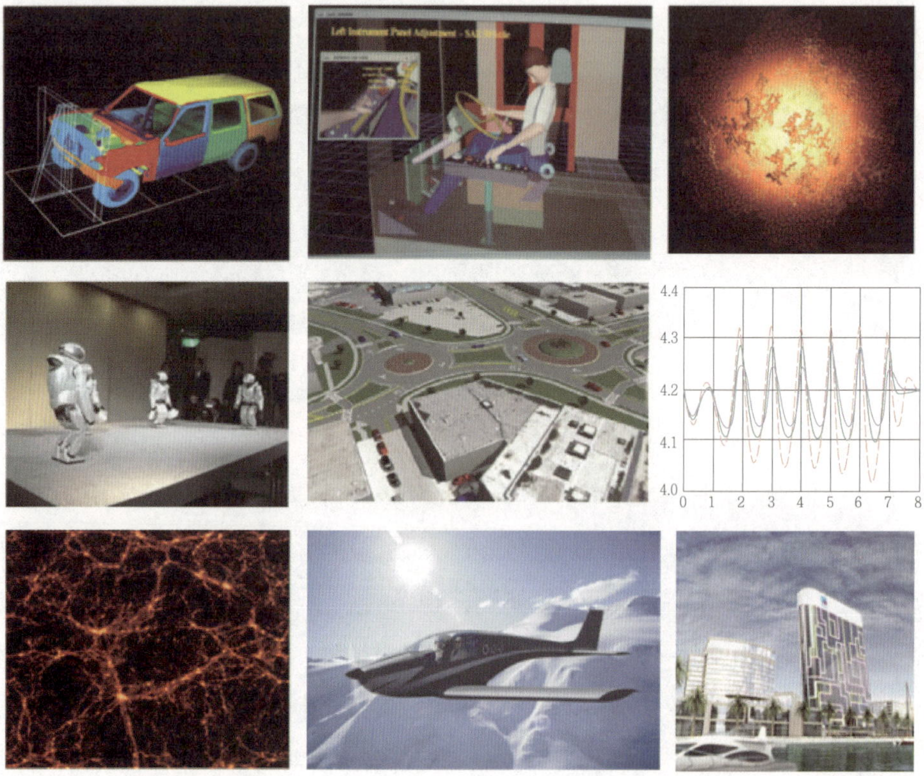

图2　计算机的今天与明天

模糊糊地看到它隐蔽在云彩后面。对用户来讲，计算机是看不见的。这样的事情对我们意味着什么呢？由此带来两个好的消息和一个不好的消息。好的消息，第一是计算机已经成为大众的工具，任何人都可以很容易使用；第二是计算机与其他学科的交叉、渗透和融合。这是发生在21世纪的今天和明天的一个重大的事情。还有一个不好的消息，是对学习计算机专业的人来讲不再那么吃香了。针对这个问题，各个学校无论在教学上还是在科研上都发生了很多变化。

刚才提到有人说，现在学计算机的人不那么吃香了，不那么受欢迎了。他们可能觉得是计算机的工作岗位少了，但实际上不是，而是计算机的岗位许多人都可以担任。我们一个月前访问了美国加州的几个学校，他们针对这种情况，在教学上对计算机系的课程做了改革，计算机的核心课程变成5~6门。只要学完这些核心课程之后，对于其他的课程，可以选任何一个系的课程来学，最后都授予计算机专业的学位。他们充分地认识到学科交叉、开阔眼界、了解其他学科对计算机专业的人来讲的重要性。这是一个变化。第二个变化是所有的重要的科学研究课题也都有学科交叉，很少有单纯的计算机研究。比如研究语音，必定跟语言学结合；研究无线电，也必定要和其他学科结合。

只用三百个电子管组成一个最早的计算机是1939年发生的事情。后来，到了1946年，做成了一个有房子那么大、由一万八千个电子管组成的、可以用的计算机，叫“埃尼阿克”（ENIAC）。ENIAC是在宾夕法尼亚的一个实验室里做出来的，是计算机的原型。我们知道，1937年图灵机的概念被提出，1943年有了电子管（真空管），1946年用电子管做了一个可以用的计算机，1953年第一台商品机——IBM 701问世，这是电子管计算机。从概念到原型机，然后到商品的机器，这中间经历的过程还是相当快的。紧接着，1960年就制造出了晶体管计算机，然后到1965年就有了集成电路计算机。

我们回头看一下，第一台可使用的计算机是什么样子。它由18 000个电子管组成的，占地150平方米，重30吨，一共需要140千瓦的电源。计算速度是每秒5 000个比特（加法）。IBM701跟这个机器规模相当。IBM生产这个机器的时候，找了很多专家来研究，这种机器究竟有多大的市场，经过研究以后得出来结论是：“全世界大概需要五到七台”。大家想一想，当时做出这样的结论跟今天实际的情况差别多大，但是我们觉得当时做出来的结论大体是正确的。为什么呢？因为这个机器速度只有5 000比特/秒，可靠性低，平均7分钟就发生一次故障。

在当时，这个机器肯定没多大用场。而在今天，因有这个机器几乎改变了我们这个时代。原因何在呢？原因不是在于计算机的原理发生了变化。今天的计算机跟昨天的计算机在原理上是完全一样的。不一样的地方在于技术的创新和进步。我稍微列一下这个历史。晶体管是1947年由贝尔实验室的三位物理学家提出来的，这三位科学家在1958年得到了诺贝尔奖。集成电路是1958年由德克萨斯仪器公司的物理学家提出来的，2000年他也因此获得诺贝尔奖。技术进步带来了计算机性能的极大提高。

简单地说，计算机用了半个多世纪把三个K（Kilo）提高到了3个G（Giga）。3个K是什么意思呢？第一个K，是指计算机的计算速度是K量级，千比特/秒；第二个K，是指存储密度，即一平方英寸硅片上存储的信息量，也是千比特；第三个K，指通信速度，过去的电话是用双绞线传输，大家都知道，那个时候的Baud Rate（波特率）是940波特/秒，不到一千。半个世纪以后，这三个指标都变成G，G是十亿的量级，提高了100万倍。也就是说，现在计算机单个CPU的计算速度是G的量级。每平方英寸硅片上的存储密度也到G这个量级。通信的速度每秒也达到G这个量级，即10^9比特/秒。大家知道，现在的光纤通信速度已经到了10^{10}~10^{11}比特/秒。

人类历史上发明的所有技术，从来没有像计算机技术这么快的变化。信息技术之所以对人类的影响这么大，原因就在这里。有人说，如果汽车也按照这个速度发展的话，今天汽车的速度应该是十亿光速。20世纪末光纤的传输速度，大家知道，大约10^9比特/秒。10^9是什么概念呢？可能大家不太能体会到。有人计算过，把300年的每日新闻（美国的新闻报叫Daily News）的全部内容数字化后，从光纤传过去，从地球的一端通到另外一端需要多少时间呢？一秒钟！所以，在这样的速度面前，地球才被叫做地球村。大家想一想，要把300年的每日新闻从一个村搬到另一个村，一秒钟是完不成的，但是在这样的通信速度下，就能够完成。

我们看图3，分别是计算速度和通信速度随时间的变化[图3]。图的纵坐标是速度，横坐标是年份。阴影区是预测的结果。从预测的曲线来

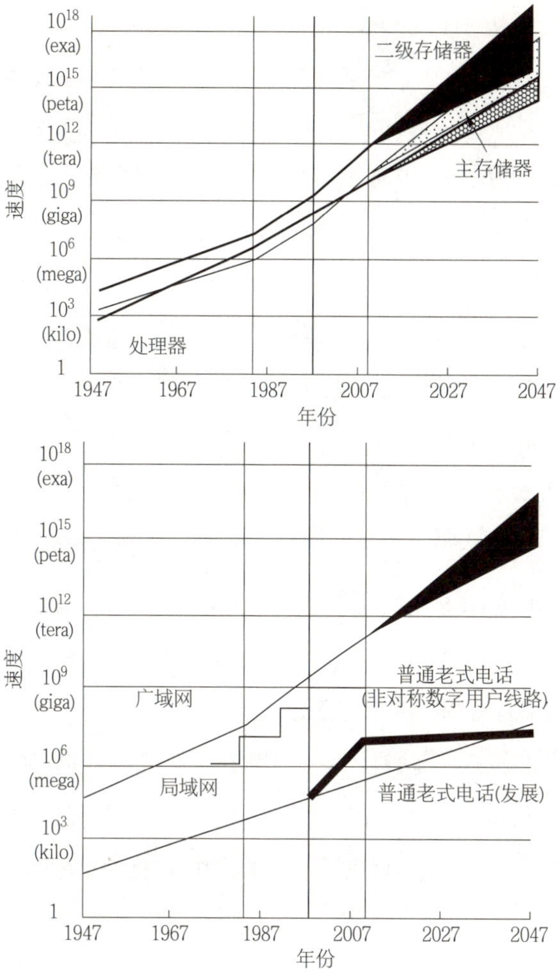

图3 计算速度、存储密度及通信速度随时间的变化

看，未来的增长速度与过去的速度都是近乎线性上升的。但这是什么速度呢？大家看看，纵坐标是对数坐标，因此这个速度叫做指数增长。在英文里叫做 exponential explosion，就是指数爆炸。按照我们现在通俗的说法，就叫做多长时间翻一番，如18个月翻一番等。所谓的翻一番就是按指数增长。这个预测表明，在21世纪初，信息技术的发展速度依然跟以前一样。

当然，这些成就的取得与技术不断地更新进步是分不开的。以存储器为例，开始是动态存储器，后来变成磁存储器，后来又变成光存储器。技术的不断发展，使存储的量级由K（10^3）变到M（10^6），再变到

G（10^9）等。

还有一件事是价格。1965年，一只商品晶体管大概值一美金，到1998年，一只晶体管值多少呢？因为变成集成电路了，一块集成电路上有好几百万只晶体管，所以一只晶体管相当于百万分之二美元，几乎不要钱。所以外国人叫做零价格（zero cost chip）的芯片。这是非常奇怪的现象。过去我们发明的任何技术、任何产品，它的性能越好，价格理所当然越高。但是信息技术恰恰相反，性能越好价格反而越低。在半个世纪里，某些硬件的价格同样降了一百万倍。结果计算机的性能提高了一百万倍，价格也降了一百万倍。我们仍拿汽车做比较。刚才说如果汽车能像信息技术那么发展，我们可以得到一个十亿光速的汽车。那么，如果汽车的价格也像晶体管那样下降的话，这个汽车的价格是多少呢？一分钱！通过这个比较大家就会认识到信息技术的不寻常。为什么现在任何政府、任何地区、任何单位谈到发展的时候，总是离不开信息技术，就是因为信息技术有这些不寻常的地方。

所谓的信息革命，头一句话就是："我们用了半个世纪，把某些信息产品的性能价格比提高了一万亿倍。"因为性能提高了10^6倍，价格下降了10^6倍，两者相除，就是10^{12}倍，一万亿倍！这就是20世纪，"昨天"所发生的事情。

而今天发生的事情，就是把计算机技术跟通信技术结合在了一起，产生了网络革命。用一句话来概括就是：由于计算机与通信产品的性价比的极度提高，才有了互联网的诞生。

关于软件我稍微说几句。关于软件有两件事是革命性的。一件事就是高级语言的发明，Fortran是最早的高级语言。发明高级语言的这个人在1977年得到了图灵奖，可见这是软件中的一件大事。软件里头的第二件大事，就是1975年软件成为产业，Microsoft（微软）成立。正由于这两件事才产生了软件革命。微软的成立是非常重要的一件事。于是就有人给微软写了一个有趣的公式[图4]。

在20世纪60年代，有家公司生产出一种台式机Altair 8 800（牵牛星）。这个机器内存很少，才8个Kbit（千比特），最多可扩展到16个或32个K，字长是8位。这个机器内存这么少，字长又这么短，能做什么

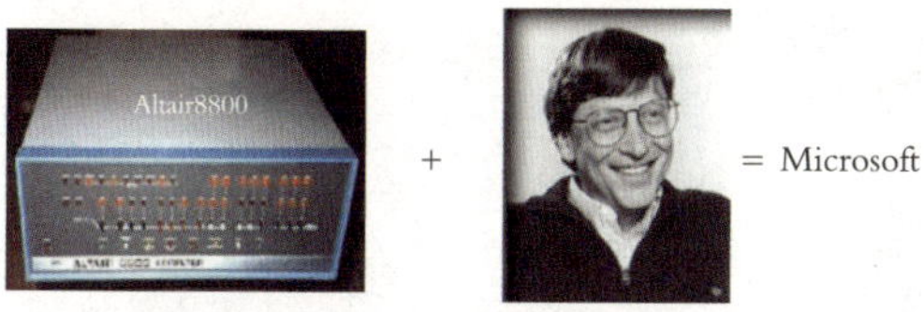

Altair8 800+Bill Gates=Microsoft
牵牛星8 800+比尔·盖茨=微软

图4　微软公式

事呢？当时有两位大学生，一个叫艾伦，一个叫比尔·盖茨，给这家公司的老板打电话说，我们手里有一个basic的编译程序，可以在你的机器上运行。这位老板听了以后非常高兴，让他们赶紧把那个软件拿来。其实这两个人软件一个字都还没写。听到这个消息以后，这两个人就从大学里退学了，花了三个月时间把编译程序编了出来。比尔·盖茨编程，艾伦做了一个仿真器。因为他们手里没有8 800机器，就做了一个仿真器仿真，做完以后由艾伦带着这个软件飞到那家公司，把编译程序装在他们的机器上运行，基本上一次成功！

后来很多人写历史说，如果这个软件装上去不能运行，那么软件的历史就要全部改写。所以有人给出了一个公式：Altair8 800+Bill Gates=Microsoft。换句话说，软件的发展要靠硬件提供机会，加上有准备的人。为什么他们能成功呢？艾伦和比尔·盖茨是中学同学，这个中学叫做湖边中学，是所贵族学校。在20世纪60年代，别的学校基本上没有计算机，他们学校就有当时最好的计算机PDP10，所以这些人在计算机上面玩得非常熟练，学校的计算机一有毛病就请这些人来修。所以说他们已有了充分的准备。当这个机会出来以后，他们就抓住了，成功了。所以我常常给那些想当比尔·盖茨的人说，你要当比尔·盖茨不是很容易，需要两个条件。一个条件是机会，即天时与地利。软件、硬件发展到一定阶段之后会提供一些机会。第二个条件是充分的准备，即人和。如果没有这两个条件，想当比尔·盖茨是不可能的。所以我说，想当比尔·盖茨，就要随时做好准备。

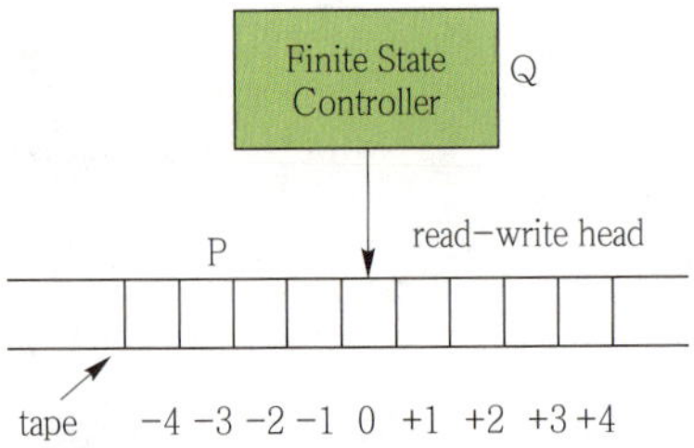

图5　图灵机

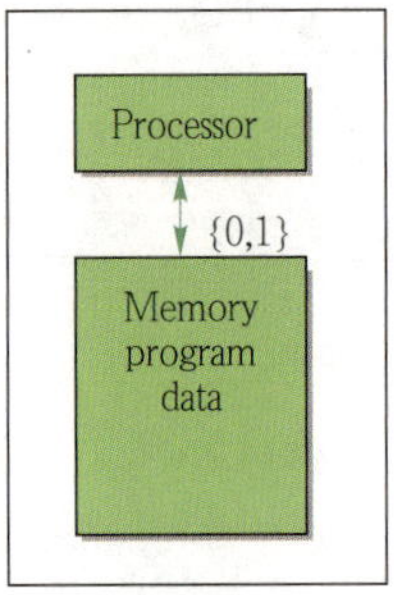

图6　冯·诺依曼结构

二、计算机的基本原理和功能

现在我们问一个问题：什么是计算机？ 大家可能会说："这还有问题吗，我天天用计算机怎么会不知道什么是计算机呢？！" 其实不然，我们对计算机得有一个深刻的认识，究竟计算机是什么？它究竟能干什么，不能干什么？必须在头脑中非常清楚。

对于计算机我们可以用两个模型来描述：一个模型就是图灵机。它里头有个有限状态控制器（Finite State Controller），有个很长的带子[图5]。

另一个模型就是我们现在所熟悉的冯·诺依曼结构。它有一个中央处理器CPU，还有个存储器[图6]。我们说图灵机模型跟冯·诺依曼的实际计算机模型完全等价。也就是说图灵机能做什么，冯·诺依曼计算机也能做什么；图灵机不能做的事情，冯·诺依曼计算机也不能做。那么，我们根据这个模型来看看计算机究竟能做什么呢？

计算机处理符号，这是一个重大的革命。我们过去发明的机器只处理两种东西。一种是物质，比如处理粮食，把粮食磨成粉，加工的对象是粮食。如果把石油炼成产品，加工的是石油。还有一种是能量，我们把电能变成机械能，把机械能变成电能。计算机这个机器对这两种东西都不加工，它加工的是符号（信息），或者说变换符号。我们把一串符号输入到计算机里，输出又是一串符号。这是什么意思呢？输入的这串符号表示原始的数据和程序，这串符号教计算机怎么做，输出是另外一组符号。这样的符号有什么意义呢？这些符号都承载着信息，因此，计

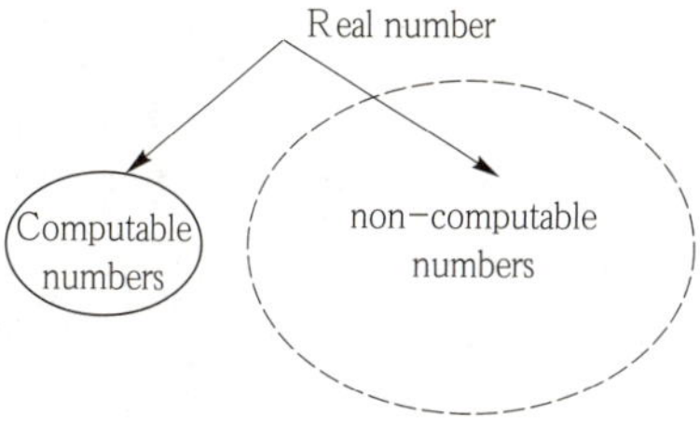

图7　图灵计算

算机是一个加工信息的机器。它把一组信息经过变换，变化成另外一组信息。那好，我们现在问计算机究竟能干什么？

我们把输入看成程序，输出当成一个实数（以二进制表示的实数）。也就是说我可以根据一个程序算出一个数来。现在要问的问题是：什么样的实数能够通过程序算出来，什么样的实数算不出来呢？关于这个问题的答案非常明确，即有一部分实数能算出来，这叫做computable number，就是实数中能根据程序算出来的那一部分。不能算出来占大多数。也就是说很少一部分能算出来，大多数算不出来[图7]。前者叫做图灵可计算的，后者叫做图灵不可计算的。从数学上讲，前者是可数的无穷个，后者是不可数的无穷个。不可数的无穷比可数的无穷不知道多多少。从这里开始大家心里要有数了，计算机如果用来算数，只是一小部分的数算得出来，大多数的数算不出来，就是说不能通过通用的程序把它算出来。有人问："能不能举个例子啊，哪个数算不出来？"这确实很难，理论上讲有好多数算不出来的。但真正能说出来很少，比如下面这个数不能通过编程把它算出来：

$$\Omega_U = \sum_{p\ halts} 2^{-|p|}$$

这实际上是所谓计算机的图灵停机问题。从这点来看，好像说计算机本事不大，让你算个数，你好多数还算不出来。换句话说并不是任意的符号序列都能够用编程的办法产生。然而，那些不可计算的数却很难指出，从这一点来看，计算机的计算能力却是非常强大的。如果我们再

图8　猴子打字

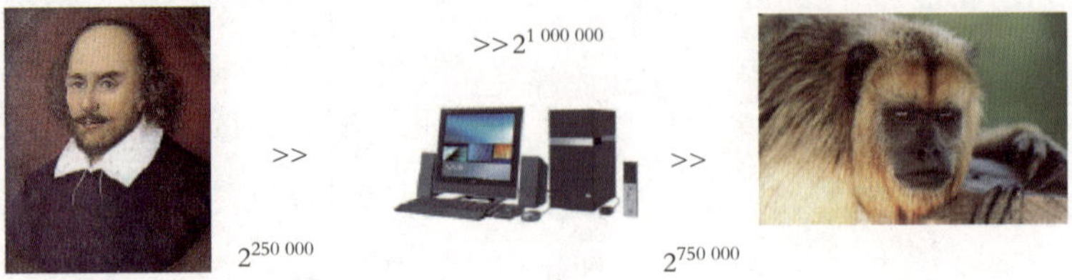

图9　莎士比亚著作的输入

换个角度看，也许对计算机的能力会有新的理解。

假设有一本一百万比特的莎士比亚著作[图8]，我们让一只猴子在打字机面前打出莎士比亚的这本著作，能打出来吗？猴子在键盘上随便乱敲，能一字不差地打出莎士比亚著作的概率是$2^{-1\,000\,000}$，概率几乎为零，即实际上打不出来，概率非常小。如果换个方式，不是让猴子去打打字机，而是打计算机的键盘，通过计算器输出，能打出莎士比亚的著作吗？当然也很困难，它的概率是多少呢？它的概率是$2^{-250\,000}$，也很小，但要比刚才的概率大得多！这里大家看到一个非常奇怪的现象！从写莎士比亚著作这点来看，莎士比亚比猴子聪明$2^{1\,000\,000}$倍[图9]。但是根据第二个方法，我就可以知道，计算机比猴子聪明$2^{750\,000}$倍。它通过计算机打，变得容易了，概率多了，多了$2^{750\,000}$倍啊！也就是说计算机从这一点来看居然比猴子聪明$2^{750\,000}$倍。大家知道这个道理在哪吗？为什么猴子在键盘上打出莎士比亚的著作比在打字机上打会容易这么多，道理何在？计算机只是一个用钢铁与硅片做的机器，它怎么会这么聪明？奥秘在哪呢？奥妙在于：从计算机这头打进去后是通过程序、算法得到结

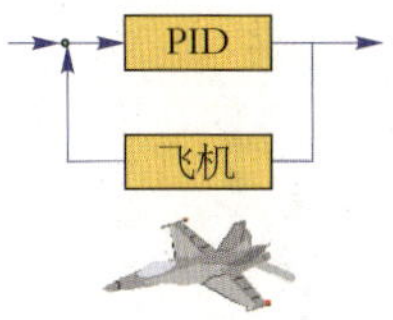

图10　自动控制飞机

果。上帝之手是谁呢？是软件、是编程人员。也就是当把莎士比亚的著作变成程序和算法的时候，它的复杂性要降低亿万倍，这就是计算机的威力所在。猴子通过程序打莎士比亚著作和直接写莎士比亚著作，这两个问题的难易程度差别太大了。前者要容易得多，为什么变得容易了，就是编程人员在起作用。

所以，我们可以从这里悟出一个道理，计算机能干什么事，取决于你能建什么样的计算模型。所以，建模（modeling），就是上帝之手。建模就是把解决实际问题变成算法（algorithm），变成程序（program）。这需要人来完成，所以我们做计算机应用的人，其实就是在建模。根据这个我们来看看计算机究竟能做些什么。实际上这个问题就是问我们现在有多少建模的手段，这决定了计算机能用到什么程度。

数学建模是我们最早使用计算机的办法，或者说我们现在百分之六、七十的应用都是靠数学建模来完成的。换句话讲，一个问题如果没有办法建立数学模型，或者物理模型的话，计算机基本上没有办法解。因为计算机要的是程序（program），不是别的。数学建模给我们带来很多的应用，我们所有的传统应用基本上是依靠数学建模，包括科学计算、数据处理、自动控制等。

什么叫做自动控制？我们举个自动控制飞机的例子[图10]。从图10可以看到，那个控制器叫做PID控制器。PID是什么意思呢？P是比率，I是积分，D是微分，那不就是数学模型吗？所以控制器实际上就是从数学建模来的。

图11　计算机打败象棋冠军

从20世纪中期开始，人们又找到了另外一种建模方式，使得计算机向智能化更靠近一步。这个建模方式是以逻辑和经验为基础的符号推理模型，这是人工智能最主要的贡献。人工智能提出来一个观点说：有好多事情无法建立数学模型，但可以根据我们的知识和经验，建立一个以逻辑为基础的符号推理模型。

符号推理模型最成功的例子是计算机国际象棋。到1997年，人们用了差不多经过四十年的努力，让计算机通过推理程序打败了国际象棋世界冠军Kasparov[图11]。这就意味着以经验、知识为基础的符号建模能够达到很高的水平。

计算机“深蓝”为什么能打败Kasparov呢？ 起先，人们用启发式搜索的办法，建立一个往前看的推理模型，就是往前看多少步。计算机能往前看10~15步。一般最好的棋手大概只能看到3~5步。所以，从这一点上来说计算机是比人强多了，因为它快，它能看10~15步，但是过去所有的计算机程序都打不过世界冠军。计算机能看10~15步怎么还不如棋手看的3~5步呢？因为计算机缺少一条，就是下棋人的经验！经验就是所谓的棋感、直觉，很多地方棋手往往不用计算，一看就知道该怎么走。那么，棋感和直觉是什么东西呢？实际上是以经验为基础的推理。好！那就在“深蓝”里头加上这一条，把从60万种棋谱中提取的下棋棋感知识存进去，换句话讲，将Kasparov过去下过的棋都放在里头。这样棋手下棋的时候都得小心，绝对不能用过去使用过的招数，过去用过的招会马上被它识破，因为这些招数它都预先算好了。所以，所有的棋手要跟它下棋，必须用所谓的模糊战法，就是下一些怪招，让计算机摸不着头脑。因为从棋谱知识里头找不着，计算机就要费时间算，而时间是有限制的，所以不能算得太深棋手才能获胜。

过去看过好多次这样的下棋，都是头一盘人输了，第二盘人赢了。为什么呢？人很厉害，他会找机器的漏洞，能总结经验，计算机就比较傻，人叫它怎么做它就怎么做。但是实际上，到了“深蓝”人就已经不行了。因为计算机也有很丰富的下棋知识。而且人要赢计算机一般只能在开局或中局。到了残局，有很多报导有点错误，以为到了残局人就能够下过它。到了残局，人一点赢的希望都没有，为什么呢？对于残局计算机甚至能往前看75步，几乎算到底，算到底了就知道怎么下了。所以到了残局人通常下不过它，只能在开局、中局赢它。由此可见符号推理模型是极为有效的。

关于这一点我们还可以从另一方面得到证实。机器翻译到现在为止都做得不好，原因何在？要说根据文法翻译，计算机可以分析得非常好。查字典，计算机绝对比人查得快。那么，为什么靠分析文法、查字典来翻译，计算机就赶不上人呢？

我们看一个美国人做的例子：“The spirit is willing but the flesh is weak.”这是英文，其原意就是“心有余而力不足”。计算机先把这句话直接翻译成俄文，再把俄文翻译成英文。翻译的结果是：“The Vodka is strong but the meat is rotten.”，“伏特加酒是醇的，肉是烂的”。这也许只是一则笑话，可是它充分说明了自然语言处理的困难所在。大家看看，它这个翻译是很有道理的，表面上看一点都没错，没有犯任何的文法错误，也没犯任何的语义错误。Spirit是“精神”“酒精”“烈性酒”，它翻成“伏特加酒”是极为准确的，willing是“愿望”，flesh是“身体”“肉”。

这个翻译没有犯任何的语法错误，也没有犯明显的语义错误，但是整个意思翻错了。原因何在？原因在于计算机没有知识，它不知道什么叫喝酒，也不知道什么叫吃肉，更不知道什么叫“心有余而力不足”。换句话讲，要翻译好这个，就必须有背景知识和对内容的理解。

人的所有智能都是从背景知识和经验滋生出来的。计算机如果没有这个，绝对达不到人的水平。刚生下来的婴儿跟一只小狗的智力差不多。20年后，小狗变成大狗了，但它的智力还是跟小狗差不多。20年后婴儿变成了成年人，他（她）的智力狗能比吗？为什么呢？因为人在20年间积累了大量的知识和经验。我们从这里可以看到，要使计算机智能化，必须建立知识模型，这就叫做知识工程（Knowledge Engineering）。必须把人类的知识和经验在计算机中表达出来，如果能做到这一点，计算机就能聪明起来。但现在的困难是，知识不知道如何表示，或者反过来说，我们不知道知识怎么表示在我们的脑子里，也不是所有知识和经验都能在机器中表达出来的。

拿文本来讲，我们看过那么多书，能背下来的书很少。但是我们却可以应用书里的知识做很多事，计算机里面存了大量的书而且一字不漏，可是计算机不能应用书里的知识做事。可见，把所有详细的信息都表达在脑子里绝对没有用，那么现在的问题就是：究竟是哪些东西表示在脑子里了？

这个问题至今都没有搞清楚。例如，我们能认识马，但并没有一个完整的马在我们的大脑里头，因为马的很多细节我们都记不清楚，但人依然能认得马。可是我们即使把所有马的信息都存在计算机里头，计算机也还认不出马来。这个在学术研究中是个很重要的问题。表达性跟鲁棒性这两者是矛盾的，表示得越仔细，它的鲁棒性越弱。表达得越粗糙，鲁棒性则越强。文本处理、图像处理、语音处理、视频处理都会面临这个问题。如把整个语音的波形都存进去，计算机还是听不懂，因为同一个人不同时间说同一句话的波形都不一样，不同的人说同样一句话，波形更不一样。

目前来讲，这是研究的一个大问题，于是就有了专家系统。要成为专家，就要知道各方面的知识。没有相关的知识，你怎么可能成为专家呢？医生为什么能看病？他知道病因，知道怎么治疗。如果把这个知识交给计算机，计算机同样能看病。困难在于如何把医生的经验和知识存进去。这是目前很重要的一个研究课题。

根据同样的道理，我们可以用计算机来作曲。 计算机作出来的音乐应该说跟一般的作曲家的水平差不多，因为编这个作曲程序的人叫做David Cope，他本身就是作曲家。我们让计算机写个书法看看。给它一

图12　计算机的书法

张字帖，计算机学完这张字帖以后，它自己就能写书法。我们还可以拿不同的字帖，不同体的字帖让它学，学完以后，它也可以写。图12是计算机学习字帖后写的字（取自浙江大学计算机系成果）[图12]，我想计算机写的书法比很多人写得都好些。至少我写不了这么好的字。

我们再看计算机作的这首诗，看看其水平如何："清明传语愁送客，两岸千里欲渡河。茫茫春光催碧草，晓露琼楼阑珊色。"（取自"心脑计算举要"一书）怎么样？它至少还有点诗意吧！我还专门找了白居易《琵琶行》里类似的诗句："浔阳江头夜送客，枫叶荻花秋瑟瑟。主人下马客在船，举酒欲饮无管弦。"咱们来对照一下，是白居易做得好，还是计算机做得好。这两首诗的场景差不多，都在船上送客，作者的心情都是比较惆怅的。白居易说在浔阳江头，计算机说在河边。我们再仔细看看就能发现计算机的水平比白居易差多了。计算机第一句说"愁送客"，而第三句话说"茫茫春光催碧草"，这怎么跟惆怅的心情结合在一起呢？白居易没说"愁送客"，他用的是"枫叶荻花秋瑟瑟"，这个水平比计算机高多了。计算机想描述这个"愁"，但用词不当，用的场景不对。计算机在这些方面肯定跟人还差得很远。

计算机写小说，外国人做得比较多。比如，计算机写过这样一篇小说，题目叫"忏悔"，讲一个叫Peter的年轻人、一个baby bear（小熊）和young deer（小鹿）这三个角色的一些事情。故事情节是这样的：年轻人Peter看见小熊掉在沟里，小熊要他帮助，他不肯帮助。看见小鹿找不到妈妈，小鹿要他帮助，他也不帮助。后来这个主人翁Peter，突然自己陷入沟里，呼救人家帮助，一下惊醒了，于是忏悔……。这个故事的主题写得还不错，用词也挺不错。文法肯定没有问题，文法对计算机来讲是很容易的事。但是我们想一下，计算机现在只能写童话故事，讲给小孩子听，骗骗小孩子还可以，骗大人不行。

再看语音合成。如果把一个文本输进去，让计算机读出来，这叫“朗读”。现在的水平是可懂，尽管它不如播音员念得那么漂亮，但是大家都能听得懂。因为朗读只要求可懂性，所以计算机朗读已经走向市场了。

我们再看一下计算机朗诵，朗诵要难得多了。因为朗诵是需要情感的，朗读只是读下来，发音正确就行。这是徐志摩的一首诗：“轻轻的我走了，正如我轻轻的来。挥一挥衣袖，不带走一片云彩。”我们看看计算机来读一读。（播放音频，笑声）。计算机朗诵的跟人差远了。问题马上暴露出来了。因为计算机不知道什么意思。只有领会了意思计算机才能朗诵，而要领会诗意思必须得有知识，得有体验。没有体验，没有知识，怎么可能理解诗的意思呢？所以这还是刚才说的，一切的智能都是以知识和经验为背景的。

语音合成大家已经研究了20~30年了。中文里有个非常特殊的问题，叫做分词（Word Segmentation）。比如说“南京市长江大桥”。大家根据上下文，很容易理解这句话。但对计算机来讲就不那么简单。应该怎么念呢？是“南京市，长（cháng）江大桥”，还是“南京市长（zhǎng），江大桥”呢？为了解决这个问题，我们需要许多知识，比如要知道南京是一个市，长江是一条江。江大桥呢，可以是一个名字，但是南京市长是不是江大桥，它是在什么语境下说这句话等，这些知识都必须告诉计算机。

三、计算机有智能吗

现在我们提一个问题，计算机有智能吗？看了前面的内容以后，大家会觉得计算机没有智能，不都是程序告诉它怎么做的吗？它作的曲的确不错，这是作曲家David Cope编程的功劳。确实如此，到现在为止，我们只能说，这些都是程序告诉它的。程序告诉它怎么做它就怎么做，计算机在这里只是照办而已。

但是我们下面还要进一步看另外一个模型，它使我们对计算机有一个更新的认识。这个模型就是Data Driven Learning Models（数据驱动的学习模型）。它让计算机的面貌有了很大的改变。特别是网络出现以后，网上有大量的数据，大量的知识。我们怎么用它？所以提出来一个口号，叫做Learning from data，从数据中学习，还有一个口号叫Turn raw data into knowledge，将粗的、生的数据变为知识，变为财富。这就给计算器的智能化创造了一个非常好的条件。因为在处理大量数据的时候，人是比较差的，可是计算机很擅长，因为它速度快。所以，Learning from data使计算机可以从数据里学到好多东西。

大家都知道微软亚洲研究院做了一个计算机的对联程序，用户出个上联它就对个下联。程序并不直接告诉它怎么去写对联，而是让它学写对联。也就是说，程序只告诉它从数据里学习写对联。计算机是"自学成才"啊！

我们看看它做的对联。有个用户出了一个上联"苏堤春晓秀"，计算机对的是"平湖秋月明"。对得真好！因为"苏堤春晓"和"平湖秋月"都是杭州一景，所以它对得很好。这样的例子很多，我们再看一个。上联是"网上购物红红火火"，计算机对的是"电子商务热热闹闹"，而且它还可以加个横批"质量第一"。这个对联别人没有做过，因此它不是抄来的。我们现在还可以给它难一点，找一个诗句让它对。比如选张继写的一首诗《枫桥夜泊》的头一句"月落乌啼霜满天"。计算机对的是"风吹雁过雨连宵"。大家看一看，"月落"跟"风吹"都是自然现象，"乌啼"对"雁过"，"霜满天"对"雨连宵"。对得多好！原诗的后一句话，大家都很熟悉，根本不是这一句，而是"江枫渔火对愁眠"。

我们已经说过，不是程序告诉它怎么对对联，计算机怎么知道对对联呢？它的办法是这样：计算机一共学了34万副对联、200多万对诗句，我们刚才挑的是对得比较好的句子，也有不好的，但它的平均水平很不错，也就是说百分之六七十对得好和比较好，百分之三十左右对得不够好。但是不够好也不能完全赖计算机，如果上联出得不好，它肯定也对得不好。可以说，基本上超过了一般人的水平。

那么，在此我们可以再问这个问题：计算机有智能吗？

我们过去说计算机只是程序叫它怎么干它就怎么干，在这里这句话不完全成立。程序并没有告诉它怎么做对联，只是给出一些准则，而让它从数据中学习。这就跟人很接近了。其实我们人会的很多东西不都是靠学习得来的吗？既然人是学出来的，计算机也是学出来的，那有什么地方可指责？所以有了data driven这个办法以后，我觉得计算机的应用技术提高了一大步，特别是在网络时代，很多人在做这方面的工作。

卡内基梅隆大学（CMU）有个学生写了一篇博士论文，提出许多新的思想。他说网络上每一年有10亿人小时在玩牌，而修一条巴拿马运河只用了一千万人小时。如果把玩牌的人吸引过来做一件事，那就可以修100条运河了。他提出一个概念，game with a purpose（GWP），可能有的人上过他的网站，通过游戏吸引人家共同做一件事。他用这个办法让大家做了很多非常好的事，如机器翻译、图像标注，等等。他这篇论文开辟了一个新的领域、新的产业。他利用了网络的这个特点，好多人原来在网上玩，做无益的事，他把这些人组织起来，做一个游戏，让他们在游戏里做些有益的事。

所以，怎么用这些计算机，怎么用human computation，诸如此类，我想都是非常重要的问题，给我们提出来一个新的课题。

四、计算机技术在21世纪的发展

这里我稍微总结一下，21世纪各个领域的渗透融合，可以用三句话来总结。头一句话叫做“计算机进入千家万户”；第二句是“计算机嵌入千万设备”；第三句是“计算机渗入千百领域”。

我简单说一下“计算机进入千家万户”。实际上，一直有很多人在想，特别是许多公司也在想，怎么让所有的中国人或者大多数中国人能买计算机？大家想出很多招。

有人提出应该把personal computing, personal communication, personal

control三者结合起来，叫做PC3。大家已经看到，现在的手机就是一部计算机，所以实际上现在计算机已经进入了千家万户。中国人对手机特别宠爱，包括很多保姆也都用它。有一次我们听到保姆打电话，打完以后说“拜拜”，我们问她“拜拜”是什么意思，她说不知道，大家都这么说我也这么说。手机已普及到这种程度，把很多功能都融入手机里，浏览网页、通信、照相，等等。

这里我要讲一下“计算机嵌入千万设备”，这也是传统产业改造的重要内容。过去，洗衣机跟计算机没关系，电冰箱跟计算机也没关系，现在跟计算机都有关系，也就是说把计算机嵌入到里面去，提高其功能，使之智能化。

我们下面的问题是，计算机既然这么厉害，我们能不能做一个跟人的智能差不多的机器人。实现这个目标有多遥远，技术有多困难。我现在稍微说一下。要制造一个具备人的五官、听视觉、四肢，以及与人脑子一样聪明的机器人，这个愿望能实现吗？它的技术困难在哪？我的基本观点就是“技术难度极大”，我们距离这个目标还很远。因此我们现在不是去做整个人，而是一部分一部分攻关。我们看看解决各个部分的技术困难在哪里。

首先，我们做有面部表情的机器人。人为什么能做出那么多个表情？这里涉及一个很重要的技术问题。人之所以能做出那么多表情，除了发达的大脑之外，还因为人的脸部有40多块肌肉可以动。这个硬件问题目前就解决不了。大家想一想，我们要做一张人脸，上头要有40多个部分可以动，至少要有40多匹马达放在里面，这个人脸还能好看吗？

现在请大家看看最高级的机器人头部[图13]。有人说我还看见过很像人脸的机器人，比这好看得多，其实它们虽然好看（加上橡胶套就好看了），但技术上都不如这个。这个机器人脸部有多个部分能运动。我们再看这样的机器人脸能做什么样的表情。[图14] 图14（a）表示悲哀、图14（b）表示惊讶。这还是世界水平！从这大家可以看出这个问题有多难。不说别的，单就表情本身我们还有很多技术解决不了。

手指，外国人研究得很细了。一只手有多少个自由度呢？约30个自由度。同样，它需要一个非常发达的大脑特别是小脑来控制，同时它

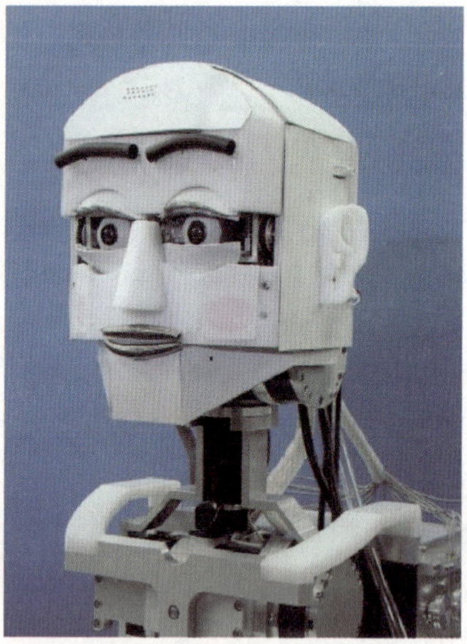

图13　最高级机器人

（a）悲哀　　（b）惊讶

图14　机器人表情

需要很好的硬件。现在做得最好的也只有十多个自由度，比如说能够把鸡蛋抓起来。把鸡蛋拿起来也不是很容易的事情。太用力会把鸡蛋捏碎了，不使劲掉下去也碎了。所以要在它上面装许多传感器，比如触觉、滑觉、力觉等，才能完成这个任务。可想而知，要达到人手的水平，比如既能打铁又能绣花，就不那么容易了。

再说脚。人们做了很多种代步的工具，一条腿、两条腿、四条腿、多条腿，没有腿（蛇行）的都做过。非常奇怪，单条腿、四条腿、多条腿都很成功，唯有两条腿特别难。

下面我给大家看一下机械臂[图15]。机械臂模仿人臂做得比较成功，都工业化了。因为人臂的自由度比较少，只有六个。机械臂的自由度可以做到七、八个自由度，因此比人臂的功能还要强。图16所示的是我们“863”项目实施之后做出的机械臂[图16]。

四条腿的机器人美国人最近做得非常成功，报纸也报道过。水平确实很高！让四条腿的机器人在非常光滑的冰面上走，它走得很慢，但不会倒下，即便被人踹一脚也不会倒下[图17]。很多研究自动控制的人看了这个成果以后，都认为它的控制水平相当高。奇怪的是，两条腿步行却很难，人不愧是高等两腿动物，你们好好想想，为什么大多数猴子变不了人？就是它们怕困难，因为两条腿要比四条腿走路难得多，怕困难

图15 机械臂

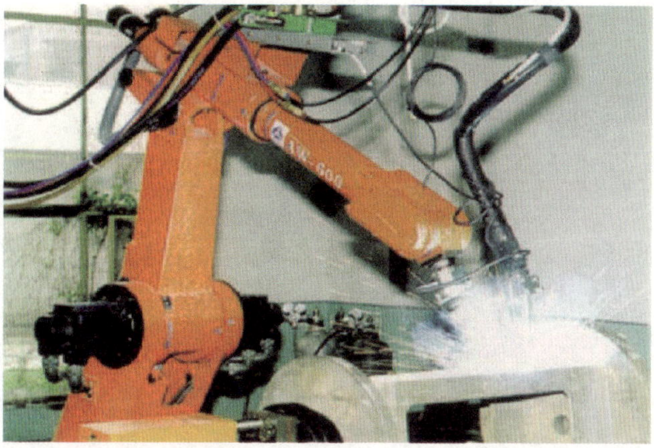

图16 “863”项目机器人

就变不成人了。

日本研制的两足步行机器人水平比较高[图18]，但跟人相比差距还是非常大。现在做的都是所谓的静态步伐，重心要始终保持在两只脚上。因此，它向前走一步的时候必须把重心移到另一边后才能迈出去。但是人走路的时候大多是动态步伐，重心始终往前倾，才能走得快。第二，站起来走路很困难，因为重心高了，现在的机器人能做到成年人的高度比较少。大家知道，平地走路还是比较容易的，困难的是走斜坡，因为走斜坡重心很难掌握。

我再稍微说一下日本人做的宠物机器人。这个市场很大，大家希望能做出人造的猫、人造的狗，因为残疾人、老年人、平常人都需要。如果机械狗做得非常逼真的话，就可以代替真正的狗。比如他们做了一只机械猫，在人看来这只猫还不够像，但这只猫足以把狗弄糊涂了。所以现在的水平是能骗得过狗，但还骗不了人。同时这种宠物机器人现在还很贵。

我前面讲了多年来技术的发展。接下来我们要回顾一下中国曾经走过的道路。我找到一个材料，说15世纪的时候，明朝永乐年间郑和下西洋，他装备是二百艘船，两万七千人，是一个很大的船队。由于那时英国还很不发达，所以郑和没有去英国，到印度就回来了。1840年，

图17　踹不倒的机器人

图18　日本研制的机器人

英国人开了军舰过来，鸦片战争爆发了，清朝政府没有招架之功。也就是三百年的时间，差别竟这么大。1800年的时候，中国国内生产总值是全世界的30%，美国是0.8%，到1998年我们是3.4%，人家是28%。

这几年我们的科技落后了，但现在我们有个机会。实际上每次技术革命，都会产生一些强国，都有些国家复兴。18世纪中，第一次工业革命时，欧洲和英国崛起变成强国。到了19世纪，电气革命发生时美国变成了世界霸主。到了20世纪，信息革命时，出现亚洲四小龙、日本发展起来了。现在是21世纪，中国能不能借助于信息革命崛起，这是全世界讨论的课题。

那么我们现在面临的问题是什么呢？我们如何从制造大国变成制造强国？这是非常重要的一个方面。美国人在信息时代为什么成为全世界唯一的霸主呢？ 刚才我们了解了信息革命的历史，第一台计算机在美国生产，第一只晶体管是美国人发明的，第一个高级语言是美国人写的，第一个软件产业是在美国建立的。这一切的一切都是在美国发明的，或者产生的，美国成为世界信息强国就不言而喻了。

其实，日本和亚洲四小龙又开辟了另外一条路。电视机、汽车、机器人等都不是日本人发明，结果呢？他们通过加工与工艺技术的革新，生产出价廉物美的产品，卖到全世界。这就是日本人开辟的一条路，就是技术引进、消化、再创新之路。

我们国家改革开放几十年，走出了一条经济高速发展的有中国特色的道路，但目前仍然面临许多新的问题，环境恶化、缺乏核心技术等。需要研究新的发展模式，关键在于人才。因此一个主要问题就是教育。我们必须要从我们的人才培养上考虑问题。

我认为办教育有两个目的。第一是提高国民的素质。要成为现代化的国家，没有全民素质的提高是不可能的。大家知道，北欧是全世界最富有的地方之一，他们的高技术竞争能力也很强。为什么？它们都是小国，比如芬兰、丹麦。丹麦在北欧里面还算比较落后的，但二百年前就普及了中学教育。而我们现在还有文盲，怎么跟人家竞争呢。所以，教育的第一步是提高国民的素质。第二是培养高素质的精英。其实前一个目的更重要。没有广大高素质的国民，不可能有高素质的精英。我们的大学教育目前来讲还没有达到普及教育的水平，而发达国家大学已经普及，成为素质教育了。在2001年以前，我们的毛入学率还在世界平均水平之下，现在上升多了，但实际上我们刚刚超过平均水平，比美国的水平差多了，美国是百分之六十几，我们才百分之二十一。

要成为强国，最根本的问题是教育。教育出高素质的国民，教育出高素质的精英，这才是我们国家的希望所在。这个希望寄托在你们身上，任重道远。

高性能计算与高性能计算机

——中国科学院院士、

高性能计算专家陈国良先生讲座

（2009年10月7日）

院士简介

陈国良

陈国良院士，中国科学技术大学和深圳大学教授、博士生导师，中国科学院院士，全国首届高等学校教学名师。1938年6月生于安徽省颍上县，1961年毕业于西安交通大学计算数学与计算仪器专业。现任中国科学技术大学软件学院和深圳大学计算机与软件学院院长，国家高性能计算中心（合肥）主任，教育部高等学校计算机基础课程教学指导委员会主任，国际高性能计算（亚洲）常务理事，中国计算机学会理事和高性能计算专业委员会主任等。

陈国良教授主要研究领域为并行算法和高性能计算及其应用等。先后承担了国家“863”计划、国家攀登计划、国家“973”计划、国家自然科学基金等10多项科研项目。取得了多项被国内外广泛引用、达国际先进水平的研究成果。发表论文200多篇，出版学术著作和教材10部。曾获国家科技进步二等奖、教育部科技进步一等奖、中科院科技进步二等奖、国家级教学成果二等奖、水利部大禹一等奖、安徽省科技进步二等奖、2009年度安徽省重大科技成就奖等共20余项，并获“863”计划15周年先进个人重要贡献奖和宝钢教育基金优秀教师特等奖以及安徽省劳动模范光荣称号。所带领的“并行计算相关课程教学团队”2009年被评为国家级教学团队。

多年来，陈国良教授围绕着并行算法的教学与研究，逐渐形成了“算法理论－算法设计－算法实现－算法应用”一套完整的并行算法学科体系，提出了“并行机结构－并行算法－并行程序设计”一体化的并行计算研究方法，建立了我国第一个国家高性能计算中心，营造了我国并行算法类的科研和教学基地，培养了100多名研究生，是我国非数值并行算法研究的学科带头人，在国内外学术界和教育界有一定的影响和地位。

今天我讲的题目是高性能计算和高性能计算机。那么什么是高性能计算呢？简单地说就是性能很高的计算，所谓性能，最朴素和最容易理解的是指计算速度高，当然还有其他的性能。现在大家都很熟悉常用的个人电脑，笔记本或掌上计算机，即低端计算机，这种计算机已经普及到千家万户了。而高端计算机，就是指其性能很高、速度很快、体积很大、价格很贵、耗电量很大的一类计算机。为什么要研制这类计算机呢？这是因为高性能计算是一个国家综合国力的体现，是支撑国家实力持续发展的关键技术之一；在国家的国防安全、经济建设、科技发展、社会进步上，它都有重要意义和战略地位，有很多的应用工作是个人电脑和工作站无法替代的。

计算科学已经和传统的理论科学与实验科学并列成为第三门科学，它们相辅相成地推动着人类科技发展和社会文明的进步。21世纪科学上最重要和经济上最有前途的研究前沿，有可能通过熟练地掌握先进的计算技术和运用计算科学得到解决。可见计算科学在社会进步、科技发展和促进其他学科发展方面具有重要的地位。

下面，我首先简单地介绍一下高性能计算的含义、特点、应用需求、地位和作用；接着讲述国际高性能计算机和我国高性能计算机的发展状况；然后概略地谈一下应用实例，对加速我国高性能计算及高性能计算机的发展发表几点参考意见；最后也介绍一下我所带领的团队在此方面所做的一些项目。

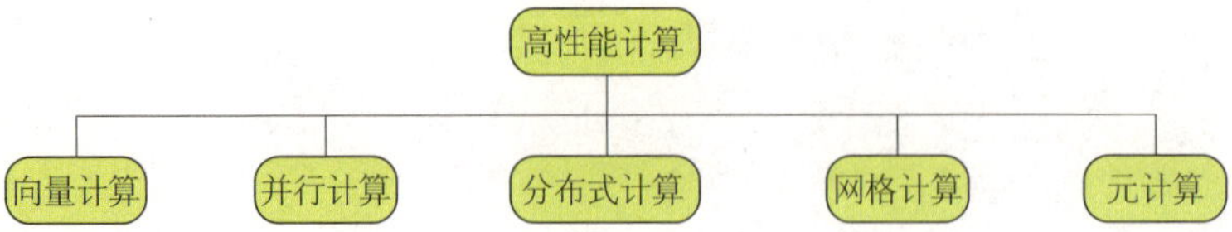

图1　高性能计算

一、高性能计算的意义

首先，我要讲计算科学的重要性。大家知道，近代科学的发展都趋向于定量化和精细化，这就必须使用精确的计算，它是一门科学。我们知道推动科技发展和社会文明进步有三大科学：理论科学、实验科学和计算科学，今天着重讲计算科学。简单地讲，计算科学就是用计算的方法来解决应用问题的科学，特别适用于理论模型复杂或尚未建立、实验费用昂贵或无法进行，甚至到不了现场，这时用模拟计算的方法和手段就非常重要了。现在大家熟知的计算物理、计算化学、计算生物学、计算地质学、计算气象学等都属于计算科学（Computational Science）。

高性能计算简称HPC（High Performance Computing），泛指量大、快速、高效的一类运算。例如：向量计算、并行计算、分布式计算、网格计算、元计算等都属于HPC[图1]。

现在流行的网格计算、云计算等也应该是高性能计算的范畴，特别是目前并行计算已是跟上摩尔定律的重要手段。我的报告要经常用到一些大的量词单位，所以先列出一些量纲供大家备忘[表1]。

表1　高性能计算的量纲

前缀	缩写	基幂	含意	数值
Kilo	K	10^3	Thousand	千
Mega	M	10^6	Million	兆，百万
Giga	G	10^9	Billion	千兆，10亿
Tera	T	10^{12}	Trillion	垓，万亿
Peta	P	10^{15}	Quadrillion	千万亿
Exa	E	10^{18}	Quintillion	百亿亿

注：flops：每秒所执行的浮点运算次数（floating-point operations per second），反映了运算速度。目前的个人电脑运算速度通常在Gflops量级，高性能计算机运算速度则在Tflops至Pflops量级，甚至更高。

表1中10^{15}是指千万亿次，我们现在发展的高性能计算机速度就是在10^{12}~10^{15}之间，甚至更高，速度比普通的个人电脑快5~6个数量级以上，它的应用范围广。从应用的角度，我们也可以把HPC分为以下几类：① 计算密集型应用，如大规模科学工程计算和数值仿真等，应用领域有：石油、气象、CAD、核能、制药、环境监测分析、系统仿真等。② 数据密集型应用，数据量很大，运算不一定很多，如数字图书馆、数据仓库、数据挖掘、计算可视化等，其应用领域有：图书馆、银行、证券、税务、决策支持系统等。③ 通信密集型应用，不断要求交互、协同工作，如网格计算、遥控和远程诊断等，其应用领域有：网站、信息中心、搜索引擎、电信、流媒体等。表2列出了千万亿次（10^{15}）超级计算机的应用领域[表2]。从表2上看出，应用非常广泛。

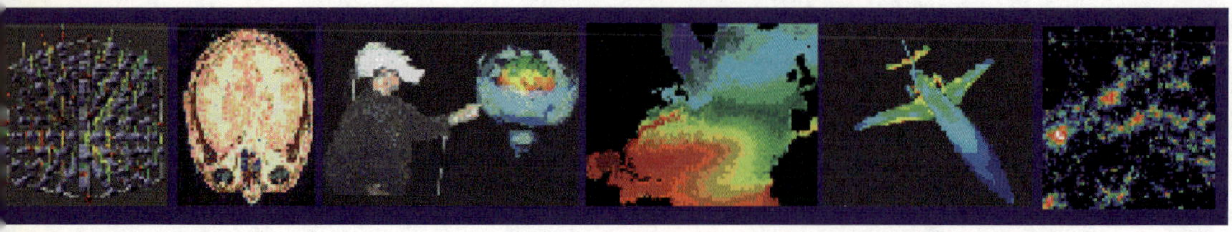

图2　高性能计算应用的重大挑战

表2　千万亿次超级计算机的应用需求

应用领域	应用需求	计算能力需求	存储容量需求
生物医学	蛋白质电子态的计算 药物发明中的筛选过程 蛋白质折叠	100 Tflops 800 Tflops 1 Pflops	30 TB 200 TB 1 PB
航空航天制造	发动机燃烧模拟和机翼设计模拟	500 Tflops	100 TB
气候环境	短期天气预报 长期天气预报 局部突发性灾难预报（如洪水、海啸）	20 Tflops 200 Tflops 1 Pflops	10 TB 100 TB 500 TB
核能领域	完全等离子分析（包括电子结构分析） 核武器数值模拟 天然气燃烧	500 Tflops 1 Pflops 1 Pflops	1 PB 1 PB 1 PB
纳米技术	复合材料的结构分析和功能预测 新材料发明	200 Tflops 1 Pflops	400 TB 2 PB
天体物理学	超新星三维模拟	1 Pflops	1 PB
国防和国家安全	密码破译 先进武器模拟	1 Pflops 1 Pflops	1 PB 1 PB

下面我们要讲高性能计算的战略地位。从战略高度上讲，高性能计算技术是一个国家综合国力的体现。一个国家能造出多高速度的高性能计算机，就表示这个国家的高技术实力有多强。高性能计算在国防安全、高科技发展和国民经济建设中占有重要的战略地位。所以发展高性能计算机是一个国家行为、政府行为，而不是市场行为。

高性能计算在如下的应用中面临着重大挑战：飞机设计、药物设计、全球气候预测、人类基因、海洋环流、新材料、生物分子结构、半导体建模、超导建模等[图2]。

二、高性能计算机发展状况

下面我们先讲国外的情况，主要是美国和日本等。

先看看美国如何重视发展高性能计算机的。在美国有关发展信息技术和计算机建议的报告中可看出[表3]，从1982—2005年，美国国防部、能源部、国家科学院、国家科学基金委以及美国总统信息技术顾问委员会、美国信息技术咨询委员会、美国国家竞争力委员会等不断向美国政府提出报告，报告中相当一部分涉及高性能计算和高性能超级计算机。例如，在2005年，美国总统信息技术顾问委员会提出了“计算科学：确保美国的竞争力”，以保证美国的垄断地位。1982年以来，美国的信息部门提出了许多行动计划，如表3所示。

表3　美国信息部门行动计划

时间	部门	行动计划
1982年	美国国家科学院	关于科学研究及工程中的大规模计算
1993年	美国国家科学院	从台式计算器到万亿次计算机：充分发挥美国在高性能计算领域领导权
1995年	美国国家科学院	特别工作组关于未来国家科学基金委超级计算中心计划报告
1996年	美国总统信息技术顾问委员会	信息技术研究：为了未来
2000年	美国国家科学院	促使信息技术更好
2001年	美国国家科学院	无处不在
2002年	美国国防部	适用于国家安全部门的高性能计算
2003年	美国能源部	基于科学的大规模模拟
2003年	美国国家科学基金委	通过计算机基础结构变革科学与工程
2003年	美国国家科学基金委	信息时代的知识丢失
2004年	美国国家竞争力委员会	促使美国变革并提高竞争力
2004年	美国跨机构	联邦高端计算计划——高端计算复兴特别工作组
2005年	美国国家科学院	超级计算机未来
2005年	美国总统信息技术顾问委员会	计算科学：确保美国竞争力

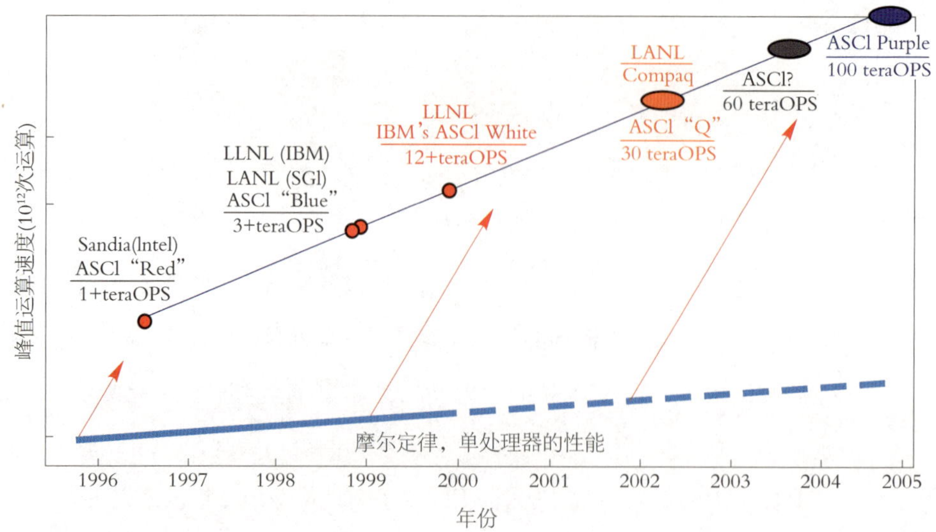

图3　ASCI平台性能发展图

在美国发展有关高性能计算的行动计划中，有几个重要年份：1993年，美国科学工程技术联邦协调理事会的高性能计算与通信（High Performance Computing & Communication，HPCC）伟大挑战计划中，提出发展万亿次（Tera=10^{12}）计算机计划。1996年，美国能源部和三大核武器国家实验室的ASCI（Accelerated Strategic Computing Initiative）加快策略计划中，提出发展千万亿次（Pera=10^{15}）计算机的目标[图3]。2002年启动HPCS计划，希望确定未来10~20年超级计算机的体系结构。2010年，DARPA启动了UHPC（Ubiquitous HPC）计划，研制机箱级、空冷、极大能效、高可信和易编程的普适计算机系统。图3是ASCI的平台性能发展图。

美国1996年的ASCI加快计算创新计划的背景是：当时世界上要禁核，不再进行核武器爆炸试验，但核科学还要发展，就需进行模拟实验，通过数值模拟，评估核武器的性能、安全性、可靠性等。达到高分辨率、高逼真度、三维、全物理、全系统的规模和能力，为此计划研制五代计算平台。

图4　ASCI高性能计算机的代表机型

目前，前四代已完成，第五代平台正在研制。随着第一个十年研究结束，已经开始为下一个十年发展制订规划。图4是美国4个有代表性的机型，这4个机器都非常大，很壮观，有的排列成星型、有的是数组型，就像兵马俑的数组等[图4]。

另一个有代表性的是2002年千万亿次超级计算机，属高效能计算机系统HPCS计划。大家知道，过去一般用峰值速度评价计算机。什么叫峰值速度，就是单个CPU的速度乘以CPU个数，叫峰值速度。但这只是一个理论上的数值。后来，国际上有个标准叫做LINPACK峰值速度，作为基准，来测试真实的速度。美国DARPA于2002年启动高生产率（Productivity）计算系统HPCS计划，希望确定未来10年甚至20年的高性能计算机体系结构，以高生产率而非峰值计算能力作为评价指标，从而开始的高性能计算是一个新的创新时代。

2002年的HPCS计划和过去的ASCI有什么不一样呢？ ASCI过于追求计算速度，对计算器的功耗和环境等注意不够。世界上有一个组织，专门对世界上的计算机进行排榜，评出500强，过去只按LINPACK速

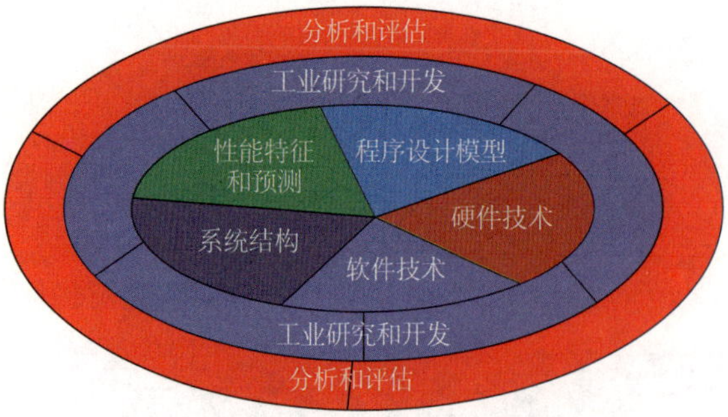

图5　HPCS计划研究关注点

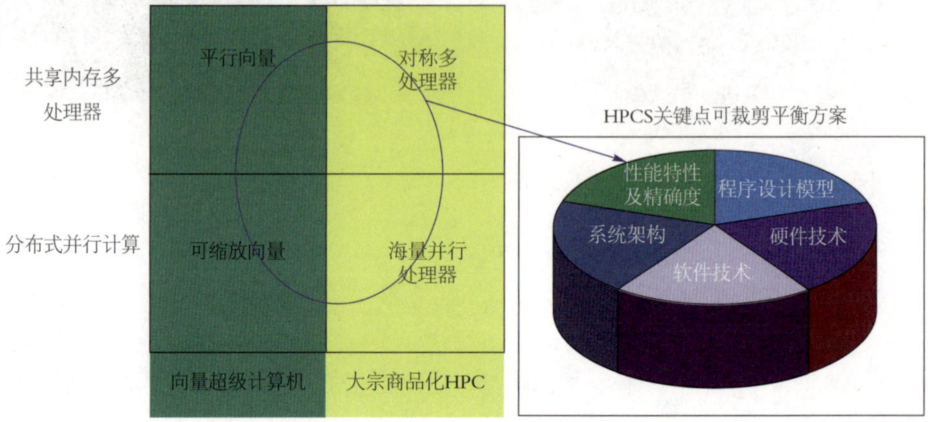

图6　HPCS的设计策略

度排榜，2002年以后再排序时，增加了一个数据，就是功耗，不只考虑峰值速度了。这时候，虽然还是叫HPCS 计划，但是这时候的HP不是High Performance，而是High Productivity，即高效能了，更加注意实际的效率和环保，同一个词HPCS，有不同的含义。图5是HPCS计划的研究关注点[图5]。

高效能计算HPCS计划有三个阶段：一开始是工业概念设计；然后是研究和开发；最后是全方位发展，进入产品生产阶段。

高效能计算机的体系结构不再是单纯的体系结构了，即不完全是并行向量处理机PPC，也不完全是对称多处理器SMP，也不完全是海量并行处理器MPP，而是一个综合集成体，要把几个部分平衡裁剪，进行选择并构成一个系统，这个系统可达到最好的平衡，性能最好。图6是HPCS的设计策略示意图。[图6]

表4　1983—2011年我国高性能计算机发展大事记

时间	事件
1983年	由国防科技大学研制的银河I型亿次巨型机系统的成功问世，标志着我国具备了研制高端计算机系统的能力
1992年	曙光投入200万元研制曙光一号。随后，曙光一号、曙光1000、曙光2000、曙光3000、曙光4000相继问世
1994年	银河I的换代产品银河II在国家气象局正式投入运行，其系统性能达每秒10亿次，大大缩短了我国与先进国家的差距
1997年	银河III并行巨型计算机在北京通过国家鉴定，峰值性能为每秒130亿浮点运算
1999年	首台“神威I”计算机通过了国家级验收，并在国家气象中心投入运行
2000年	由1 024个CPU组成的银河Ⅳ超级计算机系统问世，峰值性能达到每秒1.064 7万亿次浮点运算
2002年	世界上第一个万亿次机群系统联想深腾1800出世，获得2004年国家科技进步二等奖
2003年	联想深腾6800问世把世界机群计算推向新的高峰
2004年	曙光4000A成功研制，使中国成为继美国、日本之后第三个能研制10万亿次商品化高性能计算机的国家（进入TOP500前10位）
2005年	中国高性能计算机性能TOP100排行榜揭晓，曙光位居第一。天梭荣获国家科学技术进步二等奖
2006年	曙光高性能计算机被胡锦涛同志点评为“中国七大标志性自主创新成果之一”，曙光4000系列高性能计算器荣获国家科学技术进步二等奖
2007年12月	中国首台采用国产高性能通用处理器芯片“龙芯2F”的万亿次高性能计算机“KD-50-I”研制成功
2008年6月24日	中国科学院计算技术研究所、曙光公司和上海超级计算中心在中科院计算所联合举行了曙光5000落户上海超级计算中心的签约仪式
2009年	研制的天河一号于2010年部署在国家超算天津中心，升级后列TOP500第一名
2010年	曙光星云研制成功，列TOP500第二名，2011年在国家超算深圳中心正式运行
2011年	采用国产CPU的神威蓝光落户于国家超算济南中心

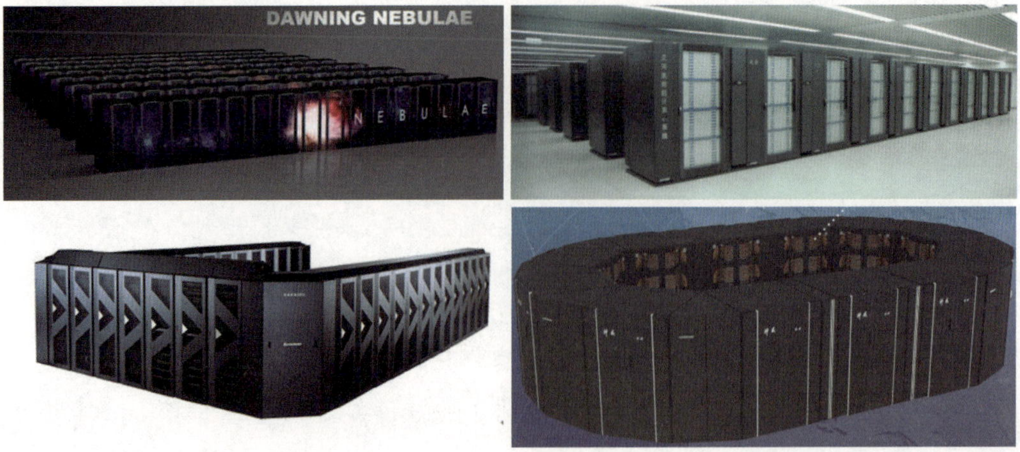

图7　国产高性能计算平台

下面简单介绍一下我国高性能计算机的发展情况。2006年2月，国务院发布《国家中长期科学和技术发展规划纲要（2006—2020年）》指出：加速发展高性能计算对提高我国国防建设与国家安全、国家经济建设、国家重大工程和基础科学研究等尖端科技领域的核心支撑能力，具有十分重要的战略意义。要全面提升我国的自主创新能力，以期将我国在2020年前建设成为一个创新型国家。

我国1983年银河I型高性能计算机的研发成功，标志着我国具备了研制高性能计算机的能力。1983—2011年我国高性能计算机发展大事记如表4所示[表4]。

我国研制高性能计算机有三大家：一是中科院计算所研制的曙光系列，二是国防科人研制的银河（天河）系列，再有一个是江南计算所研制的神威系列。此外，还有联想等一些单位也在研制。图7列举出了我国研制的几种高性能计算机[图7]。

回顾国际上计算机的发展历史，从1946年到21世纪第一个10年，计算机有着快速发展。[图8]

至于发展过程中的主流技术，如图9所示[图9]。从中可看出，从巨型机萌芽发展到向量机，20世纪90年代为大规模并行处理器（MPP），到21世纪以后，机群系列就大量出现了。

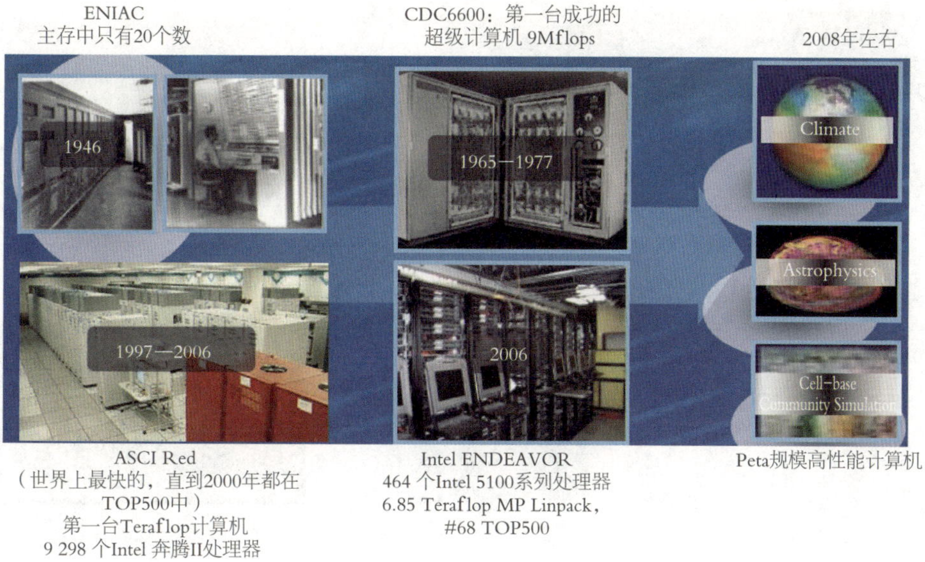

图8　计算机的发展历史

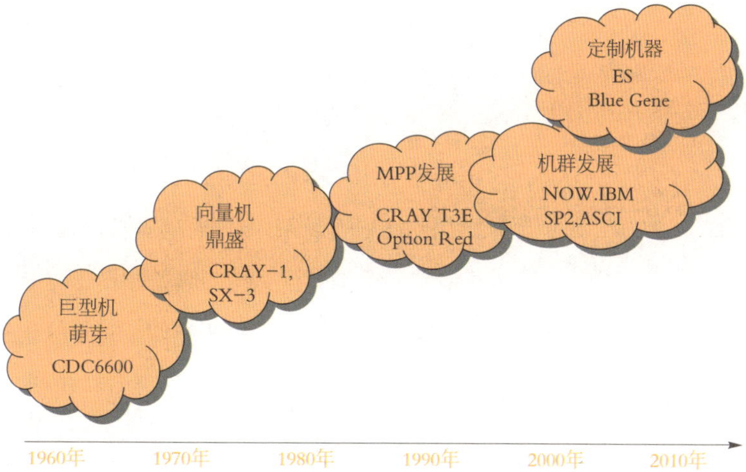

图9　高性能计算发展过程中的主流技术

制造高性能计算机有两种方式，一是采用定制部件，其特点是性能比较高、成本贵、价格较高、市场小（小于10亿美元市场），对大规模或通信密集的任务进行了优化设计，如并行向量机[图10]。

另一种是采用商用部件，许多部件可在市场上买到，性能没有专用的高，但价格便宜，易于普及，市场大，利用每年800亿美元的市场优势，对一些计算密集任务有很好的性能，如MPP/机群[图11]。

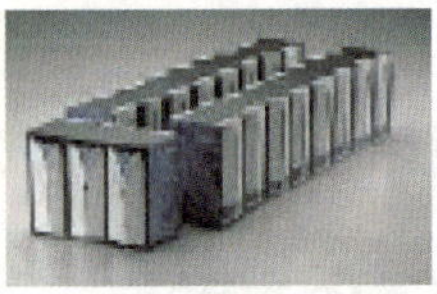

(a)NEC SX-6(Japan)

(b) CRAY X-1 (formerly SV-2)

图10 并行向量机

(a) IBM SP

(b) HP/Compaq SC

图11 并行处理MPP/机群

机群结构出现后，使高性能计算机逐渐进入平民阶段。买几台个人计算机用网络线连起来，下载一些软件，就可运转起来。PC群出现后，高性能计算机迅速“飞入寻常百姓家”。

总体来说，高性能计算机有两个重要的机遇，早期因高性能计算机很贵，一般单位难以研制，多是大型科研机构和军事部门做，难以普及。到有PC集成技术后，使它的普及有了基础，现在还有了多核机的出现，再加上并行技术，又给我们一次新的发展和普及的机遇。

我多年一直呼吁重视高性能计算机和并行计算技术的普及，在学术界宣传，到一些学校去开课，使更多年轻学子能有能力和兴趣去研究它。

讲到高性能计算机的世界500强，世界上有个学术组织，按世界范围内高性能计算机的LINPACK峰值速度排序，一年排两次。6月一次，11月一次。2012年6月已经排出，第一位的是美国IBM公司研制出的高性能计算机Sequoia，16.325 Pflops，万万亿次。TOP500高性能计算机现状如下：

- 最快的高性能计算机：16.325 Pflops。

• 最普遍的高性能计算机：机群（407台）。

• 安装高性能计算机最多的国家：美国（252台），亚洲（122台，中国68台，日本35台，印度5台），欧洲（106台）。

• 生产高性能计算机的企业：IBM（213台），HP（138台）。

• 高性能计算机中使用处理器核数：6核（235台），4核（108台），8核（76台），16核（36台）……1核（1台）。

• 高性能计算机中使用加速器/协处理器：未使用(442)，Nvidia Fermi (53)，IBM CELL(2)，ATI Radeon(2)，Intel MIC(1)。

• 高性能计算机使用最广泛的领域：企业与研究结构。

• 进入500强的最低性能：60.82 Tflops，半年前为50.94 Tflops。

• 500强的总性能为：123.41 Pflops，半年前为74.07 Pflops。

表5是2012年6月前五位一览表[表5]。从表中可看出，前五位中有2个安装在美国，一个在日本，一个在德国，一个在中国。第一位的有约150多万个核，规模相当大，速度是16.325千万亿次，功耗兆瓦级，是相当大的。有的要有专门的发电厂供电，耗电量大成为它发展中的一个重要的问题。

表5　2012年6月TOP500前五位一览表

Rank	Site	Computer/Yesr Vendor	Cores	R_{max}	R_{peak}	Power
1	DOE/NNSA/ LLNL United States	Sequoia-BlueGene/Q, Power BQC 16C 1.60 GHz, Custom/2011 IBM	1 572 864	16 324.75	20 132.66	7 890.0
2	RIKEN Advanced Institute for Computational Science(AICS) Japan	K computer, SPARC64 VIIIfx 2.0GHz, Tofu interconnect/2011 Fujitsu	705 024	10 510.00	11 280.38	12 659.9
3	DOE/SC/ Argonne National Laboratory Unite States	Mira-BlueGene/Q, Power BQC 16C 1.60GHz, Custom/2012 IBM	786 432	8 162.38	10 066.33	3 945.0

续表

Rank	Site	Computer/Yesr Vendor	Cores	R_{max}	R_{peak}	Power
4	Leibniz Rechenzentrum Germany	SuperMUC-iDataPlex DX360M4, Xeon E5-2680 8C 2.70GHz, Infiniband FDR/2012 IBM	147 456	2 897.00	3 185.05	3 422.7
5	National Supercomputing Center in Tianjin China	Tianhe-1A-NUDT YH MPP, Xeon X5670 6C 2.93 GHz, NVIDIA 2050/2010 NUDT	186 368	2 566.00	4 701.00	4 040.0

下面来看近几年来当冠军的机器：

- 2001年，为IBM ASCI WHITE，LINPACK峰值为12 Tflops，处理器数目为8 192。
- 2002—2004年上半年，为日本NEC公司的地球仿真器Earth-Simulator，LINPACK峰值为40 Tflops，处理器数目为5 120。
- 2004年下半年—2007年11月，为IBM BlueGene，LINPACK峰值为478 Tfflops，处理器数目为212 992。
- 2008年6月，为IBM Roadrunner，LINPACK峰值为1.026 Pflops，处理器核数目为122 400。
- 2009年6月，为IBM Roadrunner，LINPACK峰值为1.105 Pflops，处理器核数目为129 600。
- 2009年11月—2010年6月，为Jaguar，峰值为1.759 Pflops，处理器核数目为224 162。
- 2010年11月，为TH-1A，峰值为2.566 Pflops，处理器核数目为186 368。
- 2011年6月—11月，为K computer，峰值为10.51 Pflops，处理器核数目为705 024。
- 2012年6月，为Sequoia，峰值为16.325 Pflops，处理器核数目为

(a)

(b)

图12 IBM Road runner机外形

1 572 864。

图12是2009年6月曾排在第一位的IBM Roadrunner机的外形[图12]，机器是摆放成数组式的。它的基本参数（2008年6月）是：6 480 AMD Opteron处理器，51.8 TB内存（3 240 LS21刀片）；12 960 IBM Cell处理器，51.8 TB内存（6480 QS22刀片）；216 System x3755 I/O节点；26 288-port ISR2012 Infiniband 4x DDR交换机；296机架；2.35 MW功耗；1.105 Pflops 。

现在，性能很高的计算机不再是单一的结构。现今的发展多是采用混合式结构。

如2008年6月研制出的IBM Roadrunner采用混合结构，即用通用处理器加上专用处理器，采用两种不同架构的处理器：一是1.8G AMD Opteron双核处理器，共6 912个处理器，13 824个核；二是3.2G IBM PowerXCell 8i 异构多核处理器；数学运算比Opteron快30倍。系统共有130 464个核（13 824+ 116 640）。

2002年2月高性能计算机的世界冠军，是日本最快的并行计算机——ES，叫地球仿真仪，其体系结构是并行向量机[图13]。

曾经有一度说，向量机不行了，因为其速度主要靠器件，大家知道，器件速度到一定程度受到物理的限制，不能超过光速，故而没有办法再提升了，所以一度宣布这类机器不能再做了。但没有想到，日本用向量计算机又连续四次拿了冠军，所以，一些科学家认为对学术问题下结论要慎之又慎。这台机器的峰值速度/内存是40 Tflops/10 TB；节点

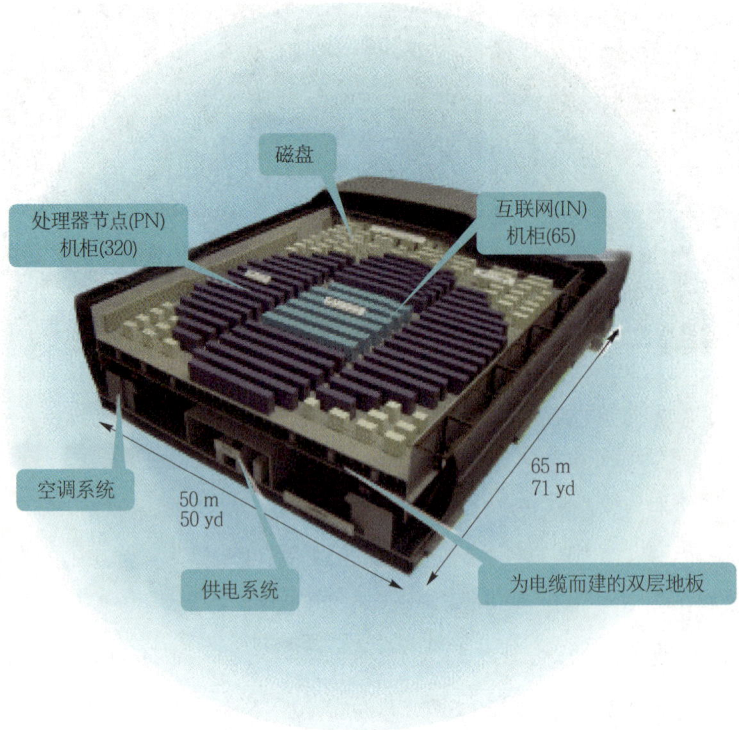

图13　地球仿真仪——ES

数/处理器数/处理器峰值是640/5 120/8 Gflops；占地面积有六个篮球场大；高度有3层建筑那么高，主要用途是模拟全球气候变化、地震预报、原子能等。这个地球仿真器有专用的发电厂。因为它的耗电量太大，它一启动，整个市电都要有反应，为此就为这个机器设立一个专用的发电厂。

世界500强中机群系统所占比例非常大[图14]，目前有407个是机群系统。原来的世界500强中，前几名都是大公司，或是军方研究机构研制出来的，这些单位技术力量强，非常有钱。可是在2003年11月TOP500排名中，美国Virginia工学院一批师生，采用商用部件，花了4个月时间，自制了排名第3的系统X，从而导致了高性能计算机的“平民化”，宣布高性能计算机走进了寻常百姓家。

中国的高端高性能机群状况如何呢？2008年11月世界500强榜上，曙

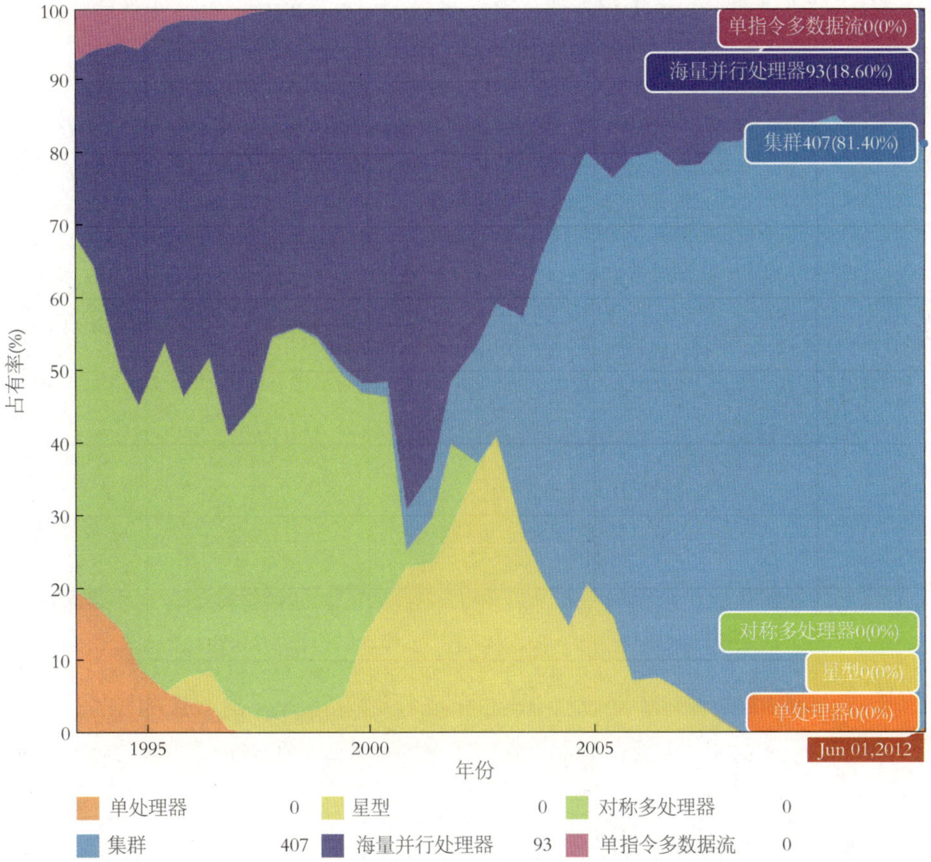

图14　机群系统

光5000A排名第10，指标LINPACK峰值180.6 Tflops；联想DeepComp7000排名第19，LINPACK峰值102.8 Tflops。2009年11月，世界500强榜上，天河一号排名第5，LINPACK峰值563.1 Tflops，曙光5000A排名第19，LINPACK峰值180.6 Tflops，联想DeepComp7 000排名第43，LINPACK峰值102.8 Tflops。2010年11月，世界500强榜上，天河一号排名第一，LINPACK峰值2 566 Tflops，曙光星云排名第3，LINPACK峰值1 271 Tflops。

每年世界均有新的高性能计算机涌现，如果我们不再提高，排位将很快下去。所以，我国在“十二五”规划中，也在发展千万亿次（10^{15}）以上的计算机。目前，联想、曙光、国防科大、江南计算所都在做。

还有一个是我国高性能计算机的国产化问题，现在有自主产权的还比较少，其中微处理器大多是进口的，芯片有Inter的、IBM的、AMD的，等等，我们要看到我们的不足。

中国计算机发展的过程我很清楚。从1958年以来，我们计算机界有许多人做了很多努力，但遗憾的是在“文化大革命”后，国内用的基本都是进口的计算机。长期以来，我一直有心自己造民族品牌的计算机，2007年我去教育部，申请了一些经费，我定位搞个人高性能计算机，因经费有限，只能做低端的个人高性能计算机，它仍具有高性能计算速度，可达到万亿次以上，但是价格便宜，在100万以内（我们实际用了80万）；体积小，就是一个机柜；功耗低，仅6 KW。我们用的器件主要是国产龙芯2号，网卡用瑞丽的，交换机是华为的，磁盘阵列是南京的，机柜冷却系统是曙光的，软件用Linux，自由软件下载后，经过了精心剪裁和开发。这台机器是2007年12月完成的，通过了鉴定，当年是国家科协公布的中国科技十大新闻之一。这台国产万亿次高性能计算机当时命名为KD−50−I，是献给中国科学技术大学建校50周年校庆的礼品。[图15]

高性能计算机发展面临的主要问题有哪些呢？首先是内存访问能力与处理部件计算能力两者的不平衡，称之为存储墙Memory wall。内存访问能力比较慢，而处理器部件的计算能力比较快，差距愈来愈大。

处理器速度每年提高59%，高性能计算速度提高更快。内存速度每年提高7%。处理器性能与数据访问带宽和延迟之间的差距越来越大。这种现象就是CPU等待数据供应，这就是存储墙问题，所以有一篇文章讲，“救救饥饿的CPU吧！”为此，必须从系统存储体系结构上创新，改进时延机制，以提供更高的带宽和更低的延迟。

第二个问题是编程墙，就是编程和高效程序跟不上需求，现在的计算机是多核的，已达到十万个核以上，系统结构复杂（数据共享与消息通信模式交织），为超级计算机编写高效健壮程序越来越复杂，越来越困难。如何把它们充分用起来？能否把大问题分解成一些子问题，再化成若干子进程同时进行计算，再把它们协同起来，而且效率还要高，这容易吗？不容易。大家有经验，一个人干事，想怎么干都行，上百个人一个团队干件事，要想效率高就不容易了。所以，要有办法编出好的程序，使10万个核都能高效地运行起来，且其加速度也能达

图15　中国的个人高性能计算机——KD-50-I

到线性就好了，我看现在困难很大。这说明，矛盾会体现在编程上，使得高性能计算机不能高效利用。

第三个问题是功耗，现在的超级计算机有10多万个核，每个耗能几毫瓦，总量就不小。现在信息产业是耗能大户，要提倡节能的绿色计算，怎么节能？不是把机器关了，或让他处于休眠状态就行了，而且要根据动态负载分布和运行情况，使得CPU核忙时让他能耗多点，闲时能耗少些。当然，这样做是很难的，所以减少能耗也是一个主要问题。以上是发展高性能计算机的三大障碍，都是研究的重要课题。

三、高性能计算的典型应用

高性能计算的应用领域主要有：气象和气候、能量的燃烧、熔化和裂变技术（军事国防）、生物、社会经济发展、天体物理学、数学、能源及材料等。

实际上，应用可分为两大类，第一类是传统的科学和工程计算。这类应用具有如下共同特点：多种物理对象模拟的计算方法各不相同，研究侧重点是离散化PDE及其相应的线性/非线性方程的求解。强调并行机的速度和问题的收敛及求解精度等。历史上，物理和工程科学是计算和计算机科学应用驱动者，如计算流体，计算力学等。现今，像生物科学（从基于实验发展为基于计算、从个体研究发展为跨学科研究、从注意数值技术发展为生物医学计算方法等）是高性能计算和计算机科学的受益者。将来，社会科学和人文科学则是高性能计算和计算机科学的主要消费者。

另一类与科学与工程计算平分市场的是与社会有关的新兴应用领域。例如，近几年社会计算中的公共区搜索、数据挖掘、社会经济系统模型中数据量很大的问题求解等，很多应用常集中在与社会相关的国计民生方面。其特点是：不单纯是计算量大，而且数据量非常大，所关心的不仅是精度，更重要的是诚信，要有安全协议，在网上进行信息交换和相关计算时要约束自己的道德规范，不能发病毒，或破坏别人的微码。

下面略举几个应用实例：在社会科学方面，例如社会经济学、社会行为科学、管理科学和主体经济学等几方面的学者都会用到它；在物理科学应用方面，例如，曾有重要的科学发现，美国国家虚拟观测站的计算机科学家，用计算机搜索（约2分钟）两个天文数据库中数百万天体的数据时，发现了新星球（褐矮星），它是研究人员在演示软件的可行性时无意发现的，是天文界惊人的精确发现；又如天文学方面，伽利略观察巨大星球爆炸500年后，人们对超新星（比太阳至少大10倍）中心坍塌的爆炸机制仍不清楚。最近许多物理学家和计算科学家用一维、二维、三维程序来模拟此现象，有可能提高对此现象的认识和增加对宇宙特性的理解。还有，最近宇宙科学家发现宇宙在加速膨胀，这与爱因斯坦广义相对论理论物质行为相反，宇宙科学家猜想，除暗物质外，宇宙也可能包含暗能量，此能量将引力作为排斥力，从而导致加速膨胀，美国芝加哥大学天文学家用扩展版Flash程序模拟了宇宙的能力。这说明天文学家要充分利用现代手段来整理资料，以帮助天文研究的开展。

此外，在工程与制造方面、生物学方面以及国家安全等方面，都广泛地使用了高性能计算手段来研究各自的学科。

下面要讲我所领导的小组所做的应用工作。20世纪80年代初我从美国回来后，搞了十几年计算理论和并行算法方面的研究，到了20世纪90年代中期，慢慢转向实际应用问题研究。之所以这样，第一我认为自己有比较扎实的并行计算基础，第二我比较喜欢做应用课题，第三我认为自己知识面较广，所以我乐于做应用课题。我让小组中少量人做理论研究，发表好文章，大部分去做应用课题，选择国民经济主战场上国家急需的基础问题做。

当时中国科技大学所在地安徽有许多应用课题可以做，省领导要求我们利用高性能计算机，来治理淮河灾害。淮河发源于河南，经安徽江苏两省入海，历年灾害很大。为此我们申请了国家“863”项目，买了一台曙光1000高性能计算机，用于做安徽省数值气象预报、淮河防洪调度和水库群调度，以及河网水质管理等，从而首次实现了用国产的高性能计算机进行水科学工程计算，与此同时，建立了第一个国家高性能计算中心（合肥）。

淮河发源于河南，进入安徽边境处，地形陡峭，南下进入安徽后就是一片平原，而在流入江苏境内，地形又有所抬头。这就是说，一发大水，大部分的水就要滞留在安徽，所以安徽是非常容易受到灾害的地方。

在20世纪50年代，我国有许多河流要治理，但1953年毛主席提出的第一个是“一定要把淮河修好”，可见其重要性很大。因为它的灾难性很大。

淮河的气候条件也很特殊，是南北气候的过渡带，南边的暖流和北边的寒流在此交汇，形成一个下雨带，而且这个雨带在淮河地段徘徊不走，雨一下就是一个多月。

暴雨集中在6~7月梅雨季节，强度大、范围广，暴雨中心有可能同时出现在上游、中游和下游，所以要做区域的气象预报。

另外，淮河有许多水利工程阻断了洪水运动，严重影响洪水预见期和预报精度，水利工程的频繁启用导致了洪水调度难度加大。

淮河流域也不小，淮河是主干道，其最大特点是支流很多，每个支流都有许多水库，下的雨都要存储到水库中，但水库有一定的容量，到时候就要放水，否则要爆满，堤坝也要冲垮，这么多水库，如何放水？放到哪里？这其中就有个科学调度的问题。

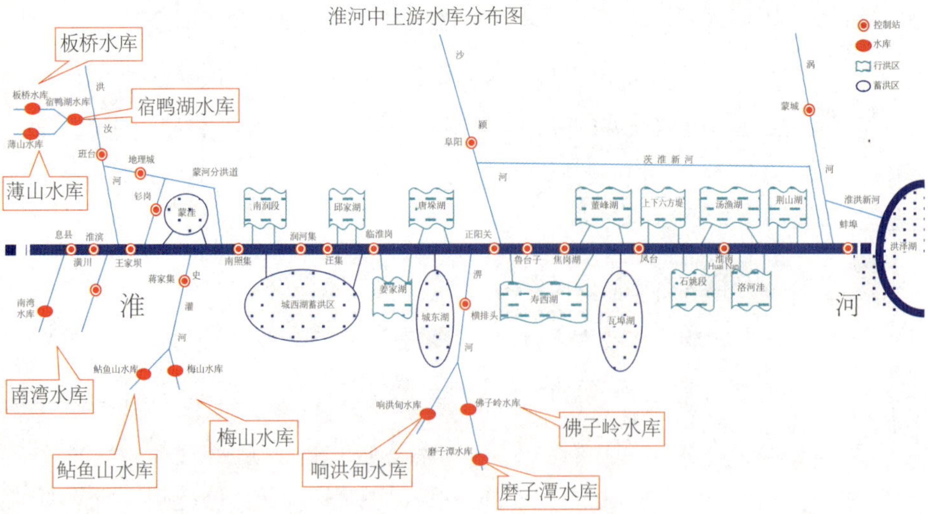

图16 淮河中上游水库分布图

我们利用高性能计算机作为手段，计算出分布在淮河流域的不同水库在不同时间放不同流量的水，将峰值错开。这实际上是一个线性规划问题，看来简单，但是参数很多，河流的边际条件复杂，而且不准确，所以做起来不容易。

淮河上有400多座水库，其中，大型的也有十几座，假如有n个水库，每个有m个放水方式，就有m^n个调度方案，这是个指数型函数，计算量将非常大，所以要用到高性能计算机。我们做了9个水库，每个水库11种放水方式[图16]。

这个计算量仍然很大。当调控不了时，我们就要启用沿淮的行、蓄洪区。淮河主干道有许多行、蓄洪区，大水来时可用于缓冲一下，这种行、蓄洪区实际上是些农庄和农田，淹掉它们损失很大。另外，还要考虑到一些其他复杂因素，不断完善这个调度系统，将计算结果最终提交给决策者，辅助省领导做出决策。这个项目获得2002年度国家科技进步二等奖。

我们做的第二个项目是已用油田如何继续开发。油田投入开发后，随着开采时间的增长，油层本身能量将不断地被消耗，致使油层压力不断地下降，地下原油大量脱气，黏度增加，油井产量大大减少，甚至会停喷停产，造成地下残留大量死油采不出来。为了弥补原油采出后所造

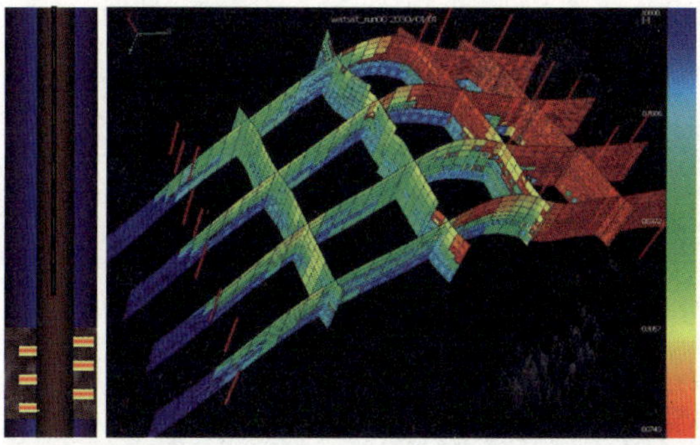
图17　铁疏子

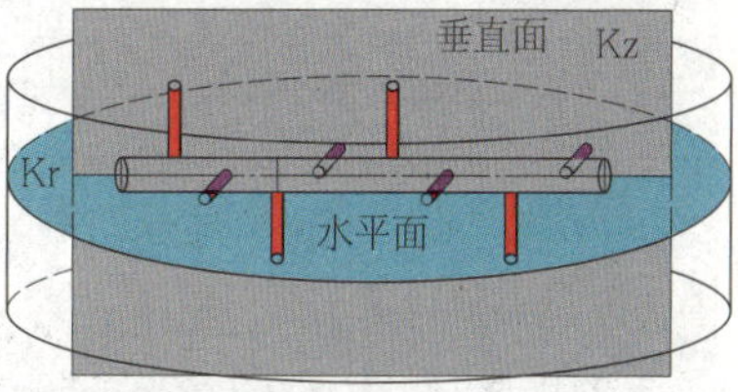

图18　串行算法的复杂度

成的地下亏空，保持或提高油层压力，实现油田高产稳产，并获得较高的采收率，必须对油田进行注水。

油田注水后，水和油会在地下混杂在一起，这就需要我们确定地下有油和水的分布情况，从而便于开采。由于测量技术有限，我们只能在井筒中测量，而对于地下性质及流动则只能采用数值计算的方法。问题是油在哪里？向哪里注水？油能集中吗？为此，我们解决的方法是做一个设备，名为“铁疏子”[图17]。

通过油气井射孔技术在井下打若干孔眼。采用射孔技术，为防止油井坍塌，必须使用铁管将井壁稳定，再通过射孔将地层与油管的通道打开。测量孔眼处流体的相关资料（压力）。建立相应的流体计算模型。然后采用大规模数值计算，解偏微分方程，模拟油水分布情况，这个计算量很大。

对于油气井射孔，如果1 000米长的水平井，每米10孔，孔眼数为1万；再考虑多相流体、考虑边界、考虑水平及纵向地层差异等，使得流体计算的模型变得十分复杂[图18]。

单一孔眼的网格数量达21万，单一孔眼每个时间步计算耗时达2.12小时。1万个孔眼同时流动，计算1年内的变化情况，计算耗时达1万多年。我们采用优化计算方法，将孔眼看成线源（孔眼为毫米量级，

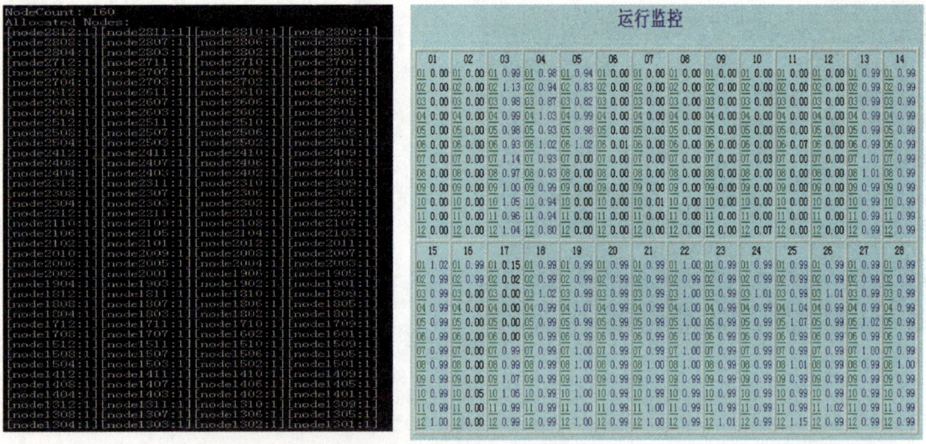

图19　算法在KD-50-I上的运行情况

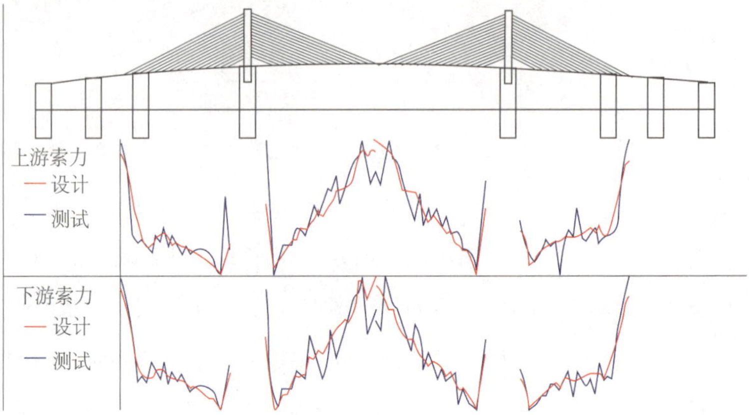

图20　铜陵长江大桥的2001年12月桥塔偏离情况

地层为千米量级）。将复杂的压力方程计算以求和、乘积、积分形式表示，这个求解非常适合并行计算。

该算法在KD-50-I上的运行情况后，发现每个节点的CPU利用率都很高，这对射孔完井地层的有效计算具有现实的理论意义，因为从理论上来说，只要有足够多的节点，就可以实现地层的精细计算[图19]。

我们做的第三个任务是桥梁的安全检测，也是高性能计算在数字化大桥中的应用，背景是在安徽，有一年铜陵长江大桥被大货车撞了，关了很长时间，桥梁管理部门来问，能不能再用并通车，这就要做检测，检验其安全性，我们在斜拉桥的粗钢丝上安放许多传感器，测得很多参数，来计算两边的力是否平衡。图20是铜陵长江大桥的2001年12月的桥塔偏离状况[图20]。

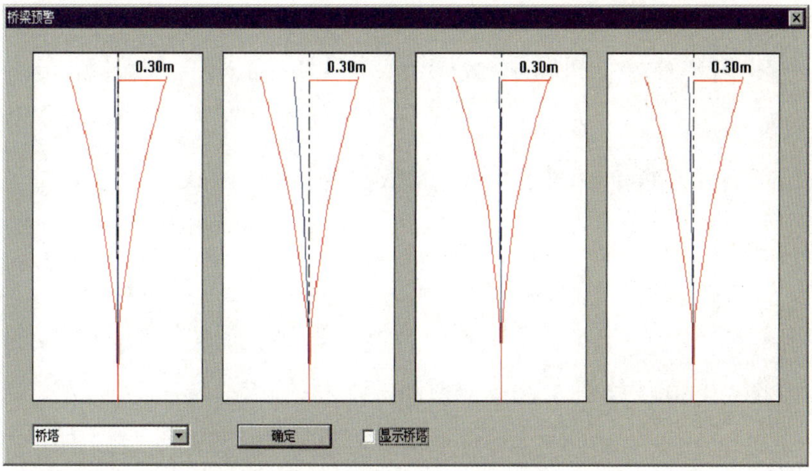

图21　铜陵长江大桥的桥塔偏离计算结果

如不平衡，主塔就会偏，要计算出偏多少，告诉桥梁专家，看是否危险。利用高性能计算机计算后，于2001年12月得出计算结果为0.3米[图21]。专家说，不会倒，可以继续使用，直到现在铜陵长江大桥还在正常使用。

我国有各类公路桥24万多座，钢桥使用10年，混凝土桥30年需大修，我国40%的公路桥使用超过25年，桥梁倒塌现象频发，所以利用高性能计算对桥梁做安全检测非常重要。在浙江宁波有杭州湾大桥，国家高性能计算中心专门利用高性能计算对该大桥进行安全检测。

以上我们所做的研究涉及环境、能源和安全几方面的问题，都是国家所关心的大课题。

四、高性能计算机的发展展望

我们先从TOP500看高性能计算机发展中的三大转变。第一，PC Cluster带给HPC计算架构的转变：2003年11月TOP500排名中，美国弗吉尼亚工学院一群师生采用商用部件，花了4个月的时间自制了排名第3的系统X，导致了高性能计算机的平民化（Popular），从而HPC

的研究从高墙深院的科研殿堂“飞入寻常百姓家”；PC Cluster结构使HPC的计算架构发生转变，开始了平民化和个人化（Personal）的HPC运动。第二，图形处理单元GPU带给HPC计算能力的转变：从2011年11月TOP500排名中发现前10名的第2、4、5都采用了GPU异构加速体系架构，500台系统中有39台系统采用了GPU，这也说明了CPU+GPU作为一种对整机计算能力贡献很大的混合异构的计算架构逐渐进入了主流。第三，云计算带给HPC运营模式的转变：HPC服务方式采用事先预约、独占资源、分时使用、统一付费的传统科学工程计算模式；而云计算的出现，为HPC的服务方式提供了新的选择，即用即约、租用资源、虚拟占用、按量付费的云计算运营模式。

我再讲讲高性能计算机的发展展望。

首先，未来的高性能计算机的流行结构仍然是Cluster技术，MPP仍然是经典结构之一，其架构应该是可重构的体系结构、专用器件结构和混合异构结构，而不是单一结构。特别是计算节点采用“通用CPU+专用GPU”这种混合异构体系结构是目前高性能计算机的主流趋势。

第二方面是采用若干新技术，如光技术，利用光纤互连、光波导、自由空间光互连等，研制光计算机。我国已有科学家研究多年了，虽有一定困难，但现在已有很大进展。光技术还可用于全息存储：信息以光栅的形式存储于晶体中，实现高带宽，高密度。其次是量子计算机，现在硅计算机已经快走到尽头了，进一步发展要用到由利用量子效应作为工作基础的量子器件组成，利用量子相干迭加原理，使得基于量子位的量子计算具有强大的并行性，存在的问题是：量子逻辑的一致性，环境隔离等。目前量了通讯进展很快，但量子计算机还为时尚早。再有分子计算机，用大量（分子数10^{20}）分子参与计算，以空间换时间来提高计算能力，高度并行，功耗小。存在问题是：速度慢，操作不可靠，DNA分子容易水解等。

我国高性能计算机的现状如何？我用五句话来概括：第一句是中国已具备自行研制高性能计算机系统的能力，因为在世界500强中排在前10位的已有中国好几家了；第二句是系统国产化程度不高，处理器、高速网络等关键部件还主要靠进口；第三句是高性能计算软件是最大瓶颈；

第四句是应用软件的开发投入力度不够，因而影响了高性能计算的普及；第五句是高性能计算高端人才匮乏，制约了高性能计算机的发展。

现在高性能计算机系统开始了新一轮探索，历史有机遇时，需要创新思想，廉价的机群系统带来了高性能计算机普及和“平民化”，可以结合自己的研究课题，自己做几个看看。另外，高性能计算机工作者是高级服务者，是要服务于应用领域的。做高性能计算的普及是很辛苦的事，难度大，但成就不太容易被认可，不像做学术研究、发表文章那样有成就感，所以要有奉献精神。最后，也是最重要的，要集中力量研制包括CPU、系统互联网络在内的全自主产权的高性能计算系统，加大对软件的投入。

总之，我们要借鉴国际经验，加速我国高性能计算发展，应增强自主创新能力，大力加强可高效运行的应用软件研制，优化资源管理，保持已有高性能中心的先进性，重视和加强高性能计算的新型交叉人才的培养，建立加速高性能计算的国家管理机制。最后，要建立我国高性能计算“生态系统”，包括高性能计算的核心部分(硬件、软件)，支持性研究基础设施和人才培养等。高性能计算的发展应该着眼于整个生态系统，只有保持各物种均衡、同步、协调式发展，才能使其兴旺发达起来，只有各部分的兴旺才能保持整个系统的繁荣。

上海光源

——给年轻人创造机会

——中国科学院院士、

核物理学家杨福家先生讲座

（2010年1月20日）

杨福家

杨福家院士，1936年6月出生，浙江镇海人，中共党员，中国科协副主席，核物理学家。1963年10月—1965年10月任丹麦哥本哈根尼尔斯玻尔研究所博士后研究员。先后任复旦大学原子核科学系系主任、复旦大学研究生院院长、复旦大学校长、中国科学院原子核研究所所长。2001年当选英国诺丁汉大学校长。1991年当选为中国科学院院士（学部委员）并于同年当选第三世界科学院院士。领导、组织并基本建成了“基于加速器的原子、原子核物理”实验室。在原子核能谱学方面，实验上发现一些新能级数据；在级联衰变方面，给出复杂能级的衰变公式，概括了国内外已知的各种公式，较广泛地用于放射性厂矿企业，推广至核能级寿命测量，给出图心法测量核寿命的普适公式；领导实验组用 γ 共振吸收法发现了国际上用此法找到的最窄的双重态（900 eV）；在国内开创离子束分析研究领域；在束箔相互作用方面，首次采用双箔（直箔加斜箔）研究斜箔引起的极化转移，提出了用单晶金箔研究沟道效应对极化的影响，确认极化机制。

上次来到澳门科技大学是2006年9月，讲的是关于核能，当时没想到，我国核能发展如此之快，发展速度是世界上少见的。中国现有的核电已接近1 000万千瓦，但是到2020年，需要达到7 000万千瓦，是今天的7倍，大亚湾核电站离这里不远，建设了许多年，发电能力是2个90万千瓦，大家可以算一下，如果到2020年要达到7 000万千瓦，就需要每年至少再建一个超过大亚湾的核电站，可见速度之惊人。

今天我要讲另外一个课题，“上海光源，给年轻人创造机会”。

上海光源是今天中国最大的科学工程，还没有一个工程有这么多国家领导人去过，现已有胡锦涛、江泽民、温家宝、习近平等领导人去过，我想大家一定有兴趣，想要了解它是什么项目。

我今天讲的主题是上海光源的科普知识，但副标题是给年轻人创造机会，就不限于讲科普了，所以我要扩展开来讲。我1997年在复旦大学做校长时提出了一个口号，“给年轻人创造机会”，过不久，人民日报记者来采访我，写了四篇文章，第一篇在人民日报头版头条刊登了，其大标题就是“给年轻人创造机会”。

为什么呢？我们年轻人要成长，要有所贡献，要体现人生价值，就要有多个要素：第一要有正确的人生观，即Motivation，要有动力。例如你要到国外读书，要有人为你写推荐信，信中要说明这个学生的Motivation怎么样，他有没有驱动力；第二要看他的兴趣怎样，即要有好奇心Curiosity；第三看他是否能艰苦奋斗；第四要看成长有没有机会。

李政道在80岁时出了一系列文集，在第一本中，就讲了我上面的话，并提出在某种意义上看最重要的是机会，没有机会是很难成长的。

上面提到的第二个要素是兴趣，这一点我要展开讲，你们学校的创始人廖先生，他讲到他的孩子在英国读经济，后来准备到法国去学习如何做饭，他非常赞赏，表示支持。你们的家长会支持这样的行动吗？我想起在美国有个华人小孩，能进入哈佛大学，他没进，而是进入最好的烹饪学院，学习如何做饭。现在中国家长还没有接受这个理念，能进北京大学、清华大学、复旦大学，不去，而是进做饭的学院。而我惊然发现廖先生能欣然接受了，说明他的理念已经很先进了，而且许校长也完全赞成，我认为你们也会有成长的机会的。

实际上，1997年美国3000多所大学校长开会时，哈佛大学领导人就讲："如果美国所有大学都是哈佛大学，美国社会就要崩溃了；如果培养出来的人都能拿诺贝尔奖，这个社会也要崩溃了。"因为社会是由各种各样因素组成的，在古代早就有这样的话，即"三百六十行，行行出状元"，过去十年，澳门科技大学有这么大的发展，今后会有更好的发展，同学们要抓住机会，这么好的机会。

我今天主要讲的主题是：上海光源，或者说是同步辐射光源。关于它的历史，我要作一个简单的介绍。在1898年有一篇文章，文中在理论上预告，如果一个运动的带电粒子，当其速度发生变化时，就会将其能量的一部分，转为电磁辐射的形式释放出来，

大家知道，中子不带电，电子和质子带电。注意这里讲的是带电粒子的速度（Velocity）发生变化，这个"速度"，包含了两个概念，一个是数量，一个是方向，如果只说数量，那是Speed，不是速度Velocity。

该文章中说的带电粒子的速度变化，指的是有方向变化，或既有数量变化，又有方向变化，这两种变化都会有能量以电磁波形式发出。图1显示了电子束在磁场中运动产生的同步辐射光[图1]。

什么是电磁辐射呢？照明的光、X射线、红外线等都是电磁辐射，只是其波长各不相同而已。如果电子束转弯了，就是方向变化了，表示其速度变化了，因而其能量就会以电磁辐射方式发出来了，这是19世纪的学者在理论上的预告。

最早观测到同步辐射的是中国人李政道，当时他做天文方面的博士

图1　同步辐射光

论文，没有计算机，也买不到，就和他的老师费米一起自己做了一把很大的计算尺，这个计算尺大到在行李箱中都放不下，它用该计算尺计算了天文学中的问题。他在研究报告中讲到，比太阳更亮的星球有两种，一种是新星（Nova），亮度约为太阳亮度的几万倍，另一种是超新星（Super Nova），其亮度约为太阳的6亿倍。

20世纪初，人们不知道太阳的能量是从哪里来的，但经过几十年的努力，才知道它原来是一个爆炸得很慢的氢弹，是核聚变反应。但是现在知道有比太阳更厉害一百亿倍的超新星，它又是从哪里来的，这个问题现在世界上还没有解决。

实际上，中国早已观察到了更亮的星，在古代商朝就发现了新星（Nova），在出土的文物中说明，早在公元前十三世纪，就有用甲骨文写的“新大星”，这就是Nova的发现，有文字记载。

超新星是在宋仁宗时代发现的，即公元1054年，有当时的详细记录。其实，超新星中就包含很多同步辐射，有很多带电离子在速度变化时将能量放出来了，因而产生很亮的光，可惜当时不能认识是什么光，没有理论基础，否则现在的上海光源就不叫“同步光源”，而叫“宋光源”了。由历史可见，在宋代我国就已发现了同步辐射的光，只是不认识而已。

巨蟹座星云[图2]是被中国天文学家公元1054年7月记录下的超新星，在其内部蓝色星云连续发射的光中，具有高度极化的同步辐射光。这个超新星的爆炸是很厉害的，其亮度很亮，在白天有连续23天，晚

图2　具有同步辐射光的星云

上连续653天，都可用肉眼看到。

第一次在实验中观察到同步光源已经是1947—1948年的时候了，是在同步加速器上当电子速度变化时观测到的。在1849年已对此光源有理论预言，但当时并没有提出“同步光源”，而是后来因为它是在同步加速器上实现并发现的，故而称为同步光源。如果在回旋加速器上发现，就可能会被称为回旋光源了。

同步光源是在进行高能粒子研究中产生的，原来认为它是废物。因在高能粒子加速器中，要用高能粒子转弯去碰撞一个靶，研究其在靶上碰撞的结果。加速器是给粒子能量，用于加速后去打靶的，不希望这个能量被消耗了，如果被消耗，打靶效果会降低，高能物理研究者对此是不愿意看到的。但后来发现，作为高能物理研究副产品的同步辐射，它有用，而且后来越用越好，不是废物，因而就开始专门研究如何去利用同步辐射。

同步辐射有这样的性能，带电离子在转弯时放出光，向四面八方放射。当能量很高，接近光速时，它放出的光是很专向的，光非常强，本来一般光像球面一样，同步辐射放出来的光像一把箭一样，很尖的光，非常细，电磁波谱范围很广。

日用电灯泡是在10^{-3}~10^{1}电子伏特之间，有红外线光，同步辐射在10^{1}~10^{5}电子伏特之间，有紫外线、软X射线、硬X射线光，这个X射线比医院用的X光不知强大多少倍，如图3所示是两种电子运动加速状态，图3（a）所示为低电子速度状态，图3（b）所示为电子速度接近

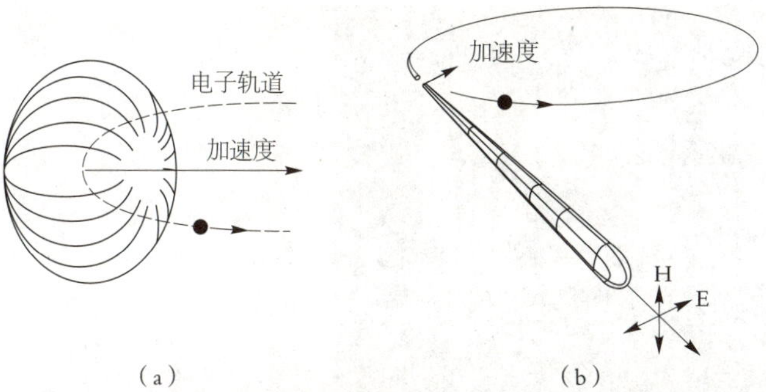

图3　电子在不同速度状态的能量辐射方向

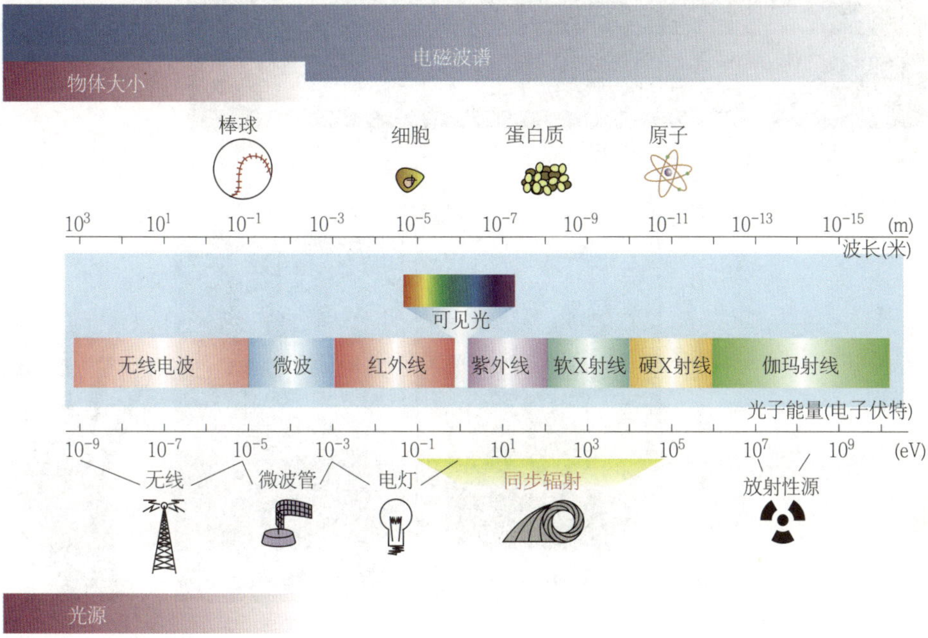

图4　电磁光谱和物质大小

光速时的状态[图3]。可以看出光源的光子能量（电子伏特）和用波长（米）表示的物体大小对比关系[图4]。

德国科学家伦琴在1895年发现了X射线，他是第一个获诺贝尔奖的物理学家。他在当初实验时并没有明确的目标，完全出于好奇心的驱动，实验室的设备也非常简单，有一个真空瓶和电路线圈[图5]。实验中有粒子打在金属上，出现了看不见的，不知是什么东西的射线，把旁边的胶卷感光了，因当时不知是什么射线，就叫做X射线，X表示未知数。

1895年伦琴的第一篇文章，就登了他夫人的手经X射线照过的照片[图6]，如图6（a）显示，手的骨骼和手上的戒指看得很清楚。这是很

图5　1895年伦琴的实验室

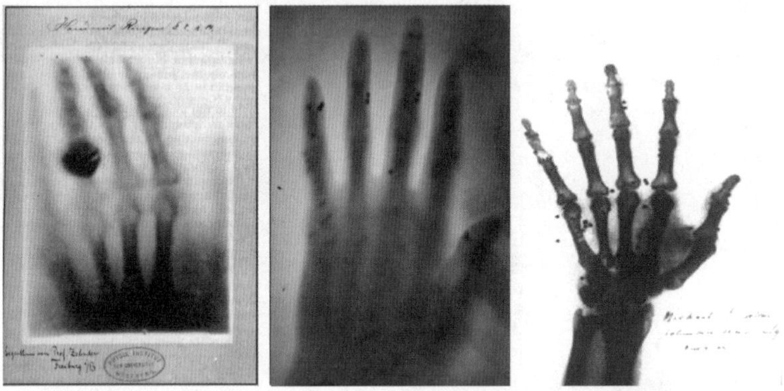

（a）　　（b）　　（c）

图6　手部的X光片

少见的，这一发现一经发表后，大家就认为它很有用，马上就有人去追寻它的来源，人们都为了要用它来实现各种用途的需要。

1896年，有个人打猎时手被枪打坏了，枪中的散粒弹打进他的手中，很痛苦，找医生看，医生也不知道应如何找到那些散粒，如图6（b）、图6（c）所示。后来用了X光照，看得很清楚，碎片和散粒均被取出。可见许多发现要放到实际应用中去发现它的可贵。X光得到了很快的应用，然而有许多发现要在几十年后才得到应用。

从X光发现后，基于X光研究的科学工作者，已有19位拿到诺贝尔奖，从来没有一类研究拿到这么多诺贝尔奖。

1915年伦琴父子两人又拿到诺贝尔奖，儿子是剑桥大学的研究生，才25岁，正在读书，他发现他父亲的研究有错误，给纠正了。他是最年轻的诺贝尔奖获得者。李政道那年拿诺贝尔奖时也很年轻，才31岁。

随着时间的推进，X光的强度越来越大，科学家们在研究中用粒子打在铜靶上，被铜靶挡住了，粒子速度发生很大变化，放出了X射线，强度可达10^6~10^7。现在又配上各种磁铁，强度可越来越大，利用同步光源，速度已达到10^{21}，数量变化很迅速。所以目前的同步光源是一种非常重要的科学手段和武器。

1997年诺贝尔化学奖获得者John E. Walker靠同步辐射作出了研究成果，他在英国SRS同步辐射装置上完成了晶体结构测定，完满解释了ATP合成的机制。

2003年诺贝尔诺化学奖也是靠同步辐射作出的。美国人Roderick Mac Kinnon利用同步辐射蛋白质晶体学方法成功，测定了钾粒子信道蛋白的三维结构，清楚地揭示了它对粒子的选择性透过机理。

因X射线非常强，可以用于显示蛋白质的三维结构，现在上海光源几乎每天都在拍照，把各种蛋白质的结构照出来，蛋白结构是非常漂亮的。

2006年诺贝尔化学奖也是靠同步辐射得出的，美国科学家Roger D. Kornberg借助基于同步辐射的X射线晶体学方法，获得了聚合酶II转录复合物的高分辨结构信息，清晰地描绘出了真核转录的分子基础。

我国第一代同步辐射（BSRF）[图7]有240.4米，2.2 GeV，（即22×10^8 ev，或22亿电子伏），65毫安，76.0纳米，和9束光和 11个实验站。这是北京高能所的一批搞高能物理科学家们研制的，他们在研究中，将一些可能被浪费的能量（同步光源）加以利用，并作为一种科学的手段来研究，用得非常好。

第二代同步辐射是中国科学技术大学研制的[图8]，它比较小，为66.13米，0.8 GeV（8×10^8 ev），即800百万电子伏。以白炽灯作为对比，电源为220伏，一个电子从电源一端到另一端，得到的能量是220 ev，而0.8 GeV比这个220 ev要大很多倍。

第三代同步辐射中有很多弯曲的磁铁，速度更高了。中国第一个第

图7　北京第一代同步辐射

图8　合肥第二代同步辐射

图9　台湾第三代同步辐射

三代同步辐射是在台湾研制出的[图9]，有3 GeV，是环形的光子源。

以后中国又有更大的上海光源[图10]，这个同步光源的能量是3.5 GeV，432米，在世界的同类型中是领先的。

目前世界上已有3万名科学家，在19个国家的60余台同步光源上做工作。

国际上正在工作的第三代同步辐射光源，美国有四台，其中第一台在加州Berkeley大学，第二台在中部Argonne，第三台在东部Broak Haven，第四台在加州Stanford大学。[图11]

图10　上海光源

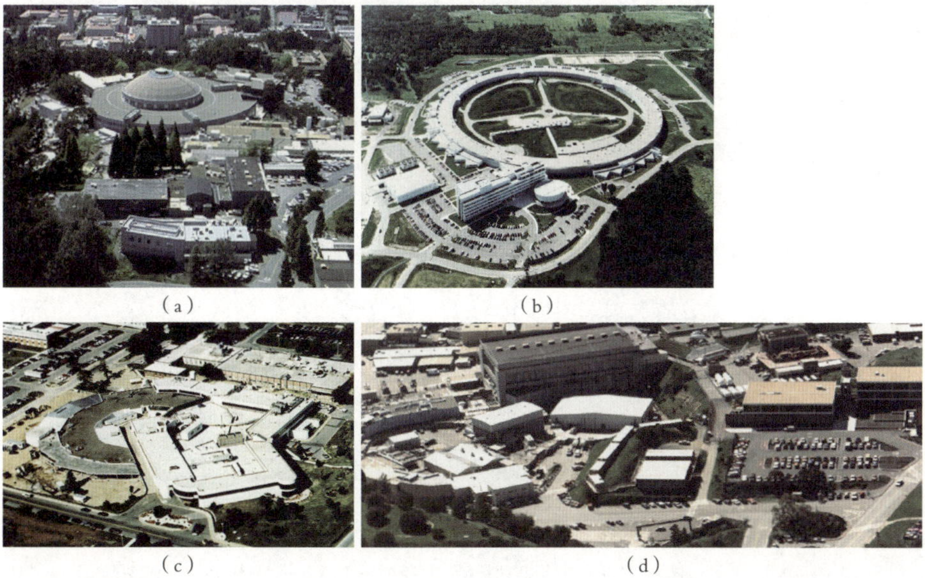

图11　美国光源

图12　日本的第四代同步光源

日本是同步光源非常发达的国家，能量达到8 GeV，是世界上能量最高的。大家知道，能量越高，产生的电磁辐射波长越短，学过量子力学的就知道，光子的波长或频率与能量有直接关系，频率越高，能量越大，波长越短。如X射线就是波长非常短，说明它的光子能量非常高，这就需要由很高的电子速度变化产生。

由于日本同步辐射达到8 GeV，所以它能产生波长最短的同步辐射光。日本国家地域很小，就有7个同步光源。日本的Spring-8 旁边有许多试验站，在加速器中，电子束一边转弯，一边就放出光来，因此周围可以放很多实验站来做各种实验，使其利用率达到极点。

日本正在发展第四代同步光源[图12]，其有一个圆的装置Spring-8，边上还有一个较长的直线的试验信道XFEL。其实同步加速器是圆的，而这里还有直线的装置，所以第四代不称之为同步，因与同步无关，直线上是自由电子激光，但我们还是可将这个统称为第四代同步光源。他们已经开始制造这个设备了，其微波长度为0.06纳米，脉冲宽度为0.1 ps。

法国建成一个中等能量的同步光源，为6 GeV，为欧洲同步辐射设备，它有它的用途。因不同光源能量有高有低，各有各的用途。中等能量的同步光源用途也非常广泛。[图13]

图13　法国光源

图14　法国光源

图15　英国光源

2006年12月法国又建成一个2.75 GeV，354米的大型同步光源[图14]。英国光源是2007年4月研制成的，在牛津作了一个称为Diamond Light Sourced的金刚钻光源，为3 GeV，561米[图15]。

澳大利亚光源也在2007年建成，此外还有加拿大、瑞士美国等国也在研制，为2002—2010年第三阶段主旋律光源，有14台以上[图16]。

我国的第三代同步光源是上海光源，当时我们抓住了机会，在中央和上海地方的支持下，研制进展得比较快，而且比较省钱，位置在上海浦东，看上去很漂亮。由于我们得到了这个项目，也就能够给我们的年轻人创造了成长的机会。

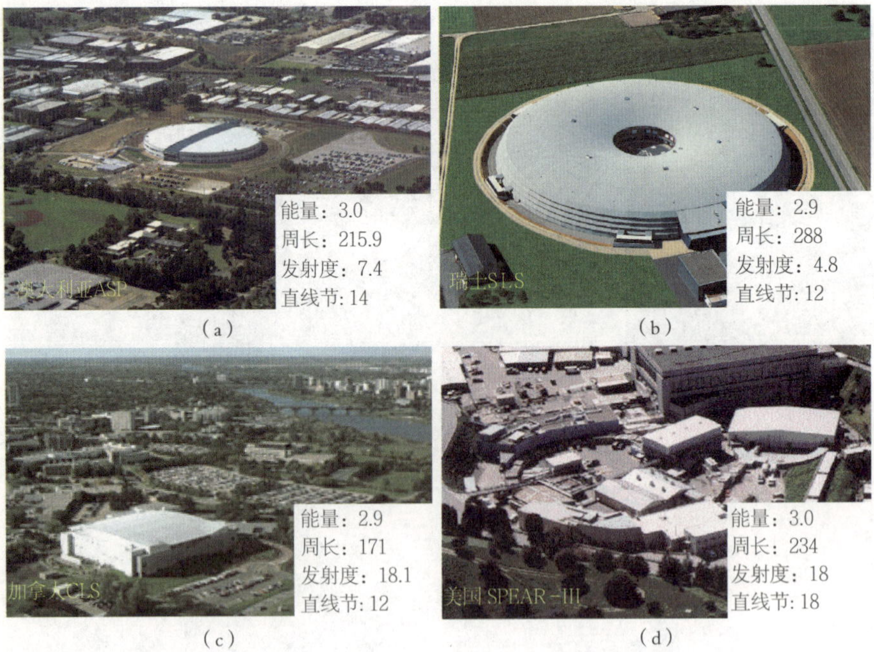

图16　第三阶段主要光源

上海光源2004年开始建，2007年建成，只用了三年这个任务就完成了，质量一流，速度世界少见。上海光源包含三个加速器。我们在网上发布公告，各地方的人都可以来报名使用，实际上要求用这个光源做实验的人很多，第一次用户会议就有300多人参加。

在英国2009年5月的Nature杂志上，讲到上海光源已加入了世界一流的同步光源俱乐部。美国专家还加了一句话，“只用三年就看到了同步光，这是世界纪录”。上海光源的国际地位如图17所示[图17]，其中橙色圆圈有几个同类型的同步光源，上海光源SSRF处于其中，是同类型光源中能量最高的，也是强度相当高的。图17中黄色小方块表示规划区，绿色菱形标志为建设区，红色标志为使用区，蓝色标志为开放区。

在上海建造这个光源很不容易，由于上海浦东的地质条件比较差，土地很软，地基上需要打很多桩子，总计约打了2 100个桩子，每个长约18米，直径0.6米。为什么要打这么多桩子，因为建筑里面放的都是很精密的仪器设备，要求地面很稳定，当外面有大卡车走过时，不能有大于0.15微米的震动，人基本上感觉不到这个震动，这样才能保证光源

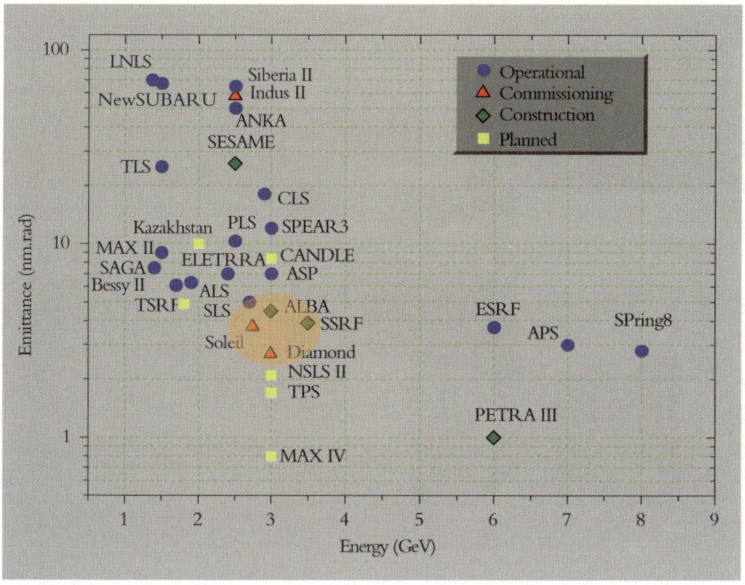

图17　上海光源的国际地位

图18　上海光源外观图

工作的准确[图18]。

上海光源的设备有三部分[图19]，一个是直线的，一个是小盘的，一个是大盘的。试验要使带电粒子先走直线打进去，然后在小盘上走，在小盘上绕圈子，再转入大盘上旋转后再出来，大盘有432米，同步辐射光源的能量为3.5 GeV。

这个过程可以与“嫦娥一号”登月对比，地面上火箭将卫星发射出

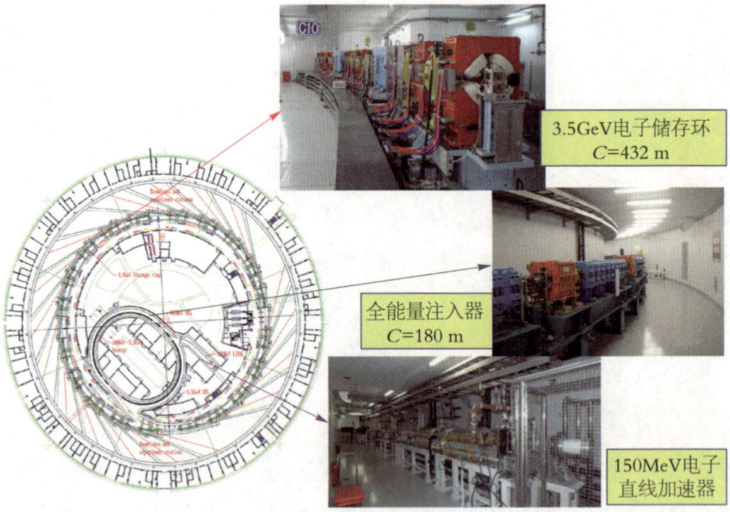

图19　上海光源设备

去，先在地球轨道绕几圈，然后再转到月球轨道上绕几圈，最后到近月轨道。SSRF的运转过程与之相似，然而SSRF的精度要比卫星进入月球轨道的精度要高100万倍。两者的主要差别在于：月球卫星发射如果有一点偏差，卫星就可能飞走了，进入不了近月轨道而消失了，而同步辐射如有误差，粒子也会消失，但是还可以继续发射粒子，损失很小。

在我们调整好所有设备后，第一次就准确成功地完成了这三部分的试验，丝毫不差。上海光源的建成主要靠国内的力量，正因为中国工业建设的水平上去了，设备才能造出来，这么多元器件都能丝毫不差地工作。这个项目的成功，也说明了国内制造业已达到一定的高度，如果在30年前，不可能一次成功。

同时又有国内一些单位的大力合作，聚集了一些人才，几百个科研人员聚在一起，非常认真一丝不苟地工作，才能出这么多的成果。

这是很多人的劳动成果。在这个光源上做研究工作的年轻人抓住了机会，他们作出了世界级的论文，他们在世界同步光源界同行中都有名了。这个项目给了年轻人机会，又锻炼培养了年轻人。

我要给同学们一个劝告，不论你将来做什么工作，都要非常认真地去做。如德国人做事都非常认真，每个细节都很认真，所以德国的产品很好。希望同学们做事都要认真，注意每个细节。

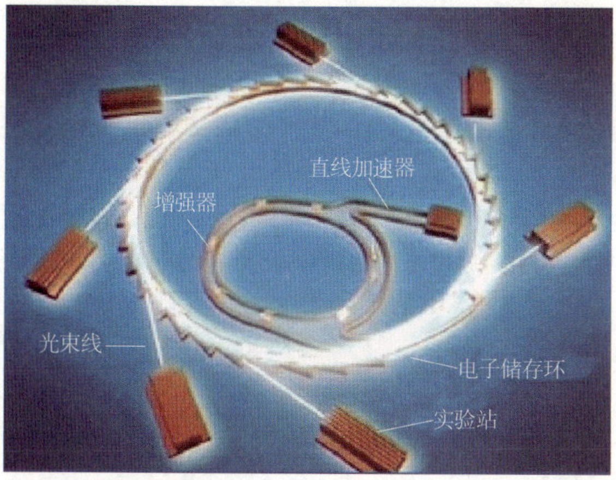

图20　有7个实验室的SSRF

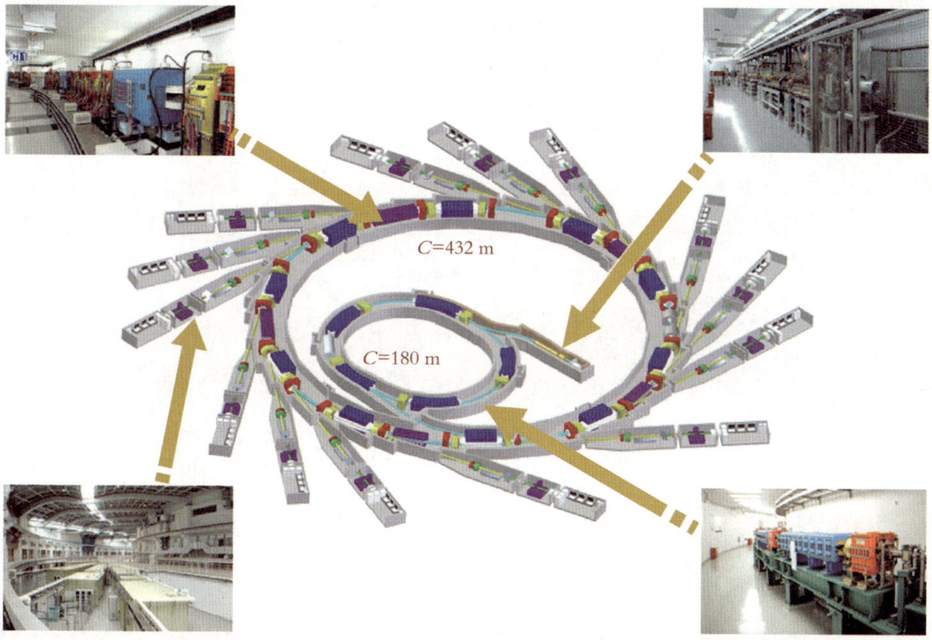

图21　复杂设备的运行关系

上海光源在432米的外圈外面有许多分支，都是研究用的实验室，在第一阶段时，放了7个实验室，每个实验室可以有几个实验组同时工作[图20]。

这个复杂的设备建设完成后，运行关系如图21所示，大环外有60多条束线和100多个工作站，因此有了更多的实验室[图21]。

我们在上海光源做了铜的样品试验，测量铜在X光束线下的精密结构，测3微米厚Cu箔样品的K边XAFS谱线及肩峰区域，得出的图很漂

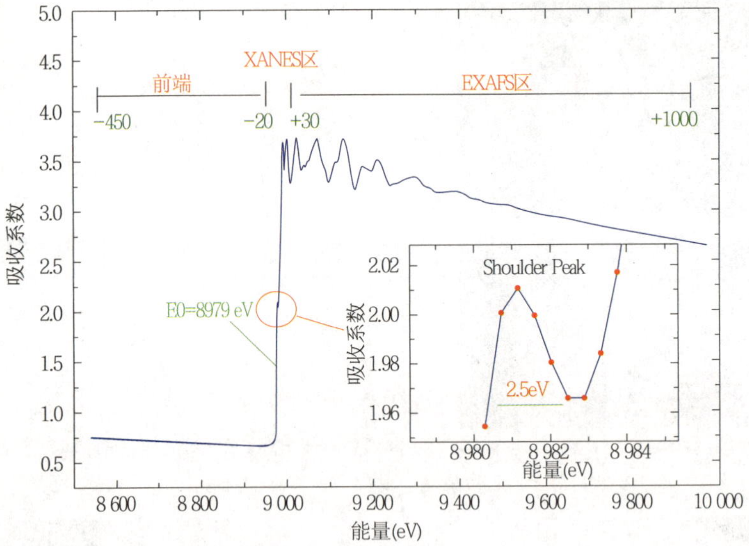

图22　铜标准样品的高分辨吸收谱测量

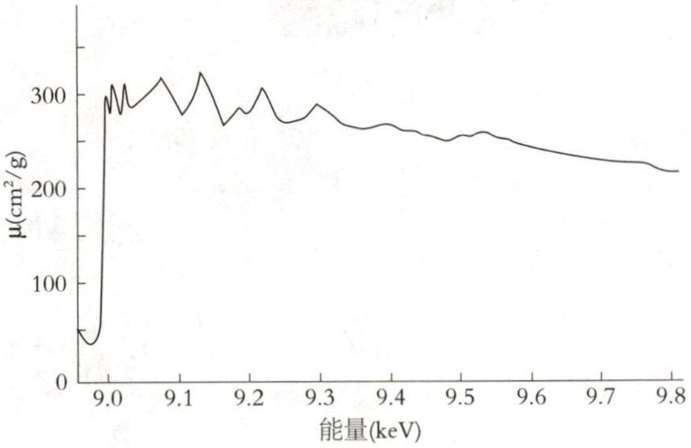

图23　1996年书中铜的实验结果说明

亮，在如图22所示的上升直线上，取一个小红圈中的线段，经放大后，显示精细的结构都被做出来了[图22]。从上升线段总体上看，和在美国1996年出版的书上有关的图一致，而当时的图上看不见上升段的细部，现在都看出来了。

在图23中，显示了刊载在1996年出版的那本书中的铜样品结构实验曲线，该书是我和美国一位学者共同写的[图23]。

上海光源还做了许多样品实验，包括：核桃的切片分层图像[图24]；橘子叶片腺体图像[图25]；活的蝗虫呼吸的动态过程[图26]；大米的微量元素分布[图27]；此外还有对古生物化石做的实验，用三维CT成像等。

投影数目：1200，
采集投影时间：3分钟

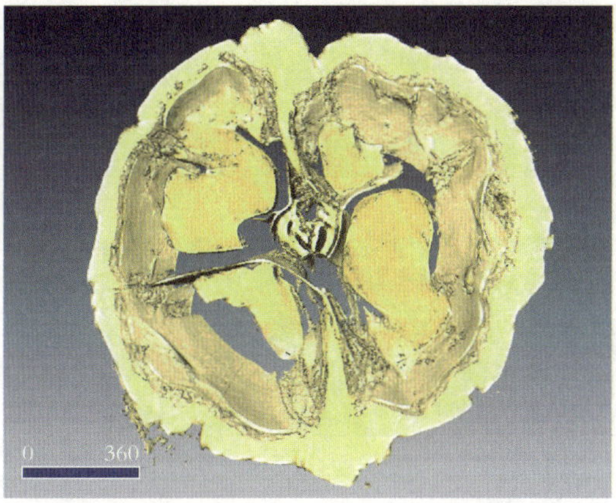

图24　核桃，15KeV单色X射线实验

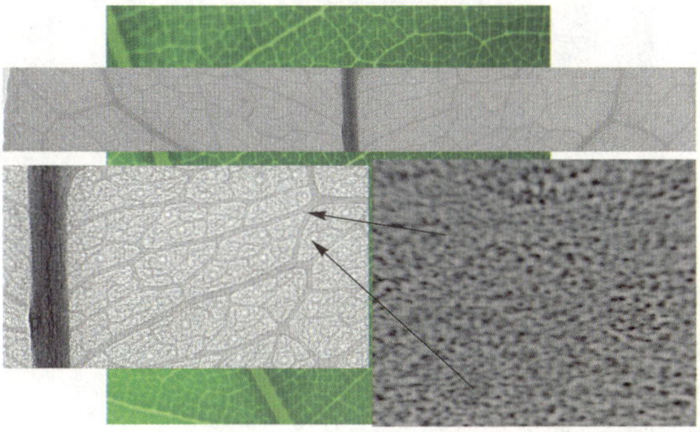

图25　橘子叶片腺体

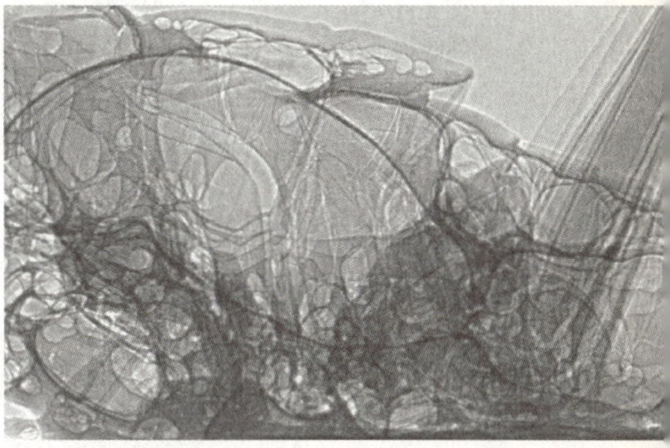

图26　高原蝗虫活体呼吸动态过程研究

上海光源还用于研究固—液接口纳米气泡的形成机制，以及其在天然水体修复中的应用，通过对硅藻土悬浮液曝氧30分钟的聚类分析，得到首例直接实验观测结果。[图28]

以天然高分子聚合物改性黏土制备高效无毒的藻絮凝剂，不仅可将任何当地土壤改性，使之成为高效的藻絮凝剂，而且可以制备和稳定大量的氧气纳米气泡。在实际太湖水环境治理方面取得了显著效果。

通过对高性能纤维纺丝成形的研究，可以建立纤维材料凝聚态结构、微缺陷和表接口的调控方法，提高我国工业化生产的成品率，满足国家在国防、航天、航空及经济建设等领域对高性能纤维的迫切需求。

2008年春，日本和中国科学家共同发现了一种新型超导体——铁基超导材料。铁基超导材料的发现为高温超导研究和量子凝聚物理带来了巨大的刺激和振奋，高压X射线吸收谱（XAFS）将从原子和电子

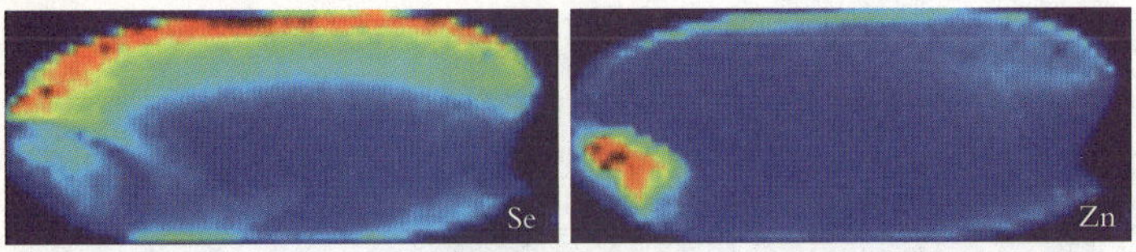

（a）纵切面

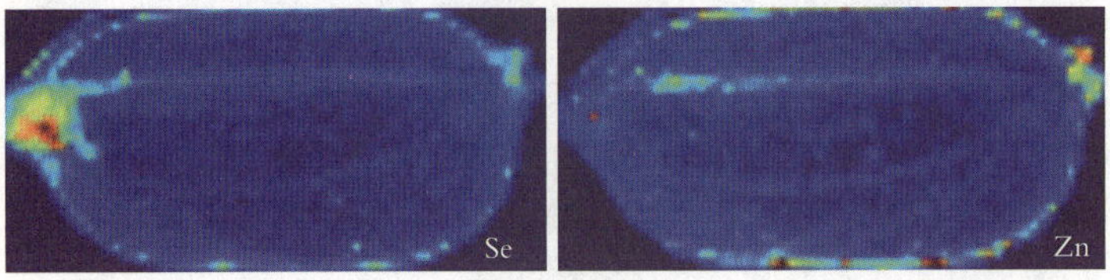

（b）谷壳

图27　大米中微量元素分布—微束探针测量

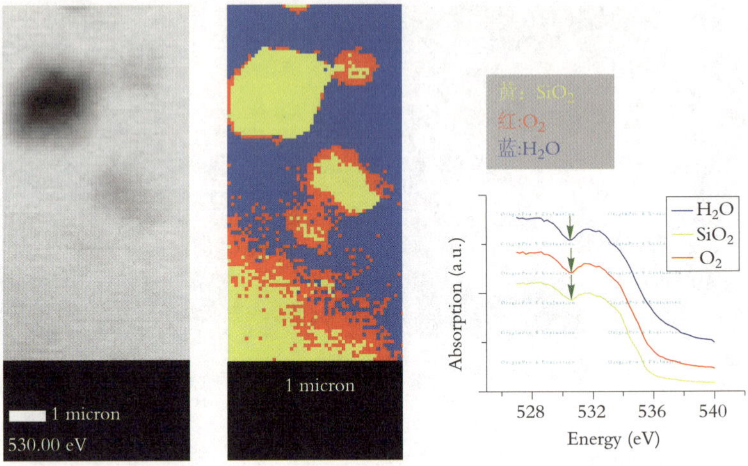

（a）STXM图像　（b）聚类分析结果　（c）聚类分析中得到的三种氧的近边吸收谱线

图28　固/液接口上的纳米气泡初步观测结果

结构上理解高温超导的深层机制，利用SSRF高通量、高能量分辨的XAFS光束线，获得了国内首次高质量高压XAFS谱，极微量纳米结构相分析极其困难，常规实验室中的XRD、TEM、电子衍射等技术，对样品量、晶粒尺度、浓度等有一定要求。同步辐射X射线衍射法由于其极高的光通量、极高的信噪比使得上述的样品量、晶粒尺度、浓度等能够突破原先的极限。

如碳纳米管中的TiO_2颗粒，晶粒尺度仅为1~2 纳米，且含量极低。常规实验室分析技术无法确定碳纳米管中的纳米颗粒的相组成，而用同步辐射X射线衍射法，首次确定碳纳米管中的颗粒为TiO_2。[图29]

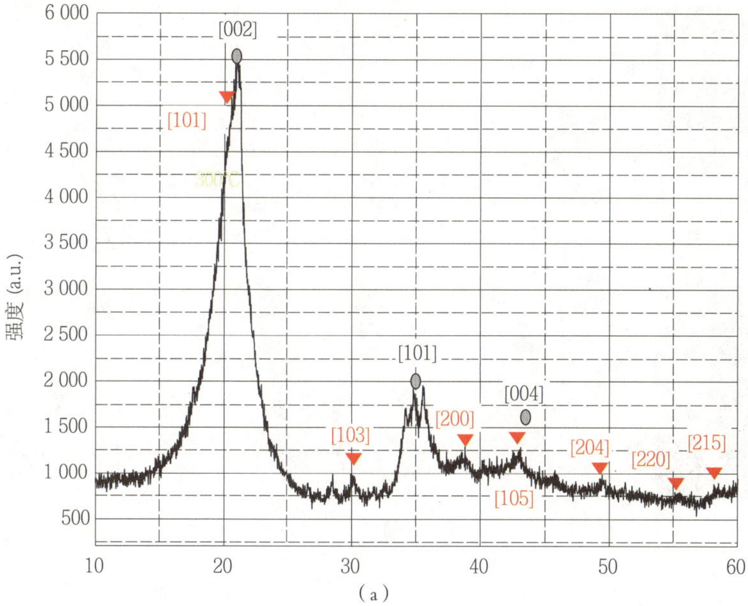

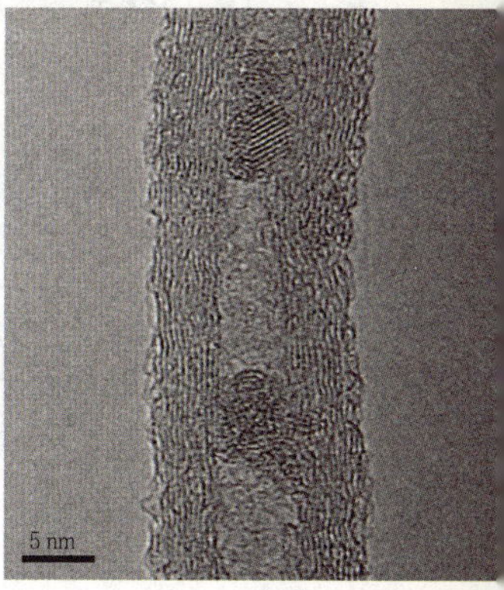

图29 极微量纳米结构的相分析方法

上海光源在我国的用户遍布我国中东部。我们也欢迎同学们来提出实验要求，如果经过评审通过，就可以来做实验，因为这是一个开放的平台，也是一个实验工具，向全国开放，也向全世界开放，都可以做大米中微量元素的检测、高温超导材料的结构研究等。

可贵的是在我们的设备中，80%都是国产的，装置中有些金属之间间隔只有3纳米，即3×10^{-9}米，可以照得很清楚。首台真空波荡计也是我国制造的，从零开始，仅用11个月。制成后，许多国家要从我国订货进口，我们的研制品也变成了出口产品。[图30]

现在我们设备的使用单位已遍布全国，合作单位遍布全球。今后还可建立几百个试验台，一个试验台上可有上千名科技人员同时工作，做摄影等。在环上还可建立几十个试验站，上千个研究人员一起工作，并开展第四代同步光源的研究。

今后15年要新建22条线，到2020年，建第三期试验站，再增加18条线，国家要投入很大投资。

上海光源的科学能力和发展路线说明如下。

图30　首台自主研制的真空波荡器

（1）上海光源是用户装置，是国家级实验平台，对国内外广泛的开放。

（2）通常第一批建设的线站是计划引出总数的10%~15%，发达国家在装置运行十年后，线站数可以达到计划引出总数的80%~90%。

（3）线站设置要能够满足科学技术不断发展的最新需求。后续线站的建设计划是据此进行选择，原有的线站也将据此做相应的改进和调整。

（4）光源装置要常年确保处于正常运行状态，全年开放时间约为5000小时。

（5）光源装置性能要始终处于国际同类装置先进水平，依托装置，不断创新：研究和发展光源加速器新技术和新思想，使光源加速器的各种性能不断改进提高；研究和发展新的束线技术，以满足新建线站的需求；研究发展新的实验仪器和实验方法，提高现有实验水平，开拓新的科学研究领域。

（6）装置的科学寿命估计为30~50年。

上海光源基地是上海光子科学中心，在2010年是5线6个实验室第四代光源研究，到2015年，建22个线站，研制自由电子激光设备，到2020年，再建18条线，可建成自由电子激光设备。

现在国际上蛋白质晶体结构分析研究很热闹，用同步光源可以将蛋白随时间变化的过程都照出来了。

图31　上海光源X射线装置

首先，我们要建立蛋白质晶体结构分析系统。将建造三个蛋白质晶体结构线站，分别针对蛋白质复合物、膜蛋白等各类具有不同晶体特征和结构特点的蛋白质晶体，实现高效率、高分辨、规模化晶体结构测定。包括蛋白质复合物晶体结构线站、蛋白质微晶体结构线站、高通量蛋白质晶体结构线站。

其次，要研究蛋白质动态分析系统。建立用于蛋白质动态过程与相互作用系统研究的综合技术平台，其主要手段包括X射线小角散射和时间分辨红外谱学实验手段。包括X-射线小角散射光束线站、时间分辨红外谱学线站。

第三，要建立分子的影像系统。许多研究可用硬X射线、软X射线、红外线等，即红外显微谱学与成像实验站，分辨率越来越高，强度也越来越大，例如：用微型单光子发射断层成像（Micro-SPECT）和计算机层析成像（Micro-CT）联合装置。

自由电子激光会给你更强的光源，这是将来的事。

软X-射线自由电子激光装置（XFEL）时代正在到来，美国、欧洲和日本先后研制了这一装置。

我国已建成了上海X-射线自由电子激光装置（XFEL）。[图31]

目前世界各地正在建造的第三代同步辐射，包括西班牙、泰国、约旦等，也都在研制同步光源。

捷克光源能量为3 GeV，400毫安，269米，4.5纳米；西班牙光源能量为3.0 GeV，周长为268.8米，建成时间为2010年5月。约旦电源的建筑部分已完成，由德国提供的ESSYI，建造了0.8 GeV的设备。

同步辐射光源是一个国际性的研究项目，我们做这项研究工作，不仅培养了年轻人，也提高了中国的国际地位，并为世界作出了贡献。

图书在版编目（CIP）数据

院士演讲录. 第2辑 / 许敖敖，唐泽圣主编. -- 北京：高等教育出版社，2015.12
（聆听大师. 走近科学）
ISBN 978-7-04-043337-1

Ⅰ. ①院… Ⅱ. ①许… ②唐… Ⅲ. ①演讲-中国-当代-选集 Ⅳ. ①I267

中国版本图书馆CIP数据核字（2015）第155153号

院士演讲录（第二辑）
YUANSHI YANJIANGLU

策划编辑　饶卉萍
责任编辑　饶卉萍
书籍设计　张志奇
责任校对　陈旭颖
责任印制　韩　刚
出版发行　高等教育出版社
社　　址　北京市西城区德外大街4号
邮政编码　100120
购书热线　010-58581118
咨询电话　400-810-0598
网　　址　http://www.hep.edu.cn
　　　　　http://www.hep.com.cn
网上订购　http://www.landraco.com
　　　　　http://www.landraco.com.cn
印　　刷　涿州市星河印刷有限公司
开　　本　787 mm × 1092 mm　1/16
印　　张　23.25
字　　数　400千字
版　　次　2015年12月第1版
印　　次　2015年12月第1次印刷
定　　价　45.00元

本书如有缺页、倒页、脱页等质量问题，
请到所购图书销售部门联系调换
版权所有　侵权必究
物 料 号　43337-00

郑重声明

高等教育出版社依法对本书享有专有出版权。任何未经许可的复制、销售行为均违反《中华人民共和国著作权法》，其行为人将承担相应的民事责任和行政责任；构成犯罪的，将被依法追究刑事责任。为了维护市场秩序，保护读者的合法权益，避免读者误用盗版书造成不良后果，我社将配合行政执法部门和司法机关对违法犯罪的单位和个人进行严厉打击。社会各界人士如发现上述侵权行为，希望及时举报，本社将奖励举报有功人员。

反盗版举报电话 （010）58581897 58582371 58581879

反盗版举报传真 （010）82086060

反盗版举报邮箱 dd@hep.com.cn

通信地址 北京市西城区德外大街4号 高等教育出版社法务部

邮政编码 100120